John Temp'

A ILLUSTRE CASA DE RAMIRES

JOSÉ MARIA EÇA DE QUEIRÓS

A ILLUSTRE CASA DE RAMIRES (1900)

JOSÉ MARIA EÇA DE QUEIRÓS (1845-1900)

A ILLUSTRE CASA DE RAMIRES

I

Desde as quatro horas da tarde, no calor e silencio do domingo de Junho, o Fidalgo da Torre, em chinellos, com uma quinzena de linho envergada sobre a camisa de chita côr de rosa, trabalhava. Gonçalo Mendes Ramires (que n'aquella sua velha aldêa de Santa Ireneia, e na villa visinha, a aceada e vistosa Villa-Clara, e mesmo na cidade, em Oliveira, todos conheciam pelo «Fidalgo da Torre») trabalhava n'uma Novella Historica, A Torre de D. Ramires, destinada ao primeiro numero dos Annaes de Litteratura e de Historia, Revista nova, fundada por José Lucio Castanheiro, seu antigo camarada de Coimbra, nos tempos do Cenaculo Patriotico, em casa das Severinas.

A livraria, clara e larga, escaiolada d'azul, com pesadas estantes de pau preto onde repousavam, no pó e na gravidade das lombadas de carneira, grossos folios de convento e de fôro, respirava para o pomar por duas janellas, uma de peitoril e poiaes de pedra almofadados de velludo, outra mais rasgada, de varanda, frescamente perfumada pela madresilva que se enroscava nas grades. Deante d'essa varanda, na claridade forte, pousava a mesa—mesa immensa de pés torneados, coberta com uma colcha desbotada de damasco vermelho, e

7

atravancada n'essa tarde pelos rijos volumes da Historia Genealogica, todo o Vocabulario de Bluteau, tomos soltos do Panorama, e ao canto, em pilha, as obras de Walter Scott sustentando um copo cheio de cravos amarellos. E d'ahi, da sua cadeira de couro, Gonçalo Mendes Ramires, pensativo deante das tiras de papel almaço, roçando pela testa a rama da penna de pato, avistava sempre a inspiradora da sua Novella,—a Torre, a antiquissima Torre, quadrada e negra sobre os limoeiros do pomar que em redor crescera, com uma pouca d'hera no cunhal rachado, as fundas frestas gradeadas de ferro, as ameias e a miradoira bem cortadas no azul de Junho, robusta sobrevivencia do Paço acastellado, da fallada Honra de Santa Ireneia, solar dos Mendes Ramires desde os meiados do seculo X.

Gonçalo Mendes Ramires (como confessava esse severo genealogista, o morgado de Cidadelhe) era certamente o mais genuino e antigo fidalgo de Portugal. Raras familias, mesmo coevas, poderiam traçar a sua ascendencia, por linha varonil e sempre pura, até aos vagos Senhores que entre Douro e Minho mantinham castello e terra murada quando os barões francos desceram, com pendão e caldeira, na hoste do Borguinhão. E os Ramires entroncavam limpidamente a sua casa, por linha pura e sempre varonil, no filho do Conde Nuno Mendes, aquelle agigantado Ordonho Mendes, senhor de Treixedo e de Santa Ireneia, que casou em 967 com Dona Elduara, Condessa de Carrion, filha de Bermudo o Gottoso, Rei de Leão.

Mais antigo na Hespanha que o Condado Portucalense, rijamente, como elle, crescera e se afamára o Solar de Santa Ireneia—resistente como elle ás fortunas e aos tempos. E depois, em cada lance forte da Historia de Portugal, sempre um Mendes Ramires avultou grandiosamente pelo heroismo, pela lealdade, pelos nobres espiritos. Um dos mais esforçados da linhagem, Lourenço, por alcunha o Cortador, collaço de Affonso Henriques (com quem na mesma noite, para receber a pranchada de cavalleiro, vellára as armas na Sé de Zamora), apparece logo na batalha d'Ourique, onde tambem avista Jesus-Christo sobre finas nuvens d'ouro, pregado n'uma cruz de dez covados. No cerco de Tavira, Martim Ramires, freire de San-Thiago, arromba a golpes de acha um postigo da Couraça, rompe por entre as cimitarras que lhe decepam as duas mãos, e surde na quadrella da torre albarran, com os dous pulsos a esguichar sangue, bradando alegremente ao Mestre:—«D. Payo Peres, Tavira é nossa! Real, Real por Portugal!» O velho Egas Ramires, fechado na sua Torre, com a levadiça erguida, as barbacans erriçadas de frecheiros, nega acolhida a El-Rei D. Fernando e Leonor Telles que corriam o Norte em folgares e caçadas—para que a presença da adultera não macule a pureza extreme do seu solar! Em Aljubarrota, Diogo Ramires o Trovador desbarata um troço de bésteiros, mata o Adiantado-mór de Galliza, e por elle, não por outro, cahe derribado o pendão real de Castella, em que ao fim da lide seu irmão d'armas, D. Antão d'Almada, se embrulhou para o levar, dançando e cantando, ao Mestre d'Aviz. Sob os muros d'Arzilla combatem magnificamente dois Ramires, o edoso Sueiro e seu neto Fernão, e deante do cadaver do velho, trespassado por quatro virotes, estirado no pateo da Alcaçova ao lado do corpo do Conde de Marialva—Affonso V arma juntamente cavalleiros o Principe seu filho e Fernão Ramires, murmurando entre lagrimas: «Deus vos queira tão bons como esses que ahi jazem!...» Mas eis que Portugal se faz aos mares! E raras são então as armadas e os combates de Oriente em que se não esforce um Ramires—ficando na lenda tragico-maritima aquelle nobre capitão do Golpho Persico, Balthazar Ramires, que, no naufragio da Santa Barbara, reveste a sua pesada armadura, e no castello de prôa, hirto, se afunda em silencio com a náu que se afunda, encostado á sua grande espada. Em Alcacer-Kebir, onde dous Ramires sempre ao lado d'El-Rei encontram morte soberba, o mais novo, Paulo Ramires, pagem do Guião, nem lezo nem ferido, mas não querendo mais vida pois que El-Rei não vivia, colhe um ginete solto, apanha uma acha d'armas, e gritando:—«Vai-te, alma, que já tardas, servir a de teu senhor!»—entra na chusma mourisca e para sempre desapparece. Sob os Philippes, os Ramires, amuados, bebem e caçam nas suas terras. Reapparecendo com os Braganças, um Ramires, Vicente, Governador das Armas d'Entre-Douro e Minho por D. João IV, mette a Castella, destroça os Hespanhoes do Conde, de Venavente, e toma Fuente-Guiñal, a cujo furioso saque preside da varanda d'um Convento de Franciscanos, em mangas de camisa, comendo talhadas de melancia. Já, porém, cómo a nação, degenera a nobre raça... Alvaro Ramires, valido de D. Pedro II, brigão façanhudo, atordôa Lisboa com arruaças, furta a mulher d'um Védor da Fazenda que mandára matar a pauladas [6] por pretos, incendeia em Sevilha depois de perder cem dobrões uma casa de tavolagem, e termina por commandar uma urca de piratas na frota de Murad o Maltrapilho. No reinado do Sr. D. João V Nuno Ramires brilha na Côrte, ferra as suas mulas de prata, e arruina a casa celebrando sumptuosas festes de Egreja, em que canta no côro vestido com o habito de Irmão Terceiro de S. Francisco. Outro Ramires, Christovam, Presidente da Mesa de Consciencia e Ordem, alcovita os amores d'el-rei D. José I com a filha do prior de Sacavem. Pedro Ramires, Provedor e Feitor-mór das Alfandegas, ganha fama em todo o Reino pela sua obesidade, a sua chalaça, as suas proezas de glutão no Paço da Bemposta com o arcebispo de Thessalonica. Ignacio Ramires acompanha D. João VI ao Brazil como Reposteiro-Mór, negoceia em negros, volta com um bahú carregado de peças d'ouro que lhe rouba um administrador, antigo frade capuchinho, e morre no seu solar da cornada de um boi. O avô de Gonçalo, Damião, doutor liberal dado ás Musas, desembarca com D. Pedro no Mindello, compõe as empoladas proclamações do Partido, funda um jornal, o Anti-Frade, e depois das Guerras Civis arrasta uma existencia rheumatica em Santa Ireneia, embrulhado no seu capotão de briche, traduzindo para vernaculo, com um lexicon e um pacote de simonte, as obras de Valerius Flaccus. O pae de Gonçalo, ora Regenerador, ora Historico, vivia em Lisboa no Hotel Universal, gastando as solas pelas escadarias do Banco Hypothecario e pelo lagedo da Arcada, até que um Ministro do Reino, cuja concubina, corista de S. Carlos, elle fascinára, o nomeou, (para o afastar da Capital) Governador Civil de Oliveira. Gonçalo, esse, era bacharel formado com um R no terceiro anno.

E n'esse anno justamente se estreou nas Lettras Gonçalo Mendes Ramires. Um seu companheiro de casa, José Lucio

11

Castanheiro, algarvio muito magro, muito macilento, de enormes oculos azues, a quem Simão Craveiro chamava o «Castanheiro Patriotinheiro», fundára um Semanario, a Patria—«com o alevantado intento (affirmava sonoramente o Prospecto) de despertar, não só na mocidade Academica, mas em todo o paiz, do cabo Silleiro ao cabo de Santa Maria, o amor tão arrefecido das bellezas, das grandezas e das glorias de Portugal!» Devorado por essa idéa, «a sua Idéa», sentindo n'ella uma carreira, quasi uma missão, Castanheiro incessantemente, com ardor teimoso de Apostolo, clamava pelos botequins da Sophia, pelos claustros da Universidade, pelos quartos dos amigos entre a fumaça dos cigarros,—«a necessidade, caramba, de reatar a tradição! de desatulhar, caramba, Portugal da alluvião do estrangeirismo!»—Como o Semanario appareceu regularmente durante tres Domingos, e publicou realmente estudos recheiados de griphos e citações sobre as Capellas da Batalha, a Tomada d'Ormuz, a Embaixada de Tristão da Cunha, começou logo a ser considerado uma aurora, ainda pallida mas segura, de Renascimento Nacional. E alguns bons espiritos da Academia, sobretudo os companheiros de casa do Castanheiro, os tres que se occupavam das cousas do saber e da intelligencia (porque dos tres restantes um era homem de cacete e forças, o outro guitarrista, e o outro «premiado»), passaram, aquecidos por aquella chamma patriotica, a esquadrinhar na Bibliotheca, nos grossos tomos nunca d'antes visitados de Fernam Lopes, de Ruy de Pina, d'Azurara, proezas e lendas—«só portuguezas, só nossas (como supplicava o Castanheiro), que refizessem á nação abatida uma consciencia da sua heroicidade!» Assim crescia o Cenaculo Patriotico da casa das Severinas. E foi então que Gonçalo Mendes Ramires, moço muito affavel, esvelto e loiro, d'uma brancura sã de porcelana, com uns finos e risonhos olhos que facilmente se enterneciam, sempre elegante e apurado na batina e no verniz dos sapatos—apresentou ao Castanheiro, n'um domingo depois do almoço, onze tiras de papel intituladas D. Guiomar. N'ellas se contava a velhissima historia da castellã, que, emquanto longe nas guerras do Ultra-mar o castellão barbudo e cingido de ferro atira a acha-d'armas ás portas de Jerusalem, recebe ella na sua camara, com os braços nús, por noite de Maio e de lua, o pagem de annellados cabellos... Depois ruge o inverno, o castellão volta, mais barbudo, com um bordão de romeiro. Pelo villico do Castello, homem espreitador e de amargos sorrisos, conhece a traição, a macula no seu nome tão puro, honrado em todas as Hespanhas! E ai do pagem! ai da dama! Logo os sinos tangem a finados. Já no patim da Alcaçova o verdugo, de capuz escarlate, espera, encostado ao machado, entre dous cepos cobertos de pannos de dó... E no final choroso da D. Guiomar, como em todas essas historias do Romanceiro d'Amor, tambem brotavam rente ás duas sepulturas, escavadas no êrmo, duas roseiras brancas a que o vento enlaçava os aromas e as rosas. De sorte que (como notou José Lucio Castanheiro, coçando pensativamente o queixo) não resaltava n'esta D. Guiomar nada que fosse «só portuguez, só nosso, abrolhando do sólo e da raça!» Mas esses amores lamentosos passavam n'um solar de Riba-Côa: os nomes dos cavalleiros, Remarigues, Ordonho, Froylas, Gutierres, tinham um delicioso sabor godo: em cada tira resoavam bravamente os genuinos: «Bofé!... Mentes pela gorja!... Pagem, o meu murzello!...»: e através de toda esta vernaculidade circulava uma sufficiente turba de cavallariços com saios alvadios, beguinos sumidos na sombra das cugulas,

13

ovençaes sopezando fartas bolsas de couro, uchões espostejando nedios lombos de cêrdo... A Novella portanto marcava um salutar retrocesso ao sentimento nacional.

—E depois (accrescentava o Castanheiro) este velhaco do Gonçalinho surde com um estylo terso, masculo, de boa côr archaica... D'optima côr archaica! Lembra até o Bobo, o Monge de Cister!... A Guiomar, realmente, é uma castellã vaga, da Bretanha ou da Aquitania. Mas no villico, mesmo no castellão, já transparecem portuguezes, bons portuguezes de fibra e d'alma, d'entre Douro e Cavado... Sim senhor! Quando o Gonçalinho se enfronhar dentro do nosso passado, das nossas chronicas, temos emfim nas Lettras um homem que sente bem o torrão, sente bem a raça!

D. Guiomar encheu tres paginas da Patria. N'esse Domingo, para celebrar a sua entrada na Litteratura, Gonçalo Mendes Ramires pagou aos camaradas do Cenaculo e a outros amigos uma ceia—onde foi acclamado, logo depois do frango com ervilhas, quando os moços do Camolino, esbaforidos, renovavam as garrafas de Collares, como «o nosso Walter Scott!» Elle, de resto, annunciára já com simplicidade um Romance em dois volumes, fundado nos annaes da sua Casa, n'um rude feito de sublime orgulho de Tructesindo Mendes Ramires, o amigo e Alferes-mór de D. Sancho I. Por temperamento, por aquelle saber especial de trajes e alfaias que revelára na D. Guiomar, até pela antiguidade da sua linhagem, Gonçalinho parecia gloriosamente votado a restaurar em Portugal o Romance Historico. Possuia uma missão—e começou logo a passear pela Calçada, pensativo, com o gorro sobre os olhos, como quem anda reconstruindo um mundo. No acto d'esse anno levou o R.

Quando regressou das ferias para o Quarto-Anno já não refervia na rua da Mathematica o Cenaculo ardente dos Patriotas. O Castanheiro, formado, vegetava em Villa Real de Santo Antonio: com elle desapparecera a Patria: e os moços zelosos que na Bibliotheca esquadrinhavam as Chronicas de Fernam Lopes e de Azurara, desamparados por aquelle Apostolo que os levantava, recahiram nos romances de Georges Ohnet e retomaram á noite o taco nos bilhares da Sophia. Gonçalo voltava tambem mudado, de luto pelo pae que morrera em Agosto, com a barba crescida, sempre affavel e suave, porém mais grave, averso a ceias e a noites errantes. Tomou um quarto no Hotel Mondego, onde o servia, de gravata branca, um velho creado de Santa Ireneia, o Bento:—e os seus companheiros preferidos foram tres ou quatro rapazes que se preparavam para a Politica, folheavam attentamente o Diario das Camaras, conheciam alguns enredos da Côrte, proclamavam a necessidade d'uma «Orientação positiva» e d'um «largo fomento rural», consideravam como leviandade reles e jacobina a irreverencia da Academia pelos Dogmas, e, mesmo passeando ao luar no Choupal ou no Penedo da Saudade, discorriam com ardor sobre os dous Chefes de Partido—o Braz Victorino, o homem novo dos Regeneradores, e o velho Barão de S. Fulgencio, chefe classico dos Historicos. Inclinado para os Regeneradores, por que a Regeneração lhe representava tradicionalmente idéas de conservantismo, de elegancia culta e de generosidade, Gonçalo frequentou então o Centro Regenerador da Couraça, onde aconselhava á noite, tomando chá preto, «o fortalecimento da auctoridade da Corôa», e «uma forte expansão colonial!» Depois, logo na Primavera, desmanchou alegremente esta gravidade politica: e ainda tresnoitou, na taberna do Camolino, em bacalhoadas festivas, entre o estridor das guitarras. Mas não alludio mais ao seu grande Romance em dous volumes: e ou recuára ou se esquecera da sua missão d'Arte Historica. Realmente só na Paschoa do Quinto-Anno retomou a penna—para lançar, na Gazeta do Porto, contra um seu patricio, o Dr. André Cavalleiro, que o Ministerio do S. Fulgencio nomeára Governador civil de Oliveira, duas correspondencias muito acerbas, d'um rancor intenso e pessoal, (a ponto de chasquear «a feroz bigodeira negra de S. Ex.a»). Assignara Juvenal, como outr'ora o pae, quando publicava communicados politicos d'Oliveira n'essa mesma Gazeta do Porto, jornal amigo, onde um Villar Mendes, seu remoto parente, redigia a Revista Estrangeira. Mas lêra aos amigos no Centro—«os dous botes decisivos que atirariam o Sr. Cavalleiro abaixo do seu Cavallo!» E um d'esses moços serios, sobrinho do Bispo de Oliveira, não disfarçou o seu assombro:

—Oh Gonçalo, eu sempre pensei que você e o Cavalleiro eram intimos! Se bem me lembro quando você chegou a Coimbra, para os Preparatorios, viveu na casa do Cavalleiro, na rua de S. João... Pois não ha uma amizade tradicional, quasi historica, entre Ramires e Cavalleiros?... Eu pouco conheço Oliveira, nunca andei para os vossos sitios; mas até creio que Corinde, a quinta do Cavalleiro, pega com Santa Ireneia!

E Gonçalo enrugou a face, a sua risonha e lisa face, para declarar seccamente que Corinde não pegava com Santa Ireneia: que entre as duas terras corria muito justificadamente a ribeira do Coice: e que o Sr. André Cavalleiro, e sobre tudo Cavallo, era um animal detestavel que pastava na outra margem!—O sobrinho do Bispo saudou e exclamou:

—Sim senhor, boa piada!

Um anno depois da Formatura, Gonçalo foi a Lisboa por causa da hypotheca da sua quinta de Praga, junto a Lamego, que certo fôro annual de dez réis e meia gallinha, devido ao Abbade de Praga, andava empecendo terrivelmente nos Conselhos do Banco Hypothecario;—e tambem para conhecer mais estreitamente o seu Chefe, o Braz Victorino, mostrar lealdade e submissão partidaria, colher algum fino conselho de conducta Politica. Ora uma noite, voltando de jantar em casa da velha Marqueza de Louredo, a «tia Louredo», que morava a Santa Clara, esbarrou no Rocio com José Lucio Castanheiro; então empregado no Ministerio da Fazenda, na repartição dos Proprios Nacionaes. Mais defecado, mais macilento, com uns oculos mais largos e mais tenebrosos, o Castanheiro ardia todo, como em Coimbra, na chamma da sua Idéa—«a resurreição do sentimento portuguez!» E agora, alargando a proporções condignas da Capital o plano da Patria, labutava devoradoramente na creação d'uma Revista quinzenal de setenta paginas, com capa azul, os Annaes de Litteratura e de Historia. Era uma noite de Maio, macia e quente. E, passeando ambos em torno das fontes seccas do Rocio, Castanheiro, que sobraçava um rolo de papel e um gordo folio encadernado em bezerro, depois de recordar as cavaqueiras geniaes da rua da Misericordia, de maldizer a falta de intellectualidade de Villa Real de Santo Antonio—voltou soffregamente á sua Idéa, e supplicou a Gonçalo Mendes Ramires que lhe cedesse para os Annaes esse Romance que elle annunciára em Coimbra, sobre o seu avoengo Tructesindo Ramires, Alferes-mór de Sancho I.

Gonçalo, rindo, confessou que ainda não começára essa grande obra!

—Ah! murmurou o Castanheiro, estacando, com os negros oculos sobre elle, duros e desconsolados. Então você não persistio?... Não permaneceu fiel á Idéa?...

Encolheu os hombros, resignadamente, já acostumado, atravez da sua missão, a estes desfallecimentos do Patriotismo. Nem consentio que Gonçalo, humilhado perante aquella Fé que se mantivera tão pura e servidôra—alludisse, como desculpa, ao inventario laborioso da Casa, depois da morte do papá...

—Bem, bem! Acabou! Proscratinare luzitanum est. Trabalha agora no verão... Para Portuguezes, menino, o verão é o tempo das bellas fortunas e dos rijos feitos. No verão nasce Nun'Alvares no Bomjardim! No verão se vence em Aljubarrota! No verão chega o Gama á India!... E no verão vae o nosso Gonçalo escrever uma novellasinha sublime!... De resto os Annaes só apparecem em Dezembro, caracteristicamente no Primeiro de Dezembro. E você em tres mezes resuscita um mundo. Serio, Gonçalo Mendes!... É um dever, um santo dever, sobretudo para os novos, collaborar nos Annaes. Portugal, menino, morre por falta de sentimento nacional! Nós estamos immundamente morrendo do mal de não ser Portuguezes!

Parou—ondeou o braço magro, como a correia d'um latego, n'um gesto que açoutava o Rocio, a Cidade, toda a Nação. Sabia o amigo Gonçalinho o segredo d'esta borracheira sinistra? É que, dos Portuguezes, os peores despresavam a Patria—e os melhores ignoravam a Patria. O remedio?... Revelar Portugal, vulgarisar Portugal. Sim, amiguinho! Organizar, com estrondo, o reclamo de Portugal, de modo que todos o conheçam—ao menos como se conhece o Xarope Peitoral de James, hein? E que todos o adoptem—ao menos como se adoptou o sabão do Congo, hein? E conhecido, adoptado, que todos o amem emfim, nos seus heróes, nos seus feitos, mesmo nos seus defeitos, em todos os seus padrões, e até nas veras pedrinhas das suas calçadas! Para esse fim, o maior a emprehender n'este apagado seculo da nossa Historia, fundava elle os Annaes. Para berrar! Para atroar Portugal, aos bramidos sobre os telhados, com a noticia inesperada da sua grandeza! E aos descendentes dos que outr'ora fizeram o Reino incumbia, mais que aos outros, o cuidado piedoso de o refazer... Como? Reatando a tradição, caramba!

—Assim, vocês! Por essa historia de Portugal fóra, vocês são uma enfiada de Ramires de toda a belleza. Mesmo o desembargador, o que comeu n'uma ceia de Natal dois leitões!... É apenas uma barriga. Mas que barriga! Ha n'ella uma pujança heroica que prova raça, a raça mais forte do que promette a força humana, como diz Camões. Dois leitões, caramba! Até enternece!... E os outros Ramires, o de Silves, o de Aljubarrota, os de Arzilla, os da India! E os cinco valentes, de quem você talvez nem saiba, que morreram no Salado! Pois bem, resuscitar estes varões, e mostrar n'elles a alma façanhuda, o querer sublime que nada verga, é uma soberba lição aos novos... Tonifica, caramba! Pela consciencia que renova de termos sido tão grandes sacode este chocho consentimento nosso em permanecermos pequenos! É o que eu chamo reatar a tradição... E depois feito por você proprio, Ramires, que chic! Caramba, que chic! É um fidalgo, o maior fidalgo de Portugal, que, para mostrar a heroicidade da Patria, abre simplesmente, sem sahir do seu solar, os archivos da sua Casa, velha de mais de mil annos. É de rachar!... E você não precisa fazer um grosso romance... Nem um romance muito desenvolvido está na indole militante da Revista. Basta um conto, de vinte ou trinta paginas... Está claro, os Annaes por ora não podem pagar. Tambem, você não precisa! E que diabo! não se trata de pecunia, mas d'uma grande renovação social... E depois, menino, a litteratura leva a tudo em Portugal. Eu sei que o Gonçalo em Coimbra, ultimamente, frequentava o Centro

Regenerador. Pois, amigo, de folhetim em folhetim, se chega a S. Bento! A penna agora, como a espada outr'ora, edifica reinos... Pense você n'isto! E adeus! que ainda hoje tenho de copiar, para lettra christã, este estudo do Henriques sobre Ceylão... Você não conhece o Henriques?... Não conhece. Ninguem conhece. Pois quando na Europa, n'essas grandes Academias da Europa, ha uma duvida sobre a Historia ou a Litteratura cingaleza, gritam para cá, para o Henriques!

Abalou, agarrado ao seu rolo e ao seu tomo—e Gonçalo ainda o avistou, na porta e claridade da tabacaria Nunes, agitando o braço esguio d'Apostolo deante d'um sujeito obeso, de vasto collete branco, que recuava, com espanto, assim perturbado no quieto gozo do seu grosso charuto e da doce noite de Maio.

O Fidalgo da Torre recolheu para o Bragança, impressionado, ruminando a idéa do Patriota. Tudo n'ella o seduzia—e lhe convinha: a sua collaboração n'uma Revista consideravel, de setenta paginas, em companhia de Escriptores doutos, lentes das Escolas, antigos Ministros, até Conselheiros d'Estado: a antiguidade da sua raça, mais antiga que o Reino, popularisada por uma historia d'heroica belleza, em que com tanto fulgor resaltavam a bravura e a soberba d'alma dos Ramires; e emfim a seriedade academica do seu espirito, o seu nobre gosto pelas investigações eruditas, apparecendo no momento em que tentava a carreira do Parlamento e da Politica!... E o trabalho, a composição moral dos vetustos Ramires, a resurreição archeologica do viver Affonsino, as cem tiras de almaço a atulhar de prosa forte—não o assustavam... Não! porque felizmente já possuia a «sua obra»—e cortada em bom panno, alinhavada com linha habil. Seu tio Duarte, irmão de sua mãe (uma senhora de Guimarães, da casa das Balsas), nos seus annos de ociosidade e imaginação, de 1845 a 1850, entre a sua carta de Bacharel e o seu Alvará de Delegado, fôra poeta—e publicára no Bardo, semanario de Guimarães, um Poemeto em verso solto, o Castello de Santa Ireneia, que assignára com duas iniciaes D.B. esse castello era o seu, o Paço antiquissimo de que restava a negra torre entre os limoeiros da horta. E o Poemeto cantava, com romantico garbo, um lance de altivez feudal em que se sublimára Tructesindo Ramires, Alferes-mór de Sancho I, durante as contendas de Affonso II e das senhoras Infantas. Esse volume do Bardo, encadernado em marroquim, com o brazão dos Ramires, o açor negro em campo escarlate, ficára no Archivo da Casa como um trecho da Chronica heroica dos Ramires. E muitas vezes em pequeno Goncalo recitára, ensinados pela mamã, os primeiros versos do Poema, de tão harmoniosa melancolia:

Na pallidez da tarde, entre a folhagem

Que o outomno amarellece...

Era com esse sombrio feito do seu vago avoengo que Gonçalo Mendes Ramires decidira em Coimbra, quando os camaradas da Patria e das ceias o acclamavam «o nosso Walter Scott», compôr um Romance moderno, d'um realismo épico, em dous robustos volumes, formando um estudo ricamente colorido da Meia-Edade Portugueza... E agora lhe servia, e com deliciosa facilidade, para essa Novella curta e sobria, de trinta paginas, que convinha aos Annaes.

No seu quarto do Bragança abrio a varanda. E debruçado, acabando o charuto, na dormente suavidade da noite de Maio, ante a magestade silenciosa do rio e da lua, pensava regaladamente que nem teria a canceira d'esmiuçar as chronicas e os folios massudos... Com effeito! toda a reconstruccão Historica a realisára, e solidamente, com um saber destro, o tio Duarte. O Paço acastellado de Santa Ireneia, com as fundas carcovas, a torre albarran, a alcaçova, a masmorra, o pharol e o balsão: o velho Tructesindo, enorme, e os seus flocos de cabellos e barbas ancestraes derramados sobre a loriga de malha; os servos mouriscos, de surrões de couro, cavando os regueiros da horta; os oblatos resmungando á lareira as Vidas dos Santos; os pagens jogando no campo do tavolado—tudo resurgia, com veridico realce, no Poemeto do tio Duarte! Ainda recordava mesmo certos lances: o truão açoutado; o festim e os uchões que arrombavam as cubas de cerveja; a jornada de Violante Ramires para o Mosteiro de Lorvão...

Junto à fonte mourisca, entre os ulmeiros,

A cavalgada pára...

O enrêdo todo com a sua paixão de grandeza barbara, os recontros bravios em que se saciam a punhal os rancores de raça, o heroico fallar despedido de labios de ferro—lá estavam nos versos do titi, sonoros e bem balançados...

Monge, escuta! O solar de D. Ramires

Por si, e pedra a pedra se aluira,

Se jámais um bastardo lhe pisasse,

Com sapato aviltado, as lages puras!

Na realidade só lhe restava transpôr as formas fluidas do Romantismo de1846 para a sua prosa tersa e mascula (como confessava o Castanheiro), de optima côr archaica, lembrando o Bobo. E era um plagio? Não! A quem, com mais seguro direito do que a elle, Ramires, pertencia a memoria dos Ramires historicos? A resurreição do velho Portugal, tão bella no Castello de Santa Ireneia, não era obra individual do tio Duarte—mas dos Herculanos, dos Rebellos, das Academias, da erudição esparsa. E, de resto, quem conhecia hoje esse Poemeto, e mesmo o Bardo, delgado semanario que perpassára, durante cinco mezes, ha cincoenta annos, n'uma villa de Provincia?...! Não hesitou mais, seduzido. E em quanto se despia, depois de beber aos goles um copo d'agua com bicarbonato de soda, já martellava a primeira linha do conto, á maneira lapidaria da Salammbô:—«Era nos Paços de Santa Ireneia, por uma noite d'inverno, na sala alta da Alcaçova...»

Ao outro dia, procurou José Lucio Castanheiro na repartição dos Proprios Nacionaes, á pressa,—por que, depois d'uma conferencia no Banco Hypothccario, ainda promettera acompanhar as primas Chellas a uma Exposição de Bordados na livraria Gomes. E annunciou ao Patriota que, positivamente, lhe assegurava para o primeiro numero dos Annaes a Novella, a que já decidira o titulo—a Torre de D. Ramires:

—Que lhe parece?

Deslumbrado, José Castanheiro atirou os magrissimos braços, resguardados pelas mangas d'alpaca, até á abobada do esguio corredor em que o recebera:

—Sublime!... A Torre de D. Ramires!... O grande feito de Tructesindo Mendes Ramires contado por Gonçalo Mendes Ramires!... E tudo na mesma Torre! Na Torre o velho Tructesindo pratica o feito; e setecentos annos depois, na mesma Torre, o nosso Gonçalo conta o feito! Caramba, menino, carambissima! isso é que é reatar a tradição!

Duas semanas depois, de volta a Santa Ireneia, Gonçalo mandou um creado da quinta, com uma carroça, a Oliveira, a casa de seu cunhado José Barrôlo, casado com Gracinha Ramires, para lhe trazer da rica livraria classica que o Barrôlo herdára do tio Deão da Sé todos os volumes da Historia Genealogica—«e (accrescentava n'uma carta) todos os cartapacios que por lá encontrares com o titulo de «Chronicas do Rei Fulano...» Depois, do pó das suas estantes, desenterrou as obras de Walter Scott, volumes desirmanados do Panorama, a Historia de Herculano, o Bobo, o Monge de Cistér. E assim [24] abastecido, com uma farta rêsma de tiras d'almaço sobre a banca, começou a repassar o Poemeto do tio Duarte, inclinado ainda a transpôr para a aspereza d'uma manhã de Dezembro, como mais congenere com a rudeza feudal dos seus avós, aquella lusida cavalgada de donas, monges e homens d'armas que o tio Duarte estendera, atravez d'uma suave melancolia outomnal, pelas veigas do Mondêgo...

Na pallidez da tarde, entre a folhagem

Que o outomno amarellece...

Mas, como era então Junho e a lua crescia, Gonçalo determinou por fim aproveitar as sensações de calor, luar e arvoredos, que lhe fornecia a aldeia—para levantar, logo á entrada da sua Novella, o negro e immenso Paço de Santa Ireneia, no silencio d'uma noite d'Agosto, sob o resplendor da lua cheia.

E já enchera desembaraçadamente, ajudado pelo Bardo, duas tiras, quando uma desavença com o seu caseiro, o Manoel Relho, que amanhava a quinta por oitocentos mil reis de renda, veio perturbar, na fresca e noviça inspiração do seu trabalho, o Fidalgo da Torre. Desde o Natal o Relho, que durante annos de compostura e ordem se emborrachava sempre aos domingos com alegria e com pachorra, começára a tomar, tres e quatro vezes por semana, bebedeiras desabridas, escandalosas, em que espancava a mulher, atroava a quinta de berros, e saltava para a estrada, esguedelhado, de varapáu, desafiando a quieta aldeia. Por fim, uma noite em que Gonçalo, á banca, depois do chá, laboriosamente escavava os fossos do Paço de Santa Ireneia—de repente a Rosa cozinheira rompeu a gritar «Aqui d'El-rei contra o Relho!» E, atravez dos seus brados e dos latidos dos cães, uma pedra, depois outra, bateram na varanda veneravel da livraria! Enfiado, Gonçalo Mendes Ramires pensou no revólver... Mas justamente n'essa tarde o creado, o Bento, descêra aquella sua velha e unica arma á cozinha para a desenferrujar e arear! Então, atarantado, correu ao quarto, que fechou á chave, empurrando contra a porta a commoda com tão desesperada anciedade que frascos de crystal, um cofre de tartaruga, até um crucifixo, tombaram e se partiram. Depois gritos e latidos findaram no pateo—mas Gonçalo não se arredou n'essa noite d'aquelle refugio bem defendido, fumando cigarros, ruminando um furor sentimental contra o Relho, a quem tanto perdoára, sempre tão affavelmente tratára, e que apedrejava as vidraças da Torre! Cêdo, de manhã convocou o Regedor; a Rosa, ainda tremula, mostrou no braço as marcas roxas dos dedos do Relho; e o homem, cujo arrendamento findava em Outubro, foi despedido da quinta com a mulher, [26] a arca e o catre. Immediatamente appareceu um lavrador dos Bravaes, o José Casco, respeitado em toda a freguezia pela sua seriedade e força espantosa, propondo ao fidalgo arrendar a Torre. Gonçalo Mendes Ramires porém, já desde a morte do pae, decidira elevar a renda a novecentos e cincoenta mil réis:—e o Casco desceu as escadas, de cabeça descahida. Voltou logo ao outro dia, repercorreu miudamente toda a quinta, esfarellou a terra entre os dedos, esquadrinhou o curral e a adega, contou as oliveiras e as cêpas: e n'um esforço, em que lhe arfaram todas as costellas, offereceu novecentos e dez mil réis! Gonçalo não cedia, certo da sua equidade. O José Casco voltou ainda com a mulher; depois, n'um domingo, com a mulher e um compadre,—e era um coçar lento do queixo rapado, umas voltas desconfiadas em torno da eira e da horta, umas demoras sumidas dentro da tulha, que tornavam aquella manhã de Junho intoleravelmente longa ao Fidalgo, sentado n'um banco

27

de pedra do jardim, debaixo d'uma mimosa, com a Gazeta do Porto. Quando o Casco, pallido, lhe veio offerecer novecentos e trinta mil réis—Gonçalo Mendes Ramires arremessou o jornal, declarou que ia elle, por sua conta, amanhar a propriedade, mostrar o que era um torrão rico, tratado pelo saber moderno, com phosphatos, com machinas! O homem de Bravaes, [27] então, arrancou um fundo suspiro, acceitou os novecentos e cincoenta mil reis. Á maneira antiga o Fidalgo apertou a mão ao lavrador—que entrou na cozinha a enxugar um largo copo de vinho, esponjando na testa, nas cordoveias rijas do pescoço, o suor anciado que o alagava.

Mas, como entulhada por estes cuidados, a veia abundante de Gonçalo estancou—não foi mais que um fio arrastado e turvo. Quando n'essa tarde se accomodou á banca, para contar a sala d'armas do Paço de Santa Ireneia por uma noite de lua—só conseguiu converter servilmente n'uma prosa aguada os versos lisos do tio Duarte, sem relêvo que os modernisasse, désse magestade senhorial ou bellesa saudosa áquelles macissos muros onde o luar, deslisando atravez das rexas, salpicava scentelhas pelas pontas das lanças altas, e pela cimeira dos morriões... E desde as quatro horas, no calor e silencio do domingo de Junho, labutava, empurrando a penna como lento arado em chão pedregoso, riscando logo rancorosamente a linha que sentia deselegante e molle, ora n'um reboliço, a sacudir e reenfiar sob a mesa os chinellos de marroquim, ora immovel e abandonado á esterilidade que o travava, com os olhos esquecidos na Torre, na sua difficillima Torre, negra entre os limoeiros e o azul, toda envolta no piar e esvoaçar das andorinhas.

[28] Por fim, descorçoado, arrojou a penna que tão desastrosamente emperrára. E fechando na gavêta, com uma pancada, o volume precioso do Bardo:

—Irra! Estou perfeitamente entupido! É este calor! E depois aquelle animal do Casco, toda a manhã!...

Ainda releu, coçando sombriamente a nuca, a derradeira linha rabiscada e suja:

—«...Na sala altaneira e larga, onde os largos e pallidos raios da lua...» Larga, largos!... E os pallidos raios, os eternos pallidos raios!... Tambem este maldito castello, tão complicado!... E este D. Tructesindo, que eu não apanho, tão antigo!... Emfim, um horror!

Atirou, n'um repellão, a cadeira de couro; cravou, com furor, um charuto nos dentes;—e abalou da livraria, batendo desesperadamente a porta, n'um tedio immenso da sua obra, d'aquelles confusos e enredados Paços de Santa Ireneia, e dos seus avós, enormes, resoantes, chapeados de ferro, e mais vagos que fumos.

II

Bocejando, apertando os cordões das largas pantalonas de seda que lhe escorregavam da cinta, Gonçalo, que durante todo o dia preguiçára, estirado no divan de damasco azul, com uma vaga dôr nos rins, atravessou languidamente o quarto para espreitar, no corredor, o antigo relogio de charão. Cinco horas e meia!... Para desannuviar, pensou n'uma caminhada pela fresca estrada dos Bravaes. Depois n'uma visita (devida já desde a Paschoa!) ao velho Sanches Lucena, eleito novamente deputado, nas Eleições Geraes de Abril, pelo circulo de Villa Clara. Mas a jornada á Feitosa, á quinta do Sanches Lucena, demandava uma hora a cavallo, desagradavel com aquella teimosa dôr nos rins que o filára na vespera á noite, depois do chá, na Assembleia da Villa. E, indeciso, arrastava os passos no corredor, [30] para gritar ao Bento ou á Rosa que lhe subissem uma limonada, quando, atravez das varandas abertas, resoou um vozeirão de grosso metal, que gracejando mais se engrossava, rolava pelo pateo, n'uma cadencia cava de malho malhando:

—Oh sô Gonçalo! Oh sô Gonçalão! Oh sô Gonçalissimo Mendes Ramires!...

Reconheceu logo o Titó, o Antonio Villalobos, seu vago parente, e seu companheiro de Villa Clara, onde aquelle homenzarrão excellente, de velha raça Alemtejana, se estabelecera sem motivo, só por affeição bucolica á villa. E havia onze annos que a atulhava com os seus possantes membros, o lento rebombo do seu vozeirão, e a sua ociosidade espalhada pelos bancos, pelas esquinas, pelas ombreiras das lojas, pelos balcões das tabernas, pelas sachristias a caturrar com os padres, até pelo cemiterio a philosophar com o coveiro. Era um irmão do velho morgado de Cidadelhe (o genealogista), que lhe estabelecêra uma mesada de oito moedas para o conservar longe de Cidadelhe—e do seu sujo serralho de moças do campo, e da obra tenebrosa a que agora se atrellára, a Veridica Inquirição, uma Inquirição sobre as bastardias, crimes e titulos illegitimos das familias fidalgas de Portugal. E Gonçalo, desde estudante, amára sempre aquelle Hercules bonacheirão, que o seduzia pela prodigiosa força, a incomparavel [31] potencia em beber todo um pipo e em comer todo um anho, e sobretudo pela independencia, uma suprema independencia, que, apoiada ao bengalão terrifico e com as suas oito moedas dentro da algibeira, nada temia e nada desejava nem da Terra nem do Céo.—Logo debruçado na varanda, gritou:

—Oh Titó, sóbe!... Sóbe emquanto eu me visto. Tomas um calice de genebra... Vamos depois passear até aos Bravaes...

Sentado no rebordo do tanque redondo e sem agua que ornava o pateo, erguendo para o casarão a sua franca e larga face requeimada, cheia de barba ruiva, o Titó movia lentamente como um leque um velho chapéo de palha:

—Não posso... Ouve lá! Tu queres hoje á noite cear no Gago, commigo e com o João Gouveia? Vae tambem o Videirinha e o violão. Temos uma tainha assada, uma famosa. E enorme, que eu comprei esta manhã a uma mulher da Costa por cinco tostões. Assada pelo Gago!... Entendido, hein? O Gago abre pipa nova de vinho, do Abbade de Chandim. Eu conheço o vinho. É d'aqui, da ponta fina.

E Titó, com dous dedos, delicadamente, sacudio a ponta molle da orelha. Mas Gonçalo, repuxando as pantalonas, hesitava:

—Homem, eu ando com o estomago arrazado... E desde hontem á noite uma dôr nos rins, ou no [32] figado, ou no baço, não sei bem, n'uma d'essas entranhas!... Até hoje, para o jantar, só caldo de gallinha e gallinha cosida... Emfim! vá! Mas, á cautela, recommenda ao Gago que me prepare para mim um franguinho assado... Onde nos encontramos? Na Assembléa? O Titó despegára logo do tanque, pousando na nuca o chapéo de palha:

—Hoje não me gasto pela Assembléa. Tenho senhora. Das dez para as dez e meia, no Chafariz... Vae tambem o Videirinha com a viola. Viva!... Das dez para as dez e meia! Entendido... E franguinho assado para S. Ex.a, que se queixa do rim!

E atravessou o pateo, com lentidão bovina, parando a colher n'uma roseira, junto ao portão, uma rosa com que florio a quinzena de velludilho côr d'azeitona.

Immediatamente Gonçalo decidira não jantar, certo dos beneficios d'aquelle jejum até ás dez horas, depois de um passeio pelos Bravaes e pelo valle da Riosa. E, antes de entrar no quarto para se vestir, empurrou a porta envidraçada sobre a escura escada da cozinha, gritou pela Rosa cozinheira. Mas nem a boa velha, nem o Bento por quem tambem berrou furiosamente, responderam, no pesado silencio em que jaziam, como abandonados, esses sombrios fundos de grande lage e de grande abobada [33] que restavam do antigo Palacio, restaurado por Vicente Ramires depois da sua campanha em Castella, incendiado no tempo de El-Rei D. José I. Então Gonçalo desceu dous degráos da gasta escadaria de pedra e atirou outro dos longos brados com que atroava a Torre—desde que as campainhas andavam desmanchadas. E descia ainda para invadir a cozinha quando a Rosa acudio. Sahira para o pateo da horta com a filha da Crispola! não sentira o Snr. Doutor!...

—Pois estou a berrar ha uma hora! E nem você nem Bento!... É por que não janto. Vou cear a Villa Clara com os amigos.

A Rosa, do sonoro fundo do corredor, protestou, desolada. Pois o Sr. Doutor ficava assim em jejum até horas da noite?—Filha d'um antigo hortelão da Torre, crescida na Torre, já cozinheira da Torre quando Gonçalo nascêra, sempre o tratára por «menino», e mesmo por «seu riquinho» até que elle partio para Coimbra e começou a ser, para ella e para o Bento, o «Sr. Doutor».—E o Sr. Doutor, ao menos, devia tomar o caldinho de gallinha, que apurára desde o meio dia, cheirava que nem feito no céo!

Gonçalo, que nunca discordava da Rosa ou do Bento, consentio—e já subia, quando reclamou ainda a Rosa para se informar da Crispola, uma desgraçada [34] viuva que, com um rancho faminto de crianças, adoecera pela Paschoa de febres perniciosas.

—A Crispola vae melhor, Sr. Doutor. Já se levanta. Diz a pequena que já se levanta... Mas muito derreadinha...

Gonçalo desceu logo outro degráo, debruçado na escada, para mergulhar mais confidencialmente n'aquellas tristezas:

—Olhe, oh Rosa, então se a pequena ahi está, coitada, que leve para casa á mãe a gallinha que eu tinha para jantar. E o caldo... Que leve a panella! Eu tomo uma chavena de chá com biscoitos. E olhe! Mande tambem dez tostões á Crispola... Mande dois mil réis. Escute! Mas não lhe mande a gallinha e o dinheiro assim seccamente... Diga que estimo as melhoras, e que lá passarei por casa para saber. E esse animal do Bento que me suba agua quente!

No quarto, em mangas de camisa, deante do espelho, um immenso espelho rolando entre columnas douradas, estudou a lingua que lhe parecia saburrosa, depois o branco dos olhos, receiando a amarellidão de bilis solta. E terminou por se contemplar na sua feição nova, agora que rapára a barba em Lisboa, conservando o bigodinho castanho, frisado e leve, e uma môsca um pouco longa, que lhe alongava mais a face aquilina e fina, sempre d'uma brancura de nata. O seu desconsolo era o cabello, [35] bem ondeado, mas tenue e fraco, e, apezar de todas as aguas e pomadas, necessitando já risca mais elevada, quasi ao meio da testa clara.

—É infernal! Aos trinta annos estou calvo...

E todavia não se despegava do espelho, n'uma contemplação agradada, recordando mesmo a recommendação da tia Louredo, em Lisboa:—«Oh sobrinho! o menino, assim galante e esperto, não se enterre na provincia! Lisboa está sem rapazes. Precisamos cá um bom Ramires!»—Não! não se enterraria na provincia, immovel sob a hera e a poeira melancolica das cousas immoveis, como a sua Torre!... Mas vida elegante em Lisboa, entre a sua parentella historica, como a aguentaria com o conto e oitocentos mil reis de renda que lhe restava, pagas as dividas do papá? E depois realmente vida em Lisboa só a desejava com uma posição politica,—cadeira em S. Bento, influencia intellectual no seu Partido, lentas e seguras avançadas para o Poder. E essa, tão docemente sonhada em Coimbra, nas faceis cavaqueiras do Hotel Mondego,—muito remota a entrevia! Quasi inconquistavel, para além de um muro alto e aspero, sem porta e sem fenda!... Deputado—como? Agora, com o horrendo S. Fulgencio e os Historicos no Ministerio durante tres gordos annos, não voltariam Eleições Geraes. E mesmo n'alguma Eleição Supplementar que possibilidade lograria [36]elle, que, desde Coimbra, bem levianamente, arrastado por uma elegancia de tradições, se manifestára sempre Regenerador, no «Centro» da Couraça, nas correspondencias para a Gazeta do Porto, nas verrinas ardentes contra o chefe do Districto, o Cavalleiro detestavel?... Agora só lhe restava esperar. Esperar, trabalhando; ganhando em consistencia social; edificando com sagacidade, sobre a base do seu immenso nome historico, uma pequenina nomeada politica; tecendo e estendendo a malha preciosa das amizades partidarias desde Santa Ireneia até ao Terreiro do Paço... Sim! eis a theoria explendida:—mas consistencia, nomeada, affeições politicas, como se conquistam? «Advogue, escreva nos jornaes!» fôra o conselho distrahido e risonho do seu chefe, o Braz Victorino. Advogar em Oliveira, mesmo em Lisboa? Não podia, com aquelle seu horror ingenito, quasi physiologico, a autos e papelada forense. Fundar um jornal em Lisboa como o Ernesto Rangel, seu companheiro de Coimbra no Hotel Mondego? Era façanha facil para o neto adorado da Snr.a D. Joaquina Rangel que armazenava dez mil pipas de vinho nos barracões de Gaia. Batalhar n'um jornal de Lisboa? N'essas semanas de Capital, sempre pelo Banco Hypothecario, sempre com as «primas», nem formára relações duraveis e uteis nos dous grandes Diarios Regeneradores, a Manhã e a Verdade... De sorte que, realmente, [37] n'esse muro que o separava da fortuna só descobria um buraquinho, bem apertado mas serviçal—os Annaes de Litteratura e d'Historia, com a sua collaboração de Professores, de Politicos, até d'um Ministro, até de um Almirante, o Guerreiro Araujo, esse tocante massador. Appareceria pois nos Annaes com a sua Torre, revelando imaginação e um saber rico. Depois, trepando da Invenção para o terreno mais respeitavel da Erudição, daria um estudo (que até lhe lembrára no comboio, ao voltar de Lisboa!) sobre as «Origens Visigothicas do Direito Publico em Portugal...» Oh, nada conhecia, é certo, d'essas Origens, d'esses Visigodos. Mas, com a bella historia da Administração Publica em Portugal que lhe emprestára o Castanheiro, comporia corrediamente um resumo elegante... Depois, saltando da Erudição ás Sciencias Sociaes e Pedagogicas—por que não amassaria uma boa «Reforma do Ensino Juridico em Portugal» em dous artigos massudos, de Homem d'Estado?... Assim avançava, bem chegado aos Regeneradores, construindo e cinzelando o seu pedestal litterario, até que os Regeneradores voltassem ao Ministerio, e no muro se escancarasse a desejada porta triumphal.—E no meio do quarto, em ceroulas, com as mãos nas ilhargas, Gonçalo Mendes Ramires concluio pela necessidade de apressar a sua Novella.

—Mas, quando acabarei eu essa Torre? assim emperrado, sem veia, com o figado combalido?...

[38] O Bento, velho de face rapada e morena, com um lindo cabello branco todo encarapinhado, muito limpo, muito fresco na sua jaqueta de ganga, entrára vagarosamente, segurando a infusa d'agua quente.

—Oh Bento, ouve lá! Tu não encontraste na mala que eu trouxe de Lisboa, ou no caixote, um frasco de vidro com um pó branco? É um remedio inglez que me deu o Sr. Dr. Mattos... Tem um rotulo em inglez, com um nome inglez, não sei quê, fruit salt... Quer dizer sal de fructas...

O Bento cravou no soalho os olhos, que depois cerrou, meditando. Sim, no quarto de lavar, em cima do bahú vermelho, ficára um frasco com pó, embrulhado num pergaminho antigo como os do Archivo.

—É esse! declarou Gonçalo. Eu precisava em Lisboa uns documentos por causa d'aquelle malvado fôro de Praga. E por engano, na balburdia, levo do Archivo um pergaminho perfeitamente inutil! Vae buscar o rolo... Mas tem cuidado com o frasco!

O Bento, cuidadoso, sempre lento, ainda enfiou os botões d'agatha nos punhos da camisa do Sr. Doutor, e desdobrou sobre a cama, para elle vestir, a quinzena, as calças bem vincadas, de cheviote leve. E Gonçalo, retomado pela idéa de artigos para os Annaes, folheava, rente á janella, a Historia da

Administração Publica em Portugal, quando Bento [39] voltou com um rolo de pergaminho, d'onde pendia, por fitas roidas, um sello de chumbo.

—Esse mesmo! exclamou o Fidalgo atirando o volume para o poial da janella. É esse mesmo que eu enrolei no pergaminho para se não quebrar. Desembrulha, deixa em cima da commoda... O Sr. Dr. Mattos aconselhou que o tomasse com agua tepida, em jejum. Parece que ferve. E limpa o sangue, desannuvia a cabeça... Pois eu muito necessitado ando de desannuviar a cabeça!... Toma tu tambem, Bento. E dize á Rosa que tome. Todos tomam agora, até o Papa!

Com cuidado, o Bento desenrolára o frasco, estendendo sobre o marmore da commoda o pergaminho duro, onde a lettra do seculo XVI se encarquilhava amarella e morta. E Gonçalo, abotoando o colarinho:

—Ora ahi está o que eu levo preciosamente para deslindar o fôro de Praga! Um pergaminho do tempo de D. Sebastião... E só percebo mesmo a data, mil quatrocentos... Não, mil quinhentos e setenta e sete. Nas vesperas da jornada d'Africa... Emfim! serviu para embrulhar o frasco.

O Bento, que escolhera no gavetão um collete branco, relanceou de lado o pergaminho veneravel:

—Naturalmente foi carta que El-rei D. Sebastião escreveu a algum avosinho do Sr. Doutor...

—Naturalmente, murmurava o Fidalgo, deante [40]do espelho. E para lhe dar alguma cousa boa, alguma cousa gorda... Antigamente ter rei era ter renda. Agora... Não apertes tanto essa fivella, homem! Trago ha dias o estomago inchado... Agora, com effeito, esta instituição de Rei anda muito safada, Bento!

—Parece que anda, observou gravemente o Bento. Tambem, o Seculo affiança que os Reis estão a acabar, e por dias. Ainda hontem affiançava. E o Seculo é jornal bem informado... No de hoje, não sei se o Sr. Doutor leu, lá vem a grande festa dos annos do Sr. Sanches Lucena, e o fogo de vistas, e o brodio que deram na Feitosa...

Enterrado no divan de damasco, Gonçalo estendera os pés ao Bento que lhe laçava as botas brancas:

—Esse Sanches Lucena é um idiota! Ora que arranjo fará a esse homem, aos sessenta annos, ser deputado, passar mezes em Lisboa no Francfort, abandonar as propriedades, deixar aquella linda quinta... E para quê? Para rosnar de vez em quando «apoiado!» Antes elle me cedesse a cadeira, a mim, que sou mais esperto, não possuo grandes terras, e gosto do Hotel Bragança. E por Sanches Lucena... O Joaquim amanhã que me tenha a egoa prompta, a esta hora, para eu ir á Feitosa visitar esse animal... E ponho então o fato novo de montar que trouxe de Lisboa, com as polainas altas... Ha mais de [41] dois annos que não vejo a D. Anna Lucena. É uma linda mulher!

—Pois quando o Sr. Doutor estava em Lisboa elles passaram ahi, na caleche. Até pararam, e o Sr. Sanches Lucena apontou para a Torre, a mostrar á senhora... Mulher muito perfeita! E traz uma grande luneta, com um grande cabo, e um grande grilhão, tudo d'oiro...

—Bravo!... Encharca bem esse lenço com agoa de Colonia, que tenho a cabeça tão pesada!... Essa D. Anna era uma jornaleira, uma moça do campo, de Corinde?

Bento protestou, com o frasco suspenso, espantado para o Fidalgo:

—Não senhor! A Snr.a D. Anna Lucena é de gente muito baixa! Filha d'um carniceiro d'Ovar... E o irmão andou a monte por ter morto o ferrador d'Ilhavo.

—Emfim, resumiu Gonçalo, filha de carniceiro, irmão a monte, bella mulher, luneta d'oiro... Merece fato novo!

Em Villa-Clara, ás dez horas, sentado n'um dos bancos de pedra do Chafariz, sob as olaias, o Titó esperava com o amigo João Gouveia—que era o Administrador do Concelho da Villa. Ambos se abanavam [42] com os chapeus, em silencio, gozando a frescura e o sussurro da agua lenta na sombra. E a «meia» batia no relogio da Camara, quando Gonçalo, que se retardára na Assembléa n'um voltarete enremissado, appareceu annunciando uma fome terrivel, «a fome historica dos Ramires», e apressando a marcha para o Gago—sem mesmo consentir que o Titó descesse á tabacaria do Brito, a buscar uma garrafa de aguardente de canna da Madeira, velha e «da ponta fina...»

—Não ha tempo! Ao Gago! Ao Gago!... Senão devoro um de Vocês, com esta furiosa fome Ramirica!

Mas, logo ao subirem a Calçadinha, parou elle cruzando os braços, interpellando divertidamente o Sr. Aministrador do Concelho pelo estupendo feito do seu Governo... Então o seu Governo, os seus amigos Historicos, o seu honradissimo S. Fulgencio—nomeavam, para Governador Civil de Monforte, o Antonio Moreno! O Antonio Moreno, tão justamente chamado em Coimbra Antoninha Morena! Não, realmente, era a derradeira degradação a que podia rolar um paiz! Depois d'esta, para harmonia perfeita dos serviços, só outra nomeação, e urgente—a da Joanna Salgadeira, Procuradora Geral da Corôa!

E o João Gouveia, um homem pequeno, muito escuro, muito secco, de bigode mais duro que piassaba, [43]esticado n'uma sobrecasaca curta, com o chapeu de coco atirado para a orelha, não discordava. Empregado imparcial, servindo os Historicos como servira os Regeneradores, sempre acolhia com imparcial ironia as nomeações de bachareis novos, Historicos ou Regeneradores, para os gordos logares Administrativos. Mas, n'este caso, sinceramente, quasi vomitára, rapazes! Governador Civil, e de Monforte, o Antonio Moreno, que elle tantas vezes encontrára no quarto, em Coimbra, vestido de mulher, de roupão aberto, e a carinha bonita coberta de pó de arroz!...—E, travando do braço do Fidalgo, recordava a noite em que o José Gorjão, muito bebedo, de cartola e com um revólver, exigia furiosamente que o padre Justino, tambem bebedo, o casasse com o Antoninho deante d'um nicho da Senhora da Boa Morte! Mas o Tító, que esperava, floreando o bengalão, declarou áquelles senhores que se o tempo sobejava para arrastarem assim na rua, a conversar de Politica e d'indecencias—então voltava elle ao Brito, buscar a aguardentesinha... Immediatamente o Fidalgo da Torre, sempre brincalhão, sacudiu o braço do Administrador, e galgou pela Calçadinha, aos corcovos, com as mãos fortemente juntas, como colhendo uma redea, contendo um cavallo que se desboca.

E na sala alta do Gago, ao cimo da escada esguia e ingreme que subia da taberna, a um canto [44]da comprida mesa allumiada por dois candieiros de petroleo, a ceia foi muito alegre, muito saboreada. Gonçalo, que se declarava miraculosamente curado pelo passeio até aos Bravaes e pelas emoções do voltarete em que ganhára desenove tostões ao Manoel Duarte—começou por uma pratada d'ovos com chouriço, devorou metade da tainha, devastou o seu «frango de doente», clareou o prato da salada de pepino, findou por um montão de ladrilhos de marmellada: e atravez d'este nobre trabalho, sem que a fina brancura da sua pelle se afogueasse, esvasiou uma caneca vidrada de Alvaralhão, porque logo ao primeiro trago, e com desgosto do Titó, amaldiçoára o vinho novo do Abbade. Á sobremesa appareceu o Videirinha, «o Videirinha do violão», tocador afamado de Villa Clara, ajudante da Pharmacia, e poeta com versos de amor e de patriotismo já impressos no Independente d'Oliveira. Jantára n'essa tarde, com o violão, em casa do commendador Barros, que celebrava o anniversario da sua commenda: e só acceitou um copo d'Alvaralhão, em que esmagou um ladrilho de marmellada «para adocicar a goella». Depois, á meia noite, Gonçalo obrigou o Gago a espertar o lume, ferver um café «muito forte, um café terrivel, Gago amigo! um café capaz de abrir talento no Sr. Commendador Barros!» Era essa a hora divina do violão e do «fadinho». E já o Videirinha [45]recuára para a sombra da sala, pigarreando, affinando os bordões, pousado com melancolia á borda d'um banco alto.

—A Soledad, Videirinha! pediu o bom Titó, pensativo, enrolando um grosso cigarro.

Videirinha gemeu deliciosamente a Soledad:

Quando fôres ao cemiterio

Ai Soledad, Soledad!...

Depois, apenas elle findou, acclamado, e emquanto acertava as cravelhas, o Fidalgo da Torre e João Gouveia, com os cotovellos na mesa, os charutos fumegando, conversaram sobre essa venda de Lourenço Marques aos Inglezes, preparada surrateiramente (conforme clamavam, arripiados de horror, os jornaes da Opposição) pelo Governo do S. Fulgencio. E Gonçalo tambem se arripiava! Não com a alienação da Colonia—mas com a impudencia do S. Fulgencio! Que aquelle careca obeso, filho sacrilego d'um frade que depois se fizera mercieiro em Cabecelhos, trocasse a libras, para se manter mais dois annos no Poder, um pedaço de Portugal, torrão augusto, trilhado heroicamente pelos Gamas, os Athaydes, os Castros, os seus proprios avós—era para elle uma abominação que justificava todas as violencias, mesmo uma revolta, e a casa de Bragança enterrada [46]no lodo do Tejo! Trincando, sem parar, amendoas torradas, João Gouveia observou:

—Sejamos justos, Gonçalo Mendes! Olhe que os Regeneradores...

45

O Fidalgo sorrio superiormente. Ah! se os Regeneradores realisassem essa grandiosa operação—bem! Esses, primeiramente, nunca commetteriam a indecencia de vender a Inglezes terra de Portuguezes! Negociariam com Francezes, com Italianos, povos latinos, raças fraternas... E depois os bons milhões soantes seriam applicados ao fomento do Paiz, com saber, com probidade, com experiencia. Mas esse horrendo careca do S. Fulgencio!...—E no seu furor, engasgado, gritou por genebra, por que realmente aquelle cognac do Gago era uma peçonha torpe!

O Titó encolheu os hombros, resignado:

—Não me deixaste ir buscar a aguardentesinha, agora aguenta... E a genebra é ainda mais peçonhenta. Nem para os negros d'esse Lourenço Marques que tu queres vender... Portuguezes indecentes, a vender Portugal! Até o Sr. Administrador do Concelho devia prohibir estas conversas...

Mas o Sr. Administrador do Concelho affirmou que as consentia, e rasgadamente... Por que tambem elle, como Governo, venderia Lourenço Marques, e Moçambique, e toda a Costa Oriental! E ás [47]talhadas! Em leilão! Alli, toda a Africa, posta em praça, apregoada no Terreiro do Paço! E sabiam os amigos porquê? Pelo são principio de forte administração—(estendia o braço, meio alçado do banco, como n'um Parlamento)... Pelo são principio de que todo o proprietario de terras distantes, que não póde valorisar por falta

46

de dinheiro ou gente, as deve vender para concertar o seu telhado, estrumar a sua horta, povoar o seu curral, fomentar todo o bom torrão que pisa com os pés... Ora a Portugal restava toda uma riquissima provincia a amanhar, a regar, a lavrar, a semear—o Alemtejo!

O Tító lançou o vozeirão, desdenhando o Alemtéjo como uma pellicula de terra de má qualidade, que, fóra umas legoas de campos em torno de Beja e de Serpa, por um grão só dava dois, e, apenas esgaravetada, logo mostrava o granito...

—O mano João tem lá uma herdade immensa, immensissima, que rende trezentos mil réis!

O Administrador, que advogára em Mertola, protestou, encristado. O Alemtejo! Provincia abandonada, sim! Abandonada miseravelmente, desde seculos, pela imbecilidade dos governos... Mas riquissima, fertilissima!

—Pois então os Arabes... E qual Arabes! Ainda ha dias o Freitas Galvão me contava...

Mas Gonçalo Mendes, que cuspira tambem a [48]genebra com uma carantonha, acudiu, n'um resumo varredor, condemnando todo o Alemtejo como uma desgraçada illusão!

Estirado por sobre a mesa, o Administrador gritava:

—Você já esteve no Alemtejo?

—Tambem nunca estive na China, e...

—Então não falle! Só a vinha espantosa que plantou o João Maria...

—Quê! Umas cem pipas de zurrapa! Mas, n'outros sitios, legoas e legoas sem...

—Um celleiro!

—Uma charneca!

E atravez do tumulto o Videirinha, repenicando com solitario ardor, levado na torrente d'ais do «fado» da Ariosa, soluçava contra uns olhos negros, donos do seu coração:

Ai! que dos teus negros olhos

Me vem hoje a perdição...

O petroleo dos candieiros findava: e o Gago, reclamado para trazer castiçaes, surdio em mangas de camisa, detraz d'uma cortina de chita, com a sua esperta humildade banhada em riso, lembrando a suas Excellencias que passava da uma horasinha da noite... O Administrador, que detestava noitadas, [49]nocivas á sua garganta (de amygdalas loucamente inflammaveis), puxou o relogio com terror. E rapidamente reabotoado na sobrecasa, de chapéo côco mais tombado á banda, apressou o lento Titó, por que ambos moravam no alto da Villa—elle defronte do Correio, o outro na viella das Therezas, n'uma casa onde outr'ora habitára e apparecera apunhalado o antigo carrasco do Porto.

O Titó porém não se aviava. Com o bengalão debaixo do braço, ainda chamou o Gago ao fundo sombrio da sala estreita, para cochichar sobre o embrulhado negocio d'uma compra de espingarda, soberba espingarda Winchester, empenhada ao Gago pelo filho do tabellião Guedes d'Oliveira. E, quando desceu a escadaria, encontrou á porta da taberna, no estendido luar que orlava a rua adormecida, o Fidalgo da Torre e o João Gouveia bruscamente engalfinhados na costumada contenda sobre o Governador Civil de Oliveira—o André Cavalleiro!

Era sempre a mesma briga, pessoal, furiosa e vaga. Gonçalo clamando que não alludissem deante d'elle, pelas cinco chagas de Christo, a esse bandido, esse Snr. Cavalleiro e sobretudo Cavallo, mandão burlesco que desorganizava o Districto! E João Gouveia muito teso, muito secco, com o côco mais cahido na orelha, assegurando a inteligencia superior do amigo

Cavalleiro, que estabelecera limpeza e [50] ordem, como Hercules, nas cavallariças d'Oliveira! O Fidalgo rugia. E Videirinha, com o violão resguardado atraz das costas, supplicava aos amigos que recolhessem á taberna, para não alvorotar a rua...

—Tanto mais que defronte, coitada, a sogra do Dr. Venancio está desde hontem com a pontada!

—Pois então, berrou Gonçalo, não venham com disparates que revoltam! Dizer você, Gouveia, que Oliveira nunca teve Governador Civil como o Cavalleiro!... Não é por meu pae! O papá já lá vae ha trez annos, infelizmente. E concordo que não fosse boa auctoridade. Era frouxo, andava doente... Mas depois tivemos o Visconde de Freixomil. Tivemos o Bernardino. Você serviu com elles. Eram dois homens!... Mas este cavallo d'este Cavalleiro! A primeira condição para a auctoridade superior d'um Districto é não ser burlesca. E o Cavalleiro é d'entremez! Aquella guedelha de trovador, e a horrenda bigodeira negra, e o olho languinhento a pingar namoro, e o papo empinado, e o pó-pó-poh! É d'entremez! E estupido, d'uma estupidez fundamental, que lhe começa nas patas, vem subindo, vem crescendo. Oh senhores, que animal!... Sem contar que é malandro.

Teso na sombra do immenso Titó, como uma estaca junto d'uma torre, o Administrador mordia o charuto. Depois, de dedo espetado, com uma serenidade cortante:

[51]—Você acabou?... Pois, Gonçalinho, agora escute! Em todo o districto d'Oliveira, note bem, em todo elle! não ha ninguem, absolutamente ninguem, que de longe, muito de longe, se compare ao Cavalleiro em intelligencia, caracter, maneiras, saber, e finura politica!

O Fidalgo da Torre emmudeceu, varado. Por fim sacudindo o braço, n'um desabrido, arrogante desprezo:

—Isso são as opiniões d'um subalterno!

—E isso são as expressões d'um malcreado! uivou o outro, crescendo todo, com os olhinhos esbugalhados a fuzilar.

Immediatamente entre os dois, mais grosso que um barrote, avançou o braço do Titó, estendendo uma sombra na calçada:

—Olá! Oh rapazes! Que desconchavo é este? Vocês estão borrachos?... Pois tu, Gonçalo...

Mas já Gonçalo, n'um d'esses seus impulsos generosos e amoraveis que tão finamente seduziam, se humilhava, confessava a sua brutalidade, sensibilisado:

51

—Perdoe você, João Gouveia! Sei perfeitamente que você defende o Cavalleiro por amizade, não por dependencia... Mas que quer, homem? Quando me fallam n'esse Cavallo... Não sei, é por contagio da besta, orneio, atiro coice!

[52] O Gouveia, sem rancor, logo reconciliado (porque admirava carinhosamente o Fidalgo da Torre), deu um puxão forte á sobrecasaca e apenas observou «que o Gonçalinho era uma flôr, mas picava...» Depois, aproveitando a emoção submissa de Gonçalo, recomeçou a glorificação do Cavalleiro, mais sobria. Reconhecia certas fraquezas. Sim, com effeito, aquelle modo impertigado... Mas que coração!—E o Gonçalinho devia considerar...

O Fidalgo, de novo revoltado, recuou, espalmando as mãos:

—Escute você, oh João Gouveia! Por que é que você lá em cima, á ceia, não comeu a salada de pepino? Estava divina, até o Videirinha a appeteceu! Eu repeti, acabei a travessa... Por que foi? Por que você tem horror physiologico, horror visceral ao pepino. A sua natureza e o pepino são incompativeis. Não ha raciocinios, não ha subtilezas, que o persuadam a admittir lá dentro o pepino. Você não duvida que elle seja excellente, desde que tanta gente de bem o adora: mas você não póde... Pois eu estou para o Cavalleiro como você para o pepino. Não posso! Não ha molhos, nem razões, que m'o disfarcem. Para mim é ascoroso. Não vae! Vomito!... E agora ouça...

Então Titó, que bocejava, interveio, já farto:

—Bem! Parece-me que apanhamos a nossa dóse [53]de Cavalleiro, e valente! Somos todos muito boas pessoas e só nos resta debandar. Eu tive senhora, tive tainha... Estou derreado. E não tarda a madrugada, que vergonha!

O Administrador pulou. Oh Diabo! E elle, ás nove horas da manhã, com commissão de recenseamento!... Para esmagar bem o amúo, cingiu Gonçalo n'um rijo abraço. E, quando o Fidalgo descia para o Chafariz com o Videirinha (que n'estas noites festivas de Villa Clara o acompanhava sempre pela estrada até ao portão da Torre), João Gouveia ainda se voltou, pendurado do braço do Titó no meio da Calçadinha, para lhe lembrar um preceito moral «de não sei que philosopho»:

—«Não vale a pena estragar boa ceia por causa de má politica...» Creio que é d'Aristoteles!

E até Videirinha, que de novo afinava a viola, se preparava para um solto descante ao luar, murmurou respeitosamente por entre abafados harpejos:

—Não vale a pena, Sr. Doutor... Realmente não vale a pena, por que em Politica hoje é branco, ámanhã é negro, e depois, zás, tudo é nada!

O fidalgo encolhera os hombros. A Politica! Como se elle pensasse na Auctoridade, no Sr. Governador civil d'Oliveira—quando injuriava o Sr. André Cavalleiro, de Corinde! Não! o que detestava era o [54]homem—o falso homem d'olho langoroso! Por que entre elles existia um d'esses fundos aggravos que outr'ora, no tempo dos Tructesindos, armavam um contra o outro, em dura arrancada de lanças, dois bandos senhoriaes...—E pela estrada, com a lua no alto dos oiteiros de Valverde, em quanto no violão do Videirinha tremia o choro lento do fado do Vimioso, Gonçalo Mendes recordava, aos pedaços, aquella historia que tanto enchera a sua alma desoccupada. Ramires e Cavalleiros eram familias vizinhas, uma com a velha torre em Santa Ireneia, mais velha que o Reino—a outra com quinta bem tratada e rendosa em Corinde. E quando elle, rapaz de dezoito annos, enfiava enfastiadamente os preparatorios do Lyceu, André Cavalleiro, então estudante do Terceiro-Anno, já o tratava como um amigo serio. Durante as férias, como a mãe lhe dera um cavallo, apparecia todas as tardes na Torre; e muitas vezes, sob os arvoredos da quinta ou passeando pelos arredores de Bravaes e Valverde, lhe confiava, como a um espirito maduro, as suas ambições politicas, as suas idéas de vida que desejava grave e toda votada ao Estado. Gracinha Ramires desabrochava na flôr dos seus dezeseis annos; e mesmo em Oliveira lhe chamavam a «flôr da Torre». Ainda então vivia a governante ingleza de Gracinha, a boa Miss Rhodes—que, como todos na Torre, admirava com enthusiasmo André [55] Cavalleiro pela sua amabilidade, a sua ondeada cabelleira romantica, a doçura quebrada dos seus olhos largos, a maneira ardente de recitar Victor Hugo e João de Deus. E, com essa fraqueza que lhe amollecia a alma e os principios perante a soberania do Amor, favorecera demoradas conversas de André com Maria da Graça sob as olaias do Mirante e mesmo cartinhas trocadas ao escurecer por sobre o muro baixo da Mãe d'Agua. Todos os domingos o Cavalleiro jantava na Torre:—e o velho procurador Rebello já preparára, com esforço e resmungando, um conto de reis para o enxoval da «menina». O pae de Gonçalo, Governador Civil de Oliveira, sempre atarefado, enredado em Politica e em dividas, amanhecendo só na Torre aos Domingos, approvava esta collocação de Gracinha, que, meiga e romanesca, sem mãe que a velasse, creava na sua vida, já difficil, um tropeço e um cuidado. Sem representar como elle uma familia de immensa Chronica, anterior ao Reino, do mais rico sangue de Reis godos, André Cavalleiro era um moço bem nascido, filho de general, neto de desembargador, com brasão legitimo na sua casa apalaçada de Corinde, e terras fartas em redor, de boa semeadura, limpas de hypothecas... Depois, sobrinho de Reis Gomes, um dos Chefes Historicos, já filiado no Partido Historico (desde o Segundo Anno da Universidade), a sua carreira [56] andava marcada com segurança e brilho na Politica e na Administração. E emfim

Maria da Graça amava enlevadamente aquelles reluzentes bigodes, os hombros fortes de Hercules bem educado, o porte ufano que lhe encouraçava o peitilho e que impressionava. Ella, em contraste, era pequenina e fragil, com uns olhos timidos e esverdeados que o sorriso humedecia e enlanguescia, uma transparente pelle de porcellana fina, e cabellos magnificos, mais lustrosos e negros que a cauda d'um corcel de guerra, que lhe rolavam até aos pés, em que se podia embrulhar toda, assim macia e pequenina. Quando desciam ambos as alamedas da quinta, miss Rhodes (que o pae, professor de Litteratura Grega em Manchester, recheára de Mithologia) pensava sempre em «Marte cheio de força amando Psyché cheia de graça.» E mesmo os criados da Torre se maravilhavam do «lindo par!» Só a Snr.a D. Joaquina Cavalleiro, a mãe de André, senhora obesa e rabugenta, detestava aquella terna assiduidade do filho na Torre, sem motivo pesado, só por «desconfiar da pinta da menina e desejar nóra mais comesinha...» Felizmente, quando André Cavalleiro se matriculava no Quinto Anno, a desagradavel matrona morreu d'uma anasarca. O pae de Gonçalo recebeu a chave do caixão: Gracinha tomou luto: e Gonçalo, companheiro de casa do Cavalleiro na rua de S. João, em Coimbra, enrolou um fumo na manga [57]da batina. Logo em Santa Ireneia se pensou que o explendido André, libertado da pêca opposição da mamã, pediria a «Flôr da Torre» depois do Acto de Formatura. Mas, findo esse desejado Acto, Cavalleiro abalou para Lisboa—por que se preparavam Eleições em Outubro, e elle recebera do tio Reis Gomes, então Ministro da Justiça, a promessa de «ser deputado» por Bragança.

E todo esse verão o passou na Capital; depois em Cintra, onde o negro langor dos seus olhos humidos amollecia corações; depois n'uma jornada quasi triumphal a Bragança com foguetes e «vivas ao sobrinho do Sr. conselheiro Reis Gomes!» Em Outubro Bragança «confiou ao dr. André Cavalleiro (como escreveu o Echo de Traz-os-Montes) o direito de a representar em Côrtes com os seus brilhantes conhecimentos litterarios e a sua formosissima presença de orador...» Recolheu então a Corinde; mas nas suas visitas á Torre, onde o pae de Gonçalo convalescia d'uma febre gastrica que exacerbára a sua antiga diabetes, André já não arrastava sofregamente Gracinha, como outr'ora, para as silenciosas sombras da quinta, permanecendo de preferencia na sala azul, a conversar sobre Politica com Vicente Ramires, que se não movia da poltrona, embrulhado n'uma manta. E Gracinha, nas suas cartas para Coimbra a Gonçalo, já se carpia de não correrem tão doces nem tão intimas [58]as visitas do André á Torre, «occupado, como andava sempre agora, a estudar para deputado...» Depois do Natal o Cavalleiro voltou para Lisboa, para a abertura das Côrtes, muito apetrechado, com o seu creado Matheus, uma linda egua que comprára em Villa Clara ao Manoel Duarte, e dous caixotes de livros. E a boa Miss Rhodes sustentava que Marte, como convinha a um heróe, só reclamaria Psyché depois d'um nobre feito, uma estreia nas Camaras, «n'um discurso lindo, todo flôres...» Quando Gonçalo, nas férias de Paschoa, appareçeu na Torre, encontrou Gracinha inquieta e descorada. As cartas do seu André, que se estreára «e n'um discurso lindo, todo flôres...», eram cada semana mais curtas, mais calmas. E a ultima (que ella lhe mostrou em segredo), datada da Camara, contava em tres linhas mal rabiscadas «que tivera muito que trabalhar em commissões, que o tempo se pozera lindo, que n'essa noite era o baile dos condes de Villaverde, e que elle continuava com muitas saudades o seu fiel André...» Gonçalo Mendes Ramires, logo n'essa tarde, desabafou com o pae, que definhava na sua poltrona:

—Eu acho que o André se está portando muito mal com a Gracinha... O papá não lhe parece?

Vicente Ramires apenas moveu, n'um gesto de vencida tristeza, a mão descarnada d'onde a cada momento lhe escorregava o annel d'armas.

[59] Por fim em Maio a sessão das Camaras terminou—essa sessão que tanto interessára Gracinha, anciosa «que elles accabassem de discutir e tivessem férias.» E quasi immediatamente ella em Santa Ireneia, Gonçalo em Coimbra, souberam pelos jornaes que «o talentoso deputado André Cavalleiro partira para Italia e França n'uma longa viagem de recreio e d'estudo.» E nem uma carta á sua escolhida, quasi sua noiva!... Era um ultraje, um bruto ultraje, que outr'ora, no seculo XII, lançaria todos os Ramires, com homens de cavallo e peonagem, sobre o solar dos Cavalleiros, para deixar cada trave denegrida pela chamma, cada servo pendurado d'uma corda de canave. Agora Vicente Ramires, apagado e mortal, murmurou simplesmente: «Que traste!» Elle em Coimbra, rugindo, jurou esbofetear um dia o infame! A boa Miss Rhodes, para se consolar, desembrulhou a sua velha harpa, encheu Santa

Ireneia de magoados harpejos. E tudo findou nas lagrimas que Gracinha, durante semanas, tão desconsolada da vida que nem se penteava, escondeu sob as olaias do Mirante.

E, ainda depois d'esses annos, a esta lembrança das lagrimas da irmã, um rancor invadiu Gonçalo, tão redivivo que atirou para o lado, para sobre as sebes da valla, uma bengallada, como se fossem ás costas do Cavalleiro!—Caminhavam então junto á [60]ponte da Portella, onde os campos se alargam, e da estrada se avista Villa-Clara, que a lua branqueava toda, desde o convento de Santa Thereza, rente ao Chafariz, até ao muro novo do cemiterio, no alto, com os seus finos cyprestes. Para o fundo do valle, clara tambem no luar, era a egrejinha de Craquêde, Santa Maria de Craquêde, resto do antigo Mosteiro em que ainda jaziam, nos seus rudes tumulos de granito, as grandes ossadas dos Ramires Affonsinos. Sob o arco, docemente, o riacho lento, arrastando entre os seixos, sussurrava na sombra. E Videirinha, enlevado n'aquelle silencio e suavidade saudosa, cantava, n'um gemer surdo de bordões:

Baldadas são tuas queixas,

Escusados são teus ais,

Que é como se eu morto fôra.

E não me verás nunca mais!...

E Gonçalo retomára as suas recordações, repassava tristezas que depois cahiram sobre a Torre. Vicente Ramires morrera n'uma tarde d'Agosto, sem soffrimento, estendido na sua poltrona á varanda, com os olhos cravados na velha Torre, murmurando para o padre Soeiro:—«Quantos Ramires verá ella ainda, n'esta casa, e á sua sombra?...» Todas essas ferias as consumiu Gonçalo no escuro cartorio, desajudado [61](por que o procurador, o bom Rebello, tambem Deus o chamára), revolvendo papeis, apurando o estado da casa—reduzida aos dois contos e trezentos mil reis que rendiam os foros de Craquêde, a herdade de Praga, e as duas quintas historicas, Treixedo e Santa Ireneia. Quando regressou a Coimbra deixou Gracinha em Oliveira, em casa de uma prima, D. Arminda Nunes Viegas, senhora muito abastada, muito bondosa, que habitava no Terreiro da Louça um immenso casarão cheio de retratos d'avoengos e de arvores de costado, onde ella, vestida de velludo preto, pousada n'um camapé de damasco, entre aias que fiavam, perpetuamente relia os seus Livros de Cavallaria, o Amadis, Leandro o Bello, Tristão e Brancaflôr, as Chronicas do Imperador Clarimundo... Foi ahi que José Barrôlo (senhor d'uma das mais ricas casas d'Amarante) encontrou Gracinha Ramires, e a amou com uma paixão profunda, quasi religiosa—estranha n'aquelle moço indolente, gorducho, de bochechas coradas como uma maçã, e tão escasso d'espirito que os amigos lhe chamavam «o José Bacôco». O bom Barrolo residira sempre em Amarante com a mãe, não conhecia o trahido romance da «Flôr da Torre»—que nunca se espalhára para além dos cerrados arvoredos da quinta. E, sob o enternecido e romanesco patrocinio de D. Arminda, noivado e casamento docemente se apressaram, em tres mezes, [62]depois d'uma carta de Barrôlo a Gonçalo Mendes Ramires jurando—«que a affeição pura que sentia pela prima Graça, pelas suas virtudes e outras qualidades respeitaveis, era tão grande que nem achava no Diccionario termos para a

60

explicar...» Houve uma bôda luxuosa: e os noivos (por desejo de Gracinha, para se não affastar da querida Torre), depois d'uma jornada filial a Amarante, «armaram o seu ninho» em Oliveira, á esquina do largo d'El-Rei e da rua das Tecedeiras, n'um palacete que o Bacôco herdára, com largas terras, do seu tio Melchior, Deão da Sé. Dois annos correram, mansos e sem historia. E Gonçalo Mendes Ramires passava justamente em Oliveira as suas ultimas férias de Paschoa quando André Cavalleiro, nomeado Governador Civil do Districto, tomou posse, estrondosamente, com foguetes, philarmonicas, o Governo civil e o Paço do Bispo illuminados, as armas dos Cavalleiros em transparentes no café da Arcada e na Recebedoria!... Barrôlo conhecia o Cavalleiro quasi intimamente, admirava o seu talento, a sua elegancia, o seu brilho Politico. Mas Gonçalo Mendes Ramires, que dominava soberanamente o bom Bacôco, logo o intimou a não visitar o Sr. Governador Civil, a não o saudar sequer na rua, e a partilhar, por dever d'alliança, os rancores que existiam entre Cavalleiros e Ramires! José Barrôlo cedeu, submisso, espantado, sem comprehender. [63]Depois uma noite, no quarto, enfiando as chinellas, contou a Gracinha «a exquisitice de Gonçalo»:

—E sem motivo, sem offensa, só por causa da Politica!... Ora, vê tu! Um bello rapaz como o Cavalleiro! Podiamos fazer um ranchinho tão agradavel!...

Outro sereno anno passou... E n'essa primavera, em Oliveira, onde se demorára para a festa dos annos de Barrôlo, eis que Gonçalo suspeita, fareja, descobre uma incomparavel infamia!

61

O impertigado homem da bigodeira negra, o Sr. André Cavalleiro, recomeçára com soberba impudencia a cortejar Gracinha Ramires, de longe, mudamente, em olhadellas fundas, carregadas de saudade e langor, procurando agora apanhar como amante aquella grande fidalga, aquella Ramires, que desdenhára como esposa!

Tão levado ia Gonçalo pela branca estrada, no rolo amargo d'estes pensamentos, que não reparou no portão da Torre, nem na portinha verde, á esquina da casa, sobre tres degráos. E seguia, rente do muro da horta, quando Videirinha, que estacára com os dedos mudos nos bordões do violão, o avisou, rindo:

—Oh, Sr. Doutor, então larga assim, a estas horas de corrida para os Bravaes?

[64] Gonçalo virou, bruscamente despertado, procurando na algibeira, entre o dinheiro solto, a chavinha do trinco:

—Nem reparava... Que lindamente você tem tocado, Videirinha! Com lua, depois de ceia, não ha companheiro mais poetico... Realmente você é o derradeiro trovador portuguez!

Para o ajudante de Pharmacia, filho d'um padeiro d'Oliveira, a familiaridade d'aquelle tamanho Fidalgo, que lhe apertava a mão na botica deante do Pires boticario e em Oliveira deante das Auctoridades, constituia uma gloria, quasi uma coroação, e sempre nova, sempre deliciosa. Logo sensibilisado, feriu os bordões rijamente:

—Então, para acabar, lá vae a grande trova, Sr. Doutor!

Era a sua famosa cantiga, o Fado dos Ramires, rosario de heroicas Quadras celebrando as Lendas da Casa illustre—que elle desde mezes apurava e completava, ajudado na terna tarefa pelo saber do velho Padre Soeiro, capellão e archivista da Torre.

Gonçalo empurrou a portinha verde. No corredor espirrava uma lamparina mortiça, já sem azeite, junto ao castiçal de prata. E Videirinha, recuando ao meio da estrada, com um «dlindlon» ardente, fitára a Torre, que, por cima dos telhados da vasta casa, mergulhava as ameias, o negro miradoiro, [65]no luminoso silencio do ceu de verão. Depois para ella e para a lua atirou as endeixas glorificadoras, na dolente melodia d'um fado de Coimbra, rico em ais:

Quem te v'rá sem que estremeça,

Torre de Santa Ireneia,

Assim tão negra e callada,

Por noites de lua cheia...

Ai! Assim callada, tão negra,

Torre de Santa Ireneia!

Ainda suspendeu para agradecer ao Fidalgo, que o convidava a subir e enxugar um calice de genebra salvadora. Mas retomou logo o descante, ditoso em descantar, como sempre arrebatado pelo sabor dos seus versos, pelo prestigio das Lendas, emquanto Gonçalo desapparecia—com folgazãs desculpas ao Trovador «por cerrar a portinha do Castello...»

Ai! ahi estás, forte e soberba,

Com uma historia em cada ameia,

Torre mais velha que o reino,

Torre de Santa Ireneia!...

E começára a quadra a Muncio Ramires, Dente de Lobo, quando em cima uma sala, aberta á frescura da noite, se allumiou—e o Fidalgo da Torre, [66] com o charuto acceso, se debruçou da varanda para receber a serenada. Mais ardente, quasi soluçante, vibrou o cantar do Videirinha. Agora era a quadra de Gutierres Ramires, na Palestina, sobre o monte das Oliveiras, á porta da sua tenda, deante dos Barões que o acclamavam com as espadas nuas, recusando o Ducado de

Galiléa e o senhorio das Terras d'Além-Jordão.—Que não podia, em verdade, acceitar terra, mesmo Santa, mesmo de Galiléa...

Quem já tinha em Portugal

Terras de Santa Ireneia!

—Boa piada! murmurou Gonçalo.

Videirinha, enthusiasmado, entoou logo outra nova, trabalhada n'essa semana—a do sahimento de Aldonça Ramires, Santa Aldonça, trazida do mosteiro d'Arouca ao solar de Treixedo, sobre o almadraque em que morrera, aos hombros de quatro Reis!

—Bravo! gritou o Fidalgo pendurado da varanda. Essa é famosa, oh Videirinha! Mas ahi ha Reis de mais... Quatro Reis!

Enlevado, empinando o braço do violão, o ajudante da Pharmacia lançou outra, já antiga—a d'aquelle terrivel Lopo Ramires que, morto, se erguera da sua campa no Mosteiro de Craquêde, montára um [67]ginete morto, e toda a noite galopára atravez da Hespanha para se bater nas Navas de Tolosa! Pigarreou—e, mais chorosamente, atacou a do Descabeçado:

Lá passa a negra figura...

Mas Gonçalo, que abominava aquella lenda, a silenciosa figura degolada, errando por noites de inverno entre as ameias da

Torre com a cabeça nas mãos—despegou da varanda, deteve a Chronica immensa:

—Toca a deitar, oh Videirinha, hein? Passa das tres horas, é um horror. Olhe! O Titó e o Gouveia jantam cá na Torre, no Domingo. Appareça tambem, com o violão e cantiga nova: mas menos sinistra... Bona sera! Que linda noite!

Atirou o charuto, fechou a vidraça da sala—a «sala velha,» toda revestida d'esses denegridos e tristonhos retratos de Ramires que elle desde pequeno chamava as carantonhas dos vovós. E, atravessando o corredor, ainda sentia rolarem ao longe, no silencio dos campos cobertos de luar, façanhas rimadas dos seus:

Ai! lá na grande batalha...

El-Rei Dom Sebastião...

O mais moço dos Ramires

Que era pagem do guião...

[68] Despido, soprada a vella, depois de um rapido signal da cruz, o Fidalgo da Torre adormeceu. Mas no quarto, que se povoou de Sombras, começou para elle uma noite revôlta e pavorosa. André Cavalleiro e João Gouveia romperam pela parede, revestidos de cótas de malha, montados em horrendas tainhas assadas! E lentamente, piscando o olho máo, arremessavam contra o seu pobre estomago pontoadas de lança, que o faziam gemer e estorcer sobre o leito de pau preto.

Depois era, na Calçadinha de Villa-Clara, o medonho Ramires morto, com a ossada a ranger dentro da armadura, e El-rei Dom Affonso II, arreganhando afiados dentes de lobo, que o arrastavam furiosamente para a batalha das Navas. Elle resistia, fincado nas lages, gritando pela Rosa, por Gracinha, pelo Titó! Mas D. Affonso tão rijo murro lhe despedia aos rins, com o guante de ferro, que o arremessava desde a Hospedaria do Gago até á Serra Morena, ao campo da lide, luzente e fremente de pendões e d'armas. E immediatamente seu primo d'Hespanha, Gomes Ramires, Mestre de Calatrava, debruçado do negro ginete, lhe arrancava os derradeiros cabellos, entre a retumbante galhofa de toda a hoste sarracena e os prantos da tia Louredo trazida como um andor aos hombros de quatro Reis!...—Por fim, moido, sem socêgo, já com a madrugada clareando nas fendas das janellas e as [69]andorinhas piando no beiral dos telhados, o Fidalgo da Torre atirou um derradeiro repellão aos lençoes, saltou ao soalho, abrio a vidraça—e respirou deliciosamente o silencio, a frescura, a verdura, o repouso da quinta. Mas que sêde! uma sêde desesperada que lhe encortiçava os labios! Recordou então o famoso fruit salt que lhe recommendára o Dr. Mattos,—arrebatou o frasco, correu á sala de jantar, em camisa. E, a arquejar, deitou duas fartas colheradas n'um copo d'agua da Bica-Velha, que esvasiou d'um trago, na fervura picante.

—Ah! que consolo, que rico consolo!...

Voltou derreadamente á cama: e readormeceu logo, muito longe, sobre as relvas profundas d'um prado d'Africa, debaixo de coqueiros susurrantes, entre o apimentado aroma de radiosas flores que brotavam atravez de pedregulhos d'oiro. D'essa perfeita beatitude o arrancou o Bento, ao meio dia, inquieto com «aquelle tardar do Sr. Doutor.»

—É que passei uma noite horrenda, Bento! Pesadelos, pavores, bulhas, esqueletos... Foram os malditos ovos com chouriço; e o pepino... Sobretudo o pepino! Uma idéa d'aquelle animal do Titó... Depois, de madrugada, tomei o tal fruit salt, e estou optimo, homem!... Estou optimissimo! Até me sinto capaz de trabalhar. Leva para a livraria uma chavena de chá verde, muito forte... Leva tambem torradas.

[70] E momentos depois, na livraria, com um roupão de flanella sobre a camisa de dormir, sorvendo lentos goles de chá, Gonçalo relia junto da varanda essa derradeira linha da Novella, tão rabiscada e molle, em que «os largos raios da lua se estiravam pela larga sala d'armas...» De repente, n'uma rasgada impressão de claridade, entreviu detalhes expressivos para aquella noite de Castello e de verão—as pontas das lanças dos esculcas faiscando silenciosamente pelos adarves da muralha, e o coaxar triste das rans nas bordas lodosas dos fossos...

—Bons traços!

Achegou de vagar a cadeira, consultou ainda no volume do Bardo o Poemeto do tio Duarte. E, desannuviado, sentindo as

Imagens e os Dizeres surgirem como bolhas d'uma agua represa que rebenta, atacou esse lance do Capitulo I em que o velho Tructesindo Ramires, na sala d'armas de Santa Ireneia, conversava com seu filho Lourenço e seu primo D. Garcia Viegas, o Sabedor, de aprestos de guerra... Guerra! Porque? Acaso pelos cerros arraianos corriam, ligeiros entre o arvoredo, almogavares mouros? Não! Mas desgraçadamente, «n'aquella terra já remida e christã, em breve se crusariam, umas contra outras, nobre lanças portuguezas!...»

Louvado Deus! a penna desemperrára! E, attento [71]ás paginas marcadas n'um tomo da Historia d'Herculano, esboçou com segurança a Epocha da sua Novella—que abria entre as discordias de Affonso II e de seus irmãos por causa do testamento d'El-Rei seu pae, D. Sancho I. N'esse começo do Capitulo já os Infantes D. Pedro e D. Fernando, esbulhados, andavam por França e Leão. Já com elles abandonára o Reino o forte primo dos Ramires, Gonçalo Mendes de Souza, chefe magnifico da casa dos Souzas. E agora, encerradas nos castellos de Monte-Mór e de Esgueira, as senhoras Infantas, D. Thereza e D. Sancha, negavam a D. Affonso o senhorio real sobre as villas, fortalezas, herdades e mosteiros, que tão copiosamente lhes doára El-Rei seu pae. Ora, antes de morrer no Alcaçar de Coimbra, o senhor D. Sancho supplicára a Tructesindo Mendes Ramires, seu collaço e Alferes-Mór, por elle armado cavalleiro em Lorvão, que sempre lhe servisse e defendesse a filha amada entre todas, a infanta D. Sancha, senhora de Aveyras. Assim o jurára o leal Rico-Homem junto do leito onde, nos braços do Bispo de Coimbra e do Prior do Hospital sustentando a candeia,

69

agonisava, vestido de burel como um penitente, o vencedor de Silves... Mas eis que rompe a féra contenda entre Affonso II, asperamente cioso da sua auctoridade de Rei—e as Infantas, orgulhosas, impellidas á resistencia pelos freires do Templo e pelos Prelados a quem [72]D. Sancho legára tão vastos pedaços do Reino! Immediatamente Alemquer e os arredores d'outros castellos são devastados pela hoste real que recolhia das Navas de Tolosa. Então D. Sancha e D. Thereza appellam para El-rei de Leão, que entra com seu filho D. Fernando por terras de Portugal a soccorrer as «Donas opprimidas.»—E n'este lance o tio Duarte, no seu Castello de Santa Ireneia, interpellava com soberbo garbo o Alferes-Mór de Sancho I:

Que farás tu, mais velho dos Ramires?

Se ao pendão leonez juntas o teu

Trahes o preito que deves ao rei vivo!

Mas se as Infantas deixas indefezas

Trahes a jura que déstes ao rei morto!...

Esta duvida, porém, não angustiára a alma d'esse Tructesindo rude e leal que o Fidalgo da Torre rijamente modelava. N'essa noite, apenas recebera pelo irmão do Alcaide d'Aveyras, disfarçado em beguino, um afflicto recado da senhora D. Sancha—ordenava a seu filho Lourenço que, ao primeiro arreból, com quinze lanças, cincoenta homens de pé da sua mercê e quarenta besteiros, corresse sobre Monte-mór. Elle no emtanto daria alarido—e em dous dias entraria a campo com os parentes de solar, um troço mais rijo de cavalleiros acontiados e de [73]frecheiros, para se juntar a seu primo, o Souzão, que na vanguarda dos leonezes descia d'Alva-do-Douro.

Depois logo de madrugada o pendão dos Ramires, o Açor negro em campo escarlate, se plantára deante das barreiras gateadas: e ao lado, no chão, amarrado á haste por uma tira de couro, reluzia o velho emblema senhorial, o sonoro e fundo caldeirão polido. Por todo o Castello se apressavam os serviçaes, despendurando as cervilheiras, arrastando com fragor pelas lages os pesados saios de malhas de ferro. Nos pateos os armeiros aguçavam ascumas, amaciavam a dureza das grevas e coxotes com camadas d'estopa. Já o adail, na ucharia, arrolára as rações de vianda para os dous quentes dias da arrancada. E por todas as cercanias de Santa Ireneia, na doçura da tarde, os atambores mouriscos, abafados no arvoredo, tararam! tararam! ou mais vivos nos cabeços, ratatam! ratatam! convocavam os cavalleiros de soldo e a peonagem da mesnada dos Ramires.

No emtanto o irmão do Alcaide, sempre disfarçado em beguino, de volta ao castello d'Aveyras com a boa nova de prestes soccorros, transpunha ligeiramente a levadiça da carcova... E aqui, para alegrar tão sombrias vesperas de guerra, o tio Duarte, no seu Poemeto, engastára uma sorte galante:

[74]

Á moça, que na fonte enchia a bilha,

O frade rouba um beijo e diz Amen!

Mas Gonçalo hesitava em desmanchar com um beijo de clerigo a pompa d'aquella formosa sortida d'armas... E mordia pensativamente a rama da penna—quando a porta da livraria rangeu.

—O correio...

Era o Bento com os Jornaes e duas cartas. O Fidalgo apenas abriu uma, lacrada com o enorme sinete d'armas do Barrôlo—repellindo a outra em que reconhecera a lettra detestada do seu alfaiate de Lisboa. E immediatamente, com uma palmada na mesa:

—Oh diabo! quantos do mez, hoje? quatorze, hein?

O Bento esperava com a mão no fecho da porta.

—É que não tardam os annos da mana Graça! De todo esqueci, esqueço sempre. E sem ter um presentinho engraçado... Que secca, hein?

Mas na véspera o Manoel Duarte, na Assembléa, á mesa do voltarete, annunciára uma fuga a Lisboa por tres dias, para tratar do emprego do sobrinho nas Obras Publicas. Pois corria a

Villa-Clara pedir ao snr. Manoel Duarte que lhe comprasse em Lisboa um bonito guarda-solinho de sêda branca com rendas...

—O snr. Manoel Duarte tem gosto; tem muito [75]gosto! E então o Joaquim que não selle a egoa; já não vou ao Sanches Lucena. Oh, senhores, quando pagarei eu esta infame visita? Ha tres mezes!... Emfim, por dous dias mais a bella D. Anna não envelhece; e o velho Lucena tambem não morre.

E o Fidalgo da Torre, que decidira arriscar o beijo folgazão, retomou a penna, arredondou o seu final com elegante harmonia:

«A moça, furiosa, gritou: Fu! Fu! villão! E o beguino, assobiando, aligeirou as sandalias pelo corrego, na sombra das altas faias, emquanto que por todo o fresco valle, até Santa Maria de Craquêde, os atambores mouriscos, tararam! ratamtam! convocavam á mesnada dos Ramires, na doçura da tarde...»

III

Durante a longa semana, nas horas da calma, o Fidalgo da Torre trabalhou com afferro e proveito. E n'essa manhã, depois de repicar a sineta no corredor, duas vezes o Bento empurrára a porta da livraria, avisando o snr. Doutor «que o almocinho, assim á espera, certamente se estragava.» Mas de sobre a tira d'almaço Gonçalo rosnava «já vou!»—sem despegar a penna, que corria como quilha leve em agua mansa, na pressa amorosa de terminar, antes do almoço, o seu Capitulo I.

Ah! e que canceira lhe custára, durante esses dias, esse copioso Capitulo, tão difficil, com o immenso Castello de Santa Ireneia a erguer; e toda uma edade esfumada da Historia de Portugal a condensar em contornos robustos; e a mesnada dos Ramires a apetrechar, sem que faltasse uma ração nos [78]alforges, ou uma garruncha nos caixotes, sobre o dorso das mulas! Mas felizmente, na vespera, já movera para fóra do Castello o troço de Lourenço Ramires, em soccorro de Monte-mór, com um vistoso coriscar de capellos e lanças em torno ao pendão tendido.

E agora, n'esse remate do Capitulo, era noite, e o sino de recolher tangera, e a almenára luzira na Torre albarran, e Tructesindo Ramires descera á sala terrea da Alcaçova para ceiar—quando fóra, deante da carcova, com tres toques fortes annunciando filho-d'algo, uma bozina apressada soou. E, sem que o villico tomasse permissão do Senhor, o alçapão da levadiça rangeu nas correntes de ferro, rebombou cavamente nos apoios de pedra. Quem assim chegava em dura pressa era Mendo Paes, amigo de Affonso II e mordomo da sua Curia, casado com a filha mais velha de Tructesindo, D. Theresa—aquella que, pelo ondeante e alvo pescoço, pelo pisar mais leve que um vôo, os Ramires chamavam a Garça Real. O Senhor de Santa Ireneia correra ao patim para acolher, n'um abraço, o genro amado—«membrudo cavalleiro, com os cabellos ruivos, a alvissima pelle da raça germanica dos visigodos...» E, de mãos enlaçadas, ambos penetraram n'essa sala de abobada, allumiada por tochas que toscos anneis de ferro seguravam, chumbados aos muros.

Ao meio pousava a massiça meza de carvalho, [79]rodeada de escanhos até ao topo, onde se erguia, deante d'um aspero mantel de linho coberto de pratos de estanho e de picheis luzidios, a cadeira senhorial com o Açor grossamente lavrado nas altas espaldas, e d'ellas suspensa, pelo cinturão tauxeado de prata, a espada de Tructesindo. Por traz negrejava a funda lareira apagada, toda entulhada de ramos de pinheiro, com a prateleira guarnecida de conchas, entre bocaes de sanguesugas, sob dois molhos de palmas trazidas da Palestina por Gutierres Ramires, o d'Ultramar. Rente a um esteio da chaminé, um falcão, ainda emplumado, dormitava na sua alcondora: e ao lado, sobre as lages, n'uma camada de juncos, dois alões enormes dormiam tambem, com o focinho nas patas, as orelhas rojando. Toros de castanheiro sustentavam a um canto um pipo de vinho. Entre duas frestas engradadas de ferro, um monge, com a face sumida no capuz, sentado na borda de uma arca, lia, á claridade do candil que por cima fumegava, um pergaminho desenrolado... Assim Gonçalo adornára a soturna sala Affonsina com alfaias tiradas do Tio Duarte, de Walter Scott, de narrativas do Panorama. Mas que esforço!... E mesmo, depois de collocar sobre os joelhos do monge um folio impresso em Moguncia por Ulrick Zell, desmanchára toda essa linha tão erudita, ao recordar, com um murro na mesa, que ainda a Imprensa [80]se não inventára em tempos de seu avô Tructesindo, e que ao monge lettrado apenas competia «um pergaminho de amarellada escripta...»

E caminhando nos ladrilhos sonoros, desde a lareira até ao arco da porta cerrado por uma cortina de couro, Tructesindo, com a branca barba espalhada sobre os braços cruzados, escutava Mendo Paes, que, na confiança de parente e amigo, jornadeára sem homens da sua mercê, cingindo apenas por cima do brial de lã cinzenta uma espada curta e um punhal sarraceno. Açodado e coberto de pó correra Mendo Paes desde Coimbra para supplicar ao sogro, em nome do Rei e dos preitos jurados, que se não bandeasse com os de Leão e com as senhoras Infantas. E já desenrolára ante o velho todos os fundamentos invocados contra ellas pelos doutos Notarios da Curia—as resoluções do Concilio de Toledo! a bulla do Apostolo de Roma, Alexandre! o velho fóro dos Visigodos!... De resto, que injuria fizera ás senhoras Infantas seu real irmão para assim chamarem hostes Leonezas a terras de Portugal? Nenhuma! Nem regedoria nem renda dos castellos e villas da doação de D. Sancho lhes negava o senhor D. Affonso. O Rei de Portugal só queria que nenhum palmo de chão portuguez, baldio ou murado, jazesse fóra de seu senhorio real. Escasso e avido El-Rei D. Affonso?... Mas não entregára elle á senhora D. Sancha [81]oito mil morabitinos d'oiro? E a gratidão da irmã fôra o

Leonez passando a raia e logo cahidos os castellos formosos d'Ulgoso, de Contrasta, d'Urros e de Lanhosello! O mais velho da casa dos Souzas, Gonçalo Mendes, não se encontrára ao lado dos cavalleiros da Cruz na jornada das Navas, mas lá andava em recado das Infantas, como moiro, talando terra portugueza desde Aguiar até Miranda! E já pelos cerros d'Além-Douro apparecera o pendão renegado das treze arruellas—e por traz, farejando, a alcateia dos Castros! Carregada ameaça, e de armas christãs, opprimindo o Reino—quando ainda Moabitas e Agarenos corriam á redea solta pelos campos do Sul!... E o honrado Senhor de Santa Ireneia, que tão rijamente ajudára a fazer o Reino, não o deveria decerto desfazer arrancando d'elle os pedaços melhores para monges e para donas rebeldes!—Assim, com arremessados passos, exclamára Mendo Paes, tão acalorado do esforço e da emoção, que duas vezes encheu de vinho uma conca de pau e d'um trago a despejou. Depois, limpando a bocca ás costas da mão tremula:

—Ide por certo a Monte-mór, senhor Tructesindo Ramires! Mas em recado de paz e boa avença, persuadir vossa senhora D. Sancha e as senhoras Infantas que voltem honradamente a quem hoje contam por seu pae e seu Rei!

[82] O enorme senhor de Santa Ireneia parára, pousando no genro os olhos duros, sob a ruga das sobrancelhas, hirsutas e brancas como sarças em manhã de geada:

—Irei a Monte-mór, Mendo Paes, mas levar o meu sangue e o dos meus para que justiça logre quem justiça tem.

Então Mendo Paes, amargurado, ante a heroica teima:

—Maior dó, maior dó! Será bom sangue de Ricos-homens vertido por más desfórras... Senhor Tructesindo Ramires, sabei que em Canta-Pedra vos espera Lopo de Baião, o Bastardo, para vos tolher a passagem com cem lanças!

Tructesindo ergueu a vasta face—com um riso tão soberbo e claro que os alões rosnaram torvamente, e, acordando, o falcão esticou a aza lenta:

—Boa nova e de boa esperança! E, dizei, senhor Mordomo-mór da Curia, tão de feição e certa assim m'a trazeis para me intimidar?

—Para vos intimidar?... Nem o Senhor Archanjo S. Miguel vos intimidaria descendo do céo com toda a sua hoste e a sua espada de lume! De sobra o sei, senhor Tructesindo Ramires. Mas casei na vossa casa. E já que n'esta lide não sereis por mim bem ajudado, quero, ao menos, que sejaes bem avisado.

[83] O velho Tructesindo bateu as palmas para chamar os sergentes:

—Bem, bem, a cear, pois! Á ceia, Frei Munio!... E vós, Mendo Paes, deixai receios.

—Se deixo! Não vos póde vir damno que me anceie de cem lanças, de duzentas, que vos surjam a caminho.

E, emquanto o monge enrolava o seu pergaminho, se acercava da mesa—Mendo Paes ajuntou com tristeza, desafivelando vagarosamente o cinturão da espada:

—Só um cuidado me pesa. E é que, n'esta jornada, senhor meu sogro, ides ficar de mal com o Reino e com o Rei.

—Filho e amigo! De mal ficarei com o Reino e com o Rei, mas de bem com a honra e commigo!

Este grito de fidelidade, tão altivo, não resoava no poemeto do tio Duarte. E quando o achou, com inesperada inspiração, o Fidalgo da Torre, atirando a penna, esfregou as mãos, exclamou, enlevado:

—Caramba! Aqui ha talento!

Rematou logo o Capitulo. Estava esfalfado, á banca do trabalho desde as nove horas, a reviver intensamente, e em jejum, as energias magnificas dos seus fortes avós! Numerou as tiras—fechou na gaveta á chave o volume do Bardo. Depois á janella, com o collete desabotoado, ainda lançou o brado genial [84]n'um grave e rouco tom, como o lançaria Tructesindo:—...«de mal com o Reino e com o Rei, mas de bem com a honra e commigo!...» E sentia n'elle realmente toda a alma de um Ramires, como elles eram no seculo XII, de sublime lealdade, mais presos á sua palavra que um santo ao seu voto, e alegremente desbaratando, para a manter, bens, contentamento e vida!

O Bento, que espalhára outro repique desesperado, escancarou a porta da livraria:

—É o Pereira... Está lá em baixo no pateo o Pereira que quer fallar ao Sr. Doutor.

Gonçalo Mendes franziu a testa, com impaciencia, assim repuxado d'aquellas alturas onde respirava os nobres espiritos da sua raça:

—Que massada!... O Pereira... Que Pereira?

—O Pereira; o Manoel Pereira, da Riosa; o Pereira Brazileiro.

Era um lavrador, com casal na Riosa, chamado Brazileiro por ter herdado vinte contos de um tio, regatão no Pará. Comprára então terras, trazia arrendada a Cortiga, a fallada propriedade dos condes de Monte-Agra, envergava aos domingos uma sobrecasaca de panno fino, e dispunha de sessenta votos na Freguezia.

—Ah! Dize ao Pereira que suba, que conversamos emquanto almóço... E põe outro talher.

[85] A sala de jantar da Torre, que abria por trez portas envidraçadas para uma funda varanda alpendrada, conservava, do tempo do avô Damião, (o traductor de Valerius Flaccus) dous formosos pannos d'Arraz representando a Expedição dos Argonautas. Louças da India e do Japão, desirmanadas e preciosas, recheiavam um immenso armario de mogno. E sobre o marmore dos aparadores rebrilhavam os restos, ainda ricos, das pratas famosas dos Ramires que o Bento constantemente areava e polia com amor. Mas Gonçalo, sobretudo de verão, sempre almoçava e jantava na varanda luminosa e fresca, bem esteirada, revestida até meio-muro por finos azulejos do seculo XVIII, e offerecendo a um canto, para as preguiças do charuto, um profundo canapé de palhinha com almofadas de damasco.

Quando lá entrou, com os jornaes da manhã que não abrira, o Pereira esperava, encostado a um grosso guarda-sol de panninho escarlate, considerando pensativamente a quinta que, d'alli, se abrangia até aos álamos da ribeira do Coice e aos outeiros suaves de Valverde. Era um velho esgalgado e rijo, todo ossos, com um carão moreno, de olhos miudinhos e azulados, e uma barbicha rala, já branca, entre dous enormes collarinhos presos por botões de ouro. Homem de propriedade, acostumado á Cidade [86]e ao trato das Auctoridades, estendeu largamente a mão ao Fidalgo da Torre, e acceitou, sem embaraço, a cadeira que elle lhe empurrára para a mesa—onde dominavam, com os seus ricos lavores duas altas enfusas de crystal antigo, uma cheia d'açucenas e a outra de vinho verde.

—Então, que bom vento o traz pela Torre, Pereira amigo? Não o vejo desde Abril!

—É verdade, meu Fidalgo, desde o sabbado em que cahiu a grande trovoada, na vespera da eleição! confirmou o Pereira affagando o cabo do guarda-sol que conservára entre os joelhos.

Gonçalo, n'uma esfaimada pressa do almoço, repicou a campainha de prata. Depois rindo:

—E os seus votos, Pereira amigo, segundo o costume, lá foram para o eterno Sanches Lucena, direitinhos, como os rios vão para o mar!

O Pereira tambem riu, com um riso agradado que lhe descobria os máos dentes. Pois o circulo era uma propriedade do Sr. Sanches Lucena! Cavalheiro de fortuna, homem de bem, conhecedor, serviçal... E então, quando lhe calhava como em Abril o apoio do Governo, nem Nosso Senhor Jesus Christo que voltasse á terra e se propuzesse por Villa-Clara desalojava o patrão da Feitosa!

O Bento, vagaroso, de jaqueta de lustrina preta sobre o avental resplandecente, entrava com um [87]prato d'ovos estrellados, quando o Fidalgo, que desdobrára o guardanapo, o amarrotou, arremessou com nojo:

—Este guardanapo já serviu! Eu estou farto de gritar. Não me importa guardanapo rôto, ou com passagens, ou com remendos... Mas branquinho, fresquinho cada manhã, a cheirar a alfazema!

E reparando no Pereira, que discretamente arredava a cadeira:

—O quê! Você não almoça, Pereira?...

Não, agradecia muito ao Fidalgo, mas n'essa tarde comia as sopas com o genro nos Bravaes, que era festa pelos annos do netinho.

—Bravo! Parabens, Pereira amigo! Dê lá um beijo meu ao netinho... Mas então ao menos um copo de vinho verde.

—Entre as comidas, meu Fidalgo, nem agua nem vinho.

Gonçalo farejára, arredára os ovos. E reclamou o «jantar da familia», sempre muito farto e saboroso na Torre, e começando por essas pesadas sopas de pão, presunto e legumes, que elle desde creança adorava e chamava as palanganas. Depois, barrando de manteiga uma bolacha:

—Pois francamente, Pereira, esse seu Sanches Lucena não faz honra ao circulo! Homem excellente, decerto, respeitavel, obsequiador... Mas mudo, Pereira! Inteiramente mudo!

[88] O lavrador roçou vagarosamente pelas ventas cabelludas o lenço vermelho,enrolado em bóla:

—Sabe as cousas, pensa com acêrto...

—Sim! mas pensamento e acêrto não lhe sahem de dentro do craneo! Depois está muito velho, Pereira! Que edade terá elle? Sessenta?

—Sessenta e cinco. Mas de gente muito rija, meu Fidalgo. O avô durou até aos cem annos. E ainda o conheci na loja...

—Como, na loja?

Então o Pereira, enrolando mais o lenço, estranhou que o Fidalgo não soubesse a historia do Sanches Lucena. Pois o avô, o Manoel Sanches, era um linheiro do Porto, da rua das Hortas. E casado tambem com uma moça muito vistosa, muito farfalhuda...

—Bem! atalhou o Fidalgo. Isso é honroso para o Sanches Lucena. Gente que engordou, que trepou... E eu concordo, Pereira, o circulo deve mandar a Lisboa um homem como o Sanches Lucena, que tenha n'elle terra, raizes, interesses, nome... Mas é preciso que seja tambem homem com talento, com arrojo. Um deputado, que, nas grandes questões, nas crises, se erga, transporte a Camara!... E depois, Pereira amigo, em Politica quem mais grita mais arranja. Olhe a estrada da Riosa! Ainda em papel, a lapis vermelho... E, se o Sanches Lucena fosse homem de [89]berrar em S. Bento, já o Pereira trazia por lá os seus carros a chiar.

O Pereira abanou a cabeça, com tristeza:

—Ahi talvez o Fidalgo acerte... Para essa estradinha da Riosa sempre faltou quem gritasse. Ahi talvez o Fidalgo acerte!

Mas o Fidalgo emmudecera, embebido na cheirosa sopa, dentro d'uma caçoila nova, com raminhos de hortelã. E então o Pereira, acercando mais a cadeira, cruzou no rebordo da mesa as mãos, que meio seculo de trabalho na terra tornára negras e duras como raizes—e declarou que se atrevera a incommodar o Fidalgo, áquellas horas do almocinho, porque n'essa semana começava um córte de madeiras para os lados de Sandim, e desejava, antes que surdissem outros arranjos, conversar com S. Ex.a sobre o arrendamento da Torre...

Gonçalo reteve a colhér, num pasmo risonho:

—Você queria arrendar a Torre, Pereira?

—Queria conversar com V. Ex.a. Como o Relho está despedido...

—Mas eu já tratei com o Casco, o José Casco dos Bravaes! Ficamos meio apalavrados, ha dias... Ha mais de uma semana.

O Pereira coçou arrastadamente a barba rala. Pois era pena, grande pena... Elle só no sabbado s'inteirára da desavença com o Relho. E, se o [90]Fidalgo não resalvava o segredo, por quanto ficára o arrendamento?

—Não resalvo, não, homem! Novecentos e cincoenta mil réis.

O Pereira tirou da algibeira do collete a caixa de tartaruga, e sorveu detidamente uma pitada, com o carão pendido para a esteira. Pois maior pena, mesmo para o Fidalgo. Emfim! depois de palavra trocada... Mas era pena, porque elle gostava da propriedade; já pelo S. João pensára em abeirar o Fidalgo; e, apezar dos tempos correrem escassos, não andaria longe de offerecer um conto e cincoenta, mesmo um conto cento e cincoenta!

Gonçalo esqueceu a sopa, n'uma emoção que lhe afogueou a face fina, ante um tal accrescimo de renda—e a excellencia de tal rendeiro, homem abastado, com metal no banco, e o mais fino amanhador de terras de todas as cercanias!

—Isso é sério, oh Pereira?

O velho lavrador pousou a caixa de rapé sobre a toalha, com decisão:

—Meu Fidalgo, eu não era homem que entrasse na Torre para caçoar com V. Ex.a! Proposta a valer, escriptura a fazer... Mas se o arrendamento está tratado...

Recolheu a caixa, apoiava a mão larga na meza para se erguer, quando Gonçalo acudiu, nervoso, empurrando o prato:

[91]—Escute, homem!... Eu, não contei por miudo o caso do Casco. Você comprehende, sabe como essas cousas passam... O Casco veiu, conversamos; eu pedi novecentos e cincoenta mil reis e porco pelo Natal. Primeiramente concordou, que sim; logo adiante emendou, que não... Voltou com o compadre; depois, com a mulher e o compadre, e o afilhado, e o cão! Depois só. Andou ahi pela quinta, a medir, a cheirar a terra; acho até que a provou. Aquellas rabulices do Casco!... Por fim, uma tarde, lá gemeu, lá acceitou os novecentos e cincoenta mil reis, sem porco. Cedi do porco. Aperto de mão, copo de vinho. Ficou de apparecer para combinar, tratar da escriptura. Não o avistei mais, ha quasi duas semanas! Naturalmente já virou, já se arrependeu... Para resumir, não tenho com o Casco contracto firme. Foi uma conversa em que apenas estabelecemos, como base, a renda de novecentos e cincoenta. E eu, que detesto cousas vagas, já andava pensando em encontrar melhor homem!

Mas o Pereira coçava o queixo, desconfiado. Elle, em negocios, gostava de lisura. Sempre se entendêra bem com o Casco. Nem por um condado se atravessaria nos arranjos do Casco, homem violento, assomado. De modo que desejava as cousas claras, para não surdir desgosto rijo. Não se lavrára escriptura, bem! Mas ficára, ou não, palavra dada entre o Fidalgo e o Casco?

[92] Gonçalo Mendes Ramires, que findára apressadamente a sopa e enchia um copo de vinho verde para se calmar, fitou o lavrador, quasi severamente:

—Homem, essa pergunta!... Pois se eu tivesse confirmado ao Casco decisivamente a palavra de Gonçalo Ramires, estava agora aqui a tratar, ou sequer a conversar comsigo, Pereira, sobre o arrendamento da Torre?

O Pereira baixou a cabeça. Tambem era verdade!... Pois, n'esse caso, elle abria a sua tenção, claramente. E, como conhecia a propriedade, e apurára o seu calculo—offerecia ao Fidalgo um conto cento e cincoenta mil réis, sem porco. Mas não dava para a familia nem leite, nem hortaliça, nem fructa. O Fidalgo, homem só, pouco se aproveitava. A Torre, porém, casa antiga, enxameava de gentes e d'adherentes. Todos apanhavam, todos abusavam... Emfim, esse era o seu principio. E de resto, para a meza do Fidalgo e mesmo dos creados, bastava o pomar e a horta de regalo... Que horta e pomar necessitavam trato mais geitoso: mas elle, por amor do Fidalgo, e gosto seu, por lá passaria e tudo luziria... Emquanto ás outras condições, acceitava as do antigo arrendamento. E escriptura assignada para a outra semana, no sabbado... Estava feito?

Gonçalo, depois de um momento em que pestanejou [93]nervosa e tremulamente, estendeu a mão aberta ao Pereira:

—Toque! Agora sim! Agora fica palavra dada!

—E nosso Senhor lhe ponha virtude, concluiu o Pereira, firmado no immenso guarda-sol para se erguer. Então no sabbado, em Oliveira, para a escriptura... Assigna V. Ex.a ou o Sr. padre Soeiro?

Mas o fidalgo calculava:

—Não, homem, não póde ser! No sabbado, com effeito, estou em Oliveira, mas são os annos da mana Maria da Graça...

O Pereira destapou de novo os maus dentes, n'um riso de estima:

—Ah! e como vae a snr.a D. Maria da Graça? Ha que edades a não vejo! Desde o anno passado, na procissão de Passos, em Oliveira... Muito boa senhora! Muito dada! E o Sr. José Barrôlo? Pessoa excellente tambem, a valer, o Sr. José Barrôlo... E que terra a d'elle, a Ribeirinha! A melhor propriedade d'estas vinte leguas em redor. Linda propriedade! A do André Cavalleiro que lhe está pegada, a Biscaia, não se lhe compára—é como cardo ao pé de couve.

O Fidalgo da Torre descascava um pecego, sorrindo:

—Do André Cavalleiro nada presta, Pereira! Nem terra, nem alma!

[94] O lavrador pareceu surprehendido. Elle imaginava que o Fidalgo e o Cavalleiro continuavam chegados e amigos... Não em Politica! Mas particularmente, como cavalheiros...

—O que? Eu e o Cavalleiro? Nem como cavalheiro nem como politico. Que elle nem é cavalheiro nem politico. É apenas cavallo, e resabiado.

O Pereira ficou silencioso, com os olhos na toalha. Depois, resumindo:

—Então está entendido, no sabbado, na cidade. E, se não faz transtorno ao Fidalgo, passamos pelo tabellião Guedes, e fica o feito arrumado. O Fidalgo, naturalmente, vae para a casa da senhora sua mana...

—Sempre. Appareça você ás trez horas. Lá conversamos com o padre Soeiro.

—Tambem ha que edades não encontro o Sr. padre Soeiro!

—Oh! esse ingrato, agora, raramente apparece na Torre. Sempre em Oliveira, com a mana Graça, que é a menina dos seus encantos... Então nem um calice de vinho do Porto, Pereira?... Bem, até sabbado. Não esqueça o beijinho para o neto.

—Cá me vae no coração, meu Fidalgo... Ora essa! Pois consentia eu que V. Ex.a se levantasse? Sei perfeitamente a escada, e ainda passo pela cozinha para debicar com a tia Rosa. Já desde o tempo do paesinho de V. Ex.a, que Deus haja, conheço bem a [95]Torre!... E sempre m'esperancei de trazer n'esta quinta uma lavoura a meu gosto, de consolar!

Durante o café, esquecido dos jornaes, Gonçalo gozou a excellencia d'aquelle negocio. Duzentos mil réis mais de renda. E a Torre tratada pelo Pereira, com aquelle amor da terra e saber de lavra que transformára o chavascal do Monte-Agra n'uma maravilha de seára, vinha e horta!... Além d'isso, homem abastado, capaz de um adeantamento. E eis ahi mais uma evidencia do valor da Torre, esse affinco do Pereira em a arrendar, elle tão apertado, tão seguro... Quasi se arrependia de lhe não ter arrancado um conto e duzentos. Emfim, a manhã fôra fecunda! E, realmente, nenhum accordo firmado o collava ao Casco. Entre elles apenas s'esboçára uma conversa, sobre um arrendamento possivel da Torre, a debater depois miudamente, n'uma base nova de novecentos e cincoenta mil reis... E que insensatez se elle, por escrupuloso respeito d'essa conversa esboçada, recusasse o Pereira, retivesse o Casco, lavrador de rotina—dos que raspam a terra para comer, e a deixam cada anno deperecendo, mais cançada e chupada!...

—Bento, traze charutos! E o Joaquim que tenha a egua sellada das cinco para as cinco e meia. Sempre vou á Feitosa... Hoje é o dia!

Accendeu um charuto, voltou á livraria. E, immediatamente [96]releu o final magnifico: «De mal com o Reino e com o Rei, mas de bem com a honra e commigo!»—Ah! como alli gritava a alma inteira do velho portuguez, no seu amor religioso da palavra e da honra! E, com a tira d'almasso entre os dedos, junto da varanda, considerou um momento a Torre, as poeirentas frestas engradadas de ferro, as resistentes ameias, ainda inteiras, onde agora adejava um bando de pombas... Quantas manhãs, ás frescas horas d'alva, o velho Tructesindo se encostára áquellas ameias, então novas e brancas! Toda a terra em redor, semeada ou bravia, decerto pertencia ao poderoso

Rico-Homem. E o Pereira, n'esse tempo colono ou servo, só abordava o seu Senhor de joelhos e tremendo! Mas não lhe pagava um conto cento e cincoenta mil réis de sonora moeda do Reino. Tambem, que diabo, o vôvô Tructesindo não precisava... Quando os saccos rareavam nas arcas, e os acostados rosnavam por tardança de soldo, o leal Rico-Homem, para se prover, tinha as tulhas e as adégas dos Concelhos mal defendidos—ou então, n'uma volta de estrada, o ovençal voltando de recolher as rendas reaes, o bufarinheiro genovez com os machos ajoujados de trouxas. Por baixo da Torre (como lhe contára o papá) ainda negrejava a masmorra feudal, meio atulhada, mas com restos de correntes chumbadas aos pilares, e na abobada a argola d'onde [97]pendia a polé, e no lagedo os buracos em que se escorava o potro. E, n'essa surda e humida cova, ovençal, bufarinheiro, clerigos e mesmo burguezes de fôro uivavam sob o açoite ou no torniquete, até largarem agonizando o derradeiro morabitino. Ah! a ramantica Torre, cantada tão meigamente ao luar pelo Videirinha, quantos tormentos abafára!...

E de repente, com um berro, Gonçalo agarrou de sobre a mesa um volume de Walter Scott, que atirou sem piedade, como uma pedra, contra o tronco de uma faia. É que descortinára o gato da Rosa cozinheira, trepado, d'unhas fincadas n'um ramo, arqueando a espinha, para assaltar um ninho de melros.

Quando n'essa tarde o Fidalgo da Torre, airoso no seu fato novo de montar, polainas de couro polido, luvas de camurça branca, parou a egua ao portão da Feitosa—um velho todo esfarrapado, com longos cabellos cahidos pelos hombros e immensas barbas espalhadas pelo peito, immediatamente se ergueu do banco de pedra onde comia rodellas de chouriço, bebendo d'uma cabaça, para o avisar que o Sr. Sanches Lucena e a Sr.a D. Anna andavam por fóra, de carruagem. Gonçalo pediu ao velho que puchasse o ferro da sineta. E entregando um cartão [98]ao moço, que entreabrira a rica grade dourada, com um S e um L entrelaçados, sob uma corôa de conde:

—O Sr. Sanches Lucena, bem?

O Sr. Conselheiro, agora, um pouquinho melhor...

—O que? Esteve doente?

—Pois o Sr. Conselheiro, aqui ha tres ou quatro semanas, andou muito agoniado...

—Oh! Sinto muito... Diga ao Sr. Conselheiro que sinto muitissimo!

Chamou o velho que repicára a sineta para o recompensar com um tostão. E, interessado por aquellas barbaças e melenas de mendigo de Melodrama:

—Vocemecê pede esmola por estes sitios?

O homem ergueu para elle os olhos sujos, avermelhados da poeira e do sol, mas risonhos, quasi contentes:

—Tambem me chego pela Torre, meu Fidalgo. E, graças a Deus, lá me fazem muito bem.

—Então quando lá voltar diga ao Bento... Você conhece o Bento?

Se conhecia! E a Snr.a Rosa...

—Pois diga ao Bento que lhe dê umas calças, homem! Você assim, com essas calças, não anda decente.

O velho riu, n'um riso lento e desdentado, mirando [99]com gosto os sordidos farrapos que lhe trapejavam nas canellas, mais denegridas e seccas que galhos de inverno:

—Rôtinhas, rôtinhas... Mas o Sr. dr. Julio diz que me ficam assim bem. O Sr. dr. Julio, quando lá passo, sempre me tira o retrato na machina. Ainda na semana passada... Até com uns pedaços de grilhões dependurados do pulso, e uma espada erguida na mão... Parece que para mostrar ao Governo.

Gonçalo, rindo, picou a egua. Pensava agora em alongar por Valverde: depois recolheria por Villa-Clara, e tentaria o Gouvêa a partilhar na Torre um cabrito assado no espeto de cerejeira, para que elle na vespera, na Assembléa, convidára o Manoel Duarte e o Titó. Mas ao atravessar a «Cruz das Almas», onde a estrada de Corinde, tão linda, com as suas filas d'alamos, crusa a ladeira de Valverde, parou—notando ao fundo, para o lado de Corinde, como o confuso esbarro d'uma carrada de lenha, e uma carriola d'açougue, e uma mulher de lenço escarlate bracejando sobre a albarda d'um burro, e dous lavradores de enxada ás costas. E, de repente, todo o encalhe se despegou—a mulher trotando no seu burrinho, logo sumida n'uma volta de arvoredo; a carriola solavancando n'um rolo leve de poeira; o carro avançando para a «Cruz das Almas» a [100]chiar tardamente; os cavadores descendo para uma chã atravez das leiras de feno... Na estrada só restou, como desamparado, um homem de jaqueta ao hombro, que se arrastava penosamente, coxeando. Gonçalo trotou, com curiosidade:

—Que foi?... Vocemecê que tem?

O homem, com a perna encolhida, levantou para Gonçalo uma face arrepanhada, quasi desmaiada, que reluzia sob as camarinhas de suor:

—Nosso Senhor lhe dê muito boas tardes, meu Fidalgo! Ora o que hade ser? Desgraças d'esta vida!

E, gemendo, contou a sua historia.—Desde mezes padecia d'uma chaga n'um tornozello, que não seccára, nem com emplastos, nem com pó de murtinhos, nem com benzeduras... E agora andava arriba, na fazenda do Sr. dr. Julio, a concertar um socalco, para ajudar um compadre tambem doente com maleitas—e, zás, desaba um pedregulho, que tópa na ferida, leva a carne, lasca o osso, o deixa n'aquella lastima!... Até rasgára a fralda para ensopar o sangue e amarrar por cima o lenço.

—Mas assim não póde andar, homem! D'onde é vocemecê?

—De Corinde, meu Fidalgo. Manoel Sôlha, do logar da Finta. Até lá, sempre me hei-de arrastar.

—E então, d'essa gente toda, que ahi estava ha bocado, ninguem o poude ajudar?... Uma carriola, dous latagões...

[101] Uma rija guinada, no teimoso esforço de firmar a perna, arrancou um grito ao Sôlha. Mas sorriu, arquejando... Que queria o Fidalgo? Cada um, n'este mundo, tem a sua pressa... Emfim, a rapariga do burro promettêra passar pela Finta, para avisar. E talvez um dos seus rapazes apparecesse na estrada com uma eguasita que elle comprára pela Paschoa—e que, por desgraça, tambem mancava!...

Immediatamente, com um salto leve, o Fidalgo da Torre desmontou:

—Bem! Então, egua por egua, já vocemecê tem aqui esta...

O Sôlha embasbacou para Gonçalo:

—Ora essa! Santo nome de Deus!... Pois eu havia de ir a cavallo, e V. Ex.a a pé?

Gonçalo ria:

—Homem, com essas discussões de «eu a pé» e «você a cavallo», e «faz favôr» e «não senhor», é que perdemos um tempo precioso. Monte, esteja quieto, e trote para a Finta!

O outro recuava para a valleta da estrada, sacudindo a cabeça, esgazeado, como no espanto de um sacrilegio:

—Isso é que não, meu senhor, isso é que não! Antes eu acabasse aqui á mingoa, com a chaga em bolor!

Gonçalo bateu o pé, com auctoridade:

[102]—Monte, que mando eu! Vocemecê é um lavrador de enxada, eu sou um Doutor formado em Coimbra, sou eu que sei, sou eu que mando!

E o Sôlha, logo submisso ante aquella força deslumbrante do Saber superior, agarrou em silencio a crina da egua, enfiou respeitosamente o estribo, ajudado pelo Fidalgo, que, sem tirar as luvas brancas, lhe amparava o pé entrapado e manchado de sangue.

Depois, quando elle repousou no sellim com um ah! consolado:

—Então que tal?

O homem só murmurava o nome de Nosso Senhor, na gratidão e no assombro d'aquella caridade:

—Mas isto é a volta do mundo... Eu aqui, na egua do Fidalgo! E o Fidalgo, o Sr. Gonçalo Ramires, da Torre, a pé pela estrada!

Gonçalo gracejou. E, para entreter a caminhada, perguntou pela quinta do Dr. Julio, que agora se arrojára a obras e plantações de vinha. Depois, como o Manoel Sôlha conhecia o Pereira Brasileiro (que pensára em arrendar as terras do Dr. Julio), conversaram sobre esse esperto homem, sobre as grandezas da Cortiga. Já sem embaraço, direito no sellim, no gosto d'aquella intimidade com o Fidalgo da Torre, o Sôlha esquecia a chaga, a dôr que adormentara. E á estribeira do Sôlha, attento e sorrindo, o Fidalgo estugava o passo na poeira branca.

[103] Assim se avizinhavam da Bica-Santa, um dos sitios decantados d'aquellas cercanias formosas. Ahi a estrada, cortada na encosta d'um monte, alarga e fórma um arejado terraço, d'onde se abrange todo o valle de Corinde, tão rico em casaes, em arvoredos, em seáras, em aguas. No pendor do monte, coberto de carvalhos e de fragas musgosas, bróta a fonte nomeada, que já em tempos d'El-Rei D. João V curava males d'entranhas—e que uma devota senhora de Corinde, D. Rosa Miranda Carneiro, mandou encanar desde o alto até a um tanque de marmore, onde agora corre beneficamente, por uma bica de bronze, sob a imagem e patrocinio de Santa Rosa de Lima. De cada lado do tanque se encurvam dous compridos bancos de pedra, que a espalhada ramaria das carvalheiras tolda de sombra e frescura. É um suave retiro onde se apanham

violetas, se comem merendas, e senhoras dos arredores se sentam em rancho, nas tardinhas de domingo, escutando os melros, gozando a povoada, luminosa e verdejante largueza do valle.

Antes porém de desembocar na Bica-Santa, e perto do logar do Serdal, a estrada de Corinde quebra n'uma volta:—e, ahi, de repente, a egua pulou, n'um reparo, que obrigou o Fidalgo da Torre, desconfiado da pericia do Sôlha, a deitar a mão á caimba do freio. Fôra o encontro inesperado d'uma [104]carruagem—uma caleche forrada d'azul, com a parelha coberta de rêdes brancas contra a môsca, e na almofada, têzo, um cocheiro de bigode, farda de golla escarlate e chapéo de tópe amarello. E Gonçalo mantinha ainda a egua pelo freio, como arrieiro serviçal em trilho perigoso—quando avistou, sentado n'um dos bancos de pedra, junto da Bica, com um chale-manta por cima dos joelhos, o velho Sanches Lucena. Ao lado o trintanario, agachado, esfregava com um mólho d'herva a botina que a bella D. Anna lhe estendia, apanhando o vestido de linho crú, apoiando a outra mão, sem luva, na cinta vergada e fina.

A desconcertada apparição do Fidalgo da Torre, puxando pela rédea a sua egua onde se escarranchava regaladamente um cavador em mangas de camisa, alvorotou aquelle repousado e dormente recanto da Bica. Sanches Lucena esbugalhava os olhos, esbugalhava os oculos, n'um arremesso de curiosidade que o levantára, com o pescoço esticado, o chale-manta escorregado para a relva. D. Anna recolheu bruscamente a botina, logo empertigada, na gravidade condigna da senhora da Feitosa, retomando como uma insignia o cabo d'ouro da luneta d'ouro, suspensa por um cordão d'ouro. E até o trintanario ria pasmadamente para o Sôlha.

Mas já, com o seu desembaraço elegante, Gonçalo, [105]n'um relance, saudára D. Anna, apertava com fervor a mão espantada do Sanches Lucena, e, alegremente se congratulava por aquelle encontro ditoso! Pois vinha justamente da Feitosa! E ahi soubera com desgosto, por um moço da quinta decerto exagerado, que o Sr. Conselheiro nas ultimas semanas andára doente... E, então como estava? como estava?—Oh! a physionomia era excellente!

—Pois não é verdade, Sr.a D. Anna? O aspecto é excellente!

Com um leve requebro da cabeça, um fofo ondear do mólho de plumas brancas sobre o chapéo de palha vermelha, ella volveu n'uma voz rolada, lenta e gorda, que arripiou Gonçalo:

—O Sanches agora, graças a Deus, desfructa melhor saude...

—Um pouco melhor, sim, com effeito, muito agradecido a V. Ex.a, Sr. Gonçalo Ramires! murmurou o descarnado e corcovado homem, repuxando para os joelhos o chale-manta.

E, com os oculos a luzir, cravados em Gonçalo, na curiosidade que o abrazava, quasi lhe rosára a face afilada, mais amarella que um cirio:

—Mas, com perdão de V. Ex.a! como é que V. Ex.a anda por aqui, pela estrada de Corinde, n'este estado, a pé, trazendo á rédea um lavrador de enxada?...

[106] Rindo, sobretudo para D. Anna, cujos olhos formosamente negros, d'uma funda refulgencia liquida, tambem esperavam, serios e reservados, Gonçalo contou o desastre do bom homem, que encontrára no caminho gemendo, arrastando a perna escalavrada...

—De sorte que lhe offereci a minha egua... E até, se V. Ex.a me permitte, minha senhora, é necessario que eu combine com elle o resto da jornada...

Rapidamente, voltou ao Sôlha, que, de novo acanhado ante os senhores da Feitosa, com o chapeu na mão, encolhido sobre o sellim, como attenuando a sua grandeza, logo se desestribou para desmontar. Mas já Gonçalo lhe ordenava que trotasse para a Finta—e lhe mandasse a egua por um dos seus rapazes, alli á Bica-Santa, onde elle se demorava com o Snr. Conselheiro. E quando o Sôlha largou, saudando desabaladamente, torcido, como impellido a seu pezar pelos acenos risonhos com que o Fidalgo o despedia, o assombro do Sanches Lucena recomeçou:

—Ora uma cousa d'estas! Eu tudo esperaria, tudo, menos o Sr. Gonçalo Mendes Ramires a trazer á rédea, pela estrada de Corinde, um cavador d'enxada! É a repetição do Bom Samaritano... Mas para melhor!

Gonçalo gracejou, sentado no banco, junto de Sanches Lucena.—Oh! o Bom Samaritano não merecera [107]uma pagina tão amavel no Evangelho sómente por offerecer o burro a um Levita doente: decerto mostrára virtudes mais bellas...—E sorrindo para D. Anna, que, do outro lado de Sanches Lucena, espalhava a luneta, com lentidão magestosa, pelas arvores e pela Fonte que tão bem conhecia:

—Ha dous annos, minha senhora, que eu não tenho a honra...

Mas Sanches Lucena despediu um grito:

—Oh! Sr. Gonçalo Ramires! V. Ex.a traz sangue na mão!

O Fidalgo reparou, espantado. Sobre a luva de camurça branca resaltavam duas manchas arroxeadas:

—Não é sangue meu! foi naturalmente quando o Sôlha montou, e eu lhe segurei o pé escalavrado...

Arrancou a luva, que arremessou para as hervas bravas, por traz do banco de pedra. E continuando o sorriso:

—Com effeito, não tenho a honra de encontrar a V. Ex.a, minha senhora, desde o baile do barão das Marges, em Oliveira, o famoso baile de Entrudo... Ha mais de dois annos, era eu estudante. E ainda me recordo que V. Ex.a estava vestida esplendidamente de Catharina da Russia...

E, emquanto a envolvia no sorrir dos olhos finos e meigos, pensava:—«Formosa creatura! mas ordinaria! [108]e que voz!...» D. Anna tambem se recordava do baile dos Marges:

—O cavalheiro, porém, está equivocado. Eu não fui de Russa, fui de Imperatriz...

—Sim, d'Imperatriz da Russia, de Grande Catharina... E com um gosto! com um luxo!

Sanches Lucena voltou vagarosamente para Gonçalo os oculos d'ouro, apontou um dedo alongado e livido:

—Pois tambem eu me lembro que sua mana, e minha senhora, a Sr.a D. Graça, trazia um trage de lavradeira de Vianna... Foi uma luzidissima festa; nem admira; o nosso Marges é sempre primoroso... E desde essa noite não tornei a encontrar a mana de V. Ex.a em intimidade. Apenas de longe, na missa...

De resto pouco residia agora em Oliveira, apesar de conservar a casa montada, creadagem e cocheira—porque, ou culpa do ar ou culpa da agua, não se dava bem na Cidade.

Gonçalo acalorou mais o seu interesse:

—Mas então, realmente, V. Ex.a o que tem tido?

Sanches Lucena sorriu, com amargura. Os medicos, em Lisboa, não se entendiam. Uns attribuiam ao estomago—outros attribuiam ao coração. Portanto, aqui ou alli, viscera essencial atacada. E soffria crises—más crises... Emfim, com a graça de [109]Deus, e regimen, e leite, e descanço, ainda esperava arrastar uns annos.

—Oh! com certeza! exclamou Gonçalo alegremente. E V. Ex.a não pensa que a estada em Lisboa, e as Camaras, e a Politica, a terrivel Politica, o fatiguem, o agitem?...

Não, pelo contrario, Sanches Lucena passava toleravelmente em Lisboa. Melhor mesmo que na Feitosa! Depois, gostava d'aquella distracção das Camaras. E como conservava amigos na Capital, uma roda escolhida, uma roda fina...

—Um d'esses nossos excellentes amigos, V. Ex.a decerto conhece. Elle é parente de V. Ex.a... O D. João da Pedrosa.

Gonçalo, alheio ao homem, mesmo ao nome, murmurou polidamente:

—Sim, o D. João, decerto...

E Sanches Lucena, passando pelas suissas brancas a mão magrissima, quasi transparente, onde reluzia um enorme annel d'armas de saphira:

—E não sómente o D. João... Outro dos nossos amigos é egualmente parente de V. Ex.a, e chegado. Muitas vezes temos fallado de V. Ex.a, e da sua casa. Que elle pertence tambem á primeira nobreza... É o Arronches Manrique.

—Cavalheiro muito dado, muito divertido! accrescentou D. Anna, com uma convicção que lhe [110]alteou o peito, a que o corpete justo marcava a força viçosa e a perfeição.

A Gonçalo tambem nunca chegára esse nome sonóro. Mas não hesitou:

—Sim, perfeitamente, o Manrique... De resto, eu tenho tantos parentes em Lisboa, e vou tão pouco a Lisboa!... E V. Ex.a, Sr.a D. Anna...

Mas o Sanches Lucena insistia, deliciado n'aquella conversa de parentescos fidalgos:

—V. Ex.a, naturalmente, tem em Lisboa toda a sua parentella historica. Assim eu creio que V. Ex.a é primo do Duque de Lourençal... O Duarte Lourençal! Elle não usa o titulo, por Miguelismo, ou antes por habito: mas emfim é o legitimo Duque de Lourençal. É quem representa a casa de Lourençal.

Gonçalo, sorrindo attentamente, desabotoára o fraque, procurava a sua velha charuteira de couro.

—Sim, com effeito, o Duarte... Somos primos. Diz elle que somos primos. E eu acredito. Entendo tão pouco d'arvores de costado!... De facto as casas em Portugal andam muito cruzadas; todos somos parentes, não só pelo lado d'Adão, mas pelos Godos... E V. Ex.a, Sr.a D. Anna, prefere a estada em Lisboa?

Mas, reparando que escolhera um charuto, distrahidamente o trincára:

—Oh! perdão minha senhora... Ia fumar sem saber se V. Ex.a...

[111] Ella saudou, descendo as longas pestanas:

—O cavalheiro póde fumar; o Sanches não fuma, mas eu até aprecio o cheiro.

Gonçalo agradeceu, enjoado com aquella voz redonda e gorda, aquelles horrendos «cavalheiro, o cavalheiro!...» Mas pensava:—«que linda pelle! que bella creatura!...» E Sanches Lucena, inexoravel, estendera o dedo agudo:

—Pois eu conheço muito, não o Sr. D. Duarte Lourençal, não tenho essa subida honra por ora, mas seu irmão, o Sr. D. Philippe. Cavalheiro estimabilissimo, como V. Ex.a decerto sabe... E depois, que talento... Que talento, no cornetim!

—Ah!

—O quê! V. Ex.a não ouviu seu primo, o Sr. D. Philippe Lourençal, tocar cornetim?

E até a bella D. Anna se animou, com um sorriso languido dos beiços cheios, mais vermelhos que cerejas maduras sobre o fresco rebrilho dos dentes pequeninos:

—Oh! tóca ricamente! O Sanches gosta muito de musica; eu tambem... Mas, como V. Ex.a comprehende, qui na aldéa, com a falta de recursos...

Gonçalo, arremessando o phosphoro, exclamára logo, n'um sincero interesse:

—Então, queria que V. Ex.a ouvisse um amigo meu, que é verdadeiramente sublime no violão, o Videirinha!...

[112] Sanches Lucena estranhou o nome, a sua vulgaridade. E o Fidalgo, singelamente:

—É um rapaz muito meu amigo, de Villa-Clara... O José Videira, ajudante da Pharmacia...

Os oculos de Sanches Lucena cresceram de puro espanto:

—Ajudante da Pharmacia e amigo do Sr. Gonçalo Mendes Ramires!

Sim, desde estudante, dos exames do Lyceu. Até o Videirinha passava as ferias na Torre, com a mãe, antiga costureira da casa. Tão bom rapaz, tão simples... E na realidade, no violão, um genio!

—Agora tem elle uma cantiga admiravel que chamou o Fado dos Ramires. A musica é com effeito um fado de Coimbra, um fado conhecido. Mas os versos são d'elle, umas quadras engraçadas sobre cousas da minha Casa, lendas, patranhas... Pois ficou sublime! Ainda ha dias na Torre, comigo e com o Titó...

E a este nome, familiar e menineiro, Sanches Lucena mostrou outro reparo:

—O Titó?

O Fidalgo ria:

—É uma velha alcunha d'amizade que nós damos ao Antonio Villalobos.

Então Sanches Lucena atirou ambos os braços, como se alguem muito querido apparecesse na estrada:

[113]—O Antonio Villalobos! Mas esse é um dos nossos fieis e bons amigos! Cavalheiro estimabilissimo! Quasi todas as semanas nos faz o favor de apparecer pela Feitosa...

E agora era o Fidalgo que pasmava ante essa intimidade a que nunca o Tító alludira, quando no Gago, na Torre, na Assembléa, se berrava, politicando, o nome do Sanches Lucena!

—Ah V. Ex.a conhece...

Mas D. Anna, que se erguera bruscamente do banco, e, debruçada, recolhia a luva e a sombrinha—lembrou ao marido o estriar lento da tarde, a neblina subindo sempre áquella hora do valle aquecido:

—Sabes que nunca te faz bem... E tambem não faz bem á parelha, assim parada, ha tanto tempo.

Immediatamente Sanches Lucena, receioso, puxára da algibeira um espesso lenço de sêda branca para abafar o pescoço. E, receioso tambem pela parelha, logo se arrancou pesadamente do banco de pedra, com um aceno cançado ao trintanario para apanhar o chale, avisar o cocheiro. Mas ainda atravessou, vergado e arrimado á bengala, para o parapeito que resguarda a estrada sobre o despenhado pendor do monte, dominando o valle. E confessava a Gonçalo que aquelle era, nos arredores da Feitosa, o seu passeio preferido. Não só pela belleza do sitio, [114]já cantado pelo «nosso mavioso Cunha Torres»;—mas porque do terraço da Bica, sem esforço, sentado no banco, avistava n'uma largueza terras suas:

—Olhe V. Ex.a... Para além d'aquelle souto, até á chã e ao comoro onde está a casota amarella e por traz o pinhal, tudo é meu... O pinhal ainda é meu... Acolá, do renque d'álamos para deante, depois do lameiro, é tambem meu... Alli, do lado da ermida, pertence ao Monte-Agra... Mas, mais para lá, passado o azinhal, pelo monte acima, é tudo meu!

O livido dedo, o braço escanifrado na manga de casimira preta, cresciam por sobre o valle.—Além os pastos... Adeante os centeios... Depois o bravio...—Tudo d'elle! E, por traz da magra figura alquebrada, de chapéo enterrado na nuca, o abafo de seda subido até ás pallidas orelhas quasi despegadas, D. Anna, esvelta, clara e sã como um marmore, com um sorriso esquecido nos labios gulosos, o formoso peito mais cheio, acompanhava a enumeração copiosa, affincava a luneta sobre os pastos, e os pinhaes, e os centeios, sentindo já—tudo d'ella!

—E agora acolá, detraz do olival, concluiu Sanches Lucena com respeito, é sitio seu, Sr. Gonçalo Mendes Ramires...

—Meu?...

—De V. Ex.a, quero dizer, ligado á casa de V. Ex.a. Pois não reconhece?... Além, por traz do [115]moinho, passa a estrada de Santa Maria de Craquêde. São os tumulos dos seus antepassados... Passeio que eu tambem ás vezes faço, e com gosto. Ainda ha um mez visitamos detidamente as ruinas. E acredite que fiquei impressionado! Aquelle bocado de claustro tão antigo, os grandes esquifes de pedra, a espada chumbada á abobada por cima do tumulo do meio... É de commover! E achei muito bonito, muito filial, da parte de V. Ex.a, o ter sempre aquela lampada de bronze accêsa de noite e de dia...

Gonçalo engrolou um murmurio risonho—porque não se recordava da espada, nunca recommendára a lampada. Mas Sanches Lucena, agora, supplicava um precioso favor ao snr. Gonçalo Mendes Ramires. E era que S. Ex.a lhe concedesse a honra de o conduzir na carruagem á Torre... Alvoroçadamente Gonçalo recusou. Nem podia! combinára com o homem da perna dorida esperar alli, na Bica, pela sua egoa.

—Mas fica aqui o meu trintanario, que leva a egoa de V. Ex.a á Torre.

—Não, não, se V. Ex.a me permitte, eu espero... Depois metto pelo atalho da Crassa, porque tenho ás oito horas na Torre, á minha espera para jantar, o Titó.

D. Anna, do meio da estrada, apressou logo o marido sacudidamente, com a ameaça renovada da [116]friagem, do relento... Mas, junto da caleche, Sanches Lucena ainda emperrou para affirmar a Gonçalo, com a descarnada mão sobre o encovado peito, que aquella tarde lhe ficava celebre...

—Porque vi uma cousa que poucas vezes se terá visto: o maior fidalgo de Portugal, a pé pela estrada de Corinde, levando á rédea no seu proprio cavallo um cavador de enxada!

Ajudado por Gonçalo, trepou emfim pesadamente ao estribo. D. Anna já se enterrára nas almofadas, alçando entre as mãos, como uma insignia, o cabo rebrilhante da luneta d'ouro. O trintanario tambem se entezou, cruzou os braços: e a caleche apparatosa, com as manchas brancas das rêdes dos cavallos, mergulhou no silencio e na penumbra da estrada, sob a espalhada ramaria das faias.

«Que massada!» exclamou Gonçalo. E não se consolava de tarde tão linda assim desperdiçada... Intoleravel, esse Sanches Lucena, com o Snr. D. Fulano e o Snr. D. Sicrano, e a sua gula de «róda fina», e «tudo d'elle» por collina e valle! A mulher, explendida péça de carne, como filha de carniceiro,—mas sem migalha de graça ou alma. E que voz, Jesus, que voz! Gente pedante e sabuja...—E agora só desejava recuperar a sua egoa, galopar para a Torre, e desabafar com o Titó, familiar da Feitosa! o seu ásco por toda aquella Sancharia.

[117] A egoa não tardou, a tróte largo, montada pelo filho do Sôlha, que, ao avistar o Fidalgo, saltou á estrada, de chapeu na mão, encouchado e encarnado, balbuciando que o pae chegára bem, pedia a Nosso Senhor lhe pagasse a caridade...

—Bem, bem! Recados a teu pae. Que estimo as melhoras. Lá mandarei saber.

N'um pulo montára—galopava pelo facil atalho da Crassa. Mas, deante do portão da Torre, encontrou um moço do Gago, com um bilhete do Titó, annunciando que não podia jantar na Torre porque partia n'essa semana para Oliveira!

—Que disparate! Para Oliveira tambem eu parto; mas janto hoje! Até combinavamos, o levava na carruagem... Elle que ficou a fazer, o Snr. D. Antonio?

O rapaz coçou pensativamente a cabeça:

—O Snr. D. Antonio passou lá por casa para eu trazer o bilhete ao Fidalgo... Depois, creio que tem festa, porque entrou defronte no tio Cosme fogueteiro, a comprar bichas de rabear...

Aquellas inesperadas bichas de rabear causaram logo ao Fidalgo uma immensa inveja:

—E onde é a festa, sabes?

—Eu não sei, meu Fidalgo... Mas parece que é cousa rija, porque o Snr. João Gouvêa encommendou lá ao patrão dous grandes pratos de bolos de bacalhau.

[118] Bolos de bacalhau! Gonçalo sentio como a amargura de uma traição:

—Oh! que animaes!

E de repente ideou uma vingança alegre:

—Pois se vires hoje o Snr. D. Antonio ou o Snr. João Gouvêa não te esqueças de lhes dizer que sinto muito... Que eu tambem cá tinha á noite na Torre uma festa. E havia senhoras. Vinha a Snr.a D. Anna Lucena... Não te esqueças, hein?

Gonçalo galgou as escadas rindo da sua invenção. Mas, n'essa noite, ás nove horas, depois do arrastado e atochado jantar com o Manoel Duarte, entrou na sala grande dos retratos, apenas allumiada pelo lampeão dourado do corredor, para buscar uma caixa de charutos. E casualmente, atravez da janella aberta, reparou n'um homem que, em baixo, rente da sombra dos alamos, rondava, espreitava... Mais attento, imaginou reconhecer os poderosos hombros, o andar bovino do Tító. Mas não, com certesa! o homem trasia jaqueta e carapuço de lã. Curioso, abafando os passos, ainda se abeirou da varanda. O vulto porém descera da estrada, logo sumido sob as arvores d'uma quelha que contorna o Casal do Miranda, e desemboca adiante, na Portella, junto das primeiras casas de Villa-Clara.

IV

O palacete dos Barrôlos em Oliveira (conhecido desde o começo do seculo pela Casa dos Cunhaes) erguia a sua fidalga fachada de doze varandas no Largo d'El-Rei, entre uma solitaria viella que conduz ao Quartel e a rua das Tecedeiras, velha rua mal empedrada, ladeirenta, opprimida pelo comprido terraço do jardim, e pelo muro fronteiro da antiga cerca das Monicas. E n'essa manhã, justamente quando Gonçalo, na caleche da Torre puxada pela parelha do Torto, desembocava no Largo d'El-Rei, subia pela Tecedeiras, dobrando a esquina dos Cunhaes, n'um cavallo negro de fartas clinas, que feria as lages com soberba e garbo, o Governador Civil, o André Cavalleiro, de collete branco e chapeu de palha. N'um relance, do fundo da caleche, o Fidalgo ainda o surprehendeu levantando os pestanudos olhos [120]negros para as varandas de ferro do palacete. E pulou, com um murro no joelho, rugindo surdamente—«que biltre!» Ao apear no portão (um portão baixo, como esmagado pelo immenso escudo de armas dos Sás) tão suffocada indignação o impellia que não reparou nas effusões do porteiro, o velho Joaquim da Porta, e esqueceu dentro da caleche os presentes para Gracinha, a caixa com o guardasolinho e um cesto de flores da Torre coberto de papel de sêda. Depois em cima, na sala d'espera, onde José Barrôlo correra, ao sentir nas lages do Largo silencioso o estrepito do calhambeque, desabafou logo, arrebatadamente, atirando o guarda pó para uma cadeira de couro:

—Oh senhores! Que eu não possa vir á cidade sem encontrar de cara este animal do Cavalleiro! E sempre no Largo, defronte da casa! É sorte!... Esse bigodeira não achará outro logar para onde vá caracolar com a pileca?

José Barrôlo, um moço gordo, de cabello ruivo e crespo, com um buço claro n'uma face mais redonda e córada que uma bella maçã, accudiu, ingenuamente:

—Pileca?!... Oh, menino, tem agora um cavallo lindo! Um cavallo lindo, que comprou ao Marges!

—Pois bem! É um burro feio em cima d'um cavallo bonito. Que fiquem ambos na cavallariça. Ou que vão ambos pastar para as Devezas!

[121] O Barrôlo escancarou a bôca larga e fresca, de soberbos dentes, n'um lento pasmo. E de repente, com uma patada no soalho, vergado pela cinta, rompeu n'uma risada que o suffocava, lhe inchava as veias:

—Essa é d'arromba! Não, essa é para contar no Club... Um burro feio em cima d'um cavallo bonito! E ambos a pastarem!... Tu vens hoje rico, menino! Olha que essa! Ambos a pastarem, com os focinhos na herva, o Governador civil e o cavallo... É d'arromba!

Rebolava pela sala, com palmadas radiantes sobre a coxa obesa. E Gonçalo, adoçado por aquella ovação que celebrava a sua facecia:

—Bem. Dá cá esses ossos, ou antes esses untos. E como vae a familia? A Gracinha?... Oh! viva a linda flôr!

Era ella, com a sua ligeiresa airosa e menineira, os magnificos cabellos soltos sobre um penteador de rendas, correndo alvoroçada para o irmão, que a envolveu n'um abraço e em dous beijos sonoros. E immediatamente, recuando, a declarou mais bonita, mais gorda:

—Positivamente estás mais gorda, até mais alta... É sobrinho?... Não? nada, por ora?

Gracinha córou, com aquelle seu languido sorriso que mais lhe humedecia e lhe enternecia a doçura dos olhos esverdeados.

[122]—Se ella não quer, ella não quer! gritava o José Barrôlo, gingando, com as mãos enterradas nos bolsos do jaquetão que lhe desenhava as ancas roliças. A culpa não é cá do patrão... Mas ella não se decide!

O fidalgo da Torre reprehendeu a irmã:

—Pois é necessário um menino. Eu por mim não caso, não tenho geito: e lá se vão d'esta feita Barrôlos e Ramires! A extincção dos

122

Barrôlos é uma limpeza. Mas, acabados os Ramires, acaba Portugal. Portanto, Snr.a D. Graça Ramires, depressa, em nome da nação, um morgado! Um morgado muito gordo, que eu pretendo que se chame Tructesindo!

Barrôlo protestou, aterrado:

—O que? Turtesinho? Não! para tal sorte não o fabríco eu!

Mas Gracinha deteve aquelles gracejos picantes, desejosa de saber da Torre, e do Bento, e da Rosa cosinheira, e da horta, e dos pavões... Conversando, penetraram na outra sala, guarnecida de contadores da India, de pesados cadeirões dourados de damasco azul, com tres varandas sobre o Largo d'El-Rei. Barrôlo enrolou um cigarro, reclamou a historia do Relho, da grande desordem. Tambem elle arranjára uma «pega» com o rendeiro da Ribeirinha, por causa d'um córte de pinhal. Essa do Relho porém fôra tremenda...

[123] E Gonçalo, enterrado ao canto do fundo camapé azul, desabotoando preguiçosamente o jaquetão de chaviote claro:

—Não! foi muito simples. Já ha mezes esse Relho andava bebedo, sem despegar... Uma noite berrou, ameaçou a Rosa, agarrou n'uma espingarda. Eu desci, e n'um instante a Torre ficou desembaraçada de Relhos e de barulhos.

—Mas veio o Regedor, com cabos! accudio o Barrôlo.

Gonçalo saccudiu os hombros, impaciente:

—Veio o regedor? Veio depois, para legalisar! Já o homem abalára, corrido. E como resultado arrendei a Torre ao Pereira, ao Pereira da Riosa...

Contou esse negocio excellente, tratado na varanda, ao almoço, entre dous copos de vinho verde. Barrôlo admirou a renda—gabou o rendeiro. Assim Gonçalo descortinasse outro Pereira para a quinta de Treixedo, terra tão generosa, tão mal amanhada!

Á borda do camapé, coberta pelos bellos cabellos que lavára n'essa manhã e que cheiravam a alecrim, Gracinha comtemplava o irmão com ternura:

—E do estomago, andas melhor? Continuam as ceias com o Titó?

—Oh! esse animal! exclamou Gonçalo. Ha dias prometteu jantar na Torre, até a Rosa assou um cabrito no espeto, magnifico... Depois falhou: creio[124] que teve uma orgia infame, com bichas de rabear. Elle vem esta semana a Oliveira... E é verdade! vocês sabiam da intimidade do Titó com o Sanches Lucena?

Historiou então, com exagero alegre, o encontro da Bica-Santa, o horror que lhe causára a bella D. Anna, a descoberta inesperada d'essa familiaridade do Titó na Feitosa.

Barrôlo recordou que uma tarde, antes do S. João, avistára o Titó, deante do portão da Feitosa, a passear pela trela um cãosinho branco de regaço...

—Mas o que eu não comprehendo, menino, é esse teu «horror» pela D. Anna... Caramba! Mulher soberba! Um quebrado de quadris, uns olhões, um peitoril...

—Calle essa bôca impura, devasso! gritou Gonçalo. Pois aqui ao lado da sua mulher, que é a flôr das Graças, ousa louvar semelhante peça de carne!

Gracinha rindo, sem ciumes, comprehendia «a admiração do José.» Realmente, a Anna Lucena, que vistosa, que bella!...

—Sim, concedeu Gonçalo, bella como uma bella egoa... Mas aquella voz gorda, papuda... E a luneta, os modos... E «o cavalheiro póde fumar, o cavalheiro está enganado...» Oh! senhores, pavorosa!

Barrôlo gingava, deante do sophá, com as mãos nos bolsos da rabona:

[125]—Uvas verdes, Snr. D. Gonçalo, uvas verdes!

O Fidalgo dardejou sobre o cunhado uns olhos ferozes:

—Nem que ella se me offerecesse, de joelhos, em camisa, com os duzentos contos do Sanches n'uma salva d'ouro!

Sorrindo, vermelha como uma pionia, com um «oh» escandalisado, Gracinha bateu no hombro de Gonçalo—que puxou por ella, galhofeiramente:

—Venha lá essa bochecha, e outra beijoca, para purificar! Com effeito, só pensar na D. Anna arrasta a gente ás imagens brutaes... Dizias então do estomago... Sim, filha, combalido. E ha dias mais pesado, desde o tal cabrito no espeto e da companhia beberrona do Manoel Duarte. Tu tens cá agua de Vidago?... Então, Barrôlinho, sê angelico. Manda trazer já uma garrafinha bem fresca. E olha! pergunta se subiram um açafate e uma caixa de papelão que eu deixei na caleche? Que ponham no meu quarto. E não desembrulhes, que é surpreza... Escuta! Que me levem agua bem quente. Preciso mudar toda a roupa... Estava uma poeirada por esse caminho!

E quando o Barrôlo abalou, a rebolar e a assobiar, Gonçalo, esfregando as mãos:

—Pois vocês ambos estão explendidos! E na harmonia que convem. Tu positivamente mais fórte, [126]mais cheia. Até pensei que fosse sobrinho. E o Barrôlo mais delgado, mais leve...

—Oh, agora o José passeia, monta a cavallo, já não adormece tanto depois de jantar...

—E a outra familia? A tia Arminda, o rancho Mendonça? Bem?... Padre Sueiro, que é feito d'esse santo?

—Teve um ataquesito de rheumatismo, muito ligeiro. Agora bom, sempre no Paço do Bispo, na Bibliotheca... Parece que se entretem a fazer um livro sobre os Bispos.

—Bem sei, a Historia da Sé d'Oliveira... Pois eu tambem tenho trabalhado muito, Gracinha! Ando a escrever um Romance.

127

—Ah!

—Um Romance pequeno, uma Novella, para os Annaes de Litteratura e de Historia, uma Revista que fundou um rapaz meu amigo, o Castanheiro... É sobre um facto historico da nossa gente... Sobre um avô nosso, muito antigo, Tructesindo.

—Tem graça, que fez elle?

—Horrores. Mas é pittoresco... E depois o Paço de Santa Ireneia, no século XII, em todo o seu explendor! Emfim uma bella reconstrucção do velho Portugal e sobre tudo dos velhos Ramires. Has-de gostar... Não ha amores, tudo guerras. Apenas, muito remotamente, uma das nossas antepassadas, uma [127]D. Menda, que eu nem sei se realmente existiu. Tem seu chic, hein?... E tu comprehendes, como eu desejo tentar a Politica, preciso primeiramente apparecer, espalhar o meu nome...

Gracinha sorria docemente para o irmão, no costumado enlevo:

—E agora tens alguma idéa? A tia Arminda lá continua sempre com a teima que devias entrar na Diplomacia. Ainda ha dias... «Ai, o Gonçalinho, assim galante, e com aquelle nome, só n'uma grande embaixada!»

Gonçalo despegára lentamente do vasto camapé, reabotoando o jaquetão claro:

—Com effeito ando com uma idéa, ha dias... Talvez me viesse d'um romance inglez, muito interessante, e que te recommendo, sobre as antigas Minas de Ophir, King Salomon's Mines... Ando com idéas de ir para a Africa.

—Oh Gonçalo, credo! Para a Africa?

O escudeiro entrára com duas garrafas de agua de Vidago, ambas desarrolhadas, n'uma salva. Precipitadamente, para aproveitar o «piquesinho», Gonçalo encheu um copo enorme de crystal lavrado. Ah! que delicia d'agua!—E como o Barrôlo voltava, annunciando que cumprira as ordens de S. Ex.a:

—Bem! então logo conversamos ao almoço, Gracinha! Agora lavar, mudar de roupa, que não paro com estas infames comichões...

[128] Barrôlo acompanhou o cunhado ao quarto, um dos mais espaçosos e alegres do Palacete, forrado de cretones côr de canario com uma varanda para o jardim, e duas janellas de peitoril sobre a rua das Tecedeiras e os velhos arvoredos do convento das Monicas. Gonçalo impaciente despiu logo o casaco, saccudiu para longe o collete:

—Pois tu estás explendido, Barrôlo! Deves ter perdido tres ou quatro kilos. São naturalmente os kilos que Gracinha ganhou... Vocês, se assim se equilibram, ficam perfeitos.

Deante do espelho Barrôlo acariciava a cinta, com um risinho deleitado:

—Realmente, parece que adelgacei... Até sinto nas calças...

Gonçalo abrira o gavetão da rica commoda de ferragens douradas, onde conservava sempre roupa (até duas casacas), para evitar o transporte de malas entre os Cunhaes e a Torre. E ria, aconselhava o bom Barrôlo a «adelgaçar» sem descanço, para belleza da futura raça Barrolica—quando em baixo, na silenciosa rua das Tecedeiras as patas de um cavallo de luxo feriram as lages em cadencia lenta.

Logo desconfiado, Gonçalo correu á janella, ainda com a camisa que desdobrava. E era elle! Era o André Cavalleiro, que descia ladeando, sopeando a rédea, para escarvar com garbo e fragor [129]a rampa mal empedrada. Gonçalo virou para o Barrôlo a face chammejante de furôr:

—Isto é uma provocação! Se este descarado d'este Cavalleiro passa outra vez na maldita pileca, por debaixo das janellas, apanha com um balde d'agua suja!...

Barrôlo, inquieto, espreitou:

—Naturalmente vae para casa das Louzadas... Anda agora muito intimo das Louzadas... Sempre por aqui o vejo... E é para as Louzadas.

—Que seja para o inferno! Pois, em toda a cidade, não ha outro caminho para casa das Louzadas? Duas vezes em meia hora! Grande insolente! Tem uma chapada d'agua de sabão, pela grenha e pela bigodeira, tão certo como eu ser Ramires, filho de meu pae Ramires!

Barrôlo beliscava a pelle do pescoço, constrangido ante aquelles rancores ruidosos que desmanchavam o seu socego. Já, por imposição de Gonçalo, rompera desconsoladamente com o Cavalleiro. E agora antevia sempre uma bulha, um escandalo que o indisporia com os amigos do Cavalleiro, lhe vedaria o Club e as doçuras da Arcada, lhe tornaria Oliveira mais enfadonha que a sua quinta da Ribeirinha ou da Murtosa, solidões detestadas. Não se conteve, arriscou o costumado reparo:

[130]—Ó Gonçalinho, olha que tambem todo esse espalhafato só por causa da Politica...

Gonçalo quasi quebrou o jarro, na furia com que o pousou sobre o marmore do lavatorio:

—Politica! Ahi vens tu com a Politica! Por Politica não se atira agua suja aos Governadores Civis. Que elle não é Politico, é só malandro! Além d'isso...

Mas terminou por encolher os hombros, emmudecer, diante do pobre bacôco de bochechas pasmadas, que, n'aquellas rondas do Cavalleiro pelos Cunhaes, só notava o «lindo cavallo» ou «o caminho mais curto para as Louzadas!...»

—Bem! resumiu. Agora larga, que me quero vestir... Do bigodeira me encarrego eu.

—Então, até logo... Mas se elle passar nada d'asneiras, hein?

—Só justiça, aos baldes!

E bateu com a porta nas costas resignadas do bom Barrôlo, que, pelo corredor, suspirando, lamentava o assomado genio do

Gonçalinho, as coleras desproporcionadas em que o lançava «a Politica.»

Em quanto se ensaboava com vehemencia, depois se vestia n'uma pressa irada, Gonçalo ruminou aquelle intoleravel escandalo. Fatalmente, apenas se apeava em Oliveira, encontrava o homem da grande guedelha, caracolando por sob as janellas do palacete, [131]na pileca de grandes clinas! E o que o desolava era perceber no coração de Gracinha, pobre coração meigo e sem fortaleza, uma teimosa raiz de ternura pelo Cavalleiro, bem enterrada, ainda vivaz, facil de reflorir... E nenhum outro sentimento forte que a defendesse, n'aquella ociosidade d'Oliveira—nem superioridade do marido, nem encanto d'um filho no seu berço. Só a amparava o orgulho, certo respeito religioso pelo nome de Ramires, o medo da pequena terra espreitadeira e mexeriqueira. A sua salvação seria o abandono da cidade, o encerrado retiro n'uma das quintas do Barrôlo, a Ribeirinha, sobretudo a Murtosa, com a linda matta, os musgosos muros de convento, a aldêa em redor para ella se occupar como castellã benefica. Mas quê! Nunca o Barrôlo, consentiria em perder o seu voltarete no Club, e a cavaqueira da tabacaria «Elegante», e as chalaças do Major Ribas!

Afogueado pelo calor, pela emoção, Gonçalo abriu a varanda. Em baixo, no curto terraço ladrilhado, orlado de vasos de louça, precedendo o jardim, Gracinha, ainda soltos os cabellos por cima do penteador, conversava com outra senhora, muito alta, muito magra, de chapeu marujo enfeitado de papoulas, que segurava entre os braços um repolhudo mólho de rosas. [132] Era a «prima» Maria Mendonça, mulher de José Mendonça, condiscipulo do Barrôlo em Amarante, agora capitão do Regimento de Cavallaria estacionado em Oliveira. Filha d'um certo D. Antonio, senhor (hoje Visconde) dos Paços de Severim, devorada pela preoccupação de parentescos fidalgos, de origens fidalgas, ligava sempre surrateiramente o vago solar de Severim a todas as casas nobres de Portugal—sobre tudo, mais gulosamente, á grande casa de Ramires: e, desde que o regimento se aquartellára em Oliveira, tratára logo Gracinha por «tu» e Gonçalo por «primo», com a intimidade especial, que convem a sangues superiores. Todavia mantinha amisades muito seguidas e activas com brazileiras ricas d'Oliveira—até com a viuva Pinho, dona da loja de pannos, que (segundo se murmurava) lhe fornecia os dous filhos ainda pequenos de calções e de jalecas. Tambem convivia intimamente, já na cidade, já na Feitosa, com D. Anna Lucena. Gonçalo gostava da sua graça, da sua agudeza, da vivacidade maliciosa que a agitava n'uma linda crepitação de galho, ardendo com alegria. E quando, ao rumor da janella perra, ella levantou os olhos lusidios e espertos, foi em ambos uma surpresa carinhosa:

—Oh prima Maria! Que felicidade, logo que chego e que abro a janella...

—E para mim, primo Gonçalo, que o não via [133]desde a sua volta de Lisboa!... Pois está mais lindo, assim de bigode...

—Dizem que estou lindissimo, absolutamente irresistivel! Até aconselho á prima Maria que se não approxime muito de mim, para se não incendiar.

Ella deixou pender desoladamente nos braços o seu pesado molho de rosas:

—Ai Jesus, então estou perdida, que ainda agora prometti á prima Graça jantar cá esta tarde!... Oh Gracinha, por quem és, põe um biombo entre os dois!

Gonçalo gritou, pendurado da varanda, já deliciado com os chistes da prima Maria:

—Não! enfio eu um abat-jour pela cabeça para attenuar o meu brilho!... E o maridinho, os pequenos? Como vae o nobre rancho?

—Vivendo, com algum pão e muita graça de Deus... Então até logo, primo Gonçalo! E seja misericordioso!

E ainda elle ria, encantado—já a prima Maria depois de cochichar e d'estalar dois beijos apressados na face de Gracinha, desapparecêra pela porta envidraçada da sala com a sua elegancia esgalgada. Gracinha, lentamente, subiu os tres degraus de marmore do jardim. Da varanda, Gonçalo ainda avistou atravez da ramaria leve, entre as sebes de buxo, o penteador branco, os fartos cabellos cabidos, [134]relusindo no sol como uma cascata de azeviche. Depois o negro brilho, as claras rendas, desappareceram sob os loureiros da rua que conduzia ao Mirante.

Mas Gonçalo não se arredou d'entre as janellas, limando vagamente as unhas, espreitando pelas cortinas, n'uma desconfiança, quasi n'um terror que o Cavalleiro de novo surgisse na pileca—agora que Gracinha se embrenhára para os lados d'esse commodo Mirante, construcção do seculo XVIII, imitando um Templosinho do Amor, que rematava o longo terraço do jardim e dominava a rua das Tecedeiras. Mas a calçada permanecia silenciosa, sob as derramadas sombras de arvoredo do Palacete e do Convento. E por fim decidiu descer, envergonhado da espionagem—certo que a irmã não se mostraria ao Cavalleiro na varandinha do Mirante, assim com os cabellos em desalinho, por cima d'um penteador.

E cerrava a porta, quando se encontrou deante dos braços do Padre Sueiro, que o prenderam pela cinta com affago e respeito.

—Oh! meu ingratissimo Padre Sueiro! exclamava Gonçalo, batendo ternamente nas gordas costas do Capellão. Então que feia acção foi esta? Mais de um mez sem apparecer na Torre! Agora para o Sr. Padre Sueiro já não ha Gonçalinho, ha só Gracinha...

Enternecido, quasi com uma lagrima a bailar [135]nos mansos olhos miudos, que mais negrejavam entre a frescura rozea da face roliça e a cabecinha branca como algodão—Padre Sueiro sorria, fechando as mãos sobre o peito da batina d'alpaca, d'onde surdia a ponta de um lenço de quadrados vermelhos. E não lhe escasseára certamente o desejo d'ir á Torre. Mas aquelle trabalhinho na Bibliotheca do Paço do Bispo... Depois o seu rheumatismosito... Emfim a Sr.a D. Graça sempre esperando S. Ex.a, um dia, outro dia...

—Bem, bem! acudiu alegremente Gonçalo, comtanto que o coração não se esquecesse da Torre...

—Ah! esse! murmurou Padre Sueiro com commovida gravidade.

E pelo corredor de paredes azues, adornadas com gravuras coloridas das batalhas de Napoleão, Gonçalo resumiu as novidades da Torre:

—Como o Padre Sueiro sabe, rebentou aquelle escandalo do Relho... E ainda bem, porque conclui um negocio explendido. Imagine! Arrendei ha dias a quinta ao Pereira Brazileiro, ao Pereira da Riosa, por um conto cento e cincoenta mil réis...

O capellão suspendeu a pitada, que colhera n'uma caixa de prata dourada, pasmado para o Fidalgo:

—Ora ahi está como as cousas se inventam! Pois por cá constou que V. Ex.a tratára com o José Casco, o José Casco dos Bravaes. Até no Domingo, ao almoço, a Sr.a D. Graça...

[136]—Sim, interrompeu o Fidalgo com uma fugidia côr na face fina. Effectivamente o Casco veio á Torre, conversámos. Primeiramente quiz, depois não quiz. Aquellas cousas do Casco! Einfim, uma massada... Não ficou nada decidido. E quando o Pereira, uma bella manhã, me appareceu com a proposta, eu, inteiramente desligado, acceitei, e com que alvoroço!... Imagine! Um augmento soberbo de renda, o Pereira como rendeiro... O Padre Sueiro conhece bem o Pereira...

—Homem entendido, concordou o Capellão coçando embaraçadamente o queixo. Não ha duvida. E homem de bem... Depois não havendo palavra dada ao Cas...

—Pois o Pereira para a semana vem á cidade, atalhou apressadamente Gonçalo. O Padre Sueiro previne o tabellião Guedes, e assignamos essa bella escriptura. São as condições costumadas. Creio que ha uma reserva a respeito da hortaliça e do porco... Emfim o Padre Sueiro deve receber carta do Pereira.

E immediatamente, descendo a escada, passando o lenço perfumado pelo bigode, gracejou com o capellão sobre o famoso Fado dos Ramires em que elle collaborava com o Videirinha. Oh! Padre Sueiro fornecera lendas sublimes! Mas aquella de Santa Aldonça, realmente, fôra ataviada com exageração... Quatro Reis a levarem a Santa aos hombros!

[137]—São Reis de mais, Padre Sueiro!

O bom capellão protestou, logo interessado e serio, no amor d'aquella obra que glorificava a Casa:

—Ora essa! Com perdão de V. Ex.a... Perfeitissimamente exacto. Lá o conta o Padre Guedes do Amaral, nas suas Damas da Côrte do Ceu, livro precioso, livro rarissimo, que o Sr. José Barrôlo tem na Livraria. Não especifica os Reis, mas diz quatro... «Aos hombros de quatro Reis e com acompanhamento de muitos Condes.» Mas o nosso José Videira declarou que não podia metter os Condes por causa da rima.

O Fidalgo ria, dependurando n'um cabide, ao fundo da escada, o chapeu de palha com que descêra:

—Por causa da rima, pobres Condes... Mas o fado está lindo. Eu trago uma copia para a Gracinha cantar ao piano... E agora outra cousa, Padre Sueiro. O que se conta por ahi do Governador Civil, d'esse Sr. André Cavalleiro?...

O capellão encolheu os hombros, desdobrando cautelosamente o seu vasto lenço de quadrados vermelhos:

—Eu, como V. Ex.a sabe, não entendo de Politica. Depois tambem não frequento os cafés, os sitios onde se questiona Politica... Mas parece que gostam.

No corredor um escudeiro gordo, de opulentas [138]suissas ruivas, que Gonçalo não conhecia, badalou a sineta do almoço. Gonçalo reparou, avisou o homem que a Snr.a D. Maria da Graça andava para o fundo do jardim...

—Entrou agora, Snr. D. Gonçalo! accudiu o escudeiro. E até manda perguntar se V. Ex.a deseja para o almoço vinho verde de Amarante, de Vidainhos.

Sim, com certeza, vinho de Vidainhos. Depois sorrindo:

—Oh Padre Sueiro, previna este escudeiro novo que eu não tenho Dom. Sou simplesmente Gonçalo, graças a Deus!

O capellão murmurou que todavia, em documentos da Primeira Dynastia, appareciam Ramires com Dom. E, como Gonçalo parara deante do reposteiro corrido da sala, logo o bom velho se curvou, com as suas escrupulosas, reverentes ceremonias, para o Fidalgo passar.

—Então, Padre Sueiro, por quem é!

Mas elle, com apegado respeito:

—Depois de V. Ex.a, meu senhor...

Gonçalo afastou o reposteiro, empurrou docemente o capellão:

—Padre Sueiro, já nos documentos da Primeira Dynastia se estabeleceu que os Santos nunca andam atraz dos Peccadores!

—V. Ex.a manda, e sempre com que graça!

[139] Depois dos annos de Gracinha, uma tarde, pelas tres horas, Gonçalo, recolhendo com Padre Sueiro d'uma visita á Bibliotheca do Paço do Bispo, sentiu logo da antecamara o vozeirão do Titó, que rolava na sala azul em trovão lento. Franziu vivamente o reposteiro—e sacudiu o punho para o

immenso homem que enchia um dos cadeirões dourados, estirando por sobre as flôres do tapete umas botas novas de grossas tachas reluzentes:

—Oh infame!... Então n'outro dia assim me larga, sem escrupulo, depois de eu lhe preparar um cabrito estupendo, assado n'um espeto de cerejeira? E para quê?... Para uma orgia reles, com bolinhos de bacalhau e bichinhas de rabear!

Titó não desmanchou a sua conchegada beatitude:

—Impossibilissimo. De tarde encontrei o João Gouveia no Chafariz. E só então nos lembrámos de que eram os annos da D. Casimira. Dia sagrado!

Aquellas ceias de Villa-Clara, as tresnoutadas «pandegas» com violão, impressionavam sempre Barrôlo, que as appetecia. E com o olho aguçado, do canto da mesa onde esfarelava cuidadosamente pacotes de tabaco dentro de uma terrina do Japão:

—Quem é a D. Casimira? Vocês em Villa-Clara descobrem uns typos... Conta lá!

[140]—Um monstro! declarou Gonçalo. Uma matronaça bojuda como uma pipa, com um pêllo nojento no queixo. Vive ao pé do Cemiterio, n'um cacifro que tresanda a petroleo, onde este senhor e as auctoridades vão jogar o quino, e derriçar com umas serigaitas de cazabeque vermelho e de farripas... Nem se póde decentemente contar deante do Snr. Padre Sueiro!

O capellão, que sem rumor se esbatera n'uma sombra discreta, entre os franjados setins d'uma cortina e um pesado contador da India, moveu os hombros n'um consentimento risonho, como acostumado a todas as fealdades do Peccado. E, com pachorra, o Titó emendava o esboço burlesco do Fidalgo:

—A D. Casimira é gorda, mas muito aceada. Até me pediu para eu lhe comprar hoje, na cidade, uma bacia nova d'assento. A casa não cheira a petroleo e fica por traz do convento de Santa Theresa. As serigaitas são simplesmente as sobrinhas, duas raparigas alegres que gostam de rir e de troçar... E o Snr. Padre Sueiro podia, sem medo...

—Bem, bem! atalhou Gonçalo. Gente deliciosa! Deixemos a D. Casimira, que tem bacia nova para os seus semicupios... Vamos á outra infamia do Sr. Antonio Villalobos!

Mas Barrôlo insistia, curioso:

143

—Não, não, conta lá, Titó... Noite d'annos, patuscada rija, hein?

[141]—Ceia pacata, contou o Titó com a seriedade que lhe merecia a festa das suas amigas. A D. Casimira tinha uma bella frangalhada com ervilhas. O João Gouveia trouxe do Gago uma travessa de bôlos de bacalhau que calharam... Depois, fogo de vistas na horta. O Videirinha tocou, as pequenas cantaram... Não se passou mal.

Gonçalo esperava—irresistivelmente interessado pela ceia das Casimiras:

—Acabou, hein?... Agora a outra infamia, mais grave! Então o Snr. Antonio Villalobos é intimo do Sanches Lucena, frequenta todas as semanas a Feitosa, toma chá e torradas com a bella D. Anna, e esconde tenebrosamente dos seus amigos estes privilegios gloriosos?...

—Sem contar, gritou o Barrôlo deliciosamente divertido, que lhe passeia á trela os cãesinhos felpudos!

—Sem contar que lhe passeia á trela os cãesinhos felpudos! echoou cavamente Gonçalo. Responda, meu illustre amigo!

O Tító remecheu o vasto corpo dentro do cadeirão, recolheu as botas de tachas luzentes, afagou lentamente a face barbuda, que uma vermelhidão aquecêra. E depois de encarar Gonçalo, intensamente, com um esforço de sagacidade que mais o afogueou:

[142]—Tu já alguma vez, por curiosidade, me perguntaste se eu conhecia o Sanches Lucena? Nunca me perguntaste...

O Fidalgo protestou. Não! Mas constantemente na Assembleia, no Gago, na Torre, elles berravam, em questões de Politica, o nome do Sanches Lucena! Nada mais natural, até mais prudente, do que alludir o Snr. Tító á sua intimidade illustre! Ao menos para evitar que elle, ou os amigos, deante do Snr. Tító que comia as torradas da Feitosa, tratassem o Sanches Lucena como um trapo!

O Tító despegou do cadeirão. E afundando as mãos nos bolsos da quinzena d'alpaca, sacudindo desinteressadamente os hombros:

—Cada um tem sobre o Sanches a sua opinião... Eu apenas o conheço ha quatro ou cinco mezes, mas acho que é serio, que sabe as cousas... Agora, lá nas Camaras...

Gonçalo, indignado, bradava que se não discutiam os meritos do Snr. Sanches Lucena—mas os segredos do Snr. Titó Villalobos! E o escudeiro novo, avançando as suissas ruivas por uma fenda do reposteiro, annunciou que o Snr. Administrador de Villa-Clara procurava Suas Ex.as...

Barrôlo largou logo a terrina de tabaco:

—O Snr. João Gouveia! Que entre! Bravo! temos cá toda a rapaziada de Villa-Clara!

[143] E Titó, da janella onde se refugiara, lançou o vozeirão, mais troante, abafando a importuna conversa do Sanches e da Feitosa:

—Viemos ambos! Por signal n'uma traquitana infame... Até se nos desferrou uma das pilecas e tivemos de parar na Vendinha. Não se perdeu tempo, que ha agora lá um vinhinho branco que é d'aqui da ponta fina!...

Beliscava a orelha. Aconselhava ruidosamente Barrôlo e Gonçalo a passarem na Vendinha, para provar a pinga celeste.

—Até aqui o Snr. Padre Sueiro lhe atiçava uma caneca valente, apesar do Peccado!

Mas João Gouveia entrou, encalmado, empoeirado, com um vinco vermelho na testa, do chapeu e do calor—e abotoado na sobrecasaca preta, de calças pretas, de luvas pretas. Sem folego, apertou silenciosamente pela sala as mãos amigas que o acolhiam. E desabou sobre o camapé, implorando ao amigo Barrôlo a caridade d'uma bebidinha fresca!

—Estive para entrar no café Monaco. Mas reflecti que n'esta grandiosa casa dos Barrôlos as bebidas são de mais confiança.

—Ainda bem! Você que quer? Orchata? Sangria? Limonada?

—Sangria.

E, limpando o pescoço e a testa, amaldiçoou o indecente calor d'Oliveira:

[144]—Mas ha gente que gosta! Lá o meu chefe, o Snr. Governador Civil, escolhe sempre a hora do calor para passear a cavallo. Ainda hoje... Na repartição até ao meio dia; depois, cavallo á porta; e larga até á estrada de Ramilde, que é uma Africa... Não sei como lhe não fervem os miolos!

—Oh! acudiu Gonçalo, é muito simples. Se elle os não tem!

147

O administrador saudou gravemente:

—Já cá faltava com a sua ferroadasinha o Snr. Gonçalo Mendes Ramires! Não comecemos, não comecemos... Este seu cunhado, Barrôlo, é bicho indomesticavel! Sempre reponta!

O bom Barrôlo gaguejou, constrangido, que Gonçalinho em Politica não dispensava a piada...

—Pois olhe! declarou o administrador, sacudindo o dedo para Gonçalo. Esse Snr. André Cavalleiro, que não tem miolos, ainda esta manhã na Repartição gabou com immensa sympathia os miolos do Snr. Gonçalo Mendes Ramires!...

E Gonçalo, muito serio:

—Tambem não faltava mais nada! Para esse Governador Civil ser perfeitamente absurdo só lhe restava que me considerasse um asno!

—Perdão! gritou o Administrador, que se erguera, desabotoando logo a sobrecasaca, para commodidade da contenda.

[145] Barrôlo acudio, afflicto, carregando nos hombros do Gouveia—para o socegar e o repôr no camapé:

—Não, meninos, não! Politica, não! E então essa massada do Cavalleiro... Vamos ao que importa. Você janta comnosco, João Gouveia?

—Não, obrigado. Já prometti jantar com o Cavalleiro. Temos lá o Ignacio Vilhena. Vae lêr um artigo que escreveu para o Boletim de Guimarães sobre umas fôrmas de fabricar ossos de martyres, descobertas nas obras do convento de S. Bento. Estou com curiosidade... E a Snr.a D. Graça, bem? Quem eu não avistava havia mezes era o Snr. Padre Sueiro. Nunca apparece agora pela Torre!... Mas sempre rijo, sempre viçoso. Oh, Snr. Padre Sueiro, qual é o seu segredo para toda essa meninice?

Do seu canto, o capellão sorriu timidamente. O segredo? Poupar a Vida—não a consumindo nem com ambições nem com decepções. Ora para elle, louvado Deus, a vida corria muito simples e muito pequenina. E fóra o seu rheumatismo...

Depois, córando d'acanhamento, atravez das sentenças evangelicas que lhe escapavam:

149

—Mas mesmo o rheumatismo não é mal perdido. Deus, que o manda, sabe porque o manda... Soffrer edifica. Por que enfim o que nós soffremos nos leva a pensar no que os outros soffrem...

[146]—Pois olhe, volveu com alegre incredulidade o Administrador, eu, quando tenho os meus ataques de garganta, não penso na garganta dos outros! Penso só na minha que me dá bastante cuidado. E agora a vou regalar n'aquella bella sangria...

O escudeiro vergava, com a luzente bandeja de prata, carregada de copos de sangria onde boiavam rodellinhas de limão. E todos se tentaram, todos beberam, até Padre Sueiro, para mostrar ao Snr. Antonio Villalobos que não desdenhava o vinho, dadiva amavel de Deus—pois como ensina Tibulo com verdade, apezar de gentilico, vinus facit dites animos, mollia corda dat, enrija a alma e adoça o coração.

João Gouveia, depois d'um suspiro consolado, pousou na bandeja o copo que esvasiára d'um trago e interpellou Gonçalo:

—Vamos a saber! Então n'outro dia que historia phantastica foi essa d'uma festa na Torre, com senhoras, com a D. Anna Lucena?... Eu não acreditei quando o pequeno do Gago me encontrou, me deu o recado. Depois...

150

Mas d'entre as cortinas da janella, onde acabava a sangria, Titó novamente rebombou, interpellando tambem o Fidalgo:

—Oh sô Gonçalo! E o que me contou ha pouco [147]o Barrôlo?... Que andavas com idéas de abalar para a Africa?

Ao espanto de João Gouveia quasi se misturou terror. Para a Africa?... O quê? Com um emprego para a Africa?...

—Não! plantar côcos! plantar cacau! plantar café! exclamava o Barrôlo, com divertidas palmadas na côxa.

Pois Titó approvava a idéa! Tambem elle, se arranjasse um capital, dez ou quinze contos, tentava a Africa, a traficar com o preto... E tambem se fôsse mais pequeno, mais secco. Que homens do seu corpanzil, necessitando muita comezaina e muita vinhaça, não aguentam a Africa, rebentam!

—O Gonçalo sim! É chupado, é rijo; não carrega na agua-ardente; está na conta para Africanista... E sempre te digo! Carreira bem mais decente que essa outra por que tens mania, de deputado! Para que? Para palmilhar na Arcada, para bajular Conselheiros.

Barrôlo concordou, com alarido. Tambem não comprehendia a teima de Gonçalo em ser deputado! Que massada! Eram logo as intrigas, e as desandas nos jornaes, e os enxovalhos. E sobretudo aturar os eleitores.

—Eu, nem que me nomeassem depois Governador Civil, com um titulo e uma gran-cruz a tiracollo, como o Freixomil!

[148] Gonçalo escutára, n'um silencio risonho e superior, enrolando laboriosamente um cigarro com o tabaco do Barrôlo:

—Vocês não comprehendem... Vocês não conhecem a organisação de Portugal. Perguntem ahi ao Gouveia... Portugal é uma fazenda, uma bella fazenda, possuida por uma parceria. Como vocês sabem ha parcerias commerciaes e parcerias ruraes. Esta de Lisboa é uma parceria politica, que governa a herdade chamada Portugal... Nós os Portuguezes pertencemos todos a duas classes: uns cinco a seis milhões que trabalham na fazenda, ou vivem n'ella a olhar, como o Barrôlo, e que pagam; e uns trinta sujeitos em cima, em Lisboa, que formam a parceria, que recebem e que governam. Ora eu, por gosto, por necessidade, por habito de familia, desejo mandar na fazenda. Mas, para entrar na parceria politica, o cidadão portuguez precisa uma habilitação—ser deputado. Exactamente como, quando pretende entrar na Magistratura, necessita uma habilitação—ser bacharel. Por isso procuro começar como deputado para acabar como parceiro e governar... Não é verdade, João Gouveia?

O Administrador voltára á bandeja das sangrias, de que saboreava outro copo, agora lentamente, aos goles:

—Sim, com effeito, essa é a carreira... Candidato, [149]Deputado, Politico, Conselheiro, Ministro, Mandarim. É a carreira... E melhor que a d'Africa. Por fim na Arcada, em Lisboa, tambem cresce cacau e ha mais sombra!

Barrôlo no emtanto abraçára o hombro possante do Titó, com quem mergulhou no vão da janella, n'uma confraternidade d'ideias, gracejando:

—Pois eu, sem ser dos taes parceiros, tambem mando nos bocados de Portugal que mais me interessam por que me pertencem!... E sempre queria vêr que esse S. Fulgencio, ou o Braz Victorino, ou lá os politicos do Terreiro do Paço, se mettessem a dispôr nas minhas terras, na Ribeirinha ou na Murtosa... Era a tiro!

Encostado á vidraça, Titó coçava a barba, impressionado:

—Pois sim, Barrôlo! Mas você na Ribeirinha e na Murtosa tem de pagar as contribuições que elles mandarem. E n'esses concelhos tem d'aguentar as auctoridades que elles nomearem.

E goza para lá d'estradas se elles lh'as fizerem. E vende o carro de pão e a pipa de vinho com mais ou menos proveito, segundo as leis que elles votarem... E assim tudo. O Gonçalo não deixa de acertar. É o diabo! Quem manda é quem lucra... Olhe! o maroto do meu senhorio em Villa-Clara, agora para o S. Miguel, augmenta a renda da casa em que eu moro, um cochicho que [150]ninguem quer, por que mataram lá o carrasco, que ainda lá apparece... E o Cavalleiro, esse, como parceiro, vive de graça n'este bello palacio de S. Domingos, com cocheira, com jardim, com horta...

Barrôlo atirou um chut, de mão espalmada, abafando o vozeirão do Titó, com medo que as regalias do Cavalleiro, assim proclamadas, renovassem as furias de Gonçalo. Mas o Fidalgo não percebera, attento ao João Gouveia, que, enterrado no camapé depois da sangria, novamente contava o seu assombro, ao encontrar no chafariz, em Villa-Clara, o rapasola do Gago com o recado da grande festa na Torre:

—E cheguei a desconfiar que realmente você désse festa, quando bateram as nove, depois as nove e meia, e o Titó sem chegar para a ceia da D. Casimira!... Bem, pensei, tambem recebeu recado e abalou para a Torre! Por fim, apenas elle appareceu, de carapuço e de jaqueta, percebi que fôra troça do Snr. D. Gonçalo...

Então o Fidalgo pasmou com uma inesperada, estranha suspeita:

—De carapuço e jaqueta? O Titó andava n'essa noite de carapuço e de jaqueta?...

Mas bruscamente Barrôlo, da funda janella, lançou para dentro, para a sala, um brado de pavor:

—Oh! rapazes! Santo Deus! Ahi veem as Louzadas!

[151] João Couvcia saltou do camapé, como n'um perigo, reabotoando arrebatadamente a sobrecasaca; Gonçalo, atarantado, esbarrou com o Titó e o Barrôlo que recuavam, no terror de serem apercebidos atravez dos vidros largos; até Padre Sueiro, prudente, abandonou o seu recanto onde corria os oculos pela Gazeta do Porto. E todos, d'entre a fenda das cortinas, como soldados na fresta de uma cidadella, espreitavam o Largo, que o sol das quatro horas dourava por sobre os telhados musgosos da Cordoaria. Do lado da rua das Pêgas, as duas Louzadas, muito esgalgadas, muito sacudidas, ambas com manteletes curtos de seda preta e vidrilhos, ambas com guardasoes de xadresinbo desbotado, avançavam, estirando pelo largo empedrado duas sombras agudas.

As duas manas Louzadas! Seccas, escuras e garrulas como cigarras, desde longos annos, em Oliveira, eram ellas as esquadrinhadoras de todas as vidas, as espalhadoras de todas as maledicencias, as tecedeiras de todas as intrigas. E na desditosa Cidade não existia nodoa, pécha, bule rachado, coração dorido, algibeira arrasada, janella entreaberta, poeira a um canto, vulto a uma esquina, chapeu estreado na missa, bolo encommendado nas Mathildes, que os seus quatro olhinhos furantes d'azeviche sujo não descortinassem—e que a sua solta lingoa, entre os dentes ralos, não commentasse com malicia estridente! [152]D'ellas surdiam todas as cartas anonymas que infestavam o Districto: as pessoas devotas consideravam como penitencias essas visitas em que ellas durante horas galravam, abanando os braços escanifrados: e sempre por onde ellas passassem ficava latejando um sulco de desconfiança e receio. Mas quem ousaria rechaçar as duas manas Louzadas? Eram filhas do decrepito e venerando General Louzada; eram parentas do Bispo; eram poderosas na poderosa confraria do Senhor dos Passos da Penha. E depois d'uma castidade tão rigida, tão antiga e tão resequida, e por ellas tão espaventosamente alardeada—que o Marcolino do Independente as alcunhára de Duas Mil Virgens.

—Não veem para cá! trovejou o Titó, com immenso allivio.

Com effeito no meio do Largo, rente á grade que circumda o antigo Relogio-de-Sol, as duas manas paradas, erguiam o bico escuro, farejando e espiando a Egrejinha de S. Matheus onde o sino lançára um repique de baptisado.

—Oh, c'os diabos, que é para cá!

As Louzadas, decididas, investiam contra o portão dos Cunhaes! Então foi um panico! As gordas pernas do Barrôlo, fugindo, abalaram, quasi derrubaram sobre os contadores, os potes bojudos da India. Gonçalo bradava que se escondessem no pomar. [153]Desconcertado, o Gouveia rebuscava com desespero o seu chapeu côco. Só o Titó, que as abominava e a quem ellas chamavam o Polyphemo, retirou com serenidade, abrigando o Padre Sueiro sob o seu braço forte. E já o bando espavorido se arremessára sobre o reposteiro—quando Gracinha appareceu, com um fresco vestido de sedinha côr de morango, sorrindo, pasmada, para o tropel que rolava:

—Que foi? Que foi?...

Um clamor abafado envolveu a dôce senhora ameaçada:

—As Louzadas!

—Oh!

Fugidiamente o Titó e João Gouveia apertaram a mão que ella lhes abandonou, esmorecida. A sineta do portão tilintára, temerosa! E a fila acavallada, onde Padre Sueiro rebolava a

157

reboque, enfiou para a livraria que o Barrôlo aferrolhou, gritando ainda a Gracinha, com uma inspiração:

—Esconde as sangrias!

Pobre Gracinha! Atarantada, sem tempo de chamar o escudeiro, carregou ella para uma banqueta do corredor, n'um esforço desesperado, a pesada salva—com que as Louzadas, se a descortinassem, edificariam por sobre a cidade, e mais alta que a Torre de S. Matheus, uma historia pavorosa de «vinhaça e bebedeira». Depois, offegando, relanceou no [154]espelho o penteado. E direita como n'uma arena, com a temeridade simples e risonha dos antigos Ramires, esperou a arremettida das manas terriveis.

No outro domingo, depois do almoço, Gonçalo acompanhou a irmã a casa da tia Arminda Villegas, que na vespera, ao tomar (como costumava todos os sabbados) o seu banho aos pés, se escaldára e recolhera á cama, apavorada, reclamando uma junta dos cinco cirurgiões d'Oliveira. Depois acabou o charuto sob as acacias do Terreiro da Louça, pensando na sua Novella abandonada na Torre durante essas semanas, e no lance famoso do Capitulo II que o tentava e que o assustava—o encontro de

Lourenço Ramires com Lopo de Bayão, o Bastardo, no valle fatal de Cantapedra. E recolhia aos Cunhaes (porque promettera ao Barrôlo uma trotada a cavallo, até ao Pinhal de Estevinha, para aproveitar a doçura do domingo ennevoado) quando, na rua das Vellas, avistou o tabellião Guedes, que sahia da confeitaria das Mathildes com um grosso embrulho de pasteis. Ligeiramente, o Fidalgo atravessou logo a rua—emquanto o Guedes, da borda do passeio, pesado e barrigudo, na ponta dos botins miudinhos gaspeados de verniz, descobria, n'uma cortezia immensa, a calva, emplumada [155]ao meio pelo famoso tufo de cabello grisalho que lhe valera a alcunha de «Guedes Pôpa»:

—Por quem é, meu caro Guedes, ponha o chapeu! Como está? Sempre féro e moço. Ainda bem!... Fallou com o meu Padre Sueiro? O Pereira da Riosa, por fim, só vem á cidade na quarta feira...

Sim! Sim! O Snr. Padre Sueiro passára pelo cartorio, para avisar—e elle apresentava os parabens a S. Ex.a pelo seu novo rendeiro...

—Homem muito competente, o Pereira! Já ha vinte annos que o conheço... E olhe V. Ex.a a propriedade do Conde de Monte-Agra! Ainda me lembro d'ella, um chavascal; hoje que primor! Só a vinha que elle tem plantado! Homem muito competente... E V. Ex.a com demora?

159

—Dois ou tres dias... Não se atura este calor de Oliveira. Hoje, felizmente, refrescou. E que ha de novo? Como vae a politica? O amigo Guedes sempre bom Regenerador, leal e ardente, hein?

Subitamente o Tabellião, com o seu embrulho de doces conchegado ao collete de seda preta, agitou o braço gordo e curto, n'uma indignação que lhe esbraseou de sangue o pescoço, as orelhas cabelludas, a face rapada, toda a testa até ás abas do chapeu branco orlado de fumo negro:

—E quem o não ha-de ser, Snr. Gonçalo Mendes Ramires? Quem o não ha-de ser?... Pois este ultimo escandalo!

[156] Os risonhos olhos de Gonçalo logo se alargaram, serios:

—Que escandalo?

O Tabellião recuou. Pois S. Ex.a não sabia da ultima prepotencia do Governador Civil, do Snr. André Cavalleiro?

—O quê, caro amigo?...

O Guedes cresceu todo sobre o bico dos botins pequeninos, e bojou, e inchou, para exclamar:

—A transferencia do Noronha!... A transferencia do desgraçado Noronha!

Mas uma senhora, tambem obesa, de buço carregado, toda a estalar em ricas e rugidoras sêdas de missa, arrastando severamente pela mão um menino que rabujava, parou, fitou o Guedes—porque o digno homem com o seu ventre, o seu embrulho, a sua indignação, atravancava a entrada das Mathildes. Apressadamente, o Fidalgo levantou, para ella entrar, o fecho da porta envidraçada. Depois, n'um alvoroço:

—O amigo Guedes naturalmente vae para casa. É o meu caminho. Andamos e conversamos... Ora essa! Mas o Noronha... Que Noronha?

—O Ricardo Noronha... V. Ex.a conhece. O pagador das Obras-Publicas!

—Ah! sim, sim... Então transferido? Transferido arbitrariamente?

[157] Na rua das Brocas por onde desciam, no silencio, a solidão das lojas cerradas, a colera do Guedes resoou, mais solta:

—Infamemente, Snr. Gonçalo Mendes Ramires, infamissimamente! E para Almodovar, para os confins do Alemtejo!... Para uma terra sem recursos, sem distracções, sem familias!...

Parára, com os doces contra o coração, os olhinhos esbugalhados para o Fidalgo, coriscando. O Noronha! Um empregado trabalhador, honradissimo! E sem Politica, absolutamente sem Politica. Nem dos Historicos, nem dos Regeneradores. Só da familia, das tres irmãs que sustentava, tres flôres... E homem estimadissimo na cidade, cheio de prendas! Um talento immenso para a musica!... Ah! o Snr. Gonçalo Ramires não sabia? Pois compunha ao piano cousas lindas! Depois precioso para reuniões, para annos. Era elle quem organisava sempre em Oliveira as representações de curiosos...

—Porque, como ensaiador, creia V. Ex.a que não ha outro, mesmo na capital... Não ha outro! E, zás, de repente, para Almodovar, para o Inferno, com as irmãs, com os tarecos! Só o piano!... Veja V. Ex.a só o transporte do piano!

Gonçalo resplandecia:

—É um bello escandalo. Ora que felicidade esta de o ter encontrado, meu caro Guedes!... E não se sabe o motivo?

[158] De novo caminhavam demoradamente pelo passeio estreito. E o tabellião encolhia os hombros, com amargura. O motivo! Publicamente, como sempre n'estas prepotencias, o motivo era a conveniencia do Serviço...

—Mas todos os amigos do Noronha, por toda a cidade, conhecem o verdadeiro motivo... O intimo, o secreto, o medonho!

—Então?

Guedes relanceou a rua, com prudencia. Uma velha atravessava, coxeando, segurando uma bilha. E o tabellião segredou cavamente, junto á face deslumbrada do fidalgo.—É que o Snr. André Cavalleiro, esse infame, se encantára com a mais velha das irmãs Noronhas, a D. Adelina, formosissima rapariga, alta e morena, uma estatua!... E repellido (porque a menina, cheia de juizo, uma perola, percebera a intenção villissima) em quem se vinga, por despeito, o Snr. Governador Civil? No pagador! Para Almodovar com as meninas, com os tarecos!... Era o pagador quem pagava!

163

—É uma bella maroteira! murmurou Gonçalo, banhado de gosto e riso.

—E note V. Ex.a! exclamava o Guedes, com a mão gorda a tremer por cima do chapeu. Note V. Ex.a que o pobre Noronha, na sua innocencia, tão bom homem, gostando sempre d'agradar aos seus chefes, [159]ainda ha semanas dedicára ao Cavalleiro uma valsa linda!... A Mariposa, uma valsa linda!

Gonçalo não se conteve, esfregou as mãos n'um triumpho:

—Mas que preciosa maroteira!... E não se tem fallado? Esse jornal d'opposição, o Clarim d'Oliveira, nem uma denuncia, nem uma allusão?...

O Guedes pendeu a cabeça, descorçoado. O Snr. Gonçalo Ramires conhecia bem essa gente do Clarim... Estylo—e estylo brincado, opulento... Mas para assoalhar, assim n'um caso gravissimo como o do Noronha, a verdade bem nua—pouco nervo, nenhuma valentia. E depois o Biscainho, o redactor principal, andava a passar surrateiramente para os Historicos. Ah! O Snr. Gonçalo Mendes Ramires não se inteirára? Pois esse torpissimo Biscainho bolinava. De certo o Cavalleiro lhe acenára com posta... Além d'isso, como provar a infamia? Cousas intimas, cousas de familia. Não se podia apresentar a declaração da D. Adelina, menina virtuosissima—e com uns olhos!... Ah! se fosse no tempo do Manoel Justino e da Aurora de Oliveira!... Esse era homem para estampar logo na primeira pagina, em letra graúda: «Alerta! que a Auctoridade superior do Districto tentou levar a deshonra ao seio da familia Noronha!...»

—Esse era um homem! Coitado, lá está no cemiterio de S. Miguel... E agora, Snr. Gonçalo Ramires, o despotismo campeia, desenfreado!

[160] Bufava, arfava, esfalfado d'aquelle fogoso desabafo. Dobraram calados a esquina das Brocas para a bella rua, novamente calçada, da Princeza D. Amelia. E logo na segunda porta, parando, tirando da algibeira o trinco, o Guedes, que ainda resfolgava, offereceu a S. Ex.a para descançar.

—Não, não, obrigado, meu caro amigo. Tive immenso, immenso prazer, em o encontrar... Essa historia do Noronha é tremenda!... Mas nada me espanta do Snr. Governador Civil. Só me espanta que o não tenham corrido d'Oliveira, como elle merece, com pancada e assuada... Emfim, nem toda a gente boa jaz no cemiterio de S. Miguel... Até ámanhã, meu Guedes. E obrigado!

Da rua da Princeza D. Amelia até o Largo de El-Rei, Gonçalo correu com o deslumbramento de quem descobrisse um thesouro e o levasse debaixo da capa! E ahi levava com effeito o «escandalo, o rico escandalo», que tanto farejára, por que tanto

165

almejára, para desmantelar o Snr. Governador Civil na sua fiel cidade de Oliveira que lhe levantava arcos de buxo! E, por uma mercê de Deus, o «rico escandalo» demoliria tambem o homem no coração de Gracinha, onde, apezar do antigo ultraje, elle permanecia como um bicho n'um fructo, esfuracando e estragando... E não duvidava da efficacia do escandalo! Toda a cidade se revoltaria contra a Authoridade [161]femieira, que opprime, desterra um funccionario admiravel—por que a irmã do pobre senhor se recusou á baba dos seus beijos. E Gracinha?... Como resistiria Gracinha áquelle desengano—o seu antigo André abrazado pela menina Noronha e por ella repellido com nôjo e com mófa? Oh! o escandalo era soberbo! Só restava que estalasse, bem ruidoso, sobre os telhados d'Oliveira e sobre o peito de Gracinha como trovão benefico que limpa ares corrompidos. E d'esse trovão, rolando por todo o Norte, se encarregava elle com delicia. Libertava a cidade d'um Governador detestavel, Gracinha d'um sonho errado. E assim, com uma certeira pennada, trabalhava pro patria et pro domo!

Nos Cunhaes correu ao quarto do Barrôlo, que se vestia trauteando o Fado dos Ramires, e gritou atravez da porta com uma decisão flammejante:

—Não te posso acompanhar á Estevinha. Tenho que escrever urgentemente. E não subas, não me perturbes. Necessito socego!

Nem attendeu aos protestos desolados com que o Barrôlo accudira ao corredor, em ceroulas. Galgou a escada. No seu quarto, depois de despir rapidamente o casaco, de excitar a testa com um borrifo d'agua de Colonia, abancou á mesa—onde Gracinha collocava sempre entre flores, para elle trabalhar, o monumental tinteiro de prata que pertencera ao tio Melchior. [162]E sem emperrar, sem rascunhar, n'um d'esses soltos fluxos de Prosa que brotam da paixão, improvisou uma Correspondencia rancorosa para a Gazeta do Porto contra o Snr. Governador Civil. Logo o titulo fulminava—Monstruoso attentado! Sem desvendar o nome da familia Noronha, contava miudamente, como um acto certo e por elle testemunhado, «a tentativa villôa e baixa da primeira Auctoridade do Districto contra a pudicicia, a paz de coração, a honra de uma doce rapariga de dezeseis primaveras!» Depois era a resistencia desdenhosa—«que a nobre creança oppuzera ao Don Juan administrativo, cujos bellos bigodes são o espanto dos povos!» Por fim vinha—«a desforra torpe e sem nome que S. Ex.a tomára sobre o zeloso empresado (que é tambem um talentoso artista), obtendo d'este nefasto Governo que fosse transferido, ou antes arrojado, cruelmente exilado, com a familia de tres delicadas senhoras, para os confins do Reino, para a mais arida e escassa das nossas Provincias, por o não poder empacotar para a Africa no porão sordido d'uma fragata!» Lançava ainda alguns rugidos sobre «a agonia politica de Portugal». Com pavor triste, recordava os peiores tempos do Absolutismo, a innocencia soterrada nas masmorras, o prazer desordenado do Principe sendo a expressão unica da Lei! E terminava perguntando ao Governo se cobriria este seu agente—«este grotesco Nero, que [163]como outr'ora o outro, o grande, em Roma, tentava levar a

167

seducção ao seio das familias melhores, e commettia esses abusos de poder, motivados por lascivias de temperamento, que foram sempre, em todos os seculos e todas as civilisações, a execração do justo!»—E assignava Juvenal.

Eram quasi seis horas quando desceu á sala, ligeiro e resplandecente. Gracinha martellava o piano, estudando o Fado dos Ramires. E Barrôlo (que não se arriscára a um passeio solitario) folheava, estendido no camapé, uma famosa Historia dos Crimes da Inquizição que começára ainda em solteiro.

—Estou a trabalhar desde as duas horas! exclamou logo Gonçalo, escancarando a janella. Fiquei derreado. Mas, louvado seja Deus, fiz obra de Justiça... D'esta vez o Snr. André Cavalleiro vae abaixo do seu cavallo!

Barrôlo fechou immediatamente o livro, com o cotovello nas almofadas, inquieto:

—Houve alguma coisa?

E Gonçalo, plantado deante d'elle, com um risinho suave, um risinho feroz, remexendo na algibeira o dinheiro e as chaves:

—Oh! quasi nada. Uma bagatella. Apenas uma infamia... Mas para o nosso Governador Civil infamias são bagatellas.

Sob os dedos de Gracinha o Fado dos Ramires esmoreceu, apenas roçado, n'um murmurio incerto.

[164] O Barrôlo esperava, esgaseado:

—Desembucha!

E Gonçalo desabafou, com estrondo:

—Pois uma maroteira immensa, homem! O Noronha, o pobre Noronha, perseguido, espesinhado, expulso! Com a familia... Para o inferno, para o Algarve!

—O Noronha pagador?

—O Noronha pagador. Foi o infeliz pagador que pagou!

E, regaladamente, desenrolou a historia lamentavel. O Snr. André Cavalleiro namoradissimo, todo em chammas pela irmã mais velha do Noronha. E atacando a rapariga com ramos, cartas, versos, estropidos cada manhã por deante da janella, a ladear na pileca! Até lhe soltára, ao que parece, uma velha marafona, uma alcoviteira... E a rapariga, um anjo cheio de dignidade, impassivel. Nem se revoltava, apenas se ria. Era uma troça em casa das Noronhas, ao chá, com a leitura da versalhada ardente em que elle a tratava de «Nympha, d'estrella da tarde...» Emfim uma sordidez funambulesca!

O pobre Fado dos Ramires debandou pelo teclado, n'um tumulto de gemidos desconcertados e asperos.

—E eu não ter ouvido nada! murmurava o Barrôlo, assombrado. Nem no Club, nem na Arcada...

[165]—Pois, meu amiguinho, quem ouviu, e um famoso estampido, foi o pobre Noronha. Arremessado para o fundo do Alemtejo, para um sitio doentio, coalhado de pantanos. É a morte... É uma condemnação á morte!

A esta apparicão da Morte, surdindo dos pantanos, Barrôlo atirou uma palmada ao joelho, desconfiado:

—Mas quem diabo te contou tudo isso?

O Fidalgo da Torre encarou o cunhado com desdem, com piedade:

—Quem me contou!? E quem me contou que D. Sebastião morreu em Alcacer-Kebir?... São os factos. É a Historia. Toda Oliveira sabe. Por acaso ainda esta manhã o Guedes e eu conversamos sobre o caso. Mas eu já sabia!... E tenho tido pena. Que diabo! Não ha crime em se estar apaixonado como o pobre André. Louco, perdido! Até a chorar na Repartição, deante do Secretario Geral. E a rapariga ás gargalhadas!... Agora onde ha crime, e horrendo, é na perseguição ao irmão, ao pagador, empregado excellente, d'um talento raro... E o dever de todo o homem de bem, que prese a dignidade da Administração e a dignidade dos costumes, é denunciar a infamia... Eu, pela minha parte, cumpri esse bom dever. E com certo brilho, louvado Deus!

—Que fizeste?

[166]—Enterrei na ilharga do Snr. Governador Civil a minha bôa penna de Toledo, até á rama!

O Barrôlo, impressionado, beliscava a pelle do pescoço. O piano emmudecera: mas Gracinha não se movia do môcho, com os dedos entorpecidos nas teclas, como esquecida deante da larga folha onde se enfileiravam, na lettra apurada do Videirinha, as quadras triumphaes dos Ramires. E subitamente Gonçalo sentiu n'aquella immobilidade suffocada o despeito que a trespassava. Sensibilisado, para a libertar, lhe poupar algum soluço escapando irresistivelmente, correu ao piano, bateu com carinho nos pobres hombros vergados que estremeceram:

—Tu não dás conta d'esse lindo fado, rapariga! Deixa, que eu te cantarolo uma quadra, á bôa moda do Videirinha... Mas primeiramente sê um anjo... Grita ahi no corredor que me tragam um copo d'agua bem fresca do Poço Velho.

Ensaiou as teclas, entoou versos, ao accaso, n'um esforço esganiçado:

Ora na grande batalha,

Quatro Ramires valentes...

Gracinha desapparecera por uma fenda do reposteiro, sem rumor. Então o bom Barrôlo, que deante da sua terrina da India enrolava um cigarro [167]com pensativo cuidado, correu, desafogou, debruçado sobre Gonçalo, da certeza que lentamente o invadira:

—Pois, menino, sempre te digo... Essa irmã do Noronha é um mulherão soberbo! Mas o que eu não acredito é que ella se fizesse arisca. Com o Cavalleiro, bonito rapaz, Governador civil?... Não acredito. O Cavalleiro saboreou!

E com as bochechas lusidias d'admiração:

—Aquelle velhaco! Para cavallos e para mulheres não ha outro, em Oliveira!

V

A Gazeta do Porto, com a Correspondencia vingadora, devia desabar sobre Oliveira na quarta-feira de manhã, dia dos annos da prima Maria Mendonça. Mas Gonçalo, ainda que não temesse (resalvado pelo seu pseudonymo de Juvenal) uma briga grosseira com o Cavalleiro nas ruas da Cidade, nem mesmo com algum dos seus partidarios servis e façanhudos como o Marcolino do Independente—recolheu discretamente a Santa Ireneia na terça-feira, a cavallo, acompanhado pelo Barrôlo até á Vendinha, onde ambos provaram o vinho branco celebrado pelo Titó. Depois, para recordar os logares memoraveis em que na sua Novella se encontravam, com desastrado choque d'armas, Lourenço Ramires e o Bastardo de Bayão—tomou o caminho que, atravessando os pomares da espalhada aldêa de Canta-Pedra, entronca na estrada dos Bravaes.

[170] N'um trote folgado passára á Fabrica de Vidros, depois o Cruzeiro sempre coberto pelas pombas que esvoaçam do pombal da Fabrica. E entrava no logar de Nacejas—quando, á janella d'uma casinha muito limpa, rodeada de parreiras, appareceu uma linda rapariga, morena e fina, com jaqué de panno azul e lenço de cambraieta bordada sobre fartos bandós ondeados. Gonçalo, sopeando a egua, saudou, sorriu suavemente:

—Perdão, minha menina... Vou bem por aqui, para Canta-Pedra?

—Vae, sim senhor. Em baixo, á ponte, mette para a direita, para os alamos. E é sempre a seguir...

Gonçalo suspirou, gracejando:

—Antes desejava ficar!

A moça corou. E o Fidalgo ainda se torceu no selim para gosar a fina face morena, entre os dous craveiros da janellinha, na casa tão bem caiada.

N'esse momento, ao lado, d'uma quelha enramada, desembocava um caçador do campo, de jaleca e barrete

174

vermelho, com a espingarda atravessada nas costas, seguido por dois perdigueiros. Era um latagão airoso, que todo elle, no bater dos sapatões brancos, no menear da cinta enfaixada em seda, no levantar da face clara de suissas louras, transbordava de presumpção e pimponice. [171]N'um relance surprehendeu o sorriso, a attenção galante do Fidalgo. E estacou, pregando sobre elle, com lenta arrogancia, os bellos olhos pestanudos. Depois passou desdenhosamente, sem se arredar da egua na ladeira estreita, quasi raspando pela perna do Fidalgo o cano da caçadeira. Mas adiante ainda atirou uma tossidela secca e de chasco—com um bater mais petulante dos tacões.

Gonçalo picou a egoa, colhido logo por aquelle desgraçado temor, aquelle desmaiado arrepio da carne, que sempre, ante qualquer risco, qualquer ameaça, o forçava irresistivelmente a encolher, a recuar, a abalar. Em baixo, na ponte, desesperado contra a sua timidez, deteve o trote, espreitou para traz, para a branca casa florida. O mocetão parára, encostado á espingarda, sob a janella onde a rapariga morena se debruçava entre os dous vasos de cravos. E assim encostado, depois de rir para a moça, acenou ao Fidalgo, n'um desafio largo, com a cabeça alta, a borla do barrete toda espetada como uma crista flammante.

Gonçalo Mendes Ramires metteu a galope pelo copado caminho d'alamos que acompanha o riacho das Donas. Em Canta-Pedra nem se demorou a estudar (como tencionava para proveito da sua Novella) o valle, a ribeira espraiada, as ruinas do Mosteiro de Recadães sobre a collina, e no cabeço fronteiro o [172]moinho que assenta sobre as denegridas pedras da antiga e tão fallada Honra d'Avellans. De resto o ceu, cinzento e abafado desde manhã, entenebrecia para os lados de Craquede e de Villa-Clara. Um bafo môrno remexeu a folhagem sedenta. E já gotas pesadas se esmagavam na poeira—quando elle, sempre galopando, entrou na estrada dos Bravaes.

Na Torre encontrou uma carta do Castanheiro. O patriota andava por saber «se essa Torre de D. Ramires se erguia emfim para honra das letras, como a outra, a genuina, se erguera outr'ora, em seculos mais ditosos, para orgulho das armas...» E accrescentava n'um Post-Scriptum—«Planeio immensos cartazes, pregados a cada esquina de cada cidade de Portugal, annunciando em letras de covado a apparição salvadora dos Annaes! E, como tenciono prometter n'elles aos povos a sua preciosa Novellasinha, desejo que o amigo Gonçalo me informe se ella tem, á moda de 1830, um saboroso sub-titulo, como Episodios do seculo XII, ou Chronica do Reinado de Affonso II, ou Scenas da Meia-Idade Portugueza... Eu voto pelo sub-titulo. Como o sub-solo n'um edificio, o sub-titulo n'um livro alteia e dá solidez. Á obra, pois, meu Ramires, com essa sua imaginação feracissima!...»

Esta invenção de immensos cartazes, com o seu nome e o titulo da sua Novella em letras de côres [173]estridentes, enchendo cada esquina de Portugal, deleitou o Fidalgo. E logo n'essa noite, ao rumor da chuva densa que estalava na folhagem dos limoeiros, retomou o seu manuscripto, parado nas primeiras linhas, amplas e sonoras, do Cap. II...

Atravez d'ellas, e na frescura da madrugada, Lourenço Mendes Ramires, com o troço de cavalleiros e peonagem da sua mercê, corria sobre Monte-Mór em soccorro das senhoras Infantas. Mas, ao penetrar no valle de Canta-Pedra, eis que o esforçado filho de Tructesindo avista a mesnada do Bastardo de Bayão, esperando desde alva (como annunciára Mendo Paes) para tolher a passagem.—E então, n'esta sombria Novella de sangue e homizios, brotava inesperadamente, como uma rosa na fenda d'um bastião, um lance de amor, que o tio Duarte cantára no Bardo com dolente elegancia.

Lopo de Bayão, cuja belleza loura de fidalgo godo era tão celebrada por toda a terra d'Entre Minho-e-Douro que lhe chamavam o Claro-Sol, amára arrebatadamente D. Violante, a filha mais nova de Tructesindo Ramires. Em dia de S. João, no solar de Lanhoso, onde se celebravam lides de toiros e jogos de tavolagem, conhecera elle a donzella explendida, que o tio Duarte no seu Poemeto louvava com deslumbrado encanto:

Que liquido fulgor dos negros olhos!

Que fartas tranças de lustroso ebano!

[174] E ella, certamente, rendera tambem o coração áquelle moço resplandecente e côr d'ouro, que, n'essa tarde de festa, arremessando o rojão contra os toiros, ganhára duas fachas bordadas pela nobre Dona de Lanhoso—e á noite, no sarau, se requebrára com tão repicado garbo na dança dos Marchatins... Mas Lopo era bastardo, d'essa raça de Bayão, inimiga dos Ramires por velhissimas brigas de terras e precedencias desde o

conde D. Henrique—ainda assanhadas depois, durante as contendas de D. Tareja e de Affonso Henriques, quando na curia dos Barões, em Guimarães, Mendo de Bayão, bandeado com o Conde de Trava, e Ramires o Cortador, collaço do moço Infante, se arrojaram ás faces os guantes ferrados. E, fiel ao odio secular, Tructesindo Ramires recusára com áspera arrogancia a mão de Violante ao mais velho dos de Bayão, um dos valentes de Silves, que pelo Natal, na Alcaçova de S.ta Ireneia, lh'a pedira para Lopo, seu sobrinho, o Claro-Sol, offerecendo avenças quasi submissas d'alliança e doce paz. Este ultraje revoltára o solar de Bayão—que se honrava em Lopo, apezar de bastardo, pelo lustre da sua bravura e graça galante. E então Lopo ferido doridamente no seu coração, mais furiosamente no seu orgulho, para fartar o esfaimado desejo, para infamar o claro nome dos Ramires—tentou raptar D. Violante. Era na primavera, com todas as veigas do [175]Mondego já verdes. A donosa senhora, entre alguns escudeiros da Honra e parentes, jornadeava de Treixedo ao mosteiro de Lorvão, onde sua tia D. Branca era abbadeça... Languidamente, no Bardo, descantára o tio Duarte o romantico lance:

Junto á fonte mourisca, entre os ulmeiros,

A cavalgadura pára...

E junto aos ulmeiros da fonte surgira o Claro-Sol—que, com os seus, espreitava d'um cabeço! Mas, logo no começo da curta briga, um primo de D. Violante, o agigantado Senhor dos Paços d'Avellim, o desarmou, o manteve um momento ajoelhado sob o lampejo e gume da sua adaga. E com vida perdoada, rugindo de surda raiva, o Bastardo abalou entre os poucos solarengos que o acompanhavam n'esta affouta arremettida. Desde então mais fero ardera o rancor entre os de Bayão e os Ramires. E eis agora, n'esse começo da Guerra das Infantas, os dois inimigos rosto a rosto no valle estreito de Canta-Pedra! Lopo com um bando de trinta lanças e mais de cem besteiros da Hoste Real. Lourenço Mendes Ramires com quinze cavalleiros e noventa homens de pé do seu pendão.

Agosto findava: e o demorado estio amarellecera toda a relva, as pastagens famosas do valle, até a folhagem de amieiros e freixos pela beira do riacho [176]das Donas que s'arrastava entre as pedras lustrosas, em fios escassos, com dormido murmurio. Sobre um outeiro, dos lados de Ramilde, avultava, entre possantes ruinas erriçadas de sarças, a denegrida Torre Redonda, resto da velha Honra de Avellans, incendiada durante as cruas rixas dos de Salzedas e dos de Landim, e agora habitada pela alma gemente de Guiomar de Landim, a Mal-casada. No cabeço fronteiro e mais alto, dominando o valle, o mosteiro de Recadães estendia as suas cantarias novas, com o forte torreão, asseteado como o d'uma fortaleza—d'onde os monges se debruçavam, espreitando, inquietos com aquelle coriscar d'armas que desde alva enchia o valle. E o mesmo temor acossára as aldeias chegadas—porque, sobre a crista das collinas, se apressavam para o santo e murado refugio do convento gentes com trouxas, carros toldados, magras filas de gados.

Ao avistar tão rijo troço de cavalleiros e peões, espalhado até á beira do riacho por entre a sombra dos freixos, Lourenço Ramires soffreou, susteve a leva, junto d'um montão de pedras onde apodrecia, encravada, uma tosca cruz de pau. E o seu esculca que largára redeas soltas, estirado sob o escudo de couro, para reconhecer a mesnada—logo voltou, sem que frecha ou pedra de funda o colhessem, gritando:

—São homens de Bayão e da Hoste Real!

[177] Tolhida pois a passagem! E em que desigualado recontro! Mas o denodado Ramires não duvidou avançar, travar peleja. Sósinho que assomasse ao valle, com uma quebradiça lança de monte, arremetteria contra todo o arraial do Bastardo...—No emtanto já o adail de Bayão se adeantára, curveteando no rosilho magro, com a espada atravessada por cima do morrião que pennas de garça emplumavam. E pregoava, atroava o valle com o rouco pregão:

—Deter, deter! que não ha passagem! E o nobre senhor de Bayão, em recado d'El-Rey e por mercê de Sua Senhoria, vos guarda vidas salvas se volverdes costas sem rumor e tardança!

Lourenço Ramires gritou:

—A elle, besteiros!

180

Os virotes assobiaram. Toda a curta ala dos cavalleiros de Santa-Ireneia tropeou para dentro do valle, de lanças ristadas. E o filho de Tructesindo, erguido nos estribões de ferro, debaixo do panno solto do seu pendão que apressadamente o alferes saccára da funda, descerrou a vizeira do casco para que lhe mirassem bem a face destemida, e lançou ao Bastardo injurias de furioso orgulho:

—Chama outros tantos dos villões que te seguem que, por sobre elles e por sobre ti, chegarei esta noite a Monte-Mór!

E o Bastardo, no seu fouveiro, que uma rêde de [178]malha cobria, toda acairelada d'ouro, atirava a mão calçada de ferro, clamava:

—Para traz, d'onde vieste, voltarás, bulrão traidor, se eu por mercê mandar a teu pae o teu corpo n'umas andas!

Estes feros desafios rolavam em versos serenamente compassados no Poemeto do Tio Duarte. E depois de os reforçar, Gonçalo Mendes Ramires, (sentindo a alma enfunada pelo heroismo da sua raça como por um vento que sopra de funda compina) arrojou um contra o outro os dous bandos valorosos. Grande briga, grande grita...

—Ala! Ala!

—Rompe! Rompe!

—Cerra por Bayão!

—Casca pelos Ramires!

Através da grossa poeirada e do alevanto zunem os garruchões, as rudes balas de barro despedidas das fundas. Almogavres de Santa-Ireneia, almogavres da Hoste Real, em turmas ligeiras, carregam, topam, com baralhado arremesso d'ascumas que se partem, de dardos que se cravam: e ambas logo refogem, refluem—em quanto, no chão revolto, algum mal-ferido estrebucha aos urros, e os atordoados cambaleando buscam, sob o abrigo do arvoredo, a fresquidão do riacho. Ao meio, no embate mais nobre da peleja, por cima dos corceis que se empinam, arfando [179]ao peso das coberturas de malha, as lisas pranchas dos montantes lampejam, retinem, embebidas nas chapas dos broqueis:—e já, dos altos arções de couro vermelho, desaba algum hirto e chapeado senhor, com um baque de ferragens sobre a terra molle. Cavalleiros e infanções, porém, como n'um torneio, apenas terçam lanças para se derribarem, abolados os arnezes, com clamores de excitada ufania: e sobre a villanagem contraria, em quem cevam o furor da matança, se abatem os seus espadões, se despenham as suas achas, esmigalhando os cascos de ferro como bilhas de grêda.

Por entre a pionagem de Bayão e da Hoste Real Lourenço Ramires avança mais levemente que ceifeiro apressado entre herva tenra. A cada arranque do seu rijo murzello, alagado d'espuma, que sacode furiosamente a testeira rostrada—sempre, entre pragas ou gritos por Jesus! um peito verga trespassado, braços se retorcem em agonia. Todo o seu afan era chocar armas com Lopo. Mas o Bastardo, tão arremessado e affrontador em combate, não se arredára n'essa manhã da lomba do outeiro onde uma fila de lanças o guardava, como uma estacada: e com brados, não com golpes, aquentava a lide! No ardor desesperado de romper a viva cerca Lourenço gastava as forças, berrando roucamente pelo Bastardo com os duros ultrajes de churdo! e marrano! Já d'entre [180]a trama falseada do camalho lhe borbulhavam do hombro, pela loriga, fios lentos de sangue. Um lanço de virotão, que lhe partira as charneiras da greva esquerda, fendera a perna d'onde mais sangue brotava, ensopando o forro d'estopa. Depois, varado por uma frecha na anca, o seu grande ginete abateu, rolou, estalando no escoucear as cilhas pregueadas. E, desembrulhado dos loros com um salto, Lourenço Ramires encontrou em roda uma sebe erriçada de espadas e chuços, que o cerraram—em quanto do outeiro, debruçado na sella, o Bastardo bramava:

—Tende! tende! para que o colhaes ás mãos!

Trepando por cima de corpos, que se estorcem sob os seus sapatos de ferro, o valente moço arremette, a golpes arquejados, contra as pontas luzentes que recuam, se furtam... E, triumphantes, redobram os gritos de Lopo de Bayão:

—Vivo, vivo! tomadel-o vivo!

—Não, se me restar alma, villão! rugia Lourenço.

E mais raivosamente investia, quando um calhau agudo lhe acertou no braço—que logo amorteceu, pendeu, com a espada arrastando, presa ainda ao punho pelo grilhão, mas sem mais servir que uma roca. N'um relance ficou agarrado por peões que lhe filavam a gorja, emquanto outros com varadas [181]de ascuma lhe vergavam as pernas retesadas. Tombou por fim direito como um madeiro;—e nas cordas com que logo o amarraram, jazeu hirto, sem elmo, sem cervilheira, os olhos duramente cerrados, os cabellos presos n'uma pasta de poeira e de sangue.

Eis pois captivo Lourenço Ramires! E, deante das andas feitas de ramos e franças de faias em que o estenderam, depois de o borrifarem á pressa com a agua fresca do riacho,—o Bastardo, limpando ás costas da mão o suor que lhe escorria pela face formosa, pelas barbas douradas, murmurava, commovido:

—Ah! Lourenço, Lourenço, grande dôr, que bem poderamos ser irmãos e amigos!

Assim, ajudado pelo tio Duarte, por Walter Scott por noticias do Panorama, compozera Gonçalo a mal-venturada lide de Canta-Pedra. E com este desabafo de Lopo, onde perpassava a magua do amor vedado, fechou o Cap. II, sobre que labutára tres dias—tão embrenhadamente que em torno o Mundo como que se calára e se fundira em penumbra.

Uma girandola de foguetes estoirou ao longe, para o lado dos Bravaes, onde no Domingo se fazia a romaria celebrada da Senhora das Candeias. Depois [182]da chuva d'aquelles tres dias, uma frescura descia do ceu amaciado e lavado sobre os campos mais verdes. E como ainda restava meia hora farta antes de jantar, o Fidalgo agarrou o chapeu, e mesmo na sua velha quinzena de trabalho, com uma bengalinha de canna, desceu á estrada, tomou pelo caminho que s'estreita entre o muro da Torre e as terras de centeio onde assentavam no seculo XII as barbacans da Honra de Santa Ireneia.

Pela silenciosa vereda, ainda humida, Gonçalo pensava nos seus avós formidaveis. Como elles resurgiam, na sua Novella, solidos e resoantes! E realmente uma comprehensão tão segura d'aquellas almas Affonsinas mostrava que a sua alma conservava o mesmo quilate e sahira do mesmo rico bloco d'ouro. Porque um coração molle, ou degenerado, não saberia narrar corações tão fortes, d'eras tão fortes:—e nunca o bom Manoel Duarte ou o Barrôlo excellente entenderiam, bastante para lhes reconstruir os altos espiritos, Martim de Freitas ou Affonso de Albuquerque... N'esta fina verdade desejaria elle que os Criticos insistissem ao estudar depois a Torre de D. Ramires—pois que o Castanheiro lhe assegurára artigos consideraveis nas Novidades e na Manhã. Sim! eis o que convinha marcar com relevo (e elle o lembraria ao Castanheiro!)—que os Ricos Homens de Santa-Ireneia reviviam [183]no seu neto, senão pela continuação heroica das mesmas façanhas, pela mesma alevantada comprehensão do heroismo... Que diabo! sob o reinado do horrendo S. Fulgencio elle não podia desmantelar o solar de Bayão, desmantelado ha seiscentos annos por seu avô Lionel Ramires—nem retomar aos Mouros essa torreada Monforte onde o Antoninho Moreno era o languido Governador Civil! Mas sentia a grandeza e o prestimo historico d'esse arrojo que outr'ora impellia os seus a arrasar Solares rivaes, a escalar Villas mouriscas: resuscitava pelo Saber e pela Arte, arrojava para a vida ambiente, esses varões temerosos, com os seus corações, os seus trajes, as suas immensas cutiladas, as suas bravatas sublimes: dentro do espirito e das expressões do seu Seculo era pois um bom Ramires—um Ramires de nobres energias, não façanhudas, mas intellectuaes, como competia n'uma Edade d'intellectual descanço. E os jornaes, que tanto motejam a decadencia dos Fidalgos de Portugal, deveriam em justiça affirmar (e elle o lembraria ao Castanheiro!):—«Eis ahi um, e o maior, que, com as fórmas e os modos do seu tempo, continua e honra a sua raça!»

Através d'estes pensamentos, que mais lhe enrijavam as passadas sobre chão tão calcado pelos seus—o Fidalgo da Torre chegára á esquina do muro [184]da quinta, onde uma ladeirenta e apertada azinhaga a divide do pinheiral e da matta. Do portão nobre, que outr'ora se erguera n'esse recanto com lavores e brazão d'armas, restam apenas os dois humbraes de granito, amarellados de musgo, cerrados contra o gado por uma cancella de taboas mal pregadas, carcomidas da chuva e dos annos. E n'esse momento, da azinhaga funda, apagada em sombra, subia chiando, carregado de matto, um carro de bois, que uma linda boeirinha guiava.

—Nosso Senhor lhe dê muito boas tardes!

—Boas tardes, flôrzinha!

O carro lento passou. E logo atraz surdio um homem, esgrouviado e escuro, trazendo ao hombro o cajado, d'onde pendia um mólho de cordas.

O Fidalgo da Torre reconheceu o José Casco dos Bravaes. E seguia, como desattento, pela orla do pinheiral, assobiando, raspando com a bengalinha as silvas floridas do vallado. O outro porém estugou o passo esgalgado, lançou duramente, no silencio do arvoredo e da tarde, o nome do Fidalgo. Então, com um pulo do coração, Gonçalo Mendes Ramires parou, forçando um sorriso affavel:

—Olá! É vossê, José! Então que temos?

O Casco engasgára, com as costellas a arfar sob a encardida camisa de trabalho. Por fim, [185]desenfiando das cordas o marmelleiro que cravou no chão pela choupa:

—Temos que eu fallei sempre claro com o Fidalgo, e não era para que depois me faltasse á palavra!

Gonçalo Ramires levantou a cabeça com uma dignidade lenta e custosa—como se levantasse uma massa de ferro:

—Que está vossê a dizer, Casco? Faltar á palavra! em que lhe faltei eu á palavra?... Por causa do arrendamento da Torre? Essa é nova! Então houve por acaso escriptura assignada entre nós? Você não voltou, não appareceu...

O Casco emmudecera, assombrado. Depois, com uma colera em que lhe tremiam os beiços brancos, lhe tremiam as seccas mãos cabelludas, fincadas ao cabo do varapau:

—Se houvesse papel assignado o Fidalgo não podia recuar!... Mas era como se houvesse, para gente de bem!... Até V. S.a disse, quando eu acceitei: «viva! está tratado!...» O fidalgo deu a sua palavra!

Gonçalo, enfiado, apparentou a paciencia d'um senhor benevolo:

—Escute, José Casco. Aqui não é logar, na estrada. Se quer conversar commigo appareça na Torre. Eu lá estou sempre, como vossê sabe, de manhã... Vá ámanhã, não me encommóda.

[186] E endireitava para o pinhal, com as pernas molles, um suor arripiado na espinha—quando o Casco, n'um rodeio, n'um salto leve, atrevidamente se lhe plantou diante, atravessando o cajado:

—O Fidalgo ha-de dizer aqui mesmo! O Fidalgo deu a sua palavra!... A mim não se me fazem d'essas desfeitas... O Fidalgo deu a sua palavra!

Gonçalo relanceou esgaseadamente em redor, na ancia d'um soccorro. Só o cercava solidão, arvoredo cerrado. Na estrada, apenas clara sob um resto de tarde, o carro de lenha, ao longe, chiava, mais vago. As ramas altas dos pinheiros gemiam com um gemer dormente e remoto. Entre os troncos já se adensava sombra e nevoa. Então, estarrecido, Gonçalo tentou um refúgio na ideia de Justiça e de Lei, que aterra os homens do campo. E como amigo que aconselha um amigo, com brandura, os beiços resequidos e tremulos:

—Escute, Casco, escute, homem! As coisas não se arranjam assim, a gritar. Póde haver desgosto, apparecer o regedor. Depois é o tribunal, é a cadeia. E você tem mulher, tem filhos pequenos... Escute! Se descobriu motivo para se queixar, vá á Torre, conversamos. Pacatamente tudo se esclarece, homem... Com berros, não! Vem o cabo, vem a enxovia...

Então de repente o Casco cresceu todo, no solitario [187]caminho, negro e alto como um pinheiro, n'um furor que lhe esbugalhava os olhos esbraseados, quasi sangrentos:

—Pois o Fidalgo ainda me ameaça com a justiça!... Pois ainda por cima de me fazer a maroteira me ameaça com a cadeia!... Então, com os diabos! primeiro que entre na cadeia lhe hei-de eu esmigalhar esses ossos!...

Erguera o cajado...—Mas, n'um lampejo de razão e respeito, ainda gritou, com a cabeça a tremer para traz, atravez dos dentes cerrados:

—Fuja, fidalgo, que me perco!... Fuja que o mato e me perco!

Gonçalo Mendes Ramires correu á cancella entalada nos velhos humbraes de granito, pulou por sobre as taboas mal pregadas, enfiou pela latada que orla o muro, n'uma carreira furiosa de lebre acossada! Ao fim da vinha, junto aos milheiraes, uma figueira brava, densa em folha, alastrára dentro d'um espigueiro de granito destelhado e desusado. N'esse esconderijo de rama e pedra se alapou o Fidalgo da Torre, arquejando. O crepusculo descera sobre os campos—e com elle uma serenidade em que adormeciam frondes e relvas. Affoutado pelo silencio, pelo socego, Gonçalo abandonou o cerrado abrigo, recomeçou a correr, n'um correr manso, na ponta das botas brancas, sobre o chão molle das [188]chuvadas, até ao muro da Mãe d'Agua. De novo estacou, esfalfado. E julgando entrever, longe, á orla do arvoredo, uma mancha clara, algum jornaleiro em mangas de camisa, atirou um berro ancioso:—«Oh! Ricardo! Oh! Manoel! Eh lá! alguem! Vai ahi alguem?...»—A mancha indecisa fundira na indecisa folhagem. Uma rã pinchou n'um regueiro. Estremecendo, Gonçalo retomou a carreira até ao canto do pomar—onde encontrou fechada uma porta, velha porta mal segura, que abanava nos gonzos ferrugentos. Furioso, atirou contra ella os hombros que o terror enrijára como trancas. Duas taboas cederam, elle furou atravez, esgaçando a quinzena n'um prégo.—E respirou emfim no agazalho do pomar murado, deante das varandas da casa abertas á frescura da tarde, junto da Torre, da sua Torre, negra e de mil annos, mais negra e como mais carregada d'annos contra a macia claridade da lua-nova que subia.

Com o chapeu na mão, enxugando o suor, entrou na horta, costeou o feijoal. E agora subitamente sentia uma colera amarga pelo desamparo em que se encontrára, n'uma quinta tão povoada, exameando de gentes e dependentes! Nem um caseiro, nem um jornaleiro, quando elle gritára, tão afflicto, da borda da Mãe d'Agua! De cinco creados nenhum acudira,—e elle perdido, alli, a uma pedrada da eira e da abegoaria! Pois que dois homens corressem com paus [189]ou enxadas—e ainda colhiam o Casco na estrada, o malhavam como uma espiga.

Ao pé do gallinheiro, sentindo uma risada fina de rapariga, atravessou o pateo para a porta alumiada da cosinha. Dois moços da horta, a filha da Crispola, a Rosa, tagarellavam, regaladamente sentados n'um banco de pedra, sob a fresca escuridão da latada. Dentro o lume estrallejava—e a panella do caldo, fervendo, rescendia. Toda a colera do Fidalgo rompeu:

—Então, que sarau é este? Vocês não me ouviram chamar?... Pois encontrei lá em baixo, ao pé do pinheiral, um bebedo, que me não conheceu, veiu para mim com uma foice!... Felizmente levava a bengala. E chamo, grito... Qual! Tudo aqui de palestra, e a ceia a cozer! Que desaforo! Outra vez que succeda, todos para a rua... E quem resmungar, a cacete!

A sua face chammejava, alta e valente. A pequena da Crispola logo se escapulira, encolhida, para o recanto da cosinha, para traz da maceira. Os dois moços, erguidos, vergavam como duas espigas sob um grande vento. E emquanto a Rosa, aterrada, se benzia, se derretia em lamentações sobre «desgraças que assim s'armam!»—Gonçalo, deleitado pela submissão dos dois homens, ambos tão rijos, com tão grossos varapaus encostados á parede, amansava:

—Realmente! sois todos surdos, n'esta pobre casa!... [190]Além d'isso a porta do pomar fechada! Tive de lhe atirar um empurrão. Ficou em pedaços.

Então um dos moços, o mais alentado, ruivo, com um queixo de cavallo, pensando que o Fidalgo censurava a frouxidão da porta pouco cuidada, coçou a cabeça, n'uma desculpa:

—Pois, com perdão do fidalgo!... Mas já depois da saída do Relho se lhe pôz uma travessa e fechadura nova... E valente!

—Qual fechadura! gritou, o Fidalgo soberbamente. Despedacei a fechadura, despedacei a travessa... Tudo em estilhas!

O outro moço, mais desembaraçado e esperto, riu, para agradar:

—Santo nome de Deus!... Então, é que o fidalgo lhe atirou com força!

E o companheiro, convencido, espetando o queixo enorme:

—Mas que força! a matar! Que a porta era rija... E fechadura nova, já depois do Relho!

A certeza da sua força, louvada por aquelles fortes, reconfortou inteiramente o fidalgo da Torre, já brando, quasi paternal:

—Graças a Deus, para arrombar uma porta, mesmo nova, não me falta força. O que eu não podia, por decencia, era arrastar ahi por essas estradas um bebedo com uma foice até casa do Regedor... Foi para isso que chamei, que gritei. Para que vossês o agarrassem, o levassem ao Regedor!... [191]Bem, acabou. Oh! Rosa, dê a estes rapazes, para a ceia, mais uma caneca de vinho... A vêr se para outra vez se affoutam, se apparecem...

Era agora como um antigo senhor, um Ramires d'outros seculos, justo e avisado, que reprehende uma fraqueza dos seus solarengos—e logo perdôa por conta e amor das façanhas proximas. Depois com a bengala ao hombro, como uma lança, subio pela lobrega escada da cozinha. E em cima no quarto, apenas o Bento entrára para o vestir, recomeçou a sua epopeia, mais carregada, mais terrifica—assombrando o sensivel homem, estacado rente da commoda, sem mesmo pousar a enfusa d'agoa quente, as botas envernisadas, a braçada de toalhas que o ajoujavam... O Casco! O José Casco dos Bravaes, bebedo, rompendo para elle, sem o conhecer, com uma foice enorme, a berrar—«Morra, que é marrão!...» E elle na estrada, deante do bruto, de bengalinha! Mas atira um salto, a foiçada resvala sobre um tronco de pinheiro... Então arremette desabaladamente, brandindo a bengala, gritando pelo Ricardo e pelo Manoel como se ambos o escoltassem—e ataranta o Casco, que recua, se some pela azinhaga, a cambalear, a grunhir...

—Hein, que te parece? Se não é a minha audacia, [192]o homem positivamente me ferra um tiro de espingarda!

O Bento, que quasi se babava, com o jarro esquecido a pingar no tapete, pestanejou, confuso, mais attonito:

—Mas o Snr. Dr. disse que era uma foice!

Gonçalo bateu o pé, impaciente:

—Correu para mim com uma foice. Mas vinha atraz do carro... E no carro trazia uma espingarda. O Casco é caçador, anda sempre d'espingarda... Emfim estou aqui vivo, na Torre, por mercê de Deus. E tambem porque felizmente, n'estes casos, não me falta decisão!

E apressou o Bento—porque com o abalo, o esforço, positivamente lhe tremiam as pernas de cançasso e de fome... Além da sêde!

—Sobretudo sêde! Esse vinho que venha bem fresco... Do Verde e do Alvaralhão, para misturar.

O Bento, com um tremulo suspiro da emoção atravessada, enchera a bacia, estendia as toalhas. Depois, gravemente:

—Pois, Snr. Dr., temos esse andaço nos sitios! Foi o mesmo que succedeu ao Snr. Sanches Lucena, na Feitosa...

—Como, ao Snr. Sanches Lucena?

O Bento desenrolou então uma tremenda historia trazida á Torre, durante a estada do Snr. Doutor em [193]Oliveira, pelo cunhado da Crispola, o Ruy carpinteiro, que trabalhava nas obras da Feitosa. O Snr. Sanches Lucena descêra uma tarde, ao lusco fusco, á porta do Mirante, quando passam na estrada dous jornaleiros, bebedos ou facinoras, que implicam com o excellente senhor. E chufas, risinhos, momices... O Snr. Sanches, com paciencia, aconselhou os homens que seguissem, não se desmandassem. De repente um d'elles, um rapazola, sacode a jaqueta do hombro, ergue o cajado! Felizmente o companheiro, que se affirmára, ainda gritou:—«Ai! rapaz, que elle é o nosso deputado!» O rapazola abalou, espavorido. O outro até se atirou de joelhos deante do Snr. Sanches Lucena... Mas o pobre senhor, com o abalo, recolheu á cama!

Gonçalo acompanhára a historia, seccando vagarosamente as mãos á toalha, impressionado:

—Quando foi isso?

—Pois disse ao Snr. Dr.... Quando o Snr. Dr. estava em Oliveira. Um dia antes ou um dia depois dos annos da Snr.a D. Graça.

O Fidalgo arremessou a toalha, limpou pensativamente as unhas. Depois com um risinho incerto e leve:

—Emfim, sempre serviu d'alguma coisa ao Sanches Lucena ser deputado por Villa-Clara...

E já vestido, abastecendo a charuteira (porque [194]resolvera passar a noite na Villa, a desabafar com o Gouveia)—de novo se voltou para Bento, que arrumava a roupa:

—Então o bebedo, quando o outro lhe gritou «Ai, que é o nosso deputado,» cahiu em si, fugiu, hein?... Ora vê tu! Ainda vale ser deputado! Ainda inspira respeito, homem! Pelo menos inspira mais respeito que descender dos reis de Leão!... Paciencia, toca a jantar.

Durante o jantar, misturando copiosamente o Verde e o Alvaralhão, Gonçalo não cessou de ruminar a ousadia do Casco. Pela vez primeira, na historia de Santa Ireneia, um lavrador d'aquellas aldêas, crescidas á sombra da Casa illustre, por tantos seculos senhora em monte e valle, ultrajava um Ramires! E brutamente, alçando o cajado, deante dos muros da quinta historica!... Contava seu pae que, em vida do bisavô Ignacio, ainda desde Ramilde até Corinde os homens dobravam o joelho nos caminhos quando passava o Senhor da Torre. E agora levantavam a foice!... E porque? Por que elle não se desfalcára submissamente das suas rendas em proveito d'um façanhudo!—Em tempos do avô Tructesindo, villão de tal attentado assaria, como porco [195]montez, n'uma ruidosa fogueira, deante das barbacans da Honra. Ainda em dias do bisavô Ignacio apodreceria n'uma masmorra. E o Casco não podia escapar sem castigo. A impunidade só lhe incharia a audacia: e assomado, rancoroso, n'outro encontro, sem mais fallas, desfechava a caçadeira. Oh! não lhe desejava um mal duravel, coitado, com dois filhos pequeninos—um que mamava. Mas que o arrastassem á Administração, algemado, entre dois cabos de policia—e que na triste saleta, d'onde se avistam as grades da cadeia, apanhasse uma reprehensão tremenda do Gouveia, do Gouveia muito secco, muito esticado na sobrecasaca negra... Assim se devia resguardar, por meios tortuosos—pois que não era deputado, e que, com o seu talento, o seu nome, essa espantosa linhagem d'avós que edificára o Reino, carecia o prestigio d'um Sanches Lucena, o precioso prestigio que suspende no ar os varapáus atrevidos!

Apenas findou o café, mandou pelo Bento avisar os dous moços da horta, o Ricardo e o outro de queixo de cavallo, que o esperassem no pateo, armados. Porque na Torre ainda sobrevivia uma «Sala d'armas»—cacifro tenebroso, junto ao Archivo, onde se amontoavam peças aboladas d'armaduras, um lorigão de malha, um broquel mourisco, alabardas, espadões, polvarinhos, bacamartes de 1820, e entre esta poeirenta ferralhagem negra tres espingardas limpas [196]com que os moços da quinta, na romaria de S. Gonçalo, atiravam descargas em louvor do Santo.

Depois, elle, encafuou o revólver na algibeira, desenterrou do armario do corredor um velho bengalão de cabo de chumbo entrançado, agarrou um apito. E assim precavido, aquecido pelo Verde e pelo Alvaralhão, com os dous creados de caçadeira ao hombro, importantes e tesos, partiu para Villa-Clara, procurar o Snr. Administrador do Concelho. A noite envolvia os campos em socego e frescura. A lua nova, que alimpára o tempo, roçava a crista dos outeiros de Valverde como a roda lustrosa d'um carro de ouro. No silencio os rijos sapatões pregueados dos dous jornaleiros resoavam em cadencia. E Gonçalo adiante, de charuto flammante, gosava aquella marcha, em que de novo um Ramires trilhava os caminhos de Santa Ireneia com homens da sua mercê e solarengos armados.

Ao começo da villa, porém, recolheu discretamente a escolta na taverna da Serena: e elle cortou para o Mercado da Herva, para a Tabacaria do Simões, onde o Gouveia, áquella hora, antes da partida da Assembléa, costumava pousar, comprar uma caixa de phosphoros, considerar pensativamente na vidraça as cautelas da Loteria. Mas n'essa noite o Snr. Administrador faltára ao Simões costumado. Largou então para a Assembléa: e logo em baixo, [197]no bilhar, um sujeito calvo, que contemplava as carambolas solitarias do marcador, espapado na bancada, de collete desabotoado, mascando um palito—informou o Fidalgo da doença do amigo Gouveia:

—Cousa leve, inflammação de garganta... V. Ex.a de certo o encontra em casa. Não arreda do quarto desde Domingo.

Outro cavalheiro porém, que remexia o seu café á esquina d'uma mesa atulhada de garrafas de licôr, affiançou que o Snr. Administrador já espairecera n'essa tarde. Ainda pelas cinco horas elle o encontrára na Amoreira, com o pescoço atabafado n'uma manta de lã.

Gonçalo, impaciente, abalou para a Calçadinha. E atravessava o Largo do Chafariz quando descortinou o desejado Gouveia, á porta muito alumiada da loja de pannos do Ramos, conversando com um homemzarrão de forte barba retinta e de guarda-pó alvadio.

E foi o Gouveia, que, de dedo espetado, investiu para Gonçalo:

—Então, já sabe?

—O quê?

—Pois não sabe, homem?... O Sanches Lucena!

—O quê?

—Morreu!

O fidalgo embasbacou para o Administrador, depois [198]para o outro cavalheiro, que repuxava na mão enorme, com um esforço inchado, uma luva preta apertada e curta.

—Santo Deus!... Quando?

—Esta madrugada. De repente. «Angina pectoris,» não sei quê no coração... De repente, na cama.

E ambos se consideraram, em silencio, no espanto renovado d'aquella morte que impressionava Villa-Clara. Por fim Gonçalo:

—E eu ainda ha bocado, na Torre, a fallar d'elle! E, coitado, como sempre, com pouca admiração...

—E eu! exclamou o Gouveia. Eu, que ainda hontem lhe escrevi!... E uma carta comprida, por causa d'um empenho do Manoel Duarte... Foi o cadaver que recebeu a carta.

—Boa piada! rosnou o sujeito obeso, que se debatia ferrenhamente contra a luva. O cadaver recebeu a carta... Boa piada!

O Fidalgo torcia o bigode, pensativo:

—Ora, ora... E que edade tinha elle?

O Gouveia sempre o imaginára um completo velho, de setenta invernos. Pois não! apenas sessenta, em Dezembro. Mas consumido, arrasado. Casára tarde, com fêmea forte...

—E ahi temos a bella D. Anna, viuva aos vinte [199]e oito annos, sem filhos, naturalmente herdeira, com o seu mealheiro de duzentos contos... Talvez mais!

—Boa maquia! roncou de novo o oupado homem que enfiára a luva, e agora gemia, com as veias tumidas, para lhe apertar o colchete.

Aquelle cavalheiro constrangia o Fidalgo—ancioso por desafogar com o Gouveia sobre «a vacatura politica,» assim inesperadamente aberta, no circulo de Villa-Clara, pela brusca desapparição do Chefe tradicional. E não se conteve, puchou o Administrador pelo botão da sobrecasaca para a sombra favoravel da parede:

—Oh! Gouveia! então agora, hein?... Temos eleição supplementar... Quem virá pelo circulo?

E o Administrador, muito simplesmente, sem se resguardar do homemzarrão de guarda-pó, que, emfim enluvado, accendera o charuto, se acercava com familiaridade—deduziu os factos:

—Agora, meu amigo, com o tio do Cavalleiro ministro da Justiça e o José Ernesto ministro do Reino, vae deputado pelo circulo quem o André Cavalleiro mandar. É claro... O Sanches Lucena manteve sempre o seu logar em S. Bento por uma indicação natural do partido. Era aqui o primeiro homem, o grande homem dos Historicos... Bem! Hoje, para decidir o Governo, como falta a indicação natural [200]do partido, que resta? O desejo pessoal do Cavalleiro. Você sabe como o Cavalleiro é regionalista. Pelo circulo pois, logicamente, sahe quem se apresente ao Cavalleiro como um bom continuador do Lucena, pela influencia e pela estabilidade territorial... N'outro circulo ainda se podia encaixar á pressa um deputado fabricado em Lisboa, nas Secretarias. Aqui não! O deputado tem de ser local e Cavalleirista. E o proprio Cavalleiro, acredite você, está a esta hora embaraçado.

O gordalhufo murmurou com importancia, atravez do immenso charuto que mamava:

—Amanhã já estou com elle, já sei...

Mas o Administrador emmudecera, coçava o queixo, cravando em Gonçalo os olhos espertos, que rebrilhavam, como se uma ditosa idéa, quasi uma inspiração, o illuminasse. E de repente, para o outro, que cofiava a barba retinta:

—Pois, meu caro senhor, até além d'ámanha. Ficamos entendidos. Eu remetto o cestinho dos queijos directamente ao Snr. Conselheiro.

Tomou o braço de Gonçalo, que apertou com impaciencia. E sem attender mais ao homemzarrão, que saudava rasgadamente, arrastou o Fidalgo para a Calçadinha silenciosa:

—Oh, Gonçalo, ouça lá... Vossê agora tinha [201]uma occasião soberba! Você, se quizesse, dentro de poucos dias, estava deputado por Villa-Clara!

O Fidalgo da Torre estacára—como se uma estrella de repente se despenhasse na rua mal allumiada.

—Ora escute! exclamou o Administrador, largando o braço de Gonçalo, para desenrolar mais livremente a sua idéa. Você não tem compromissos serios com os Regeneradores. Você deixou Coimbra ha um anno, tenta agora a vida publica, nunca fez acto definitivo de partidario. Lá uma ou outra correspondencia para os jornaes, historias!...

—Mas...

—Escute, homem! Você quer entrar na Politica? Quer. Então, pelos Historicos ou pelos Regeneradores, pouco importa. Ambos são constitucionaes, ambos são christãos... A questão é entrar, é furar. Ora você, agora, inesperadamente, encontra uma porta aberta. O que o póde embaraçar? As suas inimisades particulares com o Cavalleiro? Tolices!

Atirou um gesto, largo e secco, como se varresse essas puerilidades:

—Tolices! Entre vocês não ha morte d'homem. Nem vocês, no fundo, são inimigos. O Cavalleiro é rapaz de talento, rapaz de gosto... Não vejo outro, aqui no districto, com quem você tenha mais conformidade de espirito, de educação, de maneiras, de tradições... N'uma terra pequena, mais dia menos [202]dia, fatalmente, se impunha a reconciliação. Então seja agora, quando a reconciliação o leva ás Camaras!... E repito. Pelo circulo de Villa-Clara sahe deputado quem o Cavalleiro mandar!

O Fidalgo da Torre respirou, com esforço, na emoção que o suffocava. E depois d'um silencio em que tirára o chapéo, abanára com elle, pensativamente, a face descahida:

—Mas o Cavalleiro, como você disse, é todo local todo regional... Não quererá impôr senão um homem como o Lucena, com fortuna, com influencia...

O outro parou, alargou os braços:

—E então, você?... Que diabo! Você tem aqui propriedade. Tem a Torre, tem Treixedo. Sua irmã hoje é rica, mais rica que o Lucena. E depois o nome, a familia... Vocês, os Ramires, estão estabelecidos, com solar em Santa Ireneia, ha mais de duzentos annos.

O fidalgo da Torre ergueu com viveza a cabeça:

—Duzentos?... Ha mil, ha quasi mil!

—Ora ahi tem! Ha mil annos. Uma casa anterior á monarchia. Pelo menos coeva! Você é portanto mais fidalgo que o Rei! E então, isso não é uma situação muito superior á do Lucena? Sem contar a intelligencia... Oh! diabo!

—Que foi?

[203] —A garganta... Uma picadita na garganta. Ainda não estou consolidado.

E decidiu logo recolher, gargarejar, porque o Dr. Macedo prohibira as noitadas festivas. Mas Gonçalo acompanhava até á porta o amigo Gouveia. E, conchegando o abafo de lã, o Administrador resumiu a sua idéa:

—Pelo circulo de Villa-Clara, Gonçalinho, sahe quem o Cavalleiro mandar. Ora o Cavalleiro, creia você, tem immenso empenho de o eleger, de o lançar na Politica. Se você portanto estender a mão ao Cavaleiro, o circulo é seu. O Cavalleiro tem o maior, o maiorissimo empenho, Gonçalinho!

—Isso é que eu não sei, João Gouveia...

—Sei eu!

E em confidencia, na solidão da Calçadinha, João Gouveia revelou ao Fidalgo que o Cavalleiro anciava pela occasião de reatar a velha fraternidade com o seu velho Gonçalo! Ainda na semana passada o Cavalleiro lhe affirmára (palavras textuaes):—«Entre os rapazes d'esta geração nenhum com mais seguro e mais largo futuro na Politica que o Gonçalo. Tem tudo! grande nome, grande talento, a seducção, a eloquencia... Tem tudo! E eu, que conservo pelo Gonçalo todo o carinho antigo, gostava ardentemente, ardentissimamente, de o levar ás Camaras.»

[204] —Palavras textuaes, meu amigo!... Ainda ha seis ou sete dias, em Oliveira, depois do jantar, a tomarmos ambos café no quintal.

A face de Gonçalo ardia na sombra, devorando as revelações do Administrador. Depois, com lentidão, como descobrindo candidamente todos os recantos da sua alma:

—Eu, na realidade, tambem conservo a antiga sympathia pelo Cavalleiro. E certas questões intimas adeus!... Envelheceram, caducaram, tão obsoletas hoje como os aggravos dos Horacios e dos Curiacios... Como você lembrou ha pouco, com razão, nunca se ergueu entre nós morte de homem. Que diabo! Eu fui educado com o Cavalleiro, eramos como irmãos... E acredite você, Gouveia! Sempre que o vejo, sinto um appetite doido, mas doido, de correr para elle, de lhe gritar: «Oh! André! nuvens passadas não voltam, atira para cá esses ossos!» Creia você, não o faço por timidez... É timidez... Oh! não, lá por mim, estou prompto á reconciliação, todo o coração m'a pede! Mas elle?... Porque, emfim, Gouveia, eu, nas minhas Correspondencias para a Gazeta do Porto, tenho sido feroz com o Cavalleiro!

João Gouveia parou, de bengala ao hombro, considerando o fidalgo com um sorriso divertido:

—Nas Correspondencias? Que lhe tem você dito nas Correspondencias? Que o Snr. Governador [205]Civil é um despota, e um D. Juan?... Meu caro amigo, todo o homem gosta que, por opposição politica, lhe chamem despota e D. Juan. Você imagina que elle se affligiu? Ficou simplesmente babádo!

O fidalgo murmurou, inquieto:

—Sim! Mas as allusões á bigodeira, á guedelha...

—Oh! Gonçalinho! Bellos cabellos annellados, bellos bigodes torcidos, não são defeitos de que um macho se envergonhe... Pelo contrario! Todas as mulheres admiram. Você pensa que ridicularisou o Cavalleiro? Não! annunciou simplesmente ás madamas e meninas, que lêem a Gazeta do Porto, a existencia d'um mocetão esplendido que é Governador Civil d'Oliveira.

E parando de novo (por que defronte, na esquina, luziam as duas janellas abertas da sua casa), o Administrador estendeu o dedo firme para um conselho supremo:

—Gonçalo Mendes Ramires, você ámanhã manda buscar a parelha do Torto, salta para a sua caleche, corre á cidade, entra pelo Governo Civil de braços abertos, e grita sem outro prologo:—«André, o que lá vae, lá vae, venham essas costellas! E como o circulo está vago, venha tambem esse circulo!»—E você, dentro de cinco ou seis semanas, é o Snr. Deputado [206]por Villa-Clara, com todos os sinos a repicar... Quer tomar chá?

—Não, obrigado.

—Bem, então viva! Tipoia ámanhã e Governo Civil. Está claro, é necessario arranjar um pretexto...

O fidalgo acudiu, com alvoroço:

—Eu tenho um pretexto! Não!... Quero dizer, tenho necessidade real, absoluta, de fallar com o Cavalleiro ou com o Secretario Geral. É uma questão de caseiro... Até por causa d'essa infeliz trapalhada o procurava eu hoje a você, Gouveia!

E aldravou a aventura do Casco, com traços mais pesados que a ennegreciam. Durante semanas, afferradamente, esse fatal Casco o torturára para lhe arrendar a Torre. Mas elle tratára com o Pereira, o Pereira Brazileiro, por uma renda explendidamente superior á que o Casco offerecia a gemer. Desde então o Casco rugia, ameaçava, por todas as tabernas da Freguezia. E, n'essa tarde, surde d'uma azinhaga, rompe para elle, de varapau erguido! Mercê de Deus, lá se defendera, lá sacudira o bruto, com a bengala. Mas agora, sobre o seu socego, sobre a sua vida, pairava a affronta d'aquelle cajado. E, se o assalto se renovasse, elle varava o Casco com uma bala, como um bicho montez... Urgia pois que o amigo Gouveia chamasse o homem, o reprehendesse [207]rijamente, o entaipasse mesmo por algumas horas na cadeia...

O Administrador, que escutára palpando a garganta, atalhou logo, com a mão espalmada:

—Governo Civil, caro amigo, Governo Civil! Esses casos de prisão preventiva pertencem ao Governo Civil. Reprehensão não basta, com tal féra!... Só cadeia, um dia de cadeia, a meia ração... O Governo Civil que me mande um officio ou telegramma. Você realmente corre perigo. Nem um instante a perder!... Amanhã tipoia e Governo Civil. Mesmo por amor da Ordem Publica!

E Gonçalo, compenetrado, com os hombros vergados, cedeu ante esta soberana razão da Ordem Publica:

—Bem, João Gouveia, bem!... Com effeito é uma questão de Ordem Publica. Vou ámanhã ao Governo Civil.

—Perfeitamente, concluiu o Administrador puxando o cordão da campainha. Dê recados meus ao Cavalleiro. E só lhe digo que havemos de arranjar uma votação tremenda, e foguetorio, e vivas, e ceia magna no Gago... Você não quer tomar chá, não?

Então, boas noites... E olhe! D'aqui a dous annos, quando você fôr ministro, Gonçalo Mendes Ramires, recorde esta nossa conversa, á noite, na Calçadinha de Villa-Clara!

[208] Gonçalo seguiu pensativamente por defronte do Correio; torneou a branca escadaria da Egreja de S. Bento; metteu, alheado e sem reparar, pela estrada plantada de acacias que conduz ao Cemiterio. E, n'aquelle alto da Villa, d'onde, ao desembocar da Calçadinha, se abrange a largueza rica dos campos desde Valverde a Craquêde—sentiu que tambem na sua vida, apertada e solitaria como a Calçadinha, se alargára um arejado espaço cheio d'interessante bulicio e de abundancia. Era o muro, em que sempre se imaginára irreparavelmente cerrado, que de repente rachava. Eis a fenda facilitadora! Para além reluziam todas as bellas realidades que desde Coimbra appetecera! Mas...—Mas no atravessar da fenda fragosa de certo se rasgaria a sua dignidade ou se rasgaria o seu orgulho. Que fazer?...

Sim! seguramente! Estendendo os braços ao animal do Cavalleiro conquistava a sua Eleição. O circulo, infeudado aos Historicos, elegeria submissamente o Deputado que o chefe Historico ordenasse com indolente aceno. Mas essa reconciliação importava a entrada triumphal do Cavalleiro na quieta casa do Barrôlo... Elle vendia pois o socego da irmã por uma cadeira em S. Bento! Não! não podia por amor de Gracinha!—E Gonçalo suspirou, com ruidoso suspiro, no luminoso silencio da estrada.

Agora porém, durante tres, quatro annos, os Regeneradores [209]não trepavam ao Governo. E elle, alli, atravez d'esses annos, no buraco rural, jogando voltaretes somnolentos na Assembléa da Villa, fumando cigarros calaceiros nas varandas dos Cunhaes, sem carreira, parado e mudo na vida, a ganhar musgo, como a sua caduca, inutil Torre! Caramba! era faltar cobardemente a deveres muito santos para comsigo e para com o seu nome!... Em breve os seus camaradas de Coimbra penetrariam nos altos Empregos, nas ricas Companhias; muitos nas Camaras por vacaturas abençoadas como a do Sanches; um ou outro mesmo, mais audaz ou servil, no Ministerio. Só elle, com talentos superiores, um tal brilho historico, jazeria esquecido e resmungando como um côxo n'uma estrada quando passa a romaria. E por quê? Pelo receio pueril de pôr a bigodeira atrevida do Cavalleiro muito perto dos fracos labios de Gracinha... E por fim esse receio constituia uma injuria, uma nojenta injuria, á seriedade da irmã. Porque Portugal não se honrava com mulher mais rigidamente seria, de mais grave e puro pensar! Aquelle corpinho ligeiro, que o vento levava, continha uma alma heroica. O Cavalleiro?... Podia sua exc.a sacudir a guedelha com graça fatal, jorrar dos olhos pestanudos a languidez ás ondas—que Gracinha permaneceria tão inaccessivel e solida na sua virtude como se fosse insexual e de marmore. [210]Oh, realmente, por Gracinha, elle abriria ao Cavalleiro todas as portas dos Cunhaes—mesmo a porta do quarto d'ella, e bem larga, com uma solidão bem preparada!... E depois não se cuidava de uma donzella, nem d'uma viuva. Na casa do Largo d'El-Rei governava, mercê de Deus, marido brioso, marido rijo. A esse, só a esse, competia escolher as

214

intimidades do seu lar—e n'elle manter quietação e recato. Não! esse receio de uma imaginavel fragilidade de Gracinha, da sua honrada, altiva Gracinha—esse receio, perverso e louco, certamente o devia varrer, com o coração desafogado e sorrindo.—E, na clara solidão da estrada, Gonçalo Mendes Ramires atirou um gesto decidido e terminante que varria.

Restava porém a sua propria humilhação. Desde annos, ruidosamente, conversando e escrevendo, em Coimbra, em Villa-Clara, em Oliveira, na Gazeta do Porto—elle demolira o Cavalleiro! E subiria agora, de espinhaço vergado, as escadarias do Governo Civil, murmurando o seu—peccavi, mea culpa, mea maxima culpa?... Que escandalo na cidade!—«O Fidalgo da Torre lá precisou e lá veio...» Era o transbordante triumpho do Cavalleiro. O unico homem que no Districto se conservava erguido, pelejando, trovejando as verdades—desarmava, emmudecia, e encolhidamente se enfileirava no sequito louvaminheiro de Sua Exc.a! Bem duro!... Mas, [211]que diabo, havia superiormente o interesse do paiz!—E, tão admiravel lhe appareceu esta razão, que a bradou com ardôr na mudez da estrada:—«Ha o paiz!...»

Sim, o paiz! Quantas reformas a proclamar, a realisar! Em Coimbra, no quinto anno, já se occupára da Instrucção Publica—d'uma remodelação do Ensino, todo industrial, todo colonial, sem latim, sem ociosas bellas-lettras, creando um povo formigueiro de Productores e d'Exploradores... E os camaradas, nos sonhos ondeantes de Futuro, quando repartiam os Ministerios, concordavam sempre:—«O Gonçalo para a

215

Instrucção Publica!» Por essas ideas poderosas, pelo saber accumulado, todo elle se devia á Nação—como outr'ora, pela força, os grandes Ramires armados. E pela Nação cumpria que o seu orgulho de homem cedesse ante a sua tarefa de cidadão...

Depois, quem sabe? Entre o Cavalleiro e elle afogadamente se enroscava todo um passado de camaradagem, apenas entorpecido—que talvez revivesse n'esse encontro, os enlaçasse logo n'um abraço penetrante, onde os antigos aggravos se sumiriam como um pó sacudido... Mas para que imaginar, remoer? Uma necessidade se sobrepunha, inilludivel—a de comparecer logo de manhã em Oliveira, no Governo Civil, requerendo a suppressão do Casco. D'essa pressa dependia o seu socego de vida [212]e d'intelligencia. Nunca elle lograria trabalhar na Novella, trilhar folgadamente a estrada de Villa-Clara, sabendo que em torno o outro, pelas quélhas e sombras, rondava com a espingarda. E para não regressar aos costumes bravios dos seus avós, circulando atravez do Concelho entre as carabinas dos creados, necessitava o Casco domado, immobilisado. Era pois inadiavel correr ao Governo Civil, para bem da Ordem. E depois, quando elle se encontrasse no gabinete do Cavalleiro, deante da mesa do Cavalleiro—a Providencia decidiria...—«A Providencia decidirá!»

E ancorado n'esta resolução, o Fidalgo da Torre parou, olhou. Levado pela quente rajada de pensamentos, chegára á grade do cemiterio da Villa que o luar branqueava como um lençol estendido. Ao fundo da alameda que o divide, clara na claridade triste, o escarnado Christo chagado e livido, sobre a

216

sua alta cruz negra, pendia, mais dolorido e livido no silencio e na solidão, com uma tristissima lampada aos pés esmorecendo. Em torno eram cyprestes, sombras de cyprestes, brancuras de lapides, as cruzes rasteiras das campas pobres, uma paz morta pesando sobre os mortos: e no alto a lua amarella e parada. Então o Fidalgo sentiu um arripiado mêdo do Christo, das lousas, dos defuntos, da lua, da solidão. E despedio n'uma carreira até avistar as casas [213]da Calçadinha, por onde descambou como uma pedra solta. Quando se deteve no Largo do Chafariz, um môcho piava na torre da Camara, melancolisando o repouso de Villa-Clara apagada e adormecida. Mais impressionado, Gonçalo correu á taberna da Serena, recolheu os creados que esperavam jogando a bisca lambida. E com elles atravessou de novo a Villa até á cocheira do Torto—para recommendar que lhe mandassem á Torre, ás nove horas da manhã, a parelha russa.

Atravez do postigo, que se abrira com cautella no portão chapeado, a mulher do Torto gemeu, indecisa:

—Ai, meu Deus, não sei se poderá... Elle ás nove tem um serviço... Pois não faria mais conta ao Fidalgo ahi pela volta das onze?

—Ás nove! berrou Gonçalo.

Desejava apear cêdo ao portão do Governo Civil para evitar a curiosidade d'aquelles cavalheiros de Oliveira—que, depois do meio dia, se juntavam na Praça, vadiando por debaixo da Arcada.

Mas ás nove e meia Gonçalo, que até ao luzir da madrugada se agitára pelo quarto n'um tumulto d'esperanças e receios—ainda se barbeava, em camisa, deante do vasto espelho de coluninas douradas. Depois [214]aproveitou a caleche para deixar na Feitosa os seus bilhetes de pezames á bella viuva, á D. Anna. Ao meio dia, esfaimado, almoçou na Vendinha emquanto a parelha resfolgava. E batia a meia depois das duas quando emfim se apeou em Oliveira deante do portão do antigo convento de S. Domingos, ao fundo da Praça, onde seu pae, quando Chefe do Districto, installára faustosamente as repartições do Governo Civil.

Áquella hora, já na frescura e sombra da Arcada que orla um lado da Praça (outr'ora Praça da Prataria, hoje Praça da Liberdade) os cavalheiros d'Oliveira mais desoccupados, os «rapazes», preguiçavam, em cadeiras de verga, á porta da Tabacaria Elegante e da loja do Leão. Gonçalo, cautelosamente, baixára as cortinas verdes da caleche. Mas no pateo do Governo Civil, ainda guarnecido de bancos monumentaes do tempo dos frades, esbarrou com o primo José Mendonça, que descia a escadaria, fardado. Foi um assombro para o alegre capitão, moço esvelto, de bigode curto, picado levemente de bexigas.

—Tu por aqui, Gonçalinho! E de chapeu alto! Caramba, deve ser coisa gorda!

O Fidalgo da Torre confessou, corajosamente. Chegava n'esse instante de Santa Ireneia para fallar ao André Cavalleiro...

—Está elle cá, esse illustre senhor?

[215] O outro recuou, quasi aterrado:

—Ao Cavalleiro?! É ao Cavalleiro que vens fallar?!... Santissima Virgem! Então desabou Troia!

Gonçalo gracejou, corando. Não! não se passára desgraça epica como a de Troia... De resto podia revelar ao amigo Mendonça o caso que o arrastava á presença augusta de Sua Exc.a o Snr. Governador Civil. Era um homem dos Bravaes, um Casco, que, furioso por não conseguir o arrendamento da Torre, o ameaçára, rondava agora a estrada de Villa-Clara de noite, á espreita, com uma espingarda. E elle, não ousando «fazer alta e boa justiça» pelas mãos dos seus creados, como os Ramires feudaes—reclamava modestamente da Auctoridade Superior uma ordem para que o Gouveia mantivesse dentro da legalidade e dos Mandamentos de Deus o façanhudo dos Bravaes...

—Só isto, uma pequenina questão de paz publica... E então o grande homem está lá em cima? Bem, até logo, Zézinho... A prima, de saude? Eu naturalmente janto nos Cunhaes. Apparece!

Mas o capitão não despegava do degrau de pedra, abrindo pachorrentamente a cigarreira de couro:

—E que me dizes tu á novidade? O pobre Sanches Lucena?...

Sim, Gonçalo soubera na Assembleia. Um ataque, hein?—Mendonça accendeu, chupou o cigarro:

[216] —De repente, com um aneurisma, a ler o Noticias!... Pois ainda ha tres dias a Maricas e eu jantamos na Feitosa. Até eu toquei a duas mãos, com a D. Anna, o quartero do Rigoleto. E elle bem, conversando, tomando a sua aguardentesinha de canna...

Gonçalo esboçou um gesto de piedade e tristeza:

220

—Coitado... Tambem ha semanas o encontrei na Bica-Santa. Bom homem, bem educado... E ahi temos agora a bella D. Anna vaga.

—E o circulo!

—Oh, o circulo! murmurou o Fidalgo da Torre com risonho desdem. A mim antes me convinha a viuva. É Venus com duzentos contos! Infelizmente tem uma voz medonha...

O primo Mendonça accudiu, com interesse, uma convicção dedicada:

—Não! não! na intimidade, perde aquelle tom empapado... Não imaginas! até um timbre natural, agradavel... E depois, menino, que corpo! que pelle!

—Deve ficar explendida agora com o luto! concluiu Gonçalo. Bem, adeusinho! Apparece nos Cunhaes... Eu corro ao Cavalleiro para que Sua Exc.a me salve com o seu braço forte!

Sacudiu a mão do Mendonça, galgou a escadaria de pedra.

Mas o capitão, que mettera para a travessa de S. Domingos, desconfiou d'aquella historia d'ameaças, [217]d'espingardas... «Qual! Aqui anda Politica!» E quando, passada uma hora lenta, repenetrou na Praça e avistou a caleche da Torre ainda encalhada á porta do Governo Civil—correu á Arcada, desabafou logo com os dois Villa-Velhas, ambos pensativamente encostados aos dois humbraes da Tabacaria Elegante:

—Vocês sabem quem está no Governo Civil?... O Gonçalo Ramires!... Com o Cavalleiro!

Todos em roda se mexeram, como acordando, nas gastas cadeiras de verga—onde os estendera somnolentamente o silencio e a ociosidade da arrastada tarde de verão. E o Mendonça, excitado, contou que desde as duas horas e meia Gonçalo Mendes Ramires, «em carne e osso», se conservava fechado com o Cavalleiro, no Governo Civil, n'uma conferencia magna! O espanto e a curiosidade foram tão ardentes que todos se ergueram, se arremessaram para fóra dos Arcos, a espiar a bojuda varanda do convento, sobre o portão—que era a do gabinete de Sua Excellencia.

Precisamente, n'esse momento, José Barrôlo, a cavallo, de calça branca, de rosa branca na quinzena d'alpaca, dobrava a esquina da rua das Vendas. E o interesse todo d'aquelles cavalheiros se precipitou para elle, na esperança d'uma revelação:

—Oh Barrôlo!

[218] —Oh Barrolinho, chega cá!

—Depressa, homem, que é caso rijo!

Barrôlo, ladeando, abeirou da Arcada: e os amigos immediatamente lhe atiraram a nova formidavel, apertados em volta da egoa. O Gonçalo e o Cavalleiro cochichando secretamente toda a manhã! A caleche da Torre á espera, com a parelha adormecida! E já começavam a repicar os sinos da Sé!

Barrôlo, n'um pulo, desmontou. E emquanto um garoto lhe passeava a egoa—estacou entre os amigos, com o chicote detraz das costas, pasmando tambem para a varanda de pedra do Governo Civil.

—Pois eu não sei nada! O Gonçalo a mim não me disse nada! affirmava elle, assombrado. Tambem já ha dias não vem á cidade... Mas não me disse nada! E da ultima vez que cá esteve, nos annos da Graça, ainda destemperou contra o Cavalleiro!

A todos o caso parecia «d'estrondo!» E subitamente um silencio esmagou a Arcada, trespassada d'emoção. Na varanda, entre as

223

vidraças abertas vagarosamente, apparecera o Cavalleiro com o Fidalgo da Torre, conversando, risonhos, de charutos accesos. Os largos olhos do Cavalleiro pousaram logo, com malicia, sobre os «rapazes» apinhados em pasmo á borda dos Arcos. Mas foi um lampejar de visão. S. Ex.a remergulhára no gabinete—o Fidalgo tambem, depois de se debruçar da varanda, espreitar [219]a caleche da Torre. Entre os amigos rompeu um clamor:

—Viva! Reconciliação!

—Acabou a guerra das Rosas!

—E as correspondencias da Gazeta do Porto?...

—É que houve peripecia tremenda!

—Temos o Gonçalinho administrador d'Oliveira!

—Upa, Ex.mo Snr., upa!

Mas de novo emmudeceram. O Cavalleiro e o Fidalgo reappareciam, n'uma enfronhada conversa, que os detéve um momento esquecidos, na evidencia da varanda escancarada.

Depois o Cavalleiro, com uma familiaridade carinhosa, bateu nas costas do Gonçalo—como se publicasse a sua reconciliação diante da Praça maravilhada. E outra vez se sumiram, n'esse passear conversado e intimo, que os trazia da sombra do gabinete para a claridade da janella, roçando as mangas, misturando o fumo leve dos charutos. Em baixo o bando crescia, mais excitado. Passára o Mello Alboim, o Barão das Marges, o Dr. Delegado: e, chamados com ancia, cada um correra, devorára esgazeadamente a novidade, embasbacára para o velho balcão de pedra que o sol dourava. Os grossos ponteiros do relogio do Governo Civil já se acercavam das quatro horas. Os dous Villa-Velhas, outros «rapazes», estafados, retrocederam ás cadeiras de verga da Tabacaria. O Dr. Delegado, [220]que jantava ás quatro e soffria do estomago, despegou desconsoladamente dos Arcos, supplicando ao Pestana seu visinho «que apparecesse ao café, para contar o resto...» Mello Alboim, esse, enfiára para casa, defronte do Governo Civil, na esquina do Largo: e da janella, disfarçado por traz da mulher e da cunhada, ambas de chambres brancos e de papelotes, sondava o gabinete de S. Ex.a com um binoculo. Por fim bateram, com estendida pancada, as quatro horas. Então o Barão das Marges, na sua impaciencia borbulhante, decidiu subir ao Governo Civil, «para farejar!...»

Mas n'esse momento André Cavalleiro assomava de novo á varanda—sózinho, com as mãos enterradas no jaquetão de flanella azul. E quasi immediatamente a caleche da Torre largou da porta do Governo Civil, atravessou a Praça, com os stores verdes meio corridos, descobrindo apenas, áquelles cavalheiros avidos, as calças claras do Fidalgo.

—Vae para os Cunhaes!

Lá o apanhava pois o Barrôlo! E todos apressaram o bom Barrôlo a que montasse, recolhesse, para ouvir do cunhado os motivos e os lances d'aquella paz historica! O Barão das Marges até lhe segurou o estribo. Barrôlo, alvoroçadamente, trotou para o Largo d'El-Rei.

[221] Mas Gonçalo Mendes Ramires, sem parar nos Cunhaes, seguia para a Vendinha, onde decidira jantar, dando um descanço á parelha esfalfada. E logo depois das ultimas casas da cidade subiu as stores, respirou deliciosamente, com o chapeo sobre os joelhos, a luminosa frescura da tarde—mais fresca e de uma claridade mais consoladora que todas as tardes da sua vida... Voltava d'Oliveira vencedor! Furára emfim atravez da fenda, atravez do muro! E sem que a sua honra ou o seu orgulho se esgaçassem nas asperezas estreitas da fenda!... Abençoado Gouveia, esperto Gouveia! E abençoada a esperta conversa, na vespera, pela calçadinha de Villa-Clara!...

Sim, de certo, fôra custoso aquelle mudo momento em que se sentára seccamente, hirtamente, á borda da poltrona, junto da pesada meza administrativa de S. Ex.a. Mas mantivera muita dignidade e muita simplicidade...—«Sou forçado (dissera) a dirigir-me ao Governador Civil, á Auctoridade, por um motivo de ordem publica...» E a primeira avença partira logo do Cavalleiro, que torcia a bigodeira, pallido:—« Sinto profundamente que não seja ao homem, ao velho amigo, que Gonçalo Mendes Ramires se dirija...» Elle ainda se conservára retrahido, resistente, murmurando com uma frieza triste:—«As culpas não são decerto minhas...» E então o Cavalleiro, depois de um silencio em que [222] lhe tremera o beiço:—«Ao cabo de tantos annos, Gonçalo, seria mais caridoso não alludir a culpas, lembrar somente a antiga amizade, que, pelo menos em mim, se conservou a mesma, leal e séria.» A esta sensibilisada invocação, elle volvera, com doçura, com indulgencia:—«Se o meu antigo amigo André recorda a nossa antiga amizade, eu não posso negar que em mim tambem ella nunca inteiramente se apagou...» Ambos balbuciaram ainda alguns confusos lamentos sobre os desaccordos da vida. E quasi insensivelmente se trataram por tu! Elle contou ao Cavalleiro a torpe ousadia do Casco. E o Cavalleiro, indignado como amigo, mais como Auctoridade, telegraphára logo ao Gouveia um mandado forte para inutilisar o valentão dos Bravaes... Depois conversaram da morte do Sanches Lucena, que impressionava o Districto. Ambos louvaram a belleza da viuva, os seus duzentos contos. O Cavalleiro recordou a manhã, na Feitosa, em que entrando pela porta pequena do jardim, a surprehendera, dentro d'um caramanchão de rosas, a apertar a liga. Uma perna divina! Ambos se recusaram, rindo, a casar com a D. Anna, apezar dos duzentos contos e da divina perna...—Já entre elles se restabelecera a antiga familiaridade de Coimbra. Era «tu Gonçalo, tu André, oh menino, oh filho!»

E fôra André, naturalmente, que alludira á desapparição [223]do Deputado do Governo, á surpreza do circulo vago... Elle então, com indifferença, estirado na poltrona, rufando com os dedos na borda da mesa, murmurára:

—Sim, com effeito... Vocês agora devem estar embaraçados, assim de repente...

Mais nada! apenas estas indolentes palavras, murmuradas através do rufo. E o Cavalleiro, logo, sem preparação, apressadamente, empenhadamente, lhe offerecera o Circulo!—Pousára os olhos n'elle com lentidão, como para o penetrar, o escutar... Depois, insinuante e grave:

—Se tu quizesses, Gonçalo, não estavamos embaraçados...

Elle ainda exclamára, com surpreza e riso:

—Como, se eu quizesse?

E o André, sempre com os olhos n'elle cravados, os largos olhos lustrosos, tão persuasivos:

—Se tu quizesses servir o Paiz, ser deputado por Villa-Clara, já não estavamos embaraçados, Gonçalo!

Se tu quisesses... E perante esta insistencia que rogava, tão sincera e commovida, em nome do Paiz, elle consentira, vergára os hombros:

—Se te posso ser util, e ao Paiz, estou ás vossas ordens.

E eis a fenda transposta, a aspera fenda, sem rasgão [224]no seu orgulho ou na sua dignidade! Depois conversaram desafogadamente, passeando pelo gabinete, desde a estante carregada de papeis até á varanda—que André abrira, por causa d'um cheiro persistente de petroleo entornado na vespera. André tencionava partir n'essa noite para Lisboa—para conferenciar com o Governo, depois d'aquella inesperada desapparição do Lucena. E, agora em Lisboa, imporia o querido Gonçalo como o unico Deputado, depois do Sanches de Lucena, seguro e substancial—pelo nome, pelo talento, pela influencia, pela lealdade. E eis a eleição consummada! De resto (declarára o Cavalleiro, rindo) aquelle Circulo de Villa-Clara constituia uma propriedade sua—tão sua como Corinde. Livremente, poderia eleger o servente da Repartição que era gago e bebado. Prestava pois um serviço esplendido ao Governo, á Nação, apresentando um môço de tão alta origem e de tão fina intelligencia... Depois accrescentára:

—Não tens a pensar mais na eleição. Vaes para a Torre. Não contas a ninguem, a não ser ao Gouveia. Esperas lá, muito quietinho, telegramma meu de Lisboa. E, recebido elle, estás Deputado por Villa-Clara, annuncias a teu cunhado, aos amigos... Depois, no domingo, vens almoçar comigo a Corinde, ás onze.

Então ambos se apertaram n'um abraço que fundiu [225]de novo, e para sempre, as duas almas apartadas. Depois, ao cimo da escadaria de pedra onde o acompanhára, André, repenetrando timidamente no Passado, murmurou com um riso pensativo:—«Que tens tu feito ultimamente, n'essa querida Torre?» E, ao saber da Novella para os Annaes, suspirou com saudade dos tempos de Imaginação e d'Arte em Coimbra, quando elle amorosamente lapidava o primeiro canto d'um poema heroico, o Fronteiro de Ceuta. Emfim outro abraço—e alli voltava deputado por Villa-Clara.

Todos esses campos, esses povoados que avistava da portinhola da caleche, era elle que os representava em Côrtes, elle, Gonçalo Mendes Ramires... E superiormente os representaria, mercê de Deus! Porque já as idéas o invadiam, viçosas e ferteis. Na Vendinha, emquanto esperava que lhe frigissem um chouriço com ovos e duas postas de savel, meditou, para a Resposta ao Discurso da Corôa, um esboço sombrio e áspero da nossa Administração na Africa. E lançaria então um brado á Nação, que a despertasse, lhe arrastasse as energias para essa Africa portentosa, onde cumpria, como gloria suprema e suprema riqueza, edificar de costa a costa um Portugal maior!... A noite cerrára, ainda outras idéas o revolviam, vastas e vagas—quando o [226]trote esfalfado da parelha estacou no portão da Torre.

Ao outro dia (terça feira) ás dez horas, o Bento entrou no quarto do Fidalgo com um telegramma, que chegara á Villa de madrugada. Gonçalo pensou com um deslumbrado pulo do coração:—«É do Governo!»—Era do Pinheiro, gritando pela Novella. Gonçalo amarrotou o telegramma. A Novella! Como poderia labutar na Novella, agora, todo na impaciencia e no esforço da sua Eleição?... Nem almoçou socegadamente—retendo, atravez dos pratos que arredava, um desejo desesperado de «contar ao Bento.» E, sorvido o café n'um sorvo impaciente, atirou para Villa-Clara, a desafogar com o Gouveia. O pobre administrador jazia de novo no camapé de palhinha, com papas na garganta. E toda a tarde, na estreita sala forrada de papel verde-gaio, Gonçalo exaltou os talentos do André, «homem de governo e de idéas, Gouveia!»—celebrou o Ministerio Historico, «o unico capaz de salvar esta choldra, Gouveia!»—desenrolou vistosos Projectos de Lei que meditava sobre a Africa, «a nossa esperança magnifica, Gouveia!»—Emquanto o Gouveia, estirado, só rompia a mudez e a immobilidade, para murmurar chôchamente, apalpando o calor das papas:

[227] —E a quem deve vossê tudo isso, Gonçalinho?... Cá ao meco!»

Na quarta-feira, ao accordar, tarde, o seu pensamento saltou logo soffregamente para o André Cavalleiro, que a essa hora, em Lisboa, almoçava no Hotel Central (sempre, desde rapaz, André se conservára fiel ao Hotel Central). E todo o dia, fumando cigarros insaciavelmente atravez do silencio da casa e da quinta, seguiu o Cavalleiro nos seus giros de Chefe de Districto, pela Baixa, pela Arcada, pelos Ministerios... Naturalmente jantaria com o tio Reis Gomes, Ministro da Justiça. Outro convidado certamente seria o José Ernesto, Ministro do Reino, condiscipulo do Cavalleiro, seu confidente politico... N'essa noite, pois, tudo se decidia!

—Ámanhã, pelas dez horas, tenho cá telegramma do André.

Nenhuma noticia chegou á Torre:—e o Fidalgo passou a lenta quinta feira á janella, vigiando a estrada poeirenta por onde surdiria o moço do telegrapho, um rapaz gordo que elle conhecia pelo bonné d'oleado e pela perna manca. Á noitinha, intoleravelmente inquieto, mandou um moço a Villa-Clara. Talvez o telegramma arrastasse, esquecido, pela mesa d'aquella «besta do Nunes do Telegrapho!» Não havia telegramma para o Fidalgo. Então ficou certo de surgirem em Lisboa difficuldades! E toda a [228] noite, sem socego, n'uma indignação que rolava e crescia, imaginou o Cavalleiro cedendo mollemente a outras exigencias do Ministro—acceitando com servilismo para Villa-Clara a candidatura d'algum imbecil da Arcada, d'algum chulo escrevinhador do Partido!

Pela manhã injuriou o Bento por lhe trazer tão tarde os jornaes e o chá:

—E não ha telegramma, nem carta?

—Não ha nada.

Bem, fôra trahido! Pois nunca, nunca, aquelle infame Cavalleiro transporia a porta dos Cunhaes! De resto, que lhe importava a burlesca Eleição? Mercê de Deus que lhe sobravam outros meios de provar soberbamente o seu valor—e bem superiores a uma ensebada cadeira em S. Bento! Que miseria, na verdade, curvar o seu espirito e o seu nome ao rasteiro serviço do S. Fulgencio, o obeso e horrendo careca! E resolveu logo regressar aos cimos puros da Arte, occupar altivamente todo o dia no nobre e elegante trabalho da sua Novella.

Depois de almoço ainda abancou, com esforço, remexeu nervosamente as tiras de papel. E de repente agarrou o chapéo, abalou para Villa-Clara, para o telegrapho. O Nunes não recebera nada para sua exc.a!—Correu, coberto de suor e pó, á Administração do Concelho. O snr. Aministrador partira [229]para Oliveira!... Positivamente vencera outra combinação—eis a sua confiança burlada! E recolheu á Torre, decidido a tomar um desforço tremendo do Cavalleiro por tanta injuria amontoada sobre o seu nome, sobre a sua dignidade! Toda a abafada e enevoada Sexta-feira a consumio amargamente meditando esta vingança, que queria bem publica e bem sangrenta. A mais saborosa, mais simples, seria rasgar a bigodeira do infame com chicotadas, na escadaria da Sé, um domingo, á sahida da missa! Ao escurecer, depois do jantar que mal debicára, n'aquelle despeito e humilhação que o pungiam, envergou o casaco para voltar a Villa-Clara. Não entraria no Telegrapho—já com vergonha do Nunes. Mas gastaria a noite na Assembléa, jogando o bilhar, tomando um alegre chá, lendo risonhamente os Jornaes Regeneradores, para que todos recordassem a sua indifferença—se por acaso, mais tarde, conhecessem a trama em que resvalára.

Desceu ao páteo, onde as arvores adensavam a sombra do crepusculo carregado de fuscas nuvens. E abria o portão, quando esbarrou com um rapaz que s'esbaforia sobre a perna manca e gritava:—«É um telegramma!» Com que voracidade lh'o arrancou das mãos! Correu á cozinha, ralhou desabridamente á Rosa pela falta da luz tardia! E, com um phosphoro a arder nos dedos, devorou, n'um lampejo, [230]as linhas bemditas:—«Ministro acceita, tudo arranjado...» O resto era o Cavalleiro lembrando que no domingo o esperava em Corinde, ás onze, para almoçarem e conversarem...

Gonçalo Mendes Ramires deu cinco tostões ao moço do telegrapho—galgou as escadas. Na livraria, á claridade mais segura do candieiro, releu o telegramma delicioso. Ministro acceita, tudo arranjado!... Na sua transbordante gratidão pelo Cavalleiro, ideou logo um jantar soberbo, offerecido nos Cunhaes pelo Barrôlo, cimentando para sempre a reconciliação das duas Casas. E recommendaria a Gracinha que, para mais honrar a doce festa, se decotasse, pozesse o seu collar magnifico de brilhantes, a derradeira joia historica dos Ramires.

—Aquelle André! que flôr, que rapaz!

O relogio de charão, no corredor, rouquejou as nove horas. E só então Gonçalo percebeu a densa chuva que alagava a quinta, e a que elle, embebido na sua gloria, passeando pela livraria n'um luminoso rolo de imaginações, não sentira o rumor sobre a pedra da varanda, nem sobre a folhagem dos limoeiros.

Para se calmar, occupar a noite encerrada, deliberou trabalhar na Novella. E realmente agora convinha [231]que terminasse essa Torre de D. Ramires antes do afan da Eleição—para que em Janeiro, ao abrir das Côrtes, surgisse na Politica com o seu velho nome aureolado pela Erudição e pela Arte. Envergou o roupão de flanella. E á banca, com o costumado bule de chá inspirador, repassou lentamente o começo do Capitulo II—que o não contentava.

Era no castello de Santa Ireneia, n'aquelle dia de Agosto em que Lourenço Ramires cahira no valle de Canta-Pedra, mal ferido e captivo do Bastardo de Bayão. Pelo Almocadem dos peões, que, com o braço varado por uma chuçada, voltára em desesperada carreira ao Castello, já Tructezindo Ramires conhecia o desventuroso desfecho da lide.—E n'este lance o tio Duarte, no seu poemeto do Bardo, com um lyrismo molle, mostrava o enorme Rico-Homem gemendo derramadamente atravez da sala-d'armas, na saudade d'esse filho, flôr dos Cavalleiros de Riba-Cavado, derrubado, amarrado n'umas andas, á mercê da gente de Bayão...

Lagrimas irrepresas lhe rebentam,

Arfa o arnez c'o soluçar ardente!...

Ora, levado no harmonioso sulco do tio Duarte, tambem elle, nas linhas primeiras do Capitulo, esboçára o velho abatido sobre um escanho, com lagrimas [232]relusentes sobre as barbas brancas, as duras mãos descahidas como as de languida Dona—em quanto que nas lages, batendo a cauda, os seus dois lebreus o contemplam n'uma sympathia anciada e quasi humana. Mas, agora, este choroso desalento não lhe parecia coherente com a alma tão indomavelmente violenta do avô Tructezindo. O tio Duarte, da casa das Balsas, não era um Ramires, não sentia hereditariamente a fortaleza da raça:—e, romantico plangente de 1848, inundára logo de prantos romanticos a face ferrea de um lidador do seculo XII, d'um companheiro de Sancho I! Elle porém devia restabelecer os espiritos do Senhor de Santa Ireneia dentro da realidade epica. E, riscando logo esse descorado e falso começo de Capitulo, retomou o lance mais vigorosamente, enchendo todo o castello de Santa-Ireneia d'uma irada e rija alarma. Na sua lealdade sublime e simples Tructezindo não cuida do filho—adia a desforra do amargo ultraje. E o seu esforço todo se commette a apressar os aprestos da mesnada, para correr elle sobre Montemor, e levar ás Senhoras Infantas os soccorros de que as privára a embuscada de Canta-Pedra! Mas quando o impetuoso Rico-Homem com o Adail, na sala-d'armas, regia a ordem da arrancada—eis que os esculcas, abrigados do calor d'Agosto nos miradouros, enxergam ao longe, para além do arvoredo da Ribeira, coriscos d'armas, uma cavalgada [233]subindo para Santa-Ireneia. O Villico, o gordo e azafamado Ordonho, galga arquejando aos eirados da torre albarrã—e reconhece o pendão de Lopo de Bayão, o seu toque de trompas á mourisca, arrastado e triste no silencio dos campos. Então arqueia as cabelludas mãos na bôca, atira o alarido:

—Armas, armas! que é gente de Bayão!... Besteiros, ás quadrellas! Homens em chusma ás lavadiças da carcova!

E Gonçalo, coçando a testa com a rama da penna, rebuscava ainda outros veridicos brados, de bravo som Affonsino—quando a porta da livraria abriu cautellosamente, atravez d'aquelle perro rangido que o desesperava. Era o Bento, em mangas de camisa:

—O Snr. Dr. não poderia descer cá baixo á cozinha?

237

Gonçalo embasbacou para o Bento, pestanejando, sem comprehender:

—Á cozinha?...

—É que está lá a mulher do Casco a levantar uma celeuma. Parece que lhe prenderam o homem esta tarde... Appareceu ahi por baixo de agoa, com os pequenos, até um de mama. Quer por força fallar com o Snr. Dr. E não se calla, lavada em lagrimas, de joelhos com os filhos, que é mesmo uma Ignez de Castro!

Gonçalo murmurou—«que massada!» E que [234]contrariedade! A mulher, n'uma agonia, entre gritos, arrastando os filhos supplicantes até ao portão da Torre! E elle, nas vesperas da sua Eleição, apparecendo a todas as freguezias enternecidas como um fidalgo deshumano!...—Atirou a penna furiosamente:

—Que massada! Dize á creatura que me deixe, que se não afflija... O Snr. Aministrador ámanhã manda soltar o Casco. Eu mesmo vou a Villa-Clara, antes d'almoço, para pedir. Que se não afflija, que não aterre os pequenos... Corre, dize, homem!

Mas o Bento não despegava da porta:

238

—Pois a Rosa e eu já lhe dissemos... Mas a mulherzinha não acredita, quer pedir ao Snr. Dr.! Veio por baixo d'agoa. Até um dos pequenitos está bem doentinho, ainda não fez senão tremer...

Então Gonçalo, sensibilisado, atirou á meza um murro que tresmalhou as tiras da Novella:

—Ora se uma cousa d'estas se atura! Um homem que me quiz matar! E agora, por cima, é sobre mim que desabam as lagrimas, e as scenas, e a creança doente! Não se pode viver n'esta terra! Um dia vendo casa e quinta, emigro para Moçambique, para o Transvaal, para onde não haja massadas... Bem, dize á mulher que já desço.

O Bento approvou, com effusão:

—Pois se o Snr. Dr. lhe não custa... E como [235]é para dar uma boa nova... Sempre consola a pobre mulherzinha!...

—Lá vou, homem, lá vou! Não me masses tambem... Impossivel trabalhar n'esta casa! Outra noite perdida!

Enfiou violentamente para o quarto, atirando as portas—com a ideia de metter na algibeira do roupão duas notas de dez tostões que consolariam os pequenos. Mas, deante da gaveta, recuou, vexado. Que brutalidade, compensar com dinheiro creancinhas—a quem elle arrancára o pae, algemado, para o trancar n'uma enxovia! Agarrou simplesmente n'uma boceta de alperces seccos—dos famosos alperces do Convento de Santa-Brigida de Oliveira, que na vespera lhe mandára Gracinha. E, cerrando lentamente o quarto, já se arrependia da sua severidade, tão estouvada, que assim desmanchava a quietação de um casal. Depois no corredor, ante a chuva clamorosa que dos telhados se despenhava nas lages do pateo, ainda mais doridamente se impressionou, com a imagem da pobre mulher, tresloucada pela negra estrada, puxando os filhinhos encharcados, moídos, contra a tormenta solta. E ao penetrar no corredor da cozinha—tremia como um culpado.

Atravez da porta envidraçada sentiu logo a Rosa e o Bento consolando a mulher, com palradora confiança, quasi risonhos. Mas os «ais» d'ella, os ruidosos [236]lamentos pelo «seu rico homem», resoavam, mais agudos, como a rebater e a abafar toda a consolação. E apenas Gonçalo empurrou timidamente a porta—quasi acuou no espanto e medo d'aquella afflicção estridente que se arremessava para elle e para a sua misericordia! De rojos nas lages, torcendo as magras mãos sobre a cabeça, toda de negro, parecendo mais negra e dolorosa contra a vermelhidão do lençol estendido que seccava ao lume forte da lareira—a creatura estalára n'um tumulto de supplicas e gritos:

—Ai, meu rico Senhor, tenha compaixão! Ai, que me prenderam o meu homem, que m'o vão mandar para a Africa degredado! Jesus, meus filhinhos da minha alma que ficam sem pae! Ai, pelas suas almas, meu senhor, e por toda a sua felicidade!... Eu sei que elle teve culpa! Aquillo foi perdição que lhe deu! Mas tenha piedade d'estas creancinhas! Ai, o meu pobre homem que está a ferros! Ai, meu rico Senhor, por quem é!

Com as palpebras humedecidas, agarrando desesperadamente, a boceta d'alperces, Gonçalo balbuciava, atravez da emoção que o estrangulára:

—Oh mulher, socegue, já o vão soltar! Socegue! Já dei ordem! Já o vão soltar!

E d'um lado a Rosa, debruçada sobre a escura creatura que gemia, recomeçava docemente:—«Pois [237]foi o que lhe dissemos, tia Maria! Logo pela manhã, o vão soltar!»—E do outro o Bento, batendo na coxa, com impaciencia:—«Oh mulher, acabe com esse escarceu! Pois se o Snr. Dr. prometteu! Logo pela manhã o vão soltar!»

Mas ella não se calmava, com o lenço da cabeça desmanchado, uma trança desprendida, soluçando e clamando atravez dos soluços:

241

—Ai que eu morro, se o não vejo solto! Ai perdão, meu rico Senhor da minha alma!...

Então Gonçalo, que aquelle infindavel e obtuso queixume torturava, como um ferro cravado e recravado, bateu o chinello nas lages, berrou:

—Escute, mulher! E olhe para mim! Mas de pé, de pé!... E olhe bem, olhe direita!

Hirtamente erguida, atirando as mãos para as costas como a escapar d'algemas que tambem a ameaçassem—ella arregalou para o Fidalgo os olhos espavoridos, fundos olhos pretos, de fundas olheiras tristes, que lhe enchiam a face rechupada e morena.

—Bem, perfeitamente! exclamava Gonçalo. E agora diga! Acha que tenho bojo de lhe mentir, quando vocemecê está n'essa afflicção? Pois então socegue, acabe com os gritos, que, sob minha palavra, ámanhã cedo, o seu homem está solto!

E a Rosa e o Bento, ambos triumphando:

—Pois que lhe dizia a gente, creatura de Deus? [238]Se o Snr. Dr. tinha promettido... Ámanhã lá tem o homem!

Lentamente ella limpava as lagrimas, já silenciosas, á ponta do avental negro. Mas, ainda desconfiada, com os tenebrosos olhos mais arregalados, devorando Gonçalo. E o Fidalgo mandava com certeza a ordem, cedinho, de madrugada?...—Foi o Bento que a convenceu, com violencia:

—Oh mulher, vossê até parece atrevida! Ora essa! Pois duvida da palavra do Snr. Dr.?

Ella soltou o avental, baixou a cabeça, suspirou simplesmente:

—Ai, então muito obrigada, seja pela felicidade de todos...

E agora a curiosidade de Gonçalo procurava os pequenos que ella acarretára desde os Bravaes atravez da chuva cerrada. A pequenina de mama dormia com beatitude sobre a tampa de uma arca, onde a boa Rosa a aconchegára entre mantas e fronhas. Mas o pequeno, de sete annos, encolhido n'uma cadeira deante do lume, rente ao lençol que seccava, seccando tambem, com a carinha afogueada de febre, tossia despedaçadamente, n'um cabecear de somno e cançasso, a arquejar, a gemer contra a tosse que o esfalfava. Gonçalo pousou a boceta de alperces na arca, palpou a mão com que elle, sem cessar, raspava pela [239]abertura da camisa encardida o peito ainda mais encardido.

—Mas esta creanca tem febre!... E vossê, com uma noite d'estas, traz o pequeno assim desde os Bravaes, mulher?

Da cadeirinha baixa, onde se sentára prostrada, ella murmurou, sem erguer a magra face, torcendo a ponta do avental:

—Ai! era para que elles tambem pedissem, que estavam sem pae, coitadinhos!

—Vocemecê é doida, mulher! E pretende talvez voltar para os Bravaes, debaixo d'agoa, com as creanças?

Ella suspirou:

—Ai! volto, volto... Não posso deixar sózinha a mãe do meu homem, que tem oitenta annos e está entrevada.

Então o Fidalgo cruzou descorçoadamente os braços—no embaraço d'aquella aventura, em que, por culpa da sua ferocidade, se arriscavam duas creanças. Mas a Rosa entendia que a pequenina, a de mama, não soffreria com a caminhada, bem achegadinha ao collo da mãe, debaixo de uma manta grossa. Agora o outro, com a tosse, com a febre...

—Esse fica cá! exclamou logo Gonçalo, decidido. Como se chama elle? Manoel... Bem! O Manoel fica cá. E vá descançada, que a Sr.a Rosa toma cuidado. [240]Precisa uma boa gemada, depois um bom suadoiro. Um d'estes dias lá lhe apparece nos Bravaes, curado e mais gordo... Vá socegada!

De novo a mulher suspirou, no cançasso immenso que a invadira, a amollecia. E sem resistir, no seu longo e abatido habito de submissão:

—Pois sim senhor, se o Fidalgo manda, está muito bem...

O Bento, entreabrindo a porta do pateo, annunciava uma «aberta», o negrume a levantar. Gonçalo immediatamente apressou a volta aos Bravaes:

—E não tenha medo, mulher. Vae um moço da quinta com uma lanterna, e um guarda chuva para abrigar a pequena... Escute! Vocemecê até podia levar uma capa de borracha!... Oh Bento, corre, desce a minha capa de borracha. A nova, a que comprei em Lisboa...

E quando o Bento trouxe o «impermeavel» de longa romeira, o lançou por sobre os hombros da mulher, que o estofo rico intimidava, com o seu ruge-ruge de seda—foi na cozinha uma divertida risada. O pranto passára, como a chuva. Agora era uma visita amoravel, findando n'um arranjo alegre d'agasalhos. A Rosa apertava as mãos, banhada de gosto:

—Assim é que vocemecê fica uma bonita Madama, [241]hein!... Se fosse de dia, olhe que se juntava gente!

A mulher sorria emfim, descoradamente, sem interesse:

—Ai! nem sei que pareço... Que avantesma!

Atravez do pateo, onde as acacias gottejavam docemente, Gonçalo acompanhou o rancho até á porta do pomar, gritando ainda—«Agasalhem bem a pequena!»—quando já a lanterna do moço se fundia na humida espessura da noite acalmada. Depois, na cozinha, batendo contra as lages as solas dos chinellos molhados, apalpou novamente o Manoelsinho, que adormecera n'um somno rouquejado, torcido sobre as costas da cadeira.

—Tem pouca febre... Mas precisa um suadoiro forte. E, antes de o cobrirem bem, um leite quente, quasi a ferver, com cognac... O que elle precisava tambem era esfregado a côco... Que porcaria de gente! Emfim fica para mais tarde, quando se curar... E agora, oh Rosa, mande acima alguma cousa para eu cear, cousa solida, que não jantei, e o sarau foi tremendo!

Na livraria, depois de mudar os chinellos, descançar, Gonçalo escreveu ao Gouveia uma carta reclamando com commovida urgencia a liberdade do Casco. E accrescentava:—«É o primeiro pedido que lhe faz o deputado por Villa-Clara (comprimente!), [242]porque acabo de receber telegramma do nosso André, annunciando que «tudo feito, ministro concorda, etc.» De sorte que precisamos communicar! Queira pois vossa mercê vir jantar ámanhã a esta sua Torre, á sombra do Titó e com acompanhamento de Videirinha. Estes dous benemeritos são indispensaveis para que haja appetite e harmonia. E rogo, Gouveia amigo, que os avise do festim, para me evitar a remessa de circulares eloquentes...»

Lacrada a carta, retomou languidamente o manuscripto da Novella. E, trincando a rama da penna, ainda procurou vozes, de bom sabor medieval, para aquelle lance em que o Villico e as roldas enxergavam a cavalgada do Bastardo, pela encosta da Ribeira, com refulgidos d'armas, sob o rijo sol d'Agosto...

Mas a sua imaginação, desde a carta escripta ao Gouveia pelo «Deputado de Villa-Clara» escapava desassocegadamente da velha Honra de Santa Ireneia—esvoaçava teimosamente para os lados de Lisboa, da Lisboa do S. Fulgencio. E o eirado da torre albarran, onde o gordo Ordonho gritava esbaforido—incessantemente se desfazia como nevoa molle, para sobre elle surgir, appetitoso e mais interessante, um quarto do Hotel Bragança com varanda sobre o Tejo... Foi um allivio quando o Bento o apressou para a ceia. E á mesa espalhou livremente a imaginação [243]por Lisboa, pelos corredores de S. Carlos, por sob as arvores da Avenida, atravez dos antiquados palacios dos seus parentes em S. Vicente e na Graça, atravez das salas mais modernas de cultos e alegres amigos—parando ás vezes deante de visões que considerava com um riso deleitado e mudo. Alugaria aos mezes, certamente, uma carruagem da Companhia. E para as sessões de S. Bento sempre luvas côr de perola, uma flor no peito. Por commodidade levava o Bento, bem apurado, com casaca nova...

O Bento entrou com a garrafa do cognac n'uma salva. Dera a carta ao Joaquim da Horta com a recommendação de correr logo ás seis horas a casa do Snr. Administrador, de se demorar na Villa por deante da Cadeia até soltarem o Casco.

—E já deitamos o pequeno no quarto verde. Fica perto de mim, que tenho o somno leve, se elle berrar... Mas já dorme regaladamente.

—Está socegado, hein? acudiu Goncalo, sorvendo á pressa o calice de cognac. Vamos vêr esse cavalheiro!

E tomou um castiçal, subiu ao quarto verde com o Bento, sorrindo, abafando os passos pela estreita escada. No corredor, junto da poria, n'um desbotado camapé de damasco verde, a Rosa dobrára carinhosamente a roupa trapalhona do pequeno, o collete esgaçado, as calças enormes, só com um [244]botão. Dentro o leito de pau preto, vasto leito de ceremonia, atravancava a parede forrada d'um velho papel avelludado de ramagens verdes. Ao lado dos dous postes torneados, á cabeceira, pendiam dous paineis, retratos de antigos Ramires, um Bispo obeso folheando um folio, um formoso Cavalleiro de Malta, de barba ruiva, appoiado á espada, com um laçarote de rendas sobre a couraça polida. E nos altos colchões o Manoelzinho resonava, sem tosse, quieto, abafado pela grossura dos cobertores, humedecido por um suor fresco e sereno.

Gonçalo, caminhando sempre de leve, repuxou cuidadosamente a dobra do lençol. Desconfiado das janellas decrepitas, experimentou que não entrasse traiçoeiro ar pelas gretas. Mandou pelo Bento buscar uma lamparina, que arranjou sobre o lavatorio, com a luz esbatida por traz d'uma vazilha. Ainda attentamente relanceou os olhos lentos pelo quarto, para se assegurar do socego, do silencio, da penumbra, do conforto. E sahiu, sempre na ponta dos pés, sorrindo, deixando o filho do Casco velado pelos dous nobres Ramires—o Bispo com o seu Tratado, o Cavalleiro de Malta com a sua pura espada.

[245] Recolhendo do Tanque-Velho, do fundo da quinta, onde passára a calma, depois do almoço, na frescura do arvoredo,

entre susurros de agoas correntes, a folhear um volume do Panorama—Gonçalo encontrou sobre a mesa da livraria, com o correio de Oliveira, uma carta que o surprehendeu, enorme, em papel almaço, fechada por uma obreia. E dentro a assignatura, desenhada a tinta azul, era um coração chammejante.

N'um relance devorou as linhas, pautadas a lapis, d'uma lettra gorda, arredondada com esmero:—«Caro e Ex.mo Snr. Gonçalo Ramires. O galante Governador civil do Districto, o nosso atiradiço André Cavalleiro, passeiava agora coastantemente por deante dos Cunhaes, olhando com ternura para as janellas e para o honrado brazão dos Barrôlos. Como não era natural que andasse a estudar a architetura do Palacete (que nada tem de notavel), concluiu a gente seria que o digno Chefe do Districto esperava que V. Ex.a apparecesse a alguma das janellas do Largo, ou das que deitam para a rua das Tecedeiras, ou sobretudo no mirante do Jardim, para reatar com V. Ex.a a antiga e quebrada amizade. Por isso muito acertadamente procedeu V. Ex.a em correr pessoalmente ao Governo Civil, e propor a reconciliação, e abrir os braços generosos [246]ao velho amigo, evitando assim que a primeira Auctoridade do Districto continuasse a esbanjar um tempo precioso n'aquelles passeios, de olhos pregados no Palacete dos fidalguissimos Barrôlos. Enviamos portanto a V. Ex.a os nossos sinceros parabens por esse acertado passo que deve calmar as impaciencias do fogoso Cavalleiro e redondar em beneficio dos serviços publicos!»

Revirando o papel nas mãos, Gonçalo pensou:

—É das Louzadas!

Ainda estudou a lettra, as expressões, descortinando que redundar fora escripto com um O, architectura sem C. E rasgou furiosamente a grossa folha, rosnando no silencio da livraria:

—Aquellas bebadas!

Sim, era d'ellas, das odiosas Louzadas! E essa origem mais o aterrava—porque maledicencia, lançada por tão ardentes espalhadoras de maledicencias, já certamente penetrára em todas as casas d'Oliveira, mesmo na Cadeia, mesmo no'Hospital! E agora a cidade divertida, lambendo o escandalo, relacionava perfidamente os rodeios do André pelos Cunhaes com essa sua visita ao Governo Civil que assombrára a Arcada. Na ideia pois d'Oliveira, e sob a inspiração das Louzadas—fôra elle, elle, Gonçalo Mendes Ramires, que arrancára o Cavalleiro á sua Repartição, o conduzira serviçalmente ao Largo d'El-Rei, lhe [247]escancarára as portas do Palacete até ahi rondadas e miradas sem proveito, e com sereno descaro alcovitára os amores da irmã! Se taes desavergonhadas não mereciam que lhes arregaçassem as sujas saias no meio da Praça, em manhã de Missa, e lhes fustigassem as nadegas melladas, furiosamente, até que o sangue ensopasse as lages!...

251

E, para maior damno, as apparencias todas se combinavam contra elle, traidoramente! Essa insistencia de André, cocando Gracinha, estrondeando a calçada em torno do Palacete, crescera, impressionava, justamente agora, n'este Agosto, nas vesperas d'essa sua apparição á janella do Governo Civil, que Oliveira commentava como um misterio historico. Que inopportunamente morrera o animal do Sanches de Lucena! Mezes antes, nem mesmo a malicia das Louzadas ligaria a sua reconciliação com André a um cêrco amoroso que não começára, ou não andava tão murmurado. Tres ou quatro mezes depois, André, sem esperança ante o Palacete inaccessivel, certamente findaria os seus giros pelo Largo, de rosa ao peito! Mas não! infelizmente quando esse André, com maior estrepito, ronda a porta almejada—é que elle acode, e abraça o rondador, e lhe facilita a porta! E assim a maledicencia das Louzadas encontrava uma base, a que todos na cidade podiam palpar a substancia, e a solidez, e sobre ella se erigia como Verdade Publica! Infames Louzadas!

[248] Mas agora? O que? manter rigidamente as suas relações com o Cavalleiro dentro da Politica, evitando escorregadias intimidades que o tornassem logo nos Cunhaes, como outr'ora na Torre, o conviva desejado? Como poderia? Desde que elle se reconciliava com André, logo e tão naturalmente como a sombra segue a inclinação do ramo, se reconciliava tambem o Barrôlo, seu cunhado e sua sombra... Mas como impôr ao Barrôlo que a sua renovada familiaridade com o Cavalleiro se realisasse unicamente dentro da Politica como dentro d'um Lazareto?—«Eu sou outra vez o velho amigo do André, tu,

Barrôlo, tambem—mas nunca o convides para a tua mesa, nem lhe abras a tua porta!»—Imposição desconcertada, de dura impertinencia—e que, na pequena Oliveira, logo os faceis encontros, a simplicidade hospitaleira do Barrôlo, quebrariam como um barbante poido... E depois que grotesca attitude a sua, hirto deante do portão do Palacete, como um Archanjo S. Miguel, de bengala de fogo na mão, para sustar a intrusão de Satanaz, Chefe do Districto! Mas tambem que toda a cidade largasse a cochichar pelos cantos o nome de Gracinha embrulhado ao nome de André, com o nome d'elle, Gonçalo, emmaranhado atravez como o fio favoravel que os atára—era horrivel.

E na impaciencia d'esta difficuldade, de malhas [249]tão asperas, que tanto o feriam, terminou por esmurrar a meza, revoltado:

—Irra, que massada! São tudo massadas, n'estas terras pequenas e coscovilheiras...

Em Lisboa quem se importaria que o Snr. Governador civil passeasse n'um certo Largo—e que certo Fidalgo da Torre se reconciliasse com o Snr. Governador Civil?... Pois acabou! Romperia soberbamente para diante, como se habitasse Lisboa, desafogado de mexericos e de malignos olhinhos a cocar. Era Gonçalo Mendes Ramires, da casa de Ramires! Mil annos de nome e de solar! Dominava bem acima de Oliveira, de todas as suas Louzadas. E não só pelo nome, louvado Deus, mas pelo espirito... O André era seu amigo, entrava em casa de sua irmã—e Oliveira que estoirasse!

E nem consentiu que a suja carta das Louzadas desmanchasse a quieta manhã de trabalho para que se preparára desde o almoço, relendo trechos do Poemeto do Tio Duarte, folheando artigos do Panorama sobre as guerras de muralhas no seculo XII. Com um esforço d'attenção erudita abancou, mergulhou a penna no tinteiro de latão que servira a trez gerações de Ramires. E emquanto repassava as tiras trabalhadas, nunca o Castello de Santa Ireneia lhe parecera tão heroico, de tão soberana estatura, sobre tamanha collina d'Historia, sobranceando o Reino, [250]que em torno d'elle se alargava, se cobria de villas e messes, pelo esforço dos seus castellões!

Temerosa, com effeito, se erguia a antiga Honra de Santa Ireneia, n'essa Affonsina manhã d'Agosto e rijo sol, em que o pendão do Bastardo surgira, entre fulgidos d'armas, para além dos arvoredos da Ribeira! Já por todas as ameias se apinhavam os besteiros, espiando, encurvadas as béstas. Das torres e adarves subia o fumo grosso do breu, fervendo nas cubas, para despejar sobre os homens de Bayão que tentassem a escalada. O Adail corria pelas quadrellas, relembrando as traças de defeza, revistando os feixes de virotões, os pedregulhos d'arremesso. E no immenso terreiro, por entre os alpendres colmados, surdiam velhos solarengos, servos do forno, servos da abegoaria, que se benziam com terror, puchavam pelo saião d'algum apressado homem de rolda, para saberem da hoste que avançava. No emtanto a cavalgada passára a Ribeira sobre a rude ponte de pau—já, por entre os alamos, serenamente se acercava do Cruzeiro de granito, outr'ora erguido nos confins da Honra por Gonçalo Ramires, o Cortador. E, no socego da manhã abrazada, mais fundamente resoaram as buzinas do Bastardo, e o seu toque lento e triste á mourisca...

Mas quando Gonçalo, enlevado no trabalho, tentava reproduzir, com termos bem sonoros, [251]avidamente rebuscados no Diccionario de Synonimos, o toar arrastado das buzinas de Bayão—sentiu realmente, do lado da Torre, um gemer de sons graves que crescia atravez dos limoeiros. Deteve a penna—e eis que o Fado dos Ramires s'eleva offertadamente da horta, em serenada, para a varanda florida de madresilva:

Ora, quem te vê solitaria,

Torre de Santa Ireneia...

O Videirinha!—Correu alvoroçadamente á janella. Um chapeu côco tremulou entre os ramos, um brado estrugio, acclamador:

—Viva o deputado por Villa-Clara! Viva o illustre deputado Gonçalo Ramires!

No violão rompera triumphalmente o Hymno da Carta. Videirinha, alçado na biqueira das botas gaspeadas de verniz, gritava—«Viva a illustre casa de Ramires!» E por baixo do chapeu côco, sacudido com delirio, João Gouveia, sem poupar a garganta, urrava—«Viva o illustre deputado por Villa-Clara! Viva!»

Magestosamente, Gonçalo, alagado de riso, estendeu da varanda o braço eloquente:

—Obrigado, meus queridos concidadãos! Obrigado!... A honra que me fazeis, vindo assim, n'esse [252]formoso grupo, o chefe glorioso da Administração, o inspirado Pharmaceutico, o...

Mas reparou... E o Titó?

—O Titó não veio?... Oh João Gouveia, você não avisou o Titó?

Repondo sobre a orelha o chapeu côco, o Administrador, que arvorára uma gravata de setim escarlate, declarou o Titó «um animal»:

—Estava combinado virmos todos trez. Até elle devia trazer uma duzia de foguetes, para estalar aqui com o Hymno... A reunião era ao pé da Ponte... Mas o animal não appareceu. Em todo o caso ficou avisado, avisadissimo... E se não vier, é traidor.

—Bem, subam vocês! gritou Gonçalo. Eu n'um instante me visto. E, para aguçar o appetite, proponho um vermouth, depois uma volta pela quinta até ao pinhal!...

Immediatamente Videirinha, têso, empinando o violão, metteu pela rua larga da horta, recoberta de parreira; e atraz João Gouveia atirava os passos em cadencia nobre, alçando o guarda-sol como um pendão. Quando Gonçalo entrou no quarto, berrando pelo Bento e por agoa quente—o Fado dos Ramires soava, em trinados heroicos, atravez do feijoal, por sob a janella aberta onde seccava o lençol do banho. E eram as quadras preferidas do Fidalgo, as quadras em que o grande avô Ruy Ramires, sulcando os mares [253]de Mascate n'uma urca, encontra trez fortes naus inglezas, e, do alto do seu castello de prôa, vestido de gran-vermelha, com a mão no cinto d'anta tauxeado d'ouro e pedras, soberbamente as intima a que se rendam...

Todo alegre, e a mão no cinto.

Junto da Signa Real,

Gritando ás naus—«Amainae

Por El-Rei de Portugal!...»

Gonçalo abotoava á pressa os suspensorios, retomára o canto glorificador—Todo alegre, a mão no cinto... Junto da Signa Real...—E, atravez do esforço esganiçado, pensava que com tal linha d'avós, bem podia desprezar Oliveira e as suas Louzadas horrendas. Mas o trovão lento de Titó retumbou no corredor:

257

—Então esse deputado de Villa-Clara?... Já está a vestir a farda?

Gonçalo correu á porta do quarto, radiante:

—Entra, Titó! Os deputados já não usam farda, homem! Mas se a tivesse, c'os diabos, ia hoje farda, e espadim e chapeu armado, para honrar hospedes tão illustres!

O outro avançára vagarosamente, com as mãos nas algibeiras da rabona de velludo côr d'azeitona, o [254]vasto chapeu braguez atirado para a nuca, desafogando a honesta face barbuda, vermelha de saude e sol:

—Eu, por farda, queria dizer libré... Libré de lacaio.

—Ora essa!?

E o outro mais retumbante:

—Pois o que vaes tu ser, homem, senão um sujeito ás ordens do S. Fulgencio, do horrendo careca? Não lhe serves o chá, quando elle te mandar; mas, quando elle te mandar votar, votas! Alli,

258

direitinho, ás ordens! «Oh Ramires, vote lá!» E Ramires, zás, vota... É de escudeiro, homem, é de escudeiro de libré...

Gonçalo sacudiu os hombros, impaciente:

—Tu és uma creatura das selvas, lacustre, quasi prehistorica... Não entendes nada das realidades sociaes!... Na sociedade não ha principios absolutos!...

Mas o Tito, imperturbavel:

—E esse Cavalleiro? Tambem já é rapaz de talento? Tambem já governa bem o Districto?

Então Gonçalo protestou, picado, com uma roseta forte na face. E quando negára elle ao André talento ou geito de governar? Nunca! Só rira, gracejando, da sua pompa, da bigodeira lustrosa... E de resto, o serviço do Paiz exigia que por vezes se alliassem homens que nem partilhavam os mesmos gostos, nem procuravam os mesmos interesses!

[255] —E emfim o Snr. Antonio Villalobos vem hoje um moralista muito terrivel, um Catão com quem se não pode jantar!... Ora foi sempre o costume dos Philosophos muito

rispidos fugir da sala do banquete onde triumpha o devasso, e protestar comendo na cosinha!

Titó, serenamente, virou as costas magestosas.

—Onde vaes, ó Titó?

—Para a cosinha!

E, como Gonçalo ria, Titó, junto da porta, girando como uma torre que gira, encarou o seu amigo:

—Sério, sério, Gonçalo! Eleição, reconciliação, submissão, e tu em Lisboa ás cortezias ao S. Fulgencio, e em Oliveira de braço dado com o André, tudo isso me parece que destoa... Mas emfim se a Rosa hoje se apurou, não alludamos mais a cousas tristes!

E Gonçalo bracejava, de novo protestava—quando o violão resoou no corredor, com as patadas bem marchadas do Gouveia, e o Fado recomeçou, mais meigo, mais glorificador:

—Velha casa de Ramires,

Honra e flor de Portugal!

VI

A casa do Cavalleiro em Corinde era uma edificação dos fins do seculo XVIII, sem elegancia e sem arte, pintada d'amarello, lisa e vasta, com quatorze janellas de frente, quasi ao meio d'uma quinta chã, toda de terras lavradas. Mas uma avenida de castanheiros conduzia, com alinhada nobreza, ao pateo da frente, ornado por dois tanques de marmore. Os jardins conservavam a abundancia esplendida de rosas que os tornára famosos—e lhes merecera em tempos do avô de André, o Desembargador Martinho, uma visita da Snr.a D. Maria II. E dentro todas as salas reluziam d'asseio e ordem, pelos cuidados da velha governanta, uma parenta pobre do Cavalleiro, a Snr.a D. Jesuina Rollim.

Quando Gonçalo, que viera da Torre na egoa, atravessou a ante-sala, ainda reconheceu um dos paineis da parede, fumarento combate de galiões, que [258]elle uma tarde rasgára jogando o espadão com André. Sob esse painel, á borda do canapé de palhinha, esperava melancolicamente um amanuense do Governo Civil, com a sua pasta vermelha sobre os joelhos. E d'uma porta remota, ao fundo do corredor, André, avisado pelo creado, o fiel Matheus, gritou alegremente:

—Oh Gonçalo, entra para cá, para o quarto! Sahi da tina... Ainda estou em ceroulas!

E em ceroulas o abraçou, n'um generoso abraço de parabens. Depois, em quanto se vestia, por entre as cadeiras atravancadas com o recheio das malas—gravatas, peugas de sêda, garrafas de perfumes—conversaram do calor, da jornada enfadonha, de Lisboa despovoada...

—Um horror! exclamava o Cavalleiro aquecendo um ferro de frisar á lampada d'alcool. Todas as ruas da Baixa em obras, cobertas de caliça, de poeirada. O Central enfestado de mosquitos. Muito mulato. Uma Tunis, Lisboa!... Mas emfim, lá combatemos bravamente o bom combate!

Gonçalo sorria, do canto do divan onde se accommodára, entre uma pilha de camisas de côr e outra de ceroulas com monogramma flammante:

—E então, Andrésinho, tudo arranjado, hein?

O Cavalleiro, deante do toucador, frisava com enlevado esmero as pontas grossas do bigode. E só depois [259]de o ensopar em brilhantina, d'acamar as ondas da cabelleira rebelde, de se mirar, de se requebrar, assegurou a Gonçalo, já inquieto, que a eleição ficára solida...

—Mas imagina tu! Quando appareci em Lisboa, no Ministerio do Reino, encontrei o circulo promettido ao Pitta, ao Theotonio Pitta, o grande homem da Verdade...

O Fidalgo pulou, despenhando a ruma de camisas:

—E então?...

E então elle mostrára muito asperamente ao José Ernesto a inconveniencia de dispôr do Circulo como d'um charuto, sem o consultar, a elle, Governador Civil—e dono do circulo... E como o José Ernesto se arrebitava, alludia á conveniencia superior do Governo, elle logo, estendendo o dedo firme:—«Pois Zésinho, flôr, ou trago o Ramires por Villa-Clara, ou me demitto, e arde Troia!...» Espantos, escarceus, berreiros—mas o José Ernesto cedêra, e tudo findou jantando ambos em Algés com o tio Reis Gomes, onde á noite, ao «bluff», as senhoras lhe arrancaram quatorze mil reis.

—Em resumo, Gonçalinho, precisamos conservar os olhos attentos. O José Ernesto é rapaz leal, meu velho amigo. E depois conhece o meu genio... Mas ha os compromissos, as pressões... E agora a novidade [260]pittoresca. Sabes quem se propõe contra ti, pelos Regeneradores?... Adivinha... O Julinho!

—Que Julinho?... O Julio das photographias?

—O Julio das photographias.

—Diabo!

O Cavalleiro encolheu os hombros, com piedade:

—Arranja dez votos á porta da quinta, tira o retrato a todos os taverneiros do circulo em mangas de camisa, e continua a ser o Julinho... Não! só Lisboa me inquieta, a canalha politica de Lisboa!

Gonçalo torcia o bigode, desconsolado:

—Imaginei tudo mais solido, mais inabalavel... Assim com todas essas intrigas, ainda surde trapalhada... Ainda lá não vou!

O Cavalleiro, ao espelho, esticava o fraque—que experimentára abotoado, depois repuxadamente aberto sobre o collete de fustão côr de azeitona onde, no trespasse largo, tufava a gravata de sedinha clara, prendida por uma saphira. Por fim, encharcando o lenço com essencia de fêno:

—Nós estamos bem alliados, bem consagrados, não é verdade? Então, meu caro Gonçalo, socega, e almocemos regaladamente!... Creio que este fraque do nosso Amieiro assenta com certa graça, hein?

—Magnifico! affirmou Gonçalo.

—Bem. Então agora descemos ao jardim, para tu [261]reveres os velhos poisos e te florires com uma rosa de Corinde.

E logo no corredor, ornado de jarrões da India, de arcas de charão, enlaçando o braço de Gonçalo, do seu recuperado Gonçalo:

—Pois, meu filho, aqui pisamos ambos de novo os nobres soalhos de Corinde, como ha cinco annos... E nada mudou, nem um creado, nem uma cortina! Agora, um d'estes dias, preciso visitar a Torre.

Gonçalo accudiu ingenuamente:

—Oh! a Torre está muito mudada... Muito mudada!

E um embaraçado silencio pesou—como se entre elles surgisse a imagem entristecida da antiga quinta, no tempo dos amores e das esperanças, quando André e Gracinha procuravam as ultimas violetas d'Abril, sob o sorriso tutelar de Miss Rhodes, rente aos humidos muros da Mãe d'Agoa. Ainda em silencio desceram a escada de caracol—por onde ambos outr'ora se despenhavam cavalgando o corrimão. E em baixo, n'uma sala abobadada, rodeada de bancos de madeira com as armas dos Cavalleiros nas espaldas, André quedou deante da porta envidraçada do jardim, ondeou um gesto desconsolado e languido:

—Eu tambem, agora, pouco appareço em Corinde. E, comprehendes bem que não me reteem em Oliveira os cuidados da Administração... Mas este [262]casarão arrefeceu, alargou, desde a morte da mamã. Ando aqui como perdido. E acredita, quando cá me demoro, são uns passeios tristonhos por esses jardins, pela Rua Grande... Ainda te lembras da Rua Grande?... Vou envelhecendo muito solitariamente, meu Gonçalo!

Gonçalo murmurou, por concordancia, sympathia renovada:

—Eu tambem m'aborreço na Torre...

—Mas tens outro genio!... E eu realmente sou um elegiaco.

Correu, com um esforço, o fecho perro da porta envidraçada. E limpando os dedos ao lenço perfumado:

—Eu creio que Corinde, agora, só me encantava com grandes cerros escalvados, grandes rochedos agrestes... Ás vezes, cá dentro d'alma, necessito o ermo de S. Bruno...

Gonçalo sorria d'aquelle appetite ascetico, murmurado com preciosidade, atravez da bigodeira torcida a ferro, resplandecente de brilhantina. E no terraço, junto á balaustrada de pedra enramada d'hera, galhotou, louvando o areado alinho, o relusente viço do jardim:

—Com effeito, para um discipulo de S. Bruno, que escandalo, todo este asseio! Mas para um peccador como eu, que delicia!... O jardim da Torre anda um chavascal.

[263] —A prima Jesuina gosta de flôres. Tu não conheces a prima Jesuina? Uma velha parenta da mamã, que governa agora a casa. Coitada! e com um escrupulo, com um amor... Se não fosse a santa creatura, os porcos fossavam nos canteiros... Meu filho, onde não ha saia, não ha ordem!

Desceram a escadaria redonda, por entre os vasos de louça azul que trasbordavam de geranios, de secias, de canas da India. Gonçalo recordou a vespera de S. João em que rolára por aquelles degraus, n'um trambulhão tremendo, com os braços carregados de foguetes. E lentamente, atravez do jardim, evocavam memorias da camaradagem antiga. Lá se conservava o trapezio, dos tempos em que ambos cultivavam a religião heroica da força, da gymnastica, do banho frio... N'aquelle banco, sob a magnolia, lera uma tarde André o primeiro canto do seu Poema, o Fronteiro d'Arzilla. E o alvo? O alvo onde se exerciam á pistola, para os futuros duellos, inevitaveis na campanha que ambos meditavam contra o velho Syndicato Constitucional?...—Oh! toda essa parte do muro, que pegava com o lavadoiro, fôra derrubada depois da morte da mamã, para alargar a estufa...

—De resto o alvo era inutil! accrescentou o Cavalleiro. Eu logo por esse tempo entrei tambem no [264]Syndicato... E agora entras tu, pela porta que eu te abro!

Então Gonçalo, que colhêra e esmagava entre os dedos, para lhe sorver o perfume, folhas de lucia-lima—acudiu com uma franqueza, que aquelle desenterrar de recordações tornava mais penetrante e sentida:

—E eu desejo entrar, e ardentemente, bem sabes. Mas tu afianças a eleição, com segurança? Não surgirá difficuldade, Andrésinho?... Esse Pitta é um habil!

O Cavalleiro murmurou apenas, mergulhando os dedos nas cavas do collete:

—Da habilidade dos Pittas se ri a força dos Cavalleiros...

Por trez degraus de tijolo baixaram ao outro jardim, desafogado de arvoredo e sombra, onde desabrochava desde Maio, com explendor, o tão celebrado bosque de roseiras, orgulho da quinta de Corinde, que deleitára uma Rainha. Aquelle facil desdem pelo Pitta confirmava a segurança da Eleição. Gonçalo, caminhando respeitosamente como n'um Museu, regou de louvores deslumbrados as rosas do Cavalleiro:

—Uma belleza, André, uma maravilha! Tens aqui rosas sublimes... Aquellas repolhudas, além, que luxo! E estas amarellas? deliciosas!... Olha este encanto! [265]o ruborsinho a surdir, a raiar, do fundo das petalas brancas... Oh, que escarlate! Oh, que divino escarlate!

O Cavalleiro cruzára os braços, com gracejadora melancolia:

—Pois vê tu! Tal é a minha solidão social e sentimental que, com todas estas rosas abertas, não tenho a quem mandar um ramo!... Estou reduzido a florir as Louzadas!

Um escarlate, mais vivo do que as rosas que gabava, cobriu as faces do Fidalgo:

—As Louzadas! Oh que desavergonhadas!

André atirou ao seu amigo os lustrosos olhos, n'um inquieto reparo de curiosidade:

—Por quê?... Desavergonhadas, por quê?

—Por quê? Por que o são! Pela sua natureza, e pela vontade de Deus!... São desavergonhadas como estas rosas são vermelhas.

E o Cavalleiro, tranquillisado:

—Ah, genericamente... Com effeito têm immensa peçonha. Por isso eu as cubro de rosas. E em Oliveira, todas as semanas, meu filho, tomo com ellas um chá respeitoso!

—Pois não as amansas, rosnou o Fidalgo.

Mas o Matheus apparecêra nos degraus de tijolo com o guardanapo na mão, a calva rebrilhando ao sol. Era o almoço. O

Cavalleiro colheu para Gonçalo [266]uma «rosa triumphal»—e para si um «botão innocente...» E, enflorados, subiam para o terraço entre o brilho e o perfume de outras roseiras—quando o Cavalleiro parou com uma ideia:

—A que horas vaes tu para Oliveira, Gonçalinho?

O Fidalgo hesitou. Para Oliveira?... Não tencionava apparecer em Oliveira, toda essa semana...

—Por quê? É urgente que vá a Oliveira?

—Pois certamente, filho! Ámanhã mesmo precisamos conversar com o Barrôlo, combinarmos, por causa dos votos da Murtosa!... Meu querido Gonçalo, não podemos adormecer. Não é pelo Julio, é pelo Pitta!

—Bem! bem! acudio logo Gonçalo, assustado. Parto para Oliveira.

—Por que então, continuava André, vamos ambos logo, a cavallo. É um bonito passeio pelos Freixos, sempre com sombra... Tens talvez de mandar á Torre, por causa de roupa...

Não! Gonçalo, para evitar a importunidade de malas, conservava nos Cunhaes um bragal inteiro, desde a chinella até á casaca. E entrava em Oliveira como o Philosopho Bias em Athenas—com uma simples bengala e paciencia infinita...

—Delicioso! declarou André. Fazemos então logo a nossa entrada official em Oliveira. É o começo da campanha.

[267] O Fidalgo torcia o bigode, consternado, pensando nos risinhos perversos das Louzadas, de toda a cidade, perante uma entrada tão apparatosamente fraternal. E, quando o Cavalleiro recommendou ao Matheus que mandasse apromptar o Rossilho e a egoa do Fidalgo para as quatro horas e meia, Gonçalo exagerou o seu receio do calor, da poeira. Antes partissem ás sete, pela fresca! (Assim esperava penetrar em Oliveira desapercebidamente, esbatido no crepusculo). Mas André protestou:

—Não, é uma secca, chegamos á noite. Precisamos entrar com solemnidade, á hora da musica no Terreiro... Ás cinco, hein?

E Gonçalo, vergando os hombros sob a Fatalidade:

—Pois sim, ás cinco.

Na sala de jantar, esteirada, com denegridos paineis de flôres e fructas sobre um papel vermelho imitando damasco, André occupou a veneranda cadeira de braços do avô Martinho. O brilho das pratas, a frescura das rosas n'uma floreira de Saxe, revelavam os desvelos da prima Jesuina—que, com dôr d'entranhas n'essa manhã, não se vestira, almoçava no quarto... Gonçalo louvou aquella elegante ordem, tão rara n'uma casa de solteirão, lamentando a falta de uma prima Jesuina na Torre... E André sorria deliciadamente, desdobrando o guardanapo, [268]com a esperança que Gonçalo contasse aos Barrôlos o confortavel luxo de Corinde. Depois, picando com o garfo uma azeitona:

—Pois é verdade, meu querido Gonçalo, lá estive n'essa grande Capital, depois um dia em Cintra...

O Matheus entre-abriu a porta para recordar a S. Ex.a o amanuense do Governo Civil, que esperava.

—Pois que espere! gritou S. Ex.a.

Gonçalo lembrou que talvez o digno homem se impacientasse, com fome...

—Pois que almoce! gritou S. Ex.a.

Aquelle secco desprezo de André pelo pobre empregado, esquecido no banco d'entrada, com a sua pasta sobre os joelhos—constrangia o Fidalgo. E espetando tambem uma azeitona:

—Dizias então, Cintra...

—Semsabor, resumiu André. Poeirada horrenda, femeaço mediocre... E já me esquecia. Sabes quem lá encontrei, na estrada de Collares? O Castanheiro, o nosso Castanheiro, o dos Annaes, de chapéo alto. Ergueu logo os braços ao céo, desolado:—«E então esse Gonçalo Mendes Ramires não me manda o romance?» Parece que o primeiro numero da Revista sae em Dezembro, e elle precisa o original em começos d'Outubro... Lá me supplicou que te saccudisse, que te recordasse a gloria dos Ramires. E tu [269]devias acabar a Novella... Até convem que, antes d'entrares na Camara, appareça um trabalho teu, um trabalho serio, d'erudição forte, bem portuguez...

—Pois convem! concordou vivamente Gonçalo. E á Novella só falta o Capitulo quarto. Mas esse justamente demanda mais preparação, mais pesquizas... Para o acabar precisava o espirito bem socegado, a certeza d'esta infernal eleição... Não é o animal do Julio que me inquieta. Mas a canalha intrigante de Lisboa... Que te parece?

274

Cavalleiro riu, estendendo de novo o garfo para as azeitonas:

—Que me parece, Gonçalinho? Que estás como uma creança pequena, afflicta, com medo que te não chegue o prato de arroz doce. Socega, menino, apanhas o teu arroz doce!... Mas com effeito, encontrei o José Ernesto muito teimoso. Já existiam compromissos antigos com o Pitta. A Verdade tem sido furiosamente ministerial... E esse Pitta, agora quando souber que lhe tapei Villa-Clara, arde em furor contra mim. O que me é soberanamente indifferente; colerasinhas ou piadinhas do Pitta não me tiram o appetite... Mas o José Ernesto admira o Pitta, necessita do Pitta, está empenhado em pagar ao Pitta com um circulo... Ainda no ultimo dia me disse na Secretaria, até lhe achei graça:—«Eu vejo que os [270]deputados por Villa-Clara morrem; ora se, por esse bom costume, o teu Ramires morrer em breve, então entra o Pitta.»

Gonçalo recuou a cadeira:

—Se eu morrer!... Que animal!

—Oh, se morreres para o Circulo! atalhou o Cavalleiro rindo. Por exemplo, se nos zangassemos, se ámanhã entre nós surgisse uma dissidencia... Emfim o impossivel!

O Matheus entrava com a terrina de caldo de gallinha, que rescendia.

—A elle! exclamou André. E não se falle mais de Circulos, nem de Pittas, nem de Julios, nem da negregada Politica!... Conta antes o enredo da tua Novella... Historica, hein?... Meia-idade? D. João V?... Eu, se tentasse agora um Romance, escolhia uma epocha deliciosa, Portugal sob os Philippes...

Os tres quartos, depois das seis, batiam no relogio sempre adeantado da Egreja de S. Christovão, em Oliveira, quando André Cavalleiro e Gonçalo, descendo da rua Velha, penetraram no Terreiro da Louça (agora Largo do Conselheiro Costa Barroso).

Todos os Domingos, tocando n'um coreto que o Conselheiro, quando Presidente da Camara, mandára construir sobre o velho Pelourinho demolido, [271]a charanga do Regimento ou a philarmonica Lealdade tornavam aquelle Largo o centro mais sociavel da quieta e caseira cidade. N'essa tarde, porém, como começára no Convento de Santa Brigida o bazar patrocinado pelo Bispo, as senhoras rareavam nos bancos de pedra e nas cadeiras do Asylo espalhadas por sob as acacias. As Louzadas faltavam no seu pouso reservado, superiormente escolhido para espiarem todo o Terreiro, as casas que o cerram do lado de S. Christovão e do lado das Trinas, a rua Velha e a rua das Vellas, a barraca da limonada, e até outro retiro pudicamente disfarçado por uma canniçada de heras. E o unico rancho conhecido, D. Maria Mendonça, a Baroneza das Marges, as duas Alboins, conversavam com as costas para o Terreiro, junto da grade de ferro que o limita sobre a antiga muralha—d'onde se dominam campos, a cêrca do Seminario Novo, todo o pinhal da Estevinha e as voltas lustrosas da ribeira de Crêde.

Mas entre os cavalheiros que trilhavam vagarosamente a alêa do Largo denominada o «Picadeiro», gosando a Marcha do Propheta, o espanto reviveu (apezar de todos conhecerem a reconciliação famosa do Governo Civil) quando os dous amigos appareceram, ambos de chapéos de palha, ambos de polainas altas, ao passo solemne das duas egoas—a de [272]Gonçalo airosa e baia de cauda curta á ingleza, a do Cavalleiro pesada e preta, de pescoço arqueado, a cauda farta rojando as lages. Mello Alboim, o Barão das Marges, o Dr. Delegado, pararam n'uma fila pasmada, a que se juntou um dos Villa-Velhas, depois o morgado Pestana, depois o gordo major Ribas com a farda desabotoada, rebolando e galhofando sobre «aquella amigação...» O tabellião Guedes, o Guedes pôpa, derrubou a cadeira no alvoroço com que se ergueu, indignado mas respeitoso, descobrindo a calva n'uma cortesia immensa em que o chapeu branco lhe tremia. E o velho Cerqueira, o advogado, que sahia do retiro encanniçado d'hera e se abotoava, embasbacou, com os oculos na ponta do nariz alçado, os dedos esquecidos nos botões das calças.

No emtanto os dous amigos, gravemente, seguiam pela correnteza de casas que o palacete de D. Arminda Villegas domina, com o pesado brazão dos Villegas na cimalha, as suas dez nobres varandas de ferro opulentadas por cortinas de damasco amarello. Na varanda d'esquina, o Barrôlo e José Mendonça fumavam, sentados em mochos de palhinha. E ao sentir as patas lentas das egoas, ao avistar tão inesperadamente o cunhado—o bom Barrôlo quasi se despenhou da varanda:

[273] —Oh Gonçalo! Oh Gonçalo!... Vaes lá para casa?

E nem esperou uma certeza, berrou de novo, bracejando:

—Nós já vamos! Jantámos cá esta tarde... A Gracinha está lá em cima, com a tia Arminda. Vamos já tambem! É um momento!

O Cavalleiro acenou risonhamente ao capitão Mendonça. Já Barrôlo mergulhára com enthusiasmo para dentro dos damascos amarellos. E os dois amigos, deixando pelo Terreiro aquelle sulco de espanto, penetraram na rua das Vellas onde um Policia se perfilou com a mão no bonet—o que foi agradavel ao Fidalgo da Torre.

O Cavalleiro acompanhou Gonçalo ao Largo d'El-Rei. Deante do Palacete um homem de boina vermelha remoía no seu realejo o côro nupcial da Lucia, espiando as janellas desertas. O Joaquim da Porta correu do pateo a segurar a egoa do Fidalgo. Com um mudo sorriso o tocador estendera a boina. E depois de lhe atirar um punhado de cobre—Gonçalo hesitou, murmurou emfim, com embaraço e corando:

—Não queres entrar e descançar, André?...

—Não, obrigado... Então ámanhã ás duas, no Governo Civil, com o Barrôlo, para combinarmos sobre os votos da Murtosa... Adeus, minha flôr! Démos um bello passeio e espantamos os povos!

[274] E S. Ex.a, envolvendo o Palacete n'um demorado olhar, desceu pela rua das Tecedeiras.

No seu quarto (sempre preparado, com a cama feita) Gonçalo acabava de se lavar, de se escovar, quando Barrôlo se precipitou pelo corredor, esbofado, soffrego—e atraz d'elle Gracinha, offegante tambem, desapertando nervosamente as fitas escarlates do chapeu. Desde a tarde em que Barrôlo «presenceára com os olhos bem acordados!» a palestra de Gonçalo e de André na varanda do Governo Civil—fervera n'elle e em Gracinha uma impaciencia desesperada por penetrar os motivos, a encoberta historia d'aquella reconciliação surprehendente. Depois a fuga de Gonçalo na caleche para a Torre, sem parar nos Cunhaes; a repentina jornada do Cavalleiro a Lisboa; o silencio que sobre aquelle caso se abatera mais pesado que uma tampa de ferro—quasi os aterrou. Gracinha á noite, no Oratorio, murmurava atravez das rezas distrahidas:—«Oh, minha rica Nossa Senhora, que será?»—Barrôlo não ousára correr á Torre; mas até sonhava com a varanda do Governo Civil, que lhe apparecia enorme, crescendo, atravancando Oliveira, roçando já as janellas dos Cunhaes d'onde elle a repellia com o cabo d'uma vassoura... E eis agora Gonçalo e André que entram na cidade a cavallo, muito serenamente, [275]ambos de chapeus de palha, como companheiros constantes recolhendo d'um passeio!

Logo á porta do quarto, Barrôlo atirou os braços, rompeu aos brados:

—Então que tem sido tudo isto?... Não se falla n'outra coisa!... Tu com o André!

Gracinha, arfando, tão vermelha como as fitas do chapeu, só balbuciava:

—E nem vens, nem escreves... Nós com tanto cuidado...

E mesmo rente da porta aberta, sem se sentarem, o Fidalgo aclarou o «Mysterio», com a toalha ainda nas mãos:

—Uma cousa muito inesperada, mas muito natural. O Sanches Lucena morreu, como vocês sabem. Ficou vago o circulo de Villa-Clara. É um circulo por onde só póde sahir um homem da terra, com propriedade, com influencia. O governo immediatamente me mandou perguntar, pelo telegrapho, se eu me desejava propôr... Ora eu, no fundo, estou de bem com os Historicos, sou amigo do José Ernesto... Estimava entrar na Camara... Acceitei.

O Barrôlo esmagou a coxa com uma palmada triumphal:

—Então era certo, caramba!

O Fidalgo continuava, enxugando interminavelmente as mãos:

[276] —Acceitei, está claro, com condições; e muito fortes. Mas acceitei... N'este caso, como vocês sabem, convem que o candidato se entenda com o Governador Civil. Eu, ao principio, não queria renovar relações. Instado porém, muito instado de Lisboa, e por considerações superiores de Politica, consenti n'esse sacrificio. Nas difficuldades em que se encontra o paiz

todos devem fazer sacrificios. Eu fiz esse... O André, de resto, foi muito amavel, muito affectuoso. De sorte que estamos outra vez amigos. Amigos politicos: mas muito bem, muito lealmente... Almocei hoje com elle em Corinde, viemos juntos pelos Freixos. Uma tarde linda!... Emfim renasceu a antiga harmonia. E a eleição está segura.

—Venham de lá esses ossos! berrou o Barrôlo, transportado.

Gracinha terminára por se sentar á borda do leito, com o chapeu no regaço, enlevada para o irmão, n'um silencioso enternecimento em que os seus doces olhos se humedeciam e riam. O Fidalgo, que se desprendera do abraço do Barrôlo, dobrava a toalha com um vagar distrahido:

—A eleição está segura, mas precisamos trabalhar. Tu, Barrôlo, tens de conversar tambem com o Cavalleiro. Já combinei. Ámanhã no Governo Civil, [277]ás duas horas. É necessario que vocês se entendam por causa dos votos da Murtosa...

—Prompto, menino! o que vocês quizerem! Votos, dinheiro...

E Gonçalo, borrifando vagamente o jaquetão com agua de Colonia que pingava no soalho:

282

—Desde o momento em que eu me reconciliei com o André, tudo acabou. Tu, Barrôlo, immediatamente te reconcilias tambem...

Barrôlo quasi pulou, no seu deslumbramento:

—Pois está claro! E ainda bem, que eu gosto immensamente do Cavalleiro! Até sempre teimava com Gracinha... «Oh senhores, esta tolice, por causa da Politica!...»

—Bem! concluiu o Fidalgo. A Politica nos separou, a Politica nos reune... É o que se chama a inconstancia dos Tempos e dos Imperios.

E agarrou Gracinha pelos hombros, com um beijo brincalhão, estalado em cada face:

—A tia Arminda? Boa, da escaldadella? Já voltou ás façanhas de Leandro o Bello?

Gracinha resplandecia, com o lento sorriso que se não desfizera, a envolvia toda em claridade e doçura:

—A tia Arminda está melhor, já anda. Perguntou por ti... Mas, oh Gonçalo, tu de certo queres jantar!

—Não, almocei tremendamente em Corinde... [278]Vocês, como jantaram á hora antiga da tia Arminda, ceiam, hein? Então logo ceio... Agora apenas uma chavena de chá, muito forte!

Gracinha correu, no alvoroço de servir o heroe querido. E pela escada, descendo com Barrôlo que o contemplava, o Fidalgo da Torre lamentou os seus sacrificios:

—É verdade, menino, é uma massada... Mas que diabo! todos devemos concorrer para tirar o paiz do atoleiro!

Barrôlo, maravilhado, murmurava:

—E sem dizeres nada... Assim á capucha! Assim á capucha!...

—E agora outra cousa, Barrôlo. Ámanhã, no Governo Civil, deves convidar o André a jantar...

—Com certeza! gritou o Barrôlo. Jantar d'estrondo?

——Não, homem! Jantar muito quieto, muito intimo. Unicamente o André e o João Gouveia. Telegraphas ao João Gouveia. Tambem pódes convidar os Mendonças... Mas jantar muito discreto, só para conversarmos, para firmar a reconciliação d'um modo mais sociavel, mais elegante.

Ao outro dia, no Governo Civil, Barrôlo e o Cavalleiro apertaram as mãos com tanta singelleza, como se ambos, ainda na vespera, andassem jogando o bilhar e caturrando no club da rua das Pêgas. [279]De resto conversaram summariamente sobre a Eleição. Apenas o Cavalleiro alludira com indolencia aos votos de Murtosa—o bom Barrôlo quasi se engasgou, na ancia de os offerecer:

—E o que vocês quizerem... Votos, dinheiro, o que vocês quizerem!... Vocês digam! Eu vou para a Murtosa, e é comezaina, e pipa de vinho aberta, e a freguezia inteira a votar no meio de foguetorio...

O Cavalleiro, rindo, amansou aquelle fervor faustoso:

—Não, meu caro Barrôlo, não! Nós preparamos uma eleição muito sobria, muito socegada. Villa Clara elege Gonçalo Mendes Ramires deputado, naturalmente, como o seu melhor homem. Não ha combate, o Julinho é uma sombra. Portanto...

O Barrôlo persistia, radiante, gingando:

—Perdão, André, perdão! Lá isso vinhaça, e vivorio, e foguetorio, e festança magna...

Mas Gonçalo, embaraçado, ancioso por suster a garrulice do Barrôlo, as palmadas carinhosas com que elle se atufava na intimidade do Cavalleiro, apontou para a mesa de S. Ex.a:

—Tu tens que fazer, André. Vejo ahi uma papelada pavorosa... Não roubemos mais tempo ao chefe illustre do Districto! Ao trabalho!

Trabalhar, meu irmão, que o trabalho

É André, é virtude, é valor!...

[280] Agarrára o chapeu, acenando ao cunhado. Então Barrôlo, com as bochechas a estalar de gosto, balbuciou o convite que firmaria a reconciliação d'um modo sociavel e elegante:

—Cavalleiro, para conversarmos melhor, se você nos quizer dar o gosto de vir jantar... Quinta feira, ás seis e meia... Nós, quando cá está o Gonçalo, jantámos sempre mais tarde.

O Cavalleiro, que corára, agradeceu com discreta ceremonia:

—É para mim um immenso prazer, uma immensa honra...

E á porta da antesala onde os acompanhára, segurando o pesado reposteiro de baeta escarlate com as Armas Reaes bordadas—supplicou ao Barrôlo que pozesse os seus respeitos aos pés da snr.a D. Graça...

Barrôlo, descendo a larga escadaria de pedra, limpava a testa, o pescoço, humedecidos pela emoção. E no páteo desabafou:

—Muito sympathico este André! Rapaz franco, de quem sempre gostei... Realmente estava morto que acabassem estas historias... E mesmo lá para os Cunhaes, para a companhia, para o cavaco, que bella acquisição!

[281] Quinta feira de manhã depois do almoço, no terraço do jardim onde tomavam café, Gonçalo recommendou ao Barrôlo que «para accentuar mais completamente a intimidade simples do jantar não pozesse casaca...»

—E tu, Gracinha, vestido afogado. Mas vestidinho claro, alegre...

Gracinha sorriu, indecisamente, continuando a folhear um Almanach de Lembranças estendida n'uma cadeira de verga, com um gatinho branco no regaço.

Depois do alvoroço e pasmo de Domingo, ella apparentava agora um desinteresse silencioso pela reconciliação que ainda abalava Oliveira, pela Eleição, pelo jantar. Mas n'esses dias não socegára—tão impaciente e sensivel que o bom Barrôlo incessantemente lhe aconselhava o grande remedio da Mamã contra os nervos, «flôres d'alecrim, cosidas em vinho branco.»

Gonçalo percebia claramente a perturbação em que a lançava aquella entrada triumphal de André, do antigo André, na sua casa de casada, nos Cunhaes. E para se tranquillisar evocava (como na estrada do cemiterio em Villa-Clara) a seriedade de Gracinha, o seu rigido e puro pensar, a altivez da sua almasinha heroica. N'essa manhã mesmo, [282]todo no fresco e soffrego cuidado da sua Eleição, só receava que Gracinha, por embaraço ou cautella, acolhesse seccamente o Cavalleiro, o esfriasse no seu renovado fervor pela casa de Ramires, no seu patrocinato Politico. E insistiu, gracejando:

—Ouviste, Gracinha? Um vestido branco. Um vestidinho alegre, que sorria aos hospedes...

Ella murmurou, mergulhada no seu Almanach:

288

—Sim, realmente, com este calor...

Mas Barrôlo bateu uma palmada na côxa. Que pena! que pena não ter em Oliveira, «para o brinde de reconciliação», um famoso vinho do Porto, da garrafeira da Mamã, preciosissimo, velhissimo, do tempo de D. João II...

—D. João II? rosnou Gonçalo. Está estragado!

Barrôlo hesitou:

—D. João II ou D. João VI... Um d'esses Reis. Emfim um vinho unico, do seculo passado! Só restam á mamã oito ou dez garrafas... E hoje, era dia para uma, hein?

O Fidalgo deu um sorvo lento ao café:

—O André, antigamente, tambem gostava muito d'ovos queimados...

Bruscamente Gracinha fechou o Almanach—e, com uma fuga e um silencio que emmudeceram Gonçalo, sacudiu do collo o gato dorminhoco, atravessou [283]o terraço, desappareceu entre os teixos altos do jardim.

Mas á tarde, quando o Fidalgo occupou o seu logar na mesa oval, junto da prima Maria Mendonça—logo notou, entre duas compoteiras, uma travessa d'ovos queimados. Apesar de jantar tão intimo serviam, com a louça da China, os famosos talheres dourados da baixella do tio Melchior. E duas jarras de Saxe transbordavam de cravos brancos e amarellos, côres heraldicas dos Ramires.

D. Maria, que não encontrára o querido primo desde os annos de Gracinha, murmurou com um sorriso, uma grave cortezia, n'aquelle cerimonioso silencio em que se desdobravam os guardanapos:

—Ainda lhe não dei os parabens, primo Gonçalo...

Elle acudiu, mechendo nervosamente nos copos:

—Chut! prima, chut! Hoje aqui, já está decidido, não se allude sequer a Politica... Está muito calor para Politica.

Ella suspirou de leve, como desfallecida: Ai, o calor... Que horrivel calor! Desde que entrára nos Cunhaes com aquelle vestido preto que «era o seu pallio rico»—ainda não cessára de invejar a frescura do vestido branco de Gracinha...

—Que bem que lhe fica! Está hoje linda!

Era um vestido liso de crepon branco, que [284]aclarava, remoçava a sua graça quasi virginal. E nunca realmente tanto prendera, assim clara e fina, com os verdes olhos refulgindo como esmeraldas lavadas, uma ondulação mais lustrosa nos pesados cabellos, um macio rubor transparente, todo um fresco brilho de flôr regada, de flôr revivida, apesar do acanhamento que lhe immobilisava os dedos ao erguer a colhér de prata dourada. E ao lado, superiormente robusto e largo, com o peitilho arqueado como uma couraça e cravejado de duas saphiras, uma rosa branca desabrochada na lapella, André Cavalleiro, que recusára a sopa (oh, no verão nunca comia sopa!) dominava a mesa, levemente commovido tambem, passando sobre o reluzente bigode um lenço tão perfumado que afogava o perfume dos cravos. Mas foi elle que encadeou a animação com risonhos queixumes sobre o calor—o escandaloso calor d'Oliveira... Ah! que Purgatorio abrasado—depois dos seus dois dias de Paraiso, na frescura deliciosa de Cintra!

D. Maria Mendonça adoçou os espertos olhos para o Snr. Governador Civil.—E então Cintra? Animada? Muitos ranchos á tarde, em Setiaes? Encontrára a Condessa de Chellas—a prima Chellas?...

Sim, na Pena, na sua visita á Rainha, Cavalleiro conversára durante um momento com a Snr.a Condessa de Chellas...

[285] —Ah! e a Rainha?...

—Oh, sempre encantadora...

A Snr.a Condessa de Chellas, essa, um pouco magra. Mas tão amavel, tão intelligente, tão verdadeiramente grande dame—não é verdade? E, como se inclinára para Gracinha, com uma doçura infinita no simples mover da cabeça—ella, perturbada, mais vermelha, balbuciou que não conhecia a Condessa de Chellas...—D. Maria Mendonça accusou logo a inercia dos primos Barrôlos, sempre encafurnados nos Cunhaes, sem nunca se aventurarem a Lisboa no inverno, para conviver, para conhecer os parentes...

—E a culpa é do primo José, que detesta Lisboa...

Oh não! Barrôlo não detestava Lisboa! Se podesse acarretar para Lisboa as suas commodidades, o seu quarto, a sua cocheira, a boa agua do pomar, a rica varanda sobre o jardim—até se regalava!

—Mas entalado n'aquelles quartinhos do Bragança... E depois a má comida, o barulho... A Gracinha em Lisboa nunca dorme... E a massada das manhãs?... Não ha nada que fazer em Lisboa, de manhã!

O Cavalleiro sorria para o Barrôlo, como enlevado [286]na sua graça e razão. Depois confessou que elle, apesar de habitar tambem (mercê do Estado!) um palacete confortavel, e gozar tambem uma agua excellente, a finissima agua do Poço de S. Domingos, lamentava que os deveres de Politica, a disciplina de Partido o amarrassem a Oliveira. E toda a sua esperança era a queda do Ministerio, para se libertar, passar tres mezes divinos em Italia...

Do outro lado de Gracinha, João Gouveia (sempre acanhado e mudo deante de senhoras) exclamou, n'um impulso d'amisade, de convicção:

—Pois, Andrésinho, vae perdendo a esperança! O S. Fulgencio não arreia! Ainda cá te apanhamos uns tres ou quatro annos!

E insistiu, debruçado sobre Gracinha, n'um esforço d'amabilidade que o esbraseava:

—O S. Fulgencio não arreia. Ainda cá temos o nosso André mais tres ou quatro annos.

André protestava, com um requebro, as espessas pestanas quasi cerradas:

—Oh meu João! não me queiras mal, não me queiras mal!...

E teimava. Ah, com certeza! ainda que desertasse o seu partido (e que importa em hoste poderosa uma lança ferrugenta?) esses mezes d'Italia no inverno já os sonhára, já os preparava...—E a [287]Snr.a D. Graça não permittia que elle a servisse d'um pouco de vinho branco?

Barrôlo estendeu o braço, com effusão:

—Oh Cavalleiro! eu tenho empenho em que você prove esse vinho com cuidado... É da minha propriedade do Corvello... Faço muito gosto n'elle. Mas prove com attenção!

S. Ex.a provou com devoção, como se commungasse. E com uma cortezia compenetrada para Barrôlo que reluzia de gosto:

—Uma delicia! uma verdadeira delicia!

—Hein? Não é verdade? Eu, para mim, prefiro este vinho do Corvello a todos os vinhos francezes, os mais finos... Até alli o nosso amigo Padre Sueiro, que é um Santo, o aprecia!

Silencioso, esbatido por traz d'uma das altas jarras de cravos, Padre Sueiro corou, sorriu:

—Com muita agua, infelizmente, Snr. José Barrôlo... O gosto pede, mas o rheumatismo não consente.

Pois José Mendonça, que não temia rheumatismos, atacava sempre bravamente aquelle bemdito Corvello...

—Que lhe parece a você, João Gouveia?

Oh! João Gouveia já o conhecia, louvado Deus! E certamente nunca encontrára em Portugal, como [288]vinho branco, nenhum comparavel pela frescura, pelo aroma, pela seiva...

—E cá lhe vou atiçando com fervor, Barrôlo amigo! Esta bella garrafa de crystal vae de vencida!

Barrôlo exultava. O seu desgosto era que Gonçalo nunca honrasse «aquelle nectar.»—Não! Gonçalo não tolerava vinhos brancos...

—E então hoje estou com uma d'estas sêdes que só me satisfaz vinho verde, assim um pouco espumante, e com gelo... Que este de Vidainhos tambem é do Barrôlo. Oh, eu não desprezo os vinhos da familia... Este Vidainhos sinceramente o considero sublime.

Então Cavalleiro desejou provar esse sublime vinho verde da quinta de Vidainhos, em Amarante. O escudeiro, a um aceno enthusiasmado do Barrôlo, apresentou a Sua Ex.a um copo esguio, especial para aquelle vinho que espumava. Mas o Cavalleiro, acariciando o fresco copo sem o erguer, repisou a idéa de ferias, de viagens, como accentuando o seu cançasso e fastio d'Oliveira.—E sabia a Snr.a D. Graça para onde elle seguiria, depois da Italia, n'esse Inverno, se por caridade de Deus o Ministerio cahisse?... Para a Asia Menor.

—E era uma viagem para que eu, com certesa, tentava o nosso Gonçalo... Tão facil, agora, com os [289]caminhos de ferro!... De Veneza a Constantinopla um mero passeio. Depois, de Constantinopla a Smyrna, um dia, dous dias, n'um vapor excellente. E d'ahi n'uma bôa caravana, por Tripoli, pela antiga Sidonia, penetravamos em Galiléa... Galiléa! Hein Gonçalo? Que belleza!

Padre Sueiro, suspendendo o garfo, lembrou timidamente—que em Galiléa o Snr. Gonçalo Ramires pisaria terra que outr'ora, por pouco, pertencera á sua Casa:

—Um dos antepassados de V. Ex.a, Gutierres Ramires, companheiro de Tancredo na primeira Cruzada, recuzou o ducado de Galiléa e de Além-Jordão...

—Fez pessimamente! gritou Gonçalo, rindo. Oh, esse avô Gutierres andou pessimamente! Por que não existia agora, n'este mundo, disparate mais divertido do que eu Duque de Galiléa! O Snr. Gonçalo Mendes Ramires, Duque de Galiléa e d'Além-Jordão!... Era simplesmente de rebentar!

Cavalleiro protestou, com sympathia:

—Ora essa! Por que?

—Não acredite! acudiu, com os olhos coruscantes, D. Maria Mendonça. O primo Gonçalo, com todas estas graças, no fundo, é muitissimo aristocrata... Mas terrivelmente aristocrata!

O Fidalgo da Torre pousou o copo de Vidainhos, depois d'um trago saboreado e fundo:

[290] —Aristocrata... Está claro que sou aristocrata. Sentiria com effeito certo desgosto em ter nascido, como uma herva, d'outras hervas vagas. Gósto de saber que nasci de meu pae Vicente, que nasceu de seu pae Damião, que nasceu de seu pae Ignacio, e assim sempre até não sei que Rei Suevo...

—Recesvinto! informou respeitosamente Padre Sueiro.

—Pois até esse Recesvinto. O peor é que o sangue de todos esses paes não differe realmente do sangue dos paes do Joaquim da Porta. E que depois do Recesvinto, para traz, até Adão, não tenho mais paes!

E, emquanto todos riam, D. Maria Mendonça, debruçada para elle, por traz do leque largamente aberto, murmurou:

—O Primo está com esses deprezos... Pois eu sei d'uma senhora que tem a maior admiração pela casa de Ramires e pelo seu representante.

Gonçalo enchia de novo o copo, com amor, attento á espuma:

—Bravo! Mas «convém distinguir», como diz o Manoel Duarte. Por quem tem ella a verdadeira admiração, por mim ou pelo Suevo, pelo Recesvinto?

—Por ambos.

—Diabo!

[291] Depois, pousando a garrafa, mais sério:

—Quem é?

Oh! ella não podia confessar. Não era ainda bastante velha para andar com recadinhos de sentimento. Mas Gonçalo dispensava o nome—só desejava as qualidades... Nova? Bonita?

—Bonita? exclamou D. Maria. É uma das mulheres mais formosas de Portugal!

Espantado, Gonçalo lançou o nome:

—A D. Anna Lucena!

—Por quê?

—Por que mulher assim tão formosa, e vivendo n'estes sitios, e tão conhecida da prima que lhe faz confidencias, só a D. Anna.

D. Maria, ageitando as duas rosas que lhe alegravam o corpete de sêda preta, sorria:

—Talvez seja, talvez seja...

—Pois estou immensamente lisongeado. Mas ainda distingo, como o Manoel Duarte. Se, da parte d'ella, essa sympathia toda é para o bom fim, não! Não, santo Deus, não!... Mas se é para o mau fim, então, prima, cumprirei honradamente o meu dever dentro das minhas forças...

D. Maria escondeu a face no leque, escandalisada. Depois, espreitando, com os agudos olhos a faiscar:

—Oh primo, mas o bom fim é que convinha, [292]por que a cousa é a mesma e são duzentos contos a mais!

Gonçalo gritou d'admiração:

—Oh! esta prima Maria! Não ha em toda a Europa ninguem mais esperto!

Todos curiosamente anciaram por saber a nova graça da Snr.a D. Maria. Mas Gonçalo deteve as curiosidades:

—Não se póde contar. É casamento.

Então José Mendonça recordou a novidade picante que desde a vespera remexia Oliveira:

—Por casamento!... Que me dizem ao casamento da D. Rosa Alcoforado?

Barrôlo, depois o Gouveia, até Gracinha, todos o proclamaram «um horror.» Aquella perfeita rapariga, de pelle tão côr de rosa, de cabello tão côr d'ouro, amarrada ao Teixeira de Carredes, um patriarcha carregado de netos... Que desastre!

Pois ao Cavalleiro o casamento não parecia assim «desastrado.» O Teixeira de Carredes, além de muito fino, de muito intelligente, era um velho verdejante, quasi sem rugas—até bonito com aquelle contraste do bigode escuro e da grenha riçada e branca. E na Snr.a D. Rosa, com todas as rosas da sua pelle e todo o ouro dos seus cabellos, dominava «um não sei quê» de amollentado e de sorvado... Depois [293]pouco esperta. E pouco cuidadosa—sempre mal penteada, sempre mal pregada...

—Emfim, V. Ex.as perdoem... Mas quem faz um casamento muito desenxabido é o pobre Teixeira de Carredes.

D. Maria Mendonça considerava o Governador Civil com um espanto amavel:

—Pois se o Snr. Cavalleiro não admira a Rosinha Alcoforado, não sei então que rapariga admire dentro do seu Districto...

Elle, logo, com galante rasgo:

—Mas, além de V. Ex.as, não admiro ninguem! Realmente eu governo, em Portugal, o Districto mais daprovido de belleza...

Todos protestaram. E a Maria Marges? E a pequena Reriz, da Riosa? E a Mellosinho Alboim, com aquelles olhos?... Mas o Cavalleiro não consentia, a todas demolia com um sarcasmo leve, ou pela pelle sem frescura, ou pelo pisar desairoso, ou pelo provincianismo de gosto e modos, sempre pela carencia das bellezas e graças que ornavam Gracinha—lançando assim disfarçadamente, aos pés de Gracinha, um rôlo de senhoras vencidas e amarfanhadas. Ella percebera a subtil adulação, os seus olhos allumiaram com um fulgor mais enternecido o rubor que a afogueava. Desejou repartir incenso [294]tão accumulado—lembrou timidamente outra belleza de que se orgulhava o Districto:

—A filha do Visconde de Rio-Manso, a Rosinha Rio-Manso... É linda!

O Cavalleiro triumphou com facilidade:

—Mas tem doze annos, minha senhora! Nem é rosinha, é botãosinho de rosa!...

Quasi humildemente, Gracinha recordou a Luiza Moreira, filha d'um lojista, muito admirada aos domingos na missa da Sé e no Terreiro da Louça:

—É uma bella rapariga... Sobretudo a figura...

Cavalleiro triumphou ainda, com requebrada segurança:

—Sim, mas os dentes tortos, Snr.a D. Graça! Os dentes acavallados! V. Ex.a nunca reparou... Oh! uma bôca muito desagradavel! E, além dos dentes, o irmão, o Evaristo, com aquella cara mais chata que a alma, e a caspa, e a porcaria, e o jacobinismo... Não ha mulher bonita com irmão tão feio!

Mendonça estendera o braço, com outra curiosidade que occupava Oliveira:

—E por Evaristo!... Elle sempre funda o novo jornal republicano, o Rebate?

O Snr. Governador Civil encolheu os hombros com uma ignorancia superior e risonha. Mas João Gouveia, vermelho e luzidio depois da sua garrafa de Corvello e da sua garrafa de Douro, affiançou [295]que o Rebate apparecia em Novembro. Até elle conhecia o patriota que esportulava a «massa.» E a campanha do Rebate começava com cinco artigos esmagadores sobre a Tomada da Bastilha.

O espanto de Gonçalo era como o Republicanismo alastrára em Portugal—até na velhota, na devota Oliveira...

—Quando eu andava em preparatorios existiam simplesmente dois republicanos em Oliveira, o velho Salema, lente de Rhetorica, e eu. Agora ha partido, ha comité, ha dous jornaes... E ha mesmo o Barão das Marges com a Voz Publica na mão, debaixo da Arcada...

Mendonça não receava a Republica, gracejava:

—Ainda vem longe, muito longe... Ainda nos dá tempo de comermos estes bellos ovos queimados.

—Deliciosos, murmurou o Cavalleiro.

—Sim, concordou Gonçalo, ainda temos tempo para os ovos... Mas que rebente uma revolução em Hespanha, ou que morra o Reisinho na sua menoridade, que naturalmente morre...

—Credo! Coitadinho! Pobre mãe! murmurou Gracinha sensibilisada.

Immediatamente o Cavalleiro a tranquillisou. Porquê, morrer o Reisinho d'Hespanha? Os republicanos espalhavam boatos sombrios sobre os males da excellente creança. Mas elle conhecia a realidade—assegurava [296]á Snr.a D. Graça que, felizmente para a Hespanha, ainda reinaria um Affonso XIII e mesmo um Affonso XIV. Em quanto aos nossos republicanos, esses... Meu Deus! mera questão de guarda municipal! Portugal, nas suas massas profundas, permanecia monarchico, de raiz. Apenas ao de cima, na burguezia e nas escolas, fluctuava uma escuma ligeira, e bastante suja, que se limpava facilmente com um sabre...

—V. Ex.a, Snr.a D. Graça, que é uma dona de casa perfeita, conhece esta operação que se faz á panella do caldo... Escumar a panella. É com uma colher. Aqui é com um sabre. Pois assim, com toda a simplicidade, se clarifica Portugal. E foi isto que ainda ultimamente eu declarei a El-rei.

Alteára a cabeça—o seu peitilho resplandecia, mais largo, como couraça bastante rija para defender toda a Monarchia. E, no compenetrado silencio que se alargou, duas rolhas de Champagne estalaram, por traz do biombo, na copa.

Apenas o escudeiro, apressado, enchêra as taças—o Fidalgo da Torre com uma gravidade que o sorriso adoçava:

—André, á tua saude. Não é ao Governador Civil, é ao amigo!

Todos os copos se ergueram n'um susuro acariciador. João Gouveia agitou o seu, com especial [297]effusão, gritando:—«Andrésinho, meu velho!» S. Ex.a apenas tocou de leve no calice de Gracinha. Padre Sueiro murmurou as «graças.» E Barrôlo, atirando o guardanapo:

—Café aqui ou na sala?... Na sala estamos mais frescos.

Na sala grande, a sala dos velludos vermelhos, o lustre rebrilhava solitariamente; pelas tres janellas abertas penetrava a serenidade da noite quente, o recolhido silencio d'Oliveira; e em baixo, no Largo, alguns sujeitos, mesmo duas senhoras de manta de lã branca pela cabeça, pasmavam para aquella claridade de festa que jorrava dos Cunhaes. O Cavalleiro e Gonçalo accenderam os charutos na varanda, respirando a frescura escassa. E o Cavalleiro, com beatitude:

—Pois sempre te digo, Gonçalinho, que se janta sublimemente em casa de teu cunhado!...

Gonçalo desejou que, no domingo, elle jantasse na Torre. Ainda restavam umas garrafas de Madeira do tempo do avô Damião—a que se daria, com soccorro do Gouveia e do Titó, um assalto heroico.

O Cavalleiro prometteu, já deliciado—tomando da pesada bandeja de prata, que derreava o escudeiro, a sua chavena de café, sem assucar.

—E tu, com effeito, Gonçalo, agora não deves arredar da Torre. O teu papel é todo de presença na localidade. O Fidalgo da

Torre está no meio das [298]suas terras, por onde vae ser eleito para as Côrtes. É o teu papel...

O Barrôlo com um riso enlevado, surdiu entre os dous amigos que enlaçou ternamente pela cinta:

—E nós cá ficamos, ambos a trabalhar, o Cavalleiro e eu!...

Mas D. Maria, do canapé onde se enterrára, reclamou o primo Gonçalo «para negocios.» Junto d'uma console, João Gouveia e Padre Sueiro, remexendo o seu café, concordavam na necessidade d'um Governo forte. E Gracinha, com o primo Mendonça, revolvia as musicas sobre a tampa do piano, procurando o Fado dos Ramires. Mendonça tocava com corredio brilho, composera valsas, um hymno ao Coronel Trancoso, o heroe de Machumba—e mesmo o primeiro acto d'uma opera, A Pegureira. E como não descortinavam o Fado com as quadras do Videirinha—foi justamente uma das suas valsas, a Perola, d'uma cadencia amorosa e cançada lembrando a valsa do Fausto, que elle atacou, sem largar o charuto.

Então André Cavalleiro, que repenetrára vagarosamente na sala, repuxou o collete, afagou o bigode, e avançando para Gracinha, com um modo meio grave, meio folgazão:

—Se V. Ex.a me quer dar a grande honra?...

Offerecia, abria os braços. E Gracinha, toda escarlate, [299]cedeu, levada logo nos largos passos deslisados que o Cavalleiro lançou sobre o tapete. Barrôlo e João Gouveia correram a afastar as poltronas, clareando um espaço, onde a valsa se desenrolou com o suave sulco branco do vestido de Gracinha. Pequenina e leve, toda ella se perdia, como se fundia, na força mascula do Cavalleiro, que a arrebatava em giros lentos, com a face pendida, respirando os seus cabellos magnificos.

Da borda do canapé, com os finos olhos a fusilar, D. Maria Mendonça pasmava:

—Mas que bem que valsa, que bem que valsa o Snr. Governador Civil!...

Ao lado Gonçalo torcia nervosamente o bigode, na surpreza d'aquella familiaridade, assim renovada pelo Cavalleiro com tão serena confiança, por Gracinha com tanto abandono... Elles torneavam, enlaçados. Dos labios do Cavalleiro escorregava um sorriso, um murmurio. Gracinha arfava, os seus sapatos de verniz reluziam sob a saia que se enrolava nas calças do Cavalleiro. E Barrôlo, em extasi, quando elles o roçavam, atirava palmas carinhosas, bradava:

—Bravo! Bravo! Lindamente!... Bravissimo!

VII

Gonçalo recolhia para o almoço depois d'um passeio no pomar percorrendo a Gazeta do Porto, quando avistou no banco de pedra, rente á porta da cosinha, onde a Rosa mudava o painço na gaiola do seu canario, o Casco, o José Casco dos Bravaes, que esperava, pensativo e abatido, com o chapeu sobre os joelhos. Vivamente, para se esquivar, remergulhou no jornal. Mas percebeu a esgalgada magreza do homem, que surdia da sombra da latada, avançava na claridade faiscante do pateo, hesitando, como assustada... E, animado pela visinhança da Rosa, parou, forçando um sorriso—em quanto o Casco enrolava nas mãos tremulas a aba dura do chapeu, balbuciava:

—Se o Fidalgo me fizesse a esmola de uma palavra...

[302] —Ah! é vossê, Casco! Homem, não o conheci... E então?

Dobrou o jornal, tranquillisado—gozando mesmo a submissão d'aquelle valente que tanto o apavorára, erguido e negro como um pinheiro, na solidão do pinheiral. E o Casco, engasgado,

310

repuchava, esticava o pescoço de dentro dos grossos collarinhos bordados—até que atirou toda a alma n'uma supplica soluçada, retendo as lagrimas que marejavam:

—Ai, meu Fidalgo, perdôe por quem é! Perdôe, que eu nem lhe sei pedir perdão!...

Gonçalo atalhou o homem, com generosidade e doçura. Elle bem o avisára! Nada se emenda, a gritar, com o pau alçado...

—E olhe, Casco! Quando vossê me sahiu ao pinhal eu levava um revólver na algibeira... Trago sempre um revólver. Desde que uma noite em Coimbra, no Choupal, dous bebados me assaltaram, ando sempre á cautella com o revólver... Pense você agora que desgraça se tiro o revólver, se desfecho!... Que desgraça, hein?... Felizmente, n'um relance, pensei que me perdia, que o matava, e fugi. Foi por isso que fugi, para não desfechar o revólver... Emfim tudo passou. E eu não sou homem de rancores, já esqueci. Comtanto que vossê, agora socegado e no seu juizo, esqueça tambem.

O Casco amassava as abas do chapeu, com a cabeça [303]derrubada. E sem a erguer, sem ousar, rouco dos soluços que o entalavam:

—Pois agora é que eu me lembro, meu Fidalgo! Agora é que me ralo por aquella doidice! Agora! depois do que o Fidalgo fez pela mulher e pelo pequeno!...

Gonçalo sorriu, encolheu os hombros:

—Que tolice, Casco!... Pois a sua mulher apparece ahi n'uma noite d'agua... E o pequenito doente, coitadito, com febre... Como vae elle, o Manelsinho?

O Casco murmurou do fundo da sua humildade:

—Louvado seja Deus, meu senhor, muito sãosinho, muito rijinho.

—Ainda bem... Ponha o chapeu. Ponha o chapeu, homem! E adeus!... Vossê não tem que agradecer, Casco... E olhe! Traga cá um dia o pequeno. Eu gostei do pequeno. É espertinho.

Mas o Casco não se arredava, pregado ás lages. Por fim, n'um soluço que rebentou:

—É que eu não sei como hei-de dizer, meu Fidalgo... Lá o dia de cadeia, acabou! Tenho genio, fiz a asneira, com o corpo a paguei. E pouco paguei, graças ao Fidalgo... Mas depois quando sahi, quando soube que a mulher viera de noite á Torre, e que o Fidalgo até a embrulhára n'uma capa, e que não deixára sahir o pequeno...

Estacou, afogado pela emoção. E como Gonçalo, [304]tambem commovido, lhe batia risonhamente no hombro, «para acabar, não se fallar mais n'essas bagatellas...»—o Casco rompeu, n'uma grande voz dolorosa e quebrada:

—Mas é que o Fidalgo não sabe o que é para mim aquelle pequeno!... Desde que Deus m'o mandou tem sido uma paixão cá por dentro que até parece mentira!... Olhe que na noite que passei na cadeia da villa não dormi... E Deus me perdôe, não pensei na mulher, nem na pobre da velha, nem na pouquita terra que amanho, tudo ao desamparo. Toda a noite se foi a gemer:—«ai o meu querido filhinho! ai o meu querido filhinho!...» Depois quando a mulher, logo pela estrada, me diz que o Fidalgo ficára com elle na Torre, e o deitára na melhor cama, e mandára recado ao medico... E depois quando soube pelo snr. Bento que o Fidalgo de noite subia a vêr se elle estava bem coberto, e lhe entalava a roupa, coitadinho...

E arrebatadamente, n'um choro solto, gritando:—«Ai meu Fidalgo! meu Fidalgo!...»—o Casco agarrou as mãos de Gonçalo, que beijava, rebeijava, alagava de grossas lagrimas.

313

—Então, Casco! Que tolice!... Deixe homem!

Pallido, Gonçalo saccudia aquella gratidão furiosa—até que ambos se encararam, o Fidalgo com as pestanas molhadas e tremulas, o lavrador dos Bravaes [305]soluçando, n'uma confusão. E foi elle por fim que, recalcando um derradeiro soluço, se recobrou, desafogou da idéa que o trouxera, que de certo fundamente o trabalhára, e que agora lhe enrijava a face e o gesto n'uma determinação que nunca vergaria:

—Meu Fidalgo, eu não sei fallar, não sei dizer... Mas se d'hoje em deante, seja para que fôr, o Fidalgo necessitar da vida d'um homem, tem aqui a minha!

Gonçalo estendeu a mão ao lavrador, muito simplesmente—como um Ramires d'outr'ora recebendo a preitezia d'um vassallo:

—Obrigado, José Casco.

—Entendido, meu Fidalgo, e que Deus nosso Senhor o abençôe!

Gonçalo, perturbado, galgou pela escadinha da varanda—emquanto o Casco atravessava o páteo vagarosamente, com a cabeça bem erguida, como homem que devêra e que pagára.

E em cima, na livraria, Gonçalo pensava com espanto:—«Ahi está como n'este mundo sentimental se ganham dedicações gratuitamente!...» Por que emfim! quem não impediria que uma criancinha com febre affrontasse de noite uma estrada negra, sob a chuva e o vendaval? Quem a não deitaria, não lhe adoçaria um grog, não lhe entalaria os cobertores para a conservar bem abafada? E por esse grog e por essa cama—corre o pae, tremendo e chorando, [306]a offerecer a sua vida! Ah! como era facil ser Rei—e ser Rei popular!

E esta certeza mais o animava a obedecer ás recommendacões do Cavalleiro—a começar immediatamente as suas visitas aos Influentes eleitoraes, essas aduladoras visitas que assegurariam á Eleição uma unanimidade arrogante. Logo ao fim do almoço, mesmo sobre a toalha, arredando os pratos, copiou a lista d'esses Magnates—por um rascunho annotado que lhe fornecera o João Gouveia. Era o Dr. Alexandrino; o velho Gramilde, de Ramilde; o Padre José Vicente, da Finta; outros menores:—e o Gouveia marcára com uma cruz, como o mais poderoso e mais difficil, o Visconde de Rio-Manso, que dispunha da immensa freguezia de Canta-Pedra. Gonçalo conhecia esses senhores, homens de propriedade e de dinheiro (com todos outr'ora o papá andára endividado)—mas nunca encontrára o Visconde de Rio-Manso, um velho brazileiro, dono da quinta da Varandinha, onde vivia solitariamente com uma neta de onze annos, essa linda Rosinha que chamavam «o botão de Rosa», a herdeira mais rica de toda a Provincia. E logo n'essa tarde, em Villa-Clara, reclamou ao João Gouveia uma carta d'apresentação para o Rio-Manso:

O Administrador hesitou:

—Vossê não precisa carta... Que diabo! Vossê [307]é o Fidalgo da Torre! Chega, entra, conversa... Além d'isso na Eleição passada o Rio-Manso ajudou os Regeneradores; de modo que estamos um pouco sêccos. O Rio-Manso é um casmurro... Mas com effeito, Gonçalinho, convem começar essa caça á popularidade!

N'essa noite, na Assembleia, o Fidalgo, encetando a «caça á popularidade», acceitou um convite do Commendador Romão Barros (do massador, do burlesco Barros) para o brodio faustoso com que elle celebrava, na sua quinta da Roqueira, a festa de S. Romão. E essa semana inteira, depois outra, as gastou assim por Villa-Clara, amimando eleitores—a ponto de comprar horrendas camisas de chita na loja do Ramos, de encommendar um sacco de café na mercearia do Tello, de offerecer o braço no largo do Chafariz á nojenta mulher do bebedissimo Marques Rosendo, e de frequentar, de chapeu para a nuca, o bilhar da rua das Pretas. João Gouveia não approvava estes excessos—aconselhando antes «boas visitas, com todo o chic, aos influentes sérios.» Mas Gonçalo bocejava, adiava, na insuperavel preguiça de affrontar a maledicencia rabujenta do velho Gramilde ou a solemnidade forense do Dr. Alexandrino.

316

Agosto findava:—e por vezes, na livraria, Gonçalo, coçando desconsoladamente a cabeça, considerava as brancas tiras d'almaço, o Capitulo III da [308]Torre de D. Ramires encalhado... Mas quê! não podia, com aquelle calor, com o afan da Eleição, remergulhar nas eras Affonsinas!

Quando refrescavam as tardes lentas montava, alongava o passeio pelas freguezias, não se descuidando das recommendações do Cavalleiro—enchendo sempre o bolso de rebuçados d'avenca para atirar ás creanças. Mas, n'uma carta ao querido André, já confessára que «a sua popularidade não crescia, não enfunava...»—«Não! positivamente, velho amigo, não tenho o dom! Sei apenas palestrar familiarmente com os homens, comprimentar pelo seu nome as velhas ás soleiras das portas, gracejar com a pequenada, e se encontro uma boeirinha de saiasita rota dar cinco tostões á boeirinha para uma saiasita nova... Ora todas estas cousas tão naturaes sempre as fiz naturalmente, desde rapaz, sem que me conquistassem influencia sensivel... Necessito portanto que essa querida Authoridade m'empurre com o seu braço possante e destro...»

Todavia já uma tarde, encontrando junto da Torre o velho Cosme de Nacejas, e depois, n'um domingo, crusando ás Ave-Marias na Bica-Santa o Adrião Pinto do logar da Levada, ambos lavradores considerados e remexedores d'eleições—lhes pedira os votos, desprendidamente e rindo. E quasi se assombrára da promptidão, do fervor, com que ambos se

317

[309]offereceram.—«Para o Fidalgo? Pois isso está entendido! Ainda que se votasse contra o Governo, que é pae!»—E em Villa-Clara, com o Gouveia, Gonçalo deduzia d'estas offertas tão acaloradas «a intelligencia politica da gente do campo»:

—Está claro que não é pelos meus lindos olhos! Mas sabem que eu sou homem para fallar, para luctar pelos interesses da terra... O Sanches Lucena não passava d'um Conselheiro muito rico e muito mudo! Esta gente quer deputado que grite, que lide, que imponha... Votam por mim por que sou uma intelligencia.

E o Gouveia volvia, contemplando pensativamente o Fidalgo:

—Homem! quem sabe? Vossê nunca experimentou, Gonçalo Mendes Ramires. Talvez seja realmente pelos seus lindos olhos!

N'um d'esses passeios, n'uma abrazada sexta-feira, com o sol ainda alto, Gonçalo atravessava o logarejo da Velleda, no caminho de Canta-Pedra. Ao fim dos casebres que se apertam á orla da estrada alveja, muito caiada, n'um terreiro defronte da Egreja, a taverna famosa "do Pintainho", onde os caramanchões do quintal e a nomeada do coelho guizado attrahem vasto povo nos dias da feira da [310]Velleda. N'essa manhã o Titó, depois d'uma madrugada ás perdizes, em Valverde, apparecera na Torre para almoçar, urrando, d'esfomeado. Era sexta-feira—a Rosa preparára uma pescada com tomates, depois um bacalhau assado, formidaveis. E Gonçalo, toda a tarde torturado com sêde, mais resequido pela poeira da estrada, parou avidamente deante do portão da venda, gritou pelo Pintainho.

—Oh meu Fidalgo!...

—Oh Pintainho! depressa! Uma sangria! Uma grande sangria bem fresca, que morro...

O Pintainho, velhote roliço de cabello amarello, não tardou com o copo appetitoso e fundo onde boiava, na espumasinha do assucar, uma rodella de limão. E Gonçalo saboreava a sangria com ineffavel delicia—quando da janella terrea da venda partiu um assobio lento, fino e trinado, como os dos arrieiros que animam as bestas a beber nos riachos. Gonçalo deteve o copo, varado. Á janella assomára um latagão airoso, de face clara e suissas louras, que, com os punhos sobre o peitoril e a cabeça levantada, n'um descarado modo de pimponice e desafio, o fitava atrevidamente. E n'um lampejo o Fidalgo reconheceu aquelle caçador que já uma tarde, no logar de Nacejas, ao pé da Fabrica de vidros, o mirára com arrogancia, lhe raspára a espingarda pela perna, e ainda depois, parado sob a varanda d'uma rapariga [311]de jaqué azul, lhe acenára chasqueando emquanto elle descia a ladeira... Era esse! Como se não

319

percebesse o ultraje—Gonçalo bebeu apressadamente a sangria, atirou uma placa ao pobre Pintainho enfiado, e picou a fina egoa. Mas então da janella rolou uma risadinha, cacarejada e troçante, que o colheu pelas costas como o estalo d'uma vergasta. Gonçalo soltou a galope. E adiante, sopeando a egoa no refugio d'uma azinhaga, pensava, ainda tremulo:—«Quem será o desavergonhado?... E que lhe fiz eu, Santo Deus? que lhe fiz eu?...» Ao mesmo tempo todo o seu ser se desesperava contra aquelle desgraçado mêdo, encolhimento da carne, arrepio da pelle, que sempre, ante um perigo, uma ameaça, um vulto surdindo d'uma sombra, o estonteava, o impellia furiosamente a abalar, a escapar! Por que á sua alma, Deus louvado, não faltava arrojo! Mas era o corpo, o traiçoeiro corpo, que n'um arrepio, n'um espanto, fugia, se safava, arrastando a alma—emquanto dentro a alma bravejava!

Entrou na Torre, mortificado, invejando a afouteza dos seus moços da quinta, remoendo um rancor soturno contra aquelle bruto de suissas louras, que certamente denunciaria ao Cavalleiro e enterraria n'uma enxovia!—Mas, logo no corredor, o Bento lhe debandou os pensamentos, apparecendo [312]com uma carta «que trouxera um moço da Feitosa...»

—Da Feitosa?

—Sim senhor, da quinta do snr. Sanches Lucena, que Deus haja. Diz que vinha de mandado das senhoras...

—Das senhoras!... Que senhoras?

Sem tarja de luto, a carta não era da bella D. Anna... Mas era de D. Maria Mendonça, que assignava—«prima muito amiga, Maria Severim.» N'um relance a leu, colhido logo por esta surpreza nova, distrahido da venda do Pintainho e da affronta:—«Meu querido Primo. Estou ha tres dias aqui com a minha amiga Annica, e como passou o mez inteiro do nojo e ella já póde sahir (e até precisa porque tem andado fraca) eu aproveito a occasião para percorrer estes arredores que dizem tão bonitos, e pouco conheço. Tencionamos no Domingo visitar Santa Maria de Craquêde, onde estão os tumulos dos antigos tios Ramires. Que impressão me vae fazer!... Mas, ao que parece, além dos tumulos do claustro, ha outros, ainda mais antigos, que foram arrombados no tempo dos Francezes, e que ficam n'um subterraneo, onde se não póde entrar sem licença e sem que tragam a chave. Peço pois, querido Primo, que dê as suas ordens para que no Domingo possamos descer ao subterraneo, que [313]todos affiançam muito interessante, por que ainda lá restam ossos e armas. Se na Torre houvesse uma senhora, eu mesma iria, para lhe fazer este pedido... Mas não se póde visitar um solteirão tão perigoso. Case depressa!... D'Oliveira boas noticias. Creia-me sempre, etc.»

Gonçalo encarou o Bento—que esperava, interessado com aquelle assombro do Snr. Doutor:

—Tu sabes se em Santa Maria de Craquêde ha outros tumulos, n'um subterraneo?

O assombro então saltou para o Bento:

—N'um subterraneo?... Tumulos?

—Sim, homem! Além dos que estão no claustro parece que ha outros, mais antigos, debaixo da terra... Eu nunca vi, não me lembro. Tambem ha que annos não entro em Santa Maria de Craquêde! Desde pequeno!... Tu não sabes?

O Bento encolheu os hombros.

—E a Rosa não saberá?

O Bento abanou a cabeça, duvidando.

—Tambem vossês nunca sabem nada! Bem! Amanhã cêdo corre a Santa Maria de Craquêde e pergunta na Egreja, ao sachristão, se existe esse subterraneo. Se existir que o mostre no Domingo a umas senhoras, á snr.a D. Anna Lucena, e á snr.a D. Maria Mendonça, minha prima Maria... E que tenha tudo varrido, tudo decente!

[314] Mas, repassando a carta, reparou n'um Post-Scriptum em lettra mais miudinha, ao canto da folha:—«No Domingo, não se esqueça, a visita será entre as cinco e cinco e meia da tarde!»

Gonçalo pensou:—«Será uma entrevista?» E na livraria, atirando para uma cadeira o chapeu e o chicote, assentou que era uma entrevista, bem clara, bem marcada! E talvez nem existisse esse subterraneo—e Maria Mendonça, com a sua tortuosa esperteza, o inventasse, como natural motivo de lhe escrever, de lhe annunciar que no Domingo, ás cinco e meia, a bella D. Anna e os seus duzentos contos o esperavam em Santa Maria de Craquêde. Mas então a prima Maria não gracejára, em Oliveira? Gostava d'elle, realmente, essa D. Anna?... E uma emoção, uma curiosidade voluptuosa atravessaram Gonçalo á idéa de que tão formosa mulher o desejava.—Ah! mas certamente o desejava para marido, por que se o appetecesse para amante não se soccorria dos serviços da D. Maria Mendonça—nem a prima Maria, apesar de tão sabuja com as amigas ricas, os prestaria assim descaradamente como uma alcoviteira de Comedia! E caramba! casar com a D. Anna—não!

E subitamente anciou por conhecer a vida da D. Anna! Aturára ella tantos annos, em severa fidelidade, o velho Sanches? Sim, talvez, na Feitosa, na solidão [315]dos grandes muros da Feitosa—por que nunca sobre ella esvoaçára um rumor, em terriolas tão gulosas de rumores malignos. Mas em Lisboa?... Esses «amigos estimabilissimos» de que se ufanava o pobre

323

Sanches, o D. João não sei quê, o pomposo Arronches Manrique, o Philippe Lourençal com o seu cornetim?... Algum de certo a attacára—talvez o D. João, por dever tradicional do nome. E ella?... Quem o informaria sobre a historia sentimental da D. Anna?

Depois, ao jantar, de repente pensou no Gouveia. Uma irmã do Gouveia, casada em Lisboa com certo Cerqueira (arranjador de Magicas e empregado na Misericordia) costumava mandar ao mano Administrador relatorios intimos sobre todas as pessoas conhecidas d'Oliveira, de Villa-Clara, que se demoravam em Lisboa—e que interessavam o mano ou por Politica, ou por mexeriquice. E de certo, pela irmã Cerqueira, o querido Gouveia conhecia miudamente os annaes da D. Anna, durante os seus invernos de Lisboa, nas delicias da sua «roda fina».

N'essa noite, porém, o Administrador não apparecera na Assembleia. E Gonçalo, desconsolado, recolhia á Torre—quando no Largo do Chafariz o encontrou com o Videirinha, ambos sentados n'um banco, sob as olaias escuras.

—Chegou lindamente! exclamou o Gouveia. Estavamos [316]mesmo a marchar para minha casa, tomar chá. Quer vossê, tambem?... Vossê costuma gostar das minhas torradinhas.

O Fidalgo acceitou—apezar de cançado. E logo pela Calçadinha, enlaçando o braço do Administrador, contou que recebera uma carta de Lisboa, d'um amigo, com uma nova estupenda... O que?—O casamento da D. Anna Lucena.

O Gouveia parou, assombrado, atirando o côco para a nuca:

—Com quem?!

Gonçalo que inventára a carta—inventou o noivo:

—Com um vago parente meu, ao que parece, um D. João Pedroso ou da Pedrosa. Muitas vezes o Sanches Lucena me fallou n'elle... Conviviam muito em Lisboa...

Gouveia bateu com a ponta da bengala nas pedras:

—Não póde ser!... Que disparate! A D. Anna não ajustava casamento sete semanas depois de lhe morrer o marido... Olhe que o Lucena morreu no meado de Julho, homem! Ainda nem teve tempo de se acostumar á sepultura!

—Sim, com effeito! murmurou Gonçalo.

E sorria, sob uma doce baforada de vaidade—pensando que, sete semanas depois de viuva, ella, [317]sem resistir, calcando decencia e luto, lhe offerecia a elle uma entrevista nas ruinas de Craquêde.

A mentira de resto, apesar de disparatada, aproveitára—porque, depois de subirem á saleta verde do Administrador, o espanto recomeçou. Videirinha esfregava as mãos, divertido:

—Oh snr. Dr., olhe que tinha graça!... Se a snr.a D. Anna, depois d'apanhar os duzentos contos do velhote, logo passadas semanas, zás, se engancha com um rapazote novo...

Não, não!... Gonçalo agora, reparando, tambem considerava despropositada a noticia do casamento, assim com o pobre Sanches ainda môrno...

—Naturalmente entre ella e esse D. João havia namorico, olhadella... Por isso imaginaram. Com effeito, alguem me contou, ha tempos, que o tal D. João se atirava valentemente, como cumpre a um D. João, e que ella...

—Mentira! atalhou o Administrador, debruçado sobre a chaminé do candieiro para accender o cigarro. Mentira! Sei perfeitamente, e por excellente canal... Em fim, sei por minha irmã! Nunca, em Lisboa, a D. Anna deu azo a que se rosnasse.

Muito séria, muitissimo séria. Está claro, não faltou por lá maganão que lhe arrastasse a aza languida... Talvez esse D. João, ou outro amigo do marido, segundo a boa lei natural. Mas ella, nada! Nem ôlho de lado! [318]Esposa romana, meu amigo, e dos bons tempos romanos!

Gonçalo, enterrado no camapé, torcia lentamente o bigode, regalado, recolhendo as revelações. E o Gouveia, no meio da sala, com um gesto convencido e superior:

—Nem admira! Estas mulheres muito formosas são insensiveis. Bellos marmores, mas frios marmores... Não, Gonçalinho, lá para o sentimento, e para a alma, e mesmo para o resto, venham as mulheres pequeninas, magrinhas, escurinhas! Essas sim!... Mas os grandes mulherões brancos, do genero Venus, só para vista, só para museo.

Videirinha arriscou uma duvida:

—Uma senhora tão bonita como a snr.a D. Anna, e com aquelle sangue, assim casada com um velhote...

—Ha mulheres que gostam de velhotes por que ellas mesmas teem sentimentos velhotes!—declarou o Gouveia, de dedo erguido, com immensa auctoridade e immensa philosophia.

Mas a curiosidade de Gonçalo não se contentava. E na Feitosa? Nunca se rosnára d'alguma aventura escondida? Parece que com o Dr. Julio...

De novo o Fidalgo inventava. De novo Gouveia, repelliu a «mentira»:

—Nem na Feitosa, nem em Oliveira, nem em [319]Lisboa... De resto, é o que lhe digo, Gonçalo Mendes. Mulher de marmore!

Depois, saudando, em submissa admiração:

—Mas, como marmore... Vossês, meninos, não imaginam a belleza d'aquella mulher decotada!

Gonçalo pasmou:

—E onde a viu vossê decotada?

—Onde a vi decotada? Em Lisboa, n'um baile do Paço... Até foi justamente o Lucena que me arranjou o convite para o Paço. Lá me espanejei, de calção... Uma semsaboria. E mesmo uma vergonha, toda aquella turba acavallada por cima dos buffetes, aos berros, a agarrar furiosamente pedaços de perú...

—Mas então, a D. Anna?

—Pois a D. Anna uma belleza! Vossês não imaginam!... Santo nome de Deus! que hombros! que braços! que peito! E a brancura, a perfeição... De endoidecer! Ao principio, como havia muita gente, e ella estava para um canto, acanhadota, não fez sensação. Mas depois lá a descobriram. E eram correrias, magotes embasbacados... E «quem será?» E «que encanto!» Todo o mundo perdidinho, até o Rei!

E um momento os tres homens emmudeceram na impressão do formoso corpo evocado, que entre elles surgia, quasi despido, inundando com o explendor da sua brancura a modesta sala mal alumiada. [320]Por fim Videirinha acercou a cadeira, em confidencia, para fornecer tambem a sua informação:

—Pois, por mim, o que posso affirmar é que a snr.a D. Anna é uma mulher muito aceada, muito lavada...

E como os outros s'espantavam, rindo, de uma certeza tão intima—Videirinha contou que todas as semanas apparecia um moço da Feitosa, na botica do Pires, a comprar tres e quatro garrafas de agua de Colonia portugueza, da receita do Pires.

—Até o Pires dizia sempre, a esfregar as mãos, que na Feitosa regavam as terras com agua de Colonia. Depois é que soubemos pela creada... A snr.a D. Anna toma todos os dias um grande banho, que não é só para lavar, mas para prazer. Fica uma hora dentro da tina. Até lê o jornal dentro da tina. E em cada banho, zás, meia garrafa d'agua de Colonia... Já é luxo!

Então Gonçalo sentiu como um aborrecimento de todas aquellas revelações do Administrador, do ajudante da Pharmacia, sobre os decotes e as lavagens da linda mulher que o esperava entre os tumulos dos Ramires seculares. Saccudiu o jornal com que se abanava, exclamou:

—Bem! E passando a cantiga mais séria... Oh [321]Gouveia, vossê que tem sabido do Dr. Julio? O homem trabalha na eleição?

A creada entrára com a bandeja do chá. E em torno da mesa, trincando as torradas famosas, conversaram sobre a Eleição, sobre os informes dos Regedores, sobre a reserva do Rio-Manso—e sobre o Dr. Julio, que Videirinha encontrára nos Bravaes pedinchando votos pelas portas, acompanhado por um môço com a machina photographica ás costas.

Depois do chá Gonçalo, cançado e já provido «de revelações», accendeu o charuto para recolher á Torre.

—Vossê não acompanha, Videirinha?

—Hoje, Snr. Dr., não posso. Parto de madrugada para Oliveira, na diligencia.

—Que diabo vae vossê fazer a Oliveira?

—Por causa d'uns sapatos de praia e d'um fato de banho lá da minha patrôa, da D. Josepha Pires... Tenho de os trocar nos Emilios, levar as medidas.

Gonçalo ergueu os braços, desolado:

—Ora vejam este paiz! Um grande artista, como o Videirinha, a carregar para Oliveira com os sapatos de banho da patrôa Pires!... Oh Gouveia! quando eu fôr deputado precisamos arranjar um bom logar para o Videirinha, no Governo Civil. Um logar facil e com vagares, para elle não esquecer o violão!

[322] Videirinha córou de gôsto e de esperança—correndo a despendurar do cabide o chapéo do Fidalgo.

Pela estrada da Torre, os pensamentos de Gonçalo esvoaçaram logo, com irresistida tentação, para D. Anna—para os seus decotes, para os languidos banhos em que se esquecia lendo o jornal. Por fim, que diabo!... Essa D. Anna assim tão honesta, tão perfumada, tão explendidamente bella, só apresentava, mesmo como esposa, um feio senão—o papá carniceiro. E a voz tambem—a voz que tanto o arripiára na Bica-Santa... Mas o Mendonça assegurava que aquelle timbre rolante e gordo, na intimidade, se abatia, liso e quasi doce... Depois, mezes de convivencia habituam ás vozes mais desagradaveis—e elle mesmo, agora, nem percebia quanto o Manoel Duarte era fanhoso! Não! mancha teimosa, realmente, só o pae carniceiro. Mas n'esta Humanidade nascida toda d'um só homem, quem, entre os seus milhares d'avós até Adão, não tem algum avô carniceiro? Elle, bom fidalgo, d'uma casa de Reis d'onde Dynastias irradiavam, certamente, escarafunchando o Passado, toparia com o Ramires carniceiro. E que o carniceiro avultasse logo na primeira geração, n'um talho ainda afreguezado, ou que apenas s'esfumasse, atravez d'espessos seculos, entre os trigesimos avós—lá estava, com a faca, e o cepo, e as postas de carne, e as nodoas de sangue no braço suado!...

[323] E este pensamento não o abandonou até á Torre—nem ainda depois, á janella do quarto, acabando o charuto, escutando o cantar dos ralos. Já mesmo se deitára, e as pestanas lhe adormeciam, e ainda sentia que os seus passos impacientes se embrenhavam para traz, para o escuro passado da sua Casa, por entre a emmaranhada Historia, procurando o carniceiro...

Era já para além dos confins do Imperio Visigodo, onde reinava com um globo d'ouro na mão o seu barbudo avô Recesvinto. Esfalfado, arquejando, transpozera as cidades cultas, povoadas de homens cultos—penetrára nas florestas que o mastodonte ainda sulcava. Entre a humida espessura já crusára vagos Ramires, que carregavam, grunhindo, rezes mortas, molhos de lenha. Outros surdiam de tocas fumarentas, arreganhando agudos dentes esverdeados para sorrir ao neto que passava. Depois por tristes ermos, sob tristes silencios, chegára a uma lagôa ennevoada. E á beira da agoa limosa, entre os canaviaes, um homem monstruoso, pelludo como uma féra, agachado no lodo, partia a rijos golpes, com um machado de pedra, postas de carne humana. Era um Ramires. No ceu cinzento voava o Açor negro. E logo, d'entre a neblina da lagôa, elle acenava para Santa Maria de Craquêde, para a formosa e perfumada D. Anna, bradando por cima dos Imperios e dos Tempos:—«Achei o meu avô carniceiro!»

---

[324] No Domingo, Gonçalo acordou com uma «esperta ideia!» Não correria a Santa Maria de Craquêde com uma pontualidade sofrega, ás cinco horas (as cinco horas marcadas no Post-Scriptum da prima Maria)—mostrando o seu alvoroço em encontrar a tão bella e tão rica D. Anna Lucena! Mas ás seis horas, quando findasse a romaria das senhoras aos tumulos, appareceria elle indolentemente, como se, recolhendo d'um

passeio pelas frescas cercanias, se recordasse, parasse nas ruinas para conversar com a prima Maria.

Logo ás quatro horas porém se começou a vestir com tantos esmeros, que o Bento, cançado das gravatas que o Snr. Dr. experimentava e arremessava amarfanhadas para o divan, não se conteve:

—Ponha a de sedinha branca, Snr. Dr.! Ponha a branca, que lhe fica melhor! E refresca mais, com este calor.

Na escolha d'um ramo para o casaco ainda requintou, juntando as côres heraldicas dos Ramires, um cravo amarello com um cravo branco. Ao portão, apenas montára na egoa, temeu que as senhoras (não o encontrando no Claustro) encurtassem a visita, estugou o trote pelo atalho da Portella. Depois adiante, ao desembocar na antiga estrada real, [325]soltou n'um galope impaciente que o branqueou de poeira.

Só retomou um passo indifferente, ao acercar da linha do Caminho de Ferro, onde um carro de lenha e dois homens esperavam deante da cancella, que se fechára para a lenta passagem d'um trem carregado de pipas. Um d'esses homens, d'alforge aos hombros, era o Mendigo—o vistoso Mendigo que passeava por aquellas aldeias a rendosa magestade das suas barbaças de Deus fluvial. Erguendo gravemente o chapéo de vastas abas, desejou ao Fidalgo a companhia de Nosso Senhor.

—Então hoje a ganhar a rica vida por Craquêde?...

—Cá me arrasto ás vezes para a passagem do comboio d'Oliveira, meu Fidalgo. Os passageiros gostam de me vêr de pé no talude, correm sempre ás janellas...

Gonçalo, rindo, recordou que o encontro d'aquelle ancião precedia sempre um encontro seu com a bella D. Anna.—«Quem sabe? pensou. É talvez o Destino! Os antigos pintavam assim o Destino, com longas barbas e longas guedelhas, e o alforge ás costas contendo as sortes humanas...»—E com effeito ao cabo do pinheiral silencioso, que estiradas resteas de sol docemente douravam—avistou a caleche da [326]Feitosa, parada sob uma carvalha, com o cocheiro fardado de negro dormitando na almofada. A estrada real de Oliveira costeia ahi o antigo adro do mosteiro de Craquêde, queimado pelo fogo do céo, n'aquella irada tempestade que chamam de S. Sebastião, e que aterrou Portugal em 1616. Uma herva agora alfombra o chão, crescida e verde, entre os poderosos troncos dos castanheiros velhissimos. A Egrejinha nova alveja, bem caiada, ao fundo da ramaria: e, ligada a ella por um muro esbrechado que densa hera veste, tomando todo o lado nascente do Terreiro—sobe, enche ainda magnificamente o céo lustroso, a fachada da Egreja do vetusto Mosteiro, suavemente amarellecida e brunida pelos tempos, com o seu immenso portal sem portas, a rosacea desmantelada, e esvasiados os nichos d'enterramento onde outr'ora se estiraçavam as imagens dos fundadores, Froylas Ramires e sua mulher Estevaninha, condessa d'Orgaz, por alcunha a Queixa-perra. Duas casas terreas povoam o lado fronteiro do adro—uma limpa, com as hombreiras das janellas pintadas d'azul estridente, a outra deserta, quasi sem telhado, afogada na verdura d'um quinteiro bravo onde gira-soes resplandecem. Um pensativo silencio envolvia o arvoredo, as altivas ruinas. E nem o quebrava, antes serenamente o emballava, o susurro d'uma fonte, que a estiagem adelgaçára [327]em fio lento, e mal enchia o seu tanque de pedra, toldado pela pallida e rala folhagem d'um chorão muito alto.

O trintanario da Feitosa, ao enxergar o Fidalgo, saltou risonhamente da borda do tanque onde picava tabaco, para segurar a egoa. E Gonçalo, que desde pequeno não penetrava nas ruinas de Craquêde, seguia por um carreirinho cortado na relva, attentamente, encantado com aquella romantica solidão de lenda e verso, quando, sob o arco do portal, appareceram as duas senhoras voltando do velho Claustro. D. Maria Mendonça, com a sua sacudida vivacidade, agitou logo o guarda-sol de xadrezinho, semelhante ao vestido, cujas mangas, tufando desmedidamente nos hombros, lhe vincavam mais a elegancia esgalgada. E ao lado, na claridade, D. Anna era uma silenciosa e esvelta fórma negra, de lã negra e d'escumilha negra, onde apenas transparecia, suavisada sob o véo negro, a brancura explendida da sua face sensual e séria.

Gonçalo correra, erguendo o chapéo de palha, balbuciando o seu «prazer por aquelle encontro...» Mas já D. Maria o reprehendia, sem lhe consentir a fabula do «encontro»:

—O primo não é nada amavel, nada amavel...

—Oh prima!...

—Pois sabia que vinhamos, pela minha carta! [328]E nem está á hora aprazada, para fazer as honras, como devia...

Elle, rindo, com o seu desembaraço airoso, negou esse dever! Aquella casa não era sua, mas do Bom Deus! Ao Bom Deus competia «fazer as honras»—acolher tão doces romeiras com algum milagre amavel...

—E então, gostaram? V. Ex.a, Snr.a D. Anna, gostou das ruinas?... Muito interessantes, não é verdade?

Através do véo, com uma lentidão que a espessa renda negra tornava mais grave, ella murmurou:

—Eu já conhecia... Vim cá uma tarde, com o pobre Sanches que Deus haja.

—Ah...

Áquella evocação do pobre morto, Gonçalo sumira todo o sorriso, com polida tristeza. Mas D. Maria Mendonça acudio, atirando um dos seus magros gestos, como para arredar a sombra importuna:

—Ai! não imagina o que gostei, primo! É d'appetite todo o claustro... Logo aquella espada enferrujada, chumbada por cima do tumulo... Não ha nada que impressione como estas cousas antigas... Oh primo, e pensar que estão alli antepassados nossos!

O sorriso de Gonçalo de novo lampejou, alegre e acolhedor, como sempre que D. Maria se empurrava com desesperada gula para dentro da Casa de Ramires. [329]E gracejou, affavelmente. Oh, antepassados... Simples punhados de cinsa vã!—Pois não era verdade, Snr.a D. Anna?... Realmente! quem conceberia que a prima Maria, tão viva, tão sociavel, tão engraçada, descendesse d'uma poeira tristonha guardada dentro d'uma pia de pedra? Não! não se podia ligar tanto ser a tanto não-ser...—E como D. Anna sorria, n'uma vaga concordancia, encostando as duas mãos fortes e muito apertadas na pellica negra ao alto cabo d'aljofar da sombrinha, elle atalhou com interesse:

—V. Ex.a está talvez cançada, Snr.a D. Anna?

—Não, não estou cançada... Ainda vamos mesmo entrar na capella, um bocadinho... Eu nunca me canço.

E pareceu a Gonçalo que a voz da formosa creatura não rolava do papo, tão grossa e gorda—mas que se afinára, adoçada e velada pelo luto d'escomilha e lã, como esses grossos e rolantes rumores que a noite e o arvoredo adelgaçam. Mas D. Maria confessou o seu immenso cançasso! Nada a esfalfava como visitar curiosidades... E além d'isso a emoção, a ideia de heroes tão antigos!

—Se nos sentassemos n'aquelle banco, hein? É muito cedo para recolhermos, não é verdade, Annica? E está tão agradavel n'este socego, n'esta frescura...

[330] Era um banco de pedra, rente ao muro esbrechado que a hera afogava. Em torno a relva crescia, mais silvestre e florida com os derradeiros malmequeres e botões d'ouro que o sol d'Agosto poupára. Um aromasinho fino, d'algum jasmineiro emmaranhado na hera, errava, adocicava a serena tarde. E na rama d'um alamo, defronte do portão da Capella, duas vezes um melro cantára. Gonçalo sacudiu todo o banco cuidadosamente, com o lenço. E sentado na ponta, junto de D. Maria, louvou tambem a frescura, o recolhimento d'aquelle cantinho de Craquêde... E elle que nunca se aproveitára de

refugio tão santo, e quasi seu, nem mesmo para um almoço bucolico! Pois agora certamente voltaria fumar um charuto, revolver ideias de paz sob a paz das carvalheiras, na visinhança dos vovós mortos... Depois, com uma curiosidade:

—É verdade, prima! E o subterraneo?

Oh! não existia subterraneo!... Sim, existia—mas entulhado, sem sepulturas, sem antiguidades. E o sachristão logo lhes affiançára que «não valia a pena sujarem as saias...»

—É verdade, oh Annica, déste alguma cousa ao sachristão?

—Oh filha, dei cinco tostões... Não sei se foi bastante.

Gonçalo assegurou que se pagára sumptuosamente [331]ao sachristão. E, se prevesse tamanha generosidade da Snr.a D. Anna, agarrava elle um mólho de chaves, até enfiava uma opa preta, para mostrar—e para embolsar...

—Pois é o que devia ter feito! exclamou D. Maria, com um corisco nos espertos olhos. E decerto se lhe davam os cinco tostões! Porque sempre sería mais instructivo que o homemsinho, que mascava, não sabia nada!... Semelhante morcão! E eu com tanta curiosidade por aquelle tumulo aberto, com a tampa rachada... O môno só soube resmungar que «eram historias muito antigas lá do Fidalgo da Torre...»

Gonçalo ria:

—Pois essa historia por acaso sei eu, prima Maria! Sei agora pelo Fado dos Ramires, o fado do Videirinha...

D. Maria Mendonça levantou as compridas mãos aos céos, revoltada com aquella indifferença pelas tradições heroicas da Casa. Conhecer sómente os seus Annaes desde que elles andavam repicados n'um fado!... O primo Gonçalo não se envergonhava?

—Mas por quê, prima, porquê? O fado do Videirinha está fundado em documentos authenticos que o Padre Sueiro estudou. Todo o recheio historico foi fornecido pelo Padre Sueiro. O Videirinha só poz as rimas. Além d'isso antigamente, prima, a [332]Historia era perpetuada em verso e cantada ao som da lyra... Em fim quer saber esse caso do tumulo aberto, segundo as quadras do Videirinha? Eu sempre conto! Mas só para a Snr.a D. Anna, que não soffre d'esses escrupulos...

—Não! acudiu D. Maria. Se o Videirinha tem essa auctoridade historica então conte tambem para mim, que sou da Casa!

Gonçalo, por gracejo, tossio, passou o lenço pelos beiços:

—Pois eis o caso! N'esse tumulo habitava, naturalmente morto, um dos meus avós... Não me lembro o nome, Gutierres ou Lopo. Creio que Gutierres... Emfim, lá jazia quando foi da batalha das Navas de Tolosa... A prima Maria conhece a batalha das Navas, os cinco reis mouros, etc... Como o tal Gutierres soube da batalha não contam os versos do Videirinha. Mas, apenas lá dentro lhe cheirou a carnificina, arromba o tumulo, sahe por este pateo como um desesperado, desenterra o seu cavallo que fôra enterrado no adro onde agora crescem estes carvalhos, monta n'elle todo armado, e, Cavalleiro morto sobre cavallo morto, larga a galope através da Hespanha, chega ás Navas, arranca a espada, e destroça os mouros... Que lhe parece, Snr.a D. Anna?

Dedicára a historia a D. Anna, procurando nos [333]seus bellos olhos a attenção e o interesse. E ella, que a furto, através do decôro melancolico a que se esforçava, adoçára o sorriso, attrahida e levada, murmurou apenas:—«Tem graça!»—D. Maria, porém, quasi esvoaçou sobre o banco de pedra, n'um extasis:—«Lindo! Lindo! Que poesia!... Oh! uma lenda de todo o appetite!»—E, para que Gonçalo desenrolasse ainda a graça do seu dizer, outras maravilhas da sua Chronica:

—Conte, primo, conte... E voltou para Craquêde esse tio Ramires?

—Quem, prima, o Gutierres?... Ou fosse elle tolo! Apenas se apanhou livre da massada da sepultura não appareceu mais em Santa Maria de Craquêde. O tumulo vasio, como está, e elle por Hespanha n'uma pandega heroica!... Imagine! um defunto que por milagre se safa do seu jazigo, d'aquella postura eterna, tão apertada, tão esticada!...

Subitamente emmudeceu, lembrando o Sanches Lucena, tambem esticado no seu caixote de chumbo, sob o seu vistoso jazigo d'Oliveira...—D. Anna baixára a face, mais sumida no véo, esfuracando a herva com a ponta da sombrinha. E a esperta D. Maria, para desfazer a sombra impertinente que de novo os roçára, rompeu n'outra curiosidade, que ainda se encadeava na nobreza dos Ramires:

—É verdade! Sempre me esquece de lhe perguntar. [334]O primo ainda tem muitos parentes em França... Talvez tambem não saiba?

Sim! Gonçalo, casualmente, conhecia essa historia dos seus parentes de França—apezar de que o Videirinha os não cantára no Fado!

—Então conte! Mas que seja historia alegre!

Oh, não era prodigiosamente divertida! Um avô Ramires, Garcia Ramires, acompanhára nas suas famosas jornadas o Infante D. Pedro, o filho d'El-Rei D. João I... A Prima Maria sabia—o Infante D. Pedro, o que correu as Sete Partidas do mundo... Pois o Infante D. Pedro e os seus fidalgos, de volta da Palestina, pousaram um anno inteiro na Flandres, com o Duque de Borgonha. Até se celebraram então festas maravilhosas, com um banquete que durou sete dias, e que anda nos compendios da Historia de França. Onde ha danças ha amores. A avô Ramires sobejava imaginação e arrojo... Fôra elle que deante de Jerusalem, no Valle de Josaphat, lembrára que se erguesse um signal para que o Infante e os seus companheiros de romagem se reconhecessem no grande Dia de Juizo. Depois, naturalmente, bello mocetão, de barba negra e cerrada á Portugueza... Emfim casára com uma irmã do Duque de Clèves, uma tremenda Senhora, sobrinha do Duque de Borgonha e Brabante. Mais tarde, através d'essas ligações, uma avó Ramires, já viuva, casou tambem em França [335]com o conde de Tancarville. Esses Tancarvilles, Gran-Mestres de França, possuiam o mais formidavel castello da Europa, e...

D. Maria bateu as palmas, rindo:

—Bravo! lindamente! Sim, senhor!... Então o primo que se gaba de não saber nada de fidalguias... Olhe como conhece pelo miudo a historia d'esses grandes casamentos! Hein, Annica?... É uma Chronica viva!

Gonçalo vergou os hombros, confessou que se occupára de toda essa heraldica historia por um motivo bem rasteiro—por miseria!...

—Por miseria?

—Sim, prima Maria, por penúria de moeda, de cobres...

—Conte! conte! Olhe, a Annica está anciosa...

—Quer saber, Snr.a D. Anna?... Pois foi em Coimbra, no meu segundo anno de Coimbra. Os companheiros e eu chegamos a não juntar entre todos um vintem. Nem para cigarros! Nem para o sagrado decilitro de carrascão e as tres azeitonas do dever... Um d'elles então, rapaz muito engraçado, de Melgaço, surdiu com a idéa estupenda de que eu escrevesse aos meus parentes de França, a esses Clèves, a esses Tancarvilles, senhores de certo immensamente ricos, e sollicitasse, com desembaraço, um emprestimosinho de trezentos francos.

[336] D. Anna não conteve um riso, sinceramente divertido:

—Ai! tem muita graça!

—Mas não teve resultado, minha senhora... Já não existem Clèves, nem Tancarvilles! Todas essas grandes familias feudaes findaram, se fundiram n'outras casas, até na Casa de França. E o meu padre Sueiro, apezar de todo o seu saber genealogico, nunca conseguiu descobrir quem as representava com bastante affinidade para me emprestar, a mim parente pobre de Portugal, esses trezentos francos.

Aquella penuria de Gonçalo, de tamanho fidalgo, quasi enternecera D. Anna:

—Ora estarem assim sem vintem! Quem soubesse... Mas tem graça! Essas historias de Coimbra teem sempre muita graça. O D. João de Pedrosa, em Lisboa, tambem contava muitas...

D. Maria Mendonça, porém, através d'essa facecia d'estudantes, descortinára outra prova inesperada da grandeza dos Ramires. E immediatamente a estendeu deante de D. Anna com habilidade:

—Ora vejam!... Todas essas grandes casas de França, tão ricas, tão poderosas, acabaram, desappareceram. E cá no nosso Portugalsinho ainda dura a casa de Ramires!

Gonçalo acudiu:

[337] —Acaba agora, prima!... Não olhe para mim assim espantada. Acaba agora... Pois se eu não caso!

Então D. Maria recuou o magro peito—como se esse casamento do primo dependesse de doces influencias, que convinha se trocassem bem chegadamente, sem Marias Mendonças de permeio no estreito banco com grandes mangas bufantes tolhendo as correntes de effluvio. E sorria, quasi languidamente:

—Ora não casa... Mas por quê, primo, por quê?

—Por que não tenho geito, prima. O casamento é uma arte muito delicada que necessita vocação, genio especial. As Fadas não me concederam esse genio. E se me dedicasse a semelhante obra, ai de mim! com certeza a estragava.

D. Anna, como se outra idéa a occupasse, puxára lentamente do cinto o relogio preso por uma fita de cabello. E D. Maria insistia, recusava os motivos do Fidalgo:

—São tolices. O primo que gosta tanto de creanças...

347

—Gosto, gosto muito de creancas, até de creancinhas de mama. As creanças são os unicos seres divinos que a nossa pobre humanidade conhece. Os outros anjos, os d'azas, nunca apparecem. Os santos, depois de santos, ficam na Bemaventurança a [338]preguiçar, ninguem mais os enxerga. E, para concebermos uma ideia das cousas do céo, só temos realmente as creancinhas... Sim, com effeito, prima, gosto muito de creanças. Mas tambem gosto de flôres, e não sou jardineiro, nem tenho geito para a jardinagem.

E D. Maria com uma faisca no olhar promettedor:

—Socegue, que ainda vem a aprender!

Depois, para D. Anna que se esquecera na contemplação do relogio:

—Achas que vão sendo horas? Então, se queres, entramos na Capella... Oh primo, veja se está aberta.

Gonçalo correu, empurrou a porta da Capella. Depois acompanhou as duas senhoras pela pequenina nave soalhada, entre delgados pilares recobertos de uma cal aspera e crua—que recamava tambem as paredes lisas, apenas guarnecidas, na sua rigida nudez, por lithographias de Santos dentro de caixilhos de pinho. Deante do altar as senhoras ajoelharam—a prima Maria enterrando a face nas mãos juntas como n'um vaso de Piedade. Gonçalo dobrou o joelho de leve, engrolou uma Ave-Maria.

Depois voltou para o adro, accendeu um cigarro. E, pisando lentamente a relva, considerava quanto a viuvez melhorára D. Anna. Sob o negrume do luto, como n'uma penumbra que esfuma a grosseira deselegancia [339]das cousas, todos os seus defeitos se fundiam—os defeitos que tanto o horripilavam na tarde da Bica Santa, o rolar gordo da voz, o peito empinado, a ostentação de burgueza ricassa pinguemente repimpada na vida. Até já nem dizia—«o cavalheiro!» E alli, no adro melancolico de Craquêde, certamente parecia interessante e desejavel.

As senhoras desciam os dois degraus da Capella. Um melro esvoaçou na ramagem dos alamos. E Gonçalo encontrou o lampejo dos olhos serios de D. Anna que o procuravam.

—Peço perdão de não lhes ter offerecido agua benta á sahida, mas a concha está secca...

—Jesus, primo, que Egreja tão feia!

D. Anna arriscou, com timidez:

—Depois das ruinas e dos tumulos, até parece pouco religiosa.

A observação impressionou Gonçalo, como muito fina. E junto d'ella, demorando os passos com agrado, sentia, esparzido pelos seus movimentos, pelo roçar do vestido, um aroma tambem fino, que não era o da horrenda agua de Colonia da botica do Pires. Em silencio, sob a ramagem das carvalhas, caminharam para a caleche, onde o cocheiro se aprumára, bem estilado, tirando o chapeu. Gonçalo notou que elle rapára o bigode. E a parelha reluzia, atrelada com esmero.

[340]—E então, prima Maria, ainda se demora pelos nossos sitios?

—Sim, primo, mais uns quinze dias... A Annica é tão amavel, quiz que eu trouxesse os pequenos. O que elles se têm divertido na quinta, não imagina!

D. Anna murmurou, sempre séria:

—São muito engraçados, fazem muita companhia... Eu tambem gosto muito de creanças.

—Ai, a Annica adora creanças! accudiu D. Maria com fervor. O que ella atura os pequenos! Até joga com elles o mafarrico.

Perto da caleche, Gonçalo pensou que outra volta pelo adro, mais lenta, com a D. Anna e o seu fino aroma, seria doce, n'aquelle socego da tarde que findava, tingida de tão lindas côres de rosa sobre os pinheiraes escurecidos. Mas já o trintanario se acercava segurando a sua egoa. E D. Maria, depois de admirar e acariciar a egoa, chamou o primo discretamente—para saber a distancia da Feitosa a Treixedo, a outra quinta historica dos Ramires.

—A Treixedo, prima?... Cinco legoas fartas, com maus caminhos.

E immediatamente se arrependeu, antevendo um passeio, um novo encontro:

—Mas na estrada ultimamente andaram obras. E é muito bonito sitio, n'um alto, com um resto [341]de muralhas... Treixedo era um castello enorme... Na quinta ha uma lagôa entre arvoredo antigo... Oh! sitio delicioso para um pic-nic!

D. Maria hesitou:

—É um pouco longe, veremos, talvez.

E como D. Anna esperava em silencio—Gonçalo abriu a portinhola, tomou ao trintanario as rédeas da egoa. D. Maria Mendonça, no seu contentamento por tão proveitosa tarde, sacudiu ardentemente a mão do primo jurando «que ia apaixonada por Craquêde!» D. Anna mal roçou os dedos de Gonçalo, acanhada e córando.

Sózinho, com a rédea da egoa enfiada no braço, Gonçalo sorria. Na verdade, n'essa tarde, D. Anna não lhe desagradára. Outros modos, outra singeleza grave, outra doçura na sua possante belleza de Venus rural... E aquella observação sobre a Capella, «pouco religiosa» depois das ruinas seculares do claustro, era uma observação fina. Quem sabe? Talvez sob carne tão sensual se escondesse uma natureza delicada. Talvez a influencia d'outro homem, que não o estupidissimo Sanches, desenvolvesse na filha explendida do carniceiro qualidades de muito encanto... Oh, evidentemente, a observação sobre os tumulos e a sua religiosidade emanando da Lenda e da Historia—era fina.

[342] E então tambem o tomou a curiosidade de visitar esse claustro onde não entrára desde pequeno—quando ainda a Torre conservava as suas carruagens montadas e a romantica Miss Rhodes escolhia sempre o passeio de Craquêde para as tardes pensativas d'outomno. Puxou a egoa, transpoz o portal, atravessou o espaço descoberto que fôra a nave—atulhado de

caliça, de cacos, de pedras despegadas da abobada e afogadas nas hervas bravas. E pela brecha d'um muro a que ainda se amparava um pedaço d'altar—penetrou na silenciosa crasta Affonsina. Só d'ella restam duas arcadas em angulo, atarracadas sobre rudes pilares, lageadas de poderosas lages poidas que n'essa manhã o sachristão cuidadosamente varrera. E contra o muro, onde rijas nervuras desenham outros arcos, avultam os sete immensos tumulos dos antiquissimos Ramires, denegridos, lisos, sem um lavor, como toscas arcas de granito, alguns pesadamente encravados no lagedo, outros pousando sobre bolas que os seculos lascaram. Gonçalo seguia um carreiro de tijolo, rente aos arcos, recordando quando elle outr'ora e Gracinha pulavam ruidosamente por sobre essas campas, em quanto no pateo do claustro, entre as pilastras tombadas e a verdura das ruinas, a boa Miss Rhodes agachada procurava florinhas silvestres. Na abobada, sobre o [343]mais vasto tumulo, lá negrejava chumbada a espada, a famosa espada, com a sua corrente de ferro pendendo do punho, a folha roida pela ferrugem das longas idades. Sobre outro lá ardia a lampada, a estranha lampada mourisca, que não se apagára desde a tarde remota em que algum monge, com uma tocha de sahimento, silenciosamente a accendera... Quando se accendera ella, a eterna lampada? Que Ramires jazeriam n'esses cofres de granito, a que o tempo raspára as inscripções e as datas, para que n'ellas toda a Historia se sumisse, e mais escuramente se volvessem em leve pó sem nome aquelles homens de orgulho e de força?... Depois na ponta do claustro era o tumulo aberto, e ao lado, derrubada em dous pedaços, a tampa que o esqueleto de Lopo Ramires arrombára para correr ás Navas de Tolosa e bater os cinco Reis mouros. Gonçalo espreitou para dentro, curiosamente. A um canto da funda arca alvejava um montão d'ossos, limpos e bem arrumados! Esquecera o velho Lopo, na sua pressa heroica, esses poucos ossos, já despegados do seu esqueleto?... O crepusculo cerrára, e com elle uma melancolica sombra que se adensava sob as abobadas da crasta, cobria de tristeza morta aquella jazida de mortos. Então Gonçalo sentiu a desolada solidão que o envolvia, o separava da vida, alli desgarrado, e sem soccorro [344]entre a poeira e a alma errante dos seus avós temerosos! E de repente estremeceu, no arripiado mêdo de que outra tampa estalasse com fragor e atravez da fenda surdissem lividos dedos sem carne! Repuxou desesperadamente a egoa pelo muro desmantelado, nas ruinas da nave pulou para o selim, e varou n'um trote o portal, galgou o adro com ancia—só socegou ao avistar, ao fim do pinhal, a cancella do Caminho de Ferro aberta, e uma velha que a passava tangendo o seu burro carregado d'herva.

VIII

Ao fim da semana Gonçalo, que desde a visita a Santa Maria de Craquêde arrastava o remorso incommodo da sua preguiça, do tão longo abandono da Novella—recebeu de manhã, ao sahir do banho, uma carta do Castanheiro. Era curta:—e declarava ao amigo Gonçalo que, se em meado de Outubro não chegassem a Lisboa tres Capitulos do original, elle, com pezar seu e da Arte, publicaria no primeiro numero dos Annaes, em vez da Torre de D. Ramires, um drama do Nuno Carreira n'um acto, intitulado Em Casa do Temerario... «Apezar de drama e de phantasia (accrescentava) convem á indole erudita dos Annaes por que este Temerario é Carlos o Temerario, e a acção toda, fortemente tecida, se passa no Castello de Peronne, onde se encontram nada menos que Luiz XI de França, e o nosso pobre [346]Affonso V, e Pero da Covilhan que o acompanhava, e outros figurões de rija estatura historica. Imagine!... Está claro, o chic supremo seria Tructezindo Mendes Ramires contado pelo nosso Gonçalo Mendes Ramires! Mas, pelo que vejo, esse chic supremo está impedido por uma indolencia suprema. Sunt Lacrymae Revistarum!»

Gonçalo atirou a carta, gritou pelo Bento:

—Leva para a livraria chá verde, forte, com torradas. Hoje só almoço tarde, ás duas... Talvez nem almoce!

E, enfiando o roupão de trabalho, decidiu amarrar á banca, como um captivo ao remo, até que rematasse esse difficil Capitulo III, onde resaltava o barbaro e sublime rasgo do avô Tructezindo. Não, que diabo! não lhe convinha perder a apparição da Novella em tão proveitoso momento, nas vesperas da sua chegada a Lisboa, quando para a influencia Politica e para o prestigio social necessitava d'esse brilho que, segundo o velho Vigny, «uma penna de aço accrescenta a um elmo dourado de Fidalgo...» Felizmente, n'essa luminosa manhã em que as agoas da horta fartamente cantavam, elle sentia tambem a veia borbulhando, contente em se soltar e correr. Depois da visita á crasta de Craquêde a sua imaginação concebia menos ennevoadamente os seus avós Affonsinos:—e como que os palpava emfim no seu viver e pensar [347]desde que contemplára os grandes tumulos onde se desfaziam as suas grandes ossadas.

Na Livraria retomou com appetite, depois de lhes sacudir a poeira, as tiras da Novella sobre que emperrára, n'aquelle atarantado lance de susto e alarme—quando o Villico, o velho Ordonho, reconhecia o pendão do Bastardo surgindo á borda da Ribeira do Coice entre o coriscar de lanças empinadas, passando a antiga ponte de madeira, e, um momento sumido na verdura dos alamos, de novo avançando, alto e tendido, até ao rude Cruzeiro de pedra de Gonçalo Ramires o Cortador... O gordo Ordonho então, atirando o brado de—«Prestes, prestes! que é gente de Bayão!»—descambava pelo escalão da muralha como um fardo que rola.

No emtanto Tructezindo Ramires, no empenho d'aprestar a sua mesnada e abalar sobre Montemór, regera já com o Adail a ordem da arrancada, mandando que as buzinas soassem mal o sol batesse na margella do Poço grande. E agora, na sala alta da Alcaçova, conversava com o seu primo de Riba-Cavado e costumado camarada d'armas, D. Garcia Viegas—ambos sentados nos poiaes de pedra d'uma funda janella, onde uma bilha d'agoa com o seu pucaro refrescava entre vasos de manjaricão. D. Garcia Viegas era um velho esgalgado e agil, d'escuro carão [348]rapado, com uns miudos olhos coruscantes—que merecêra a alcunha de Sabedor pela viveza e succulencia do seu dizer, as suas infinitas manhas de guerra, e a prenda de fallar latim mais doutamente que um Clerigo da Curia. Convocado por Tructezindo, como os outros parentes de solar, para engrossar a mesnada dos Ramires em serviço das infantas, corrêra logo a Santa Ireneia fielmente com o seu pequeno poder de dez lanças—começando por saquear no caminho a herdade de Palha-Cã, dos de Severosa, que andavam com pendão alto na Hoste Real contra as Donas opprimidas. Tão rijamente se apressára que, desde a madrugada, apenas comêra sobre a sella, em Palha-Cã, duas rodelas dos chouriços roubados. E com a sêde da afogueada correria, ainda na emoção de tão amarga nova, a derrota de Lourenço Ramires seu afilhado, novamente enchia d'agoa o pucaro de barro—quando pela porta da sala de armas, que tres cabeças de javali dominavam, rompeu o velho Ordonho esbaforido:

—Snr. Tructezindo! Snr. Tructezindo Ramires! o Bastardo de Bayão passou a Ribeira, vem sobre nós com grande troço de lanças!

O velho Rico-Homem saltou do poial. E arremessando a mão cabelluda, cerrada com sanha, como se já pela gorja empolgasse o Bastardo:

[349] —Pelo Sangue de Christo! em boa hora vem que nos poupa caminho! Hein, Garcia Viegas? A cavallo e sobre elle...?

357

Mas, rente aos tropegos calcanhares de Ordonho, correra um Coudel de Besteiros, que gritou dos humbraes, saccudindo o capello de couro:

—Senhor! Senhor! A gente de Bayão parou ao Cruzeiro! E um cavalleiro moço, com um ramo verde, está deante das barbacans, como trazendo mensagem...

Tructesindo bateu o sapato de ferro sobre as lages, indignado com tal embaixada mandada por tal villão...—Mas Garcia Viegas, que d'um sorvo enxugára o pucaro, recordou serenamente e lealmente os preceitos:

—Tende, tende, primo e amigo! Que, por uso e lei d'aquem e d'além serras, sempre mensageiro com ramo se deve escutar...

—Seja pois! bradou Tructesindo. Ide vós fóra ás barreiras com duas lanças, Ordonho, e sabei do recado!

O Villico rebolou pela denegrida escada de caracol até ao patim da Alcaçova. Dous accostados, de lança ao hombro, recolhendo d'alguma rolda, conversavam com o armeiro, que sarapintára de amarello e escarlate cabos d'ascumas novas e as enfileirava contra o muro para seccarem.

[350] —Por ordem do Senhor! gritou Ordonho. Lança direita, e commigo ás barbacans, a receber mensagem!...

Ladeado pelos dous homens que se aprumaram, atravessou as barreiras; e pelo postigo da barbacan, que uma quadrilha de besteiros guardava, sahiu ao terreiro da Honra, largueza de terra calcada, sem relva ou arvore, onde se erguiam ainda as traves carcomidas d'uma antiga forca, e se amontoavam agora, para os concertos da Alcaçova, ripas de madeira, e grossas cantarias lavradas. Depois, sem arredar do humbral, empinando o ventre entre os dous accostados, bradou ao moço Cavalleiro, que esperava sob o rijo sol, sacudindo os moscardos com o seu ramo d'amoreira:

—Dizei de que gente sois! e a que vindes! e que credencia trazeis!...

E como arqueára logo a mão inquieta sobre a orelha—o Cavalleiro, serenamente, entalando o ramo entre o coxote e o arção, arqueou tambem os dous guantes relusentes d'escamas na abertura do casco, bradou:

—Cavalleiro do solar de Bayão!... Credencia não trago que não trago embaixada... Mas o Snr. D. Lopo ficou além ao Cruzeiro, e deseja que o nobre senhor da Honra, o Snr. Tructezindo Ramires, o escute do eirado da barbacan...

[351] O Villico saudou—recolheu pela poterna abobadada da torre albarran, murmurando para os dous accostados:

—O Bastardo vem a tratar o resgate do Snr. Lourenço Ramires...

Ambos rosnaram:

—Feio feito.

Mas, quando Ordonho offegante se apressava para a Alcaçova, encontrou no pateo Tructezindo Ramires—que, na irada impaciencia d'aquellas delongas do Bastardo, descera, todo armado. Sobre o comprido brial de lã verde-negra, que recobria a vestidura de malha, as suas barbas rebrilhavam, mais brancas, atadas n'um grosso nó como a cauda d'um corcel. Do cinturão tauxeado de prata pendia a um lado o punhal recurvo, a bozina de marfim—ao outro uma espada gôda, de folha larga, com alto punho dourado onde scintillava uma pedra rara trazida outr'ora da Palestina por Gutierres Ramires, o d'Ultramar. Um sergente conduzia sobre uma almofada de couro os seus guantes, o seu capello redondo, de vizeira gradada, como usára El-Rei D. Sancho: outro carregava o immenso broquel, da fórma d'um coração, revestido de couro escarlate, com o Açôr negro rudemente pintado, esgalhando as garras furiosas. E o Alferes, Affonso Gomes, seguia com o guião enrolado na funda de lona.

[352] Com o velho Rico-Homem descêra D. Garcia Viegas, e os outros parentes do Solar—o decrepito Ramiro Ramires, um veterano da tomada de Santarem, torcido pelos rheumatismos como a raiz de um roble, e arrimando os passos tremulos, não a um bastão, mas a um chusso; o formoso Leonel, o mais moço dos Samoras de Cendufe, o que matára os dois ursos nos brejos de Cachamúz e que tão bem trovava; Mendo de Briteiros, o das barbas vermelhas, grande queimador de bruxas, lêdo arranjador de folgares e danças; e o agigantado Senhor dos Paços de Avellim, todo coberto, como um peixe fabuloso, de escamas que reluziam. Como o sol se acercava da margella do Poço grande, marcando a hora da arrancada sobre Monte-mór—já, dos fundos alpendres que escondiam os campos do tavolado, os cavallariços puxavam os ginetes de guerra, com as suas altas sellas pregueadas de prata, as ancas e os peitos resguardados por coberturas de couro franjado que rojavam nas lagens. Por todo o Castello se espalhára que o Bastardo, depois da lide fatal aos Ramires, correra de Canta-Pedra, ameaçava a Honra:—e debruçados dos passadiços que ligavam a muralha aos contrafortes da Alcaçova, ou mettidos por entre os engenhos d'arremesso que atulhavam as corredoiras, os moços da ucharia, os servos das hortas, os villões acolhidos para dentro das barbacans, espreitavam o [353]Senhor de Santa Ireneia e aquelles Cavalleiros fortes, com anciedade, tremendo do assalto dos de Bayão e d'essas horrendas bolas de ferro, cheias de fogo, que agora as mesnadas Christãs arrojavam tão

destramente como as hordas Sarracenas.—No emtanto com a sua gorra esmagada contra o peito, Ordonho, arfando, apresentava a Tructesindo o recado do Bastardo:

—É cavalleiro moço, não traz credencia... O Snr. Bastardo espera ao Cruzeiro... E pede que o attendaes da quadrella das barbacans...

—Que se acerque pois! gritou o velho. E com quantos queira dos villões que o seguem!

Mas Garcia Viegas, o Sabedor, sempre avisado, com a sua esperta mansidão:

—Tende, primo e amigo, tende! Não subaes vós á tranqueira antes que eu me assegure se Bayão nos vem com arteirice ou falsura.

E entregando a sua pesada lança de faia a um donzel, enfiou pela escada soturna da Torre albarran. Em cima no eirado, sussurrando um chuta! chuta! á fila de besteiros que guarnecia as ameias, attenta e com a bésta encurvada—penetrou no miradouro, espiou pela setteira. O arauto de Bayão galopára para o Cruzeiro, que uma selva movediça de lanças rodeava coriscando. E curto recado lançou—porque logo, no seu fouveiro acobertado por uma rêde [354]de malha acairellada d'ouro, Lopo de Bayão despegou do denso troço de cavalleiros, com a viseira erguida, sem lança ou ascuma de monte, e ociosas sobre o arção da sella mourisca as mãos onde se enrodilhavam as bridas de couro escarlate. Depois, a um toque arrastado de buzina, avançou para as barbacans da Honra, vagarosamente, como se acompanhasse um sahimento. Não movera o seu pendão amarello e negro. Apenas seis infanções o escoltavam, tambem sem lança ou broquel, com sobrevestes de panno rôxo sobre os saios de malha. Atraz quatro alentados besteiros carregavam aos hombros umas andas, toscamente armadas com troncos de arvores, onde um homem jazia estirado, como morto, coberto, contra o calor e os moscardos, por leves folhagens de acacia. E um monge seguia n'uma mula branca, segurando misturadamente com as rédeas um crucifixo de ferro, sobre que pendia a orla do seu capuz e uma ponta de barba negra.

Da setteira, mesmo sem descortinar por entre a camada de ramagens a face do homem estendido nas andas, o Sabedor adivinhou Lourenço Ramires, o doce afilhado que tanto amára, que tão bem ensinára a terçar lanças e a treinar falcões. E cerrando os punhos, gritando surdamente—«Bem prestos! bésteiros, bem prestos!»—desceu a escura escadaria, tão arremessado pela colera e pela magoa que [355]o seu elmo cavamente bateu contra o arco da porta, onde o esperava Tructesindo com os Cavalleiros parentes.

—Senhor primo! bradou. Vosso filho Lourenço está deante das barreiras da Honra deitado sobre umas andas!

Com um rosnar d'espanto, um atropelo dos sapatos de ferro sobre as lages sonoras, todos seguiram pela poterna da albarran o Rico Homem—até ao escadão de madeira que se empurrava contra a quadrella das barbacans. E, quando o enorme velho surdio no eirado, um silencio pesou, tão ancioso, que se sentia para além do vergel o chiar triste e lento da nora e o latir dos mastins.

No terreiro, em frente á cancella gateada, o Bastardo esperava, immovel sobre o seu ginete, com a formosa face bem levantada, a face de Claro-sol, onde as barbas anelladas, cahindo nas solhas do arnez, rebrilhavam como ouro novo. Vergando o capello d'ouropel, saudou Tructesindo com gravidade e preito. Depois alçou a mão, que descalçára do guante. E n'um considerado e sereno fallar:

—Senhor Tructesindo Ramires, n'estas andas vos trago vosso filho Lourenço, que em lide leal, no valle de Canta-Pedra, colhi prisioneiro e me pertence pelo foro dos Ricos-Homens d'Hespanha. E de Canta-Pedra caminhei com elle para vos pedir que [356]entre nós findem estes homizios e estas feias brigas que malbaratam sangue de bons Christãos... Senhor Tructesindo Ramires, como vós venho de Reis. De D. Affonso de Portugal recebi a pranchada de Cavalleiro. Toda a nobre raça de Bayão se honra em mim... Consenti em me dar a mão de vossa filha D. Violante, que eu quero e que me quer, e mandae erguer a levadiça para que Lourenço ferido entre no seu solar e eu vos beije a mão de pae.

Das andas, que estremeceram sobre os hombros dos besteiros, um desesperado brado partio:

—Não, meu pae!

E hirto na borda do eirado, sem descrusar os braços, o velho Tructesindo retomou o brado—que por todo o terreiro da Honra rolou, mais arrogante e mais cavo:

—Meu filho, antes de mim, te respondeu, villão!

Como se uma pontoada de lança lhe topasse o peito, o Bastardo vacillou na alta sella: e, colhido pelo repuxão das rédeas, o seu fouveiro recuou alteando a testeira dourada. Mas, a um novo arremesso, repulou contra a cancella. E Lopo de Bayão erguido sobre os estribos, gritava com ancia, com furor:

—Snr. Tructesindo Ramires, não me tenteis!...

—Arreda, villão e filho de villôa, arreda!—clamou soberbamente o velho, sem desprender os braços de sobre o levantado peito, na sua rija immobilidade [357]e teima, como se todo o corpo e alma fossem de rijo ferro.

Então o Bastardo, arrojando o guante contra o muro da barbacan, rugio, chammejante e rouco:

—Pois pelo sangue de Christo e pela alma de todos os meus te juro, que se me não dás n'este instante essa mulher que eu quero e que me quer, sem filho ficas, que por minhas mãos, deante de ti e nem que todo o Céo accuda, lhe acabo o resto da vida!

Já na mão lhe lampejava um punhal. Mas n'um impeto de sublime orgulho, um impeto sobrehumano, em que cresceu como outra escura torre entre as torres da Honra, Tructesindo arrancára a espada:

—Com esta, covarde! com esta! Para que seja puro, não vil como o teu, o ferro que atravessar o coração de meu filho!

Furiosamente, com as duas possantes mãos, arremessou a espada, que rodopiou silvando e faiscando, se cravou no duro chão, onde tremia, ainda faiscava, como se uma colera heroica tambem a animasse. E no mesmo relance, com um urro, um salto do ginete, o Bastardo, debruçado do arção, enterrára o punhal na garganta de Lourenço—em golpe tão cravado que o esguicho do sangue lhe salpicou a clara face, as barbas d'ouro.

[358] Depois foi uma bruta abalada. Os quatro besteiros sacudiram para o chão as andas, o corpo morto enrodilhado nos ramos—e atiraram pelo terreiro, como lebres em clareira, atraz do monge que se agachava agarrado ás crinas da mula. N'uma curta desfilada o Bastardo, os seis cavalleiros, gritando o alarme, mergulharam no arraial que estacára ao Cruzeiro. Um tumulto remoinhou em torno ao devoto pilar. E em rodilhado tropel a mesnada desenfreou para a Ribeira, varou a velha ponte, logo ennublada em pó e sumida para além do arvoredo, n'um fugidio coriscar de capellinas e de lanças apinhadas.

Uma alta grita, no emtanto, atroára as muralhas de Santa Ireneia! Virotes, flechas, balas de fundas assobiavam, despedidas no mesmo furioso repente, sobre o bando de Bayão:—mas apenas um dos besteiros que carregára as andas tombou, estrebuchando, com uma flecha na ilharga. Pela cancella das barreiras já Cavalleiros e donzeis d'armas se empurravam desesperadamente para recolher o corpo de Lourenço Ramires. E Garcia Viegas, os outros parentes, galgaram ao eirado da barbacan, d'onde Tructesindo se não arredára, rigido e mudo, fitando as andas e seu filho estatelado com ellas sobre o terreiro da sua Honra. Quando, ao rumor, elle pesadamente se voltou—todos emmudeceram ante a serenidade da sua face, [359]mais branca que as brancas barbas, d'uma morta brancura de lapide, com os olhos resequidos e côr de braza, a latejar, a refulgir, como os dous buracos d'um forno.

Com a mesma sinistra serenidade, tocou no hombro do velho Ramiro, que tremia arrimado ao seu chusso. E n'uma vagarosa e vasta voz:

—Amigo! cuida tu do corpo de meu filho, que a alma ainda hoje, por Deus! lh'a vou eu socegar!...

Afastou aquelles senhores emmudecidos d'assombro e d'emoção—e baixou pela gasta escada de madeira, que rangia sob o peso do enorme Rico-Homem carregado de ira e dôr.

N'esse momento, entre besteiros e serviçaes que se atropellavam—o corpo de Lourenço Ramires transpunha o portello das barbacans, segurado pelo formoso Leonel e por Mendo de Briteiros, ambos affogueados de lagrimas e rouquejando ameaças furiosas contra a raça de Bayão. Atraz o tropego Ordonho gemia, abraçado á espada de Tructesindo, que apanhára no chão do Terreiro e que beijava como para a consolar. Á borda do fosso uma aveleira espalhava a sombra leve n'um bronco taboão pregado sobre toros—d'onde, aos domingos, com o adanel dos besteiros, Lourenço dirigia os jogos de bésta e frecha, distribuindo fartamente as recompensas de bolos de mel e de vinho em picheis. Sobre essas taboas o estiraram—recuando todos depois, em quanto [360]aterradamente se benziam. Um cavalleiro de Briteiros, temendo por aquella alma desamparada e sem confissão, correra á capella da Alcaçova procurar Frei Muncio. Outros, rodeando toda a muralha até ao Baluarte-Velho, gritavam, com desesperados acenos, para o torreão escalavrado, onde, como um môcho, habitava o Physico. Mas o certeiro punhal do Bastardo acabára o denodado Lourenço, flor e regra de cavalleiros por toda a terra de Riba-Cavado... E que lastimoso e desfeito—com suja terra na face, a garganta empastada de sangue negro, as malhas do saio rotas sobre os hombros e embebidas nas carnes retalhadas, e nua, sem grêva, toda inchada e rôxa, a perna ferida em Canta-Pedra, onde mais sangue e lama se empastavam!

Tructesindo descia, lento e rigido. E as seccas brazas dos seus olhos mais se incendiam, em quanto, atravez do dorido silencio, se acercava do corpo de seu filho. Deante do banco ajoelhou, agarrou a arrefecida mão que pendia; e, junto á face manchada de sangue e terra, segredou, de alma para alma, n'um abafado murmurio, que não era de despedida mas d'alguma suprema promessa, e que findou n'um beijo demorado sobre a testa, onde uma restea de sol rebrilhou, dardejada d'entre as folhas da aveleira. Depois erguido n'um arrebate, atirando o braço como para n'elle recolher toda a força da sua raça, gritou:

[361] —E agora, senhores, a cavallo, e vingança brava!

Já pelos páteos, em torno da Alcaçova, corria um precipitado fragor d'armas. Aos asperos commandos dos almocadens as filas de besteiros, d'archeiros, de fundibularios, rolavam dos adarves dos muros para cerrar as quadrilhas. Rapidamente, os cavallariços da carga amarravam sobre o dorso das mulas os caixotes do almazem, os alforges da trebalha. Pelas portas baixas da cosinha, peões e sergentes, antes de largar, bebiam á pressa uma conca de cerveja. E no campo das barreiras os cavalleiros, chapeados de ferro, carregadamente se içavam, com a ajuda dos donzeis, para as altas sellas dos ginetes—logo ladeados pelos seus infanções e acostados, que aprumavam a lança sobre o coxote assobiando aos lebreus.

Emfim o Alferes, Affonso Gomes, saccou da funda e desfraldou o pendão n'um embalanço largo em que as azas do Açor negrejaram, abertas, como soltando o vôo enfurecido. O grito agudo do Adail resoára por toda a cerca—ala! ala! De cima de um marco de pedra, junto ao postigo do barbacan, Frei Muncio estendia as magras mãos ainda tremulas, abençoava a hoste. Então Tructesindo, sobre o seu murzello, recebeu .do velho Ordonho a espada, de que tão terrivelmente se apartára. E estendendo a reluzente folha para as torres da sua Honra como para um altar, bradou:

[362] —Muros de Santa Ireneia, não vos torne eu a vêr, se em tres dias, de sol a sol, ainda restar sangue maldito nas veias do traidor de Bayão!

E, escancaradas as barreiras, a cavalgada tropeou em torno ao pendão solto,—em quanto, na torre d'Almenara, sob o parado explendor da sésta d'Agosto, o sino grande começava a tanger a finados.

Quando Gonçalo á tarde, enterrado na poltrona á varanda, releu este Capitulo de sangue e furor sobre que se esfalfára durante a semana, pensou «que o lance impressionaria.»

Sentiu então o appetite de recolher sem demora os louvores merecidos—e de mostrar a Gracinha e ao Padre Sueiro os tres Capitulos completos antes de remetter o manuscripto para os Annaes. E mesmo lhe convinha—porque a erudição archeologica do Padre Sueiro forneceria talvez algum traço novo, bem Affonsino, que mais avivasse aquella resurreição da Honra de Santa-Ireneia e dos seus senhores formidaveis. Immediatamente resolveu partir de manhã para Oliveira com o seu trabalho—que, depois de esmiuçado pelo Padre Sueiro, confiaria ao procurador de D. Arminda Viegas para elle o copiar n'aquella sua formosa lettra, tão celebrada em todo o [363]Districto, e apenas egualada (nas maiusculas) pela do Escrivão da Camara Ecclesiastica.

Sacudia já da poeira uma antiga pasta de marroquim para transportar a Obra amada—quando o Bento empurrou a porta, ajoujado com uma cesta de vime que uma toalha de rendas cobria.

—Um presente.

—Um presente... De quem?

—Da Feitosa, das senhoras.

—Bravo!

—E com uma carta, que vem pregada na toalha.

Com que curiosidade Gonçalo despedaçou o sobrescripto! Mas, apezar de lacrado com um pomposo sello d'Armas, apenas continha linhas a lapis n'um bilhete de visita da prima Maria Mendonça:—«Hontem ao jantar contei quanto o primo Gonçalo gosta de pêcegos sobretudo aboborados em vinho, e a Annica toma por isso a liberdade de lhe mandar esse cestinho de pêcegos da Feitosa, que como sabe são fallados em todo o Portugal... Mil saudades.»—Gonçalo imaginou logo no fundo da cesta, debaixo dos pêcegos, docemente escondida, uma cartinha da D. Anna!

—Bem! São pêcegos... Deixa ahi sobre uma cadeira...

[364] —Era melhor que os levasse já para a copa, Snr. Dr., para os arrumar na prateleira...

—Deixa sobre a cadeira!

Apenas o Bento cerrára a porta, estendeu no chão a toalha, entornou cuidadosamente por cima os pêcegos formosos que perfumavam a livraria. No fundo da cesta encontrou apenas folhas de parra. Levemente desconsolado, cheirou um pêcego. Depois considerou que os pêcegos, arranjados por ella, com parra que ella apanhára na latada, sob toalha que ella escolhera no armario, formavam na sua mudez cheirosa um recadinho sentimental. Ainda agachado na esteira, comeu o pêcego:—e recollocou os outros na cesta para os levar a Gracinha.

Mas, ao outro dia, ás duas horas, já com a parelha do Torto engatada á caleche, já com as luvas calçadas para a jornada d'Oliveira, recebeu uma inesperada visita—a visita do Snr. Visconde de Rio-Manso. Descalçando as luvas o Fidalgo pensava:—«O Rio-Manso! Que me quererá esse casmurro?»—Na sala, pousado á beira do canapé de velludo verde e esfregando os joelhos, o Visconde contou que de volta de Villa Clara e deante do portão da Torre vencera o seu teimoso acanhamento para apresentar os seus respeitos ao Snr. Gonçalo Ramires. E não só para esse gostoso dever—mas tambem (como [365]soubera que S. Ex.a se propunha Deputado pelo Circulo) para lhe offerecer na freguezia de Canta-Pedra o seu prestimo e os seus votos...

Gonçalo, risonho e pasmado, saudava, torcia embaraçadamente o bigode. E o Visconde de Rio-Manso não estranhava aquelle pasmo por que de certo o Snr. Gonçalo Ramires o conhecêra sempre como ferrenho Regenerador... Mas então! Elle pertencia á geração, agora bem rareada, que antepunha aos deveres da Politica os deveres da gratidão:—e além da sympathia que lhe merecia o Snr. Gonçalo Ramires (pelo que constava em todo o Districto do seu talento, da sua affabilidade, da sua caridade) tambem conservava para com S. Ex.a uma divida de gratidão, ainda aberta, não por indifferença, mas por timidez...

—V. Ex.a não adivinha, Snr. Gonçalo Mendes Ramires?... Não se lembra?

—Não, realmente, Snr. Visconde, não me...

Pois uma tarde o Snr. Gonçalo Mendes Ramires passava a cavallo pela quinta da Varandinha, quando a sua neta, brincando no terraço (aquelle terraço gradeado d'onde se curva uma magnolia), deixou escapar uma péla para a estrada. O Snr. Gonçalo Mendes Ramires, rindo, apeou immediatamente, apanhou a péla, e, para a restituir á menina debruçada [366]da grade, abeirou a egoa do muro depois de montar—e com que ligeiresa e garbo!...

—V. Ex.a não se lembrava?

—Sim, sim, agora...

Pois no ladrilho do terraço, rente da grade, pousava um jarro cheio de cravos. O Snr. Gonçalo Mendes, depois de gracejar com a menina (que, louvado Deus, não era acanhada!) pediu um cravo, que ella escolheu—e que lhe deu, toda séria, como uma senhora. E elle, que observára da janella do seu quarto, pensava:—«Ora ahi está! Este Fidalgo da Torre, um tão grande Fidalgo, que amavel!»—Oh S. Ex.a não tinha que rir e corar... A gentileza fôra grande—e a elle, avô, parecêra immensa! Mas não ficára sómente na péla apanhada...

—O Snr. Gonçalo Mendes Ramires não se recorda?...

—Sim, Snr. Visconde, com effeito, agora...

Pois, logo no outro dia, o Snr. Gonçalo Mendes Ramires mandára da Torre um precioso cesto de rosas, com o seu bilhete, e n'uma linha este gracejo:—«Em agradecimento d'um cravo, rosas á Snr.a D. Rosa.»

Gonçalo quasi pulou na cadeira, divertido:

375

—Sim, sim, Snr. Visconde, perfeitamente!.. Agora me recordo!

[367] Pois desde essa tarde elle sempre almejára por uma opportunidade de mostrar ao Snr. Gonçalo Mendes Ramires o seu reconhecimento, a sua sympathia. Mas que! era timido, vivia muito retirado... N'essa manhã porém, em Villa Clara, soubera pelo Gouveia que S. Ex.a se apresentava deputado pelo Circulo. Apezar de ser eleição tão segura, já pela influencia do Snr. Ramires, já pela influencia do Governo, logo pensára—«Bem, ahi está a occasião!» E, agora offerecia a S. Ex.a, na freguezia de Canta-Pedra, o seu prestimo e os seus votos.

Gonçalo murmurou, enternecido:

—Realmente, Snr. Visconde, nada me podia sensibilisar mais do que uma offerta tão espontanea, tão...

—Sou eu que me sensibiliso por V. Ex.a acceitar. E agora não fallemos mais n'esse meu pobre prestimo e n'esses meus pobres votos... Pois V. Ex.a tem aqui uma veneravel vivenda.

E como o Visconde alludia ao desejo, já n'elle antigo, de admirar de perto a famosa torre, mais velha que Portugal—ambos desceram ao pomar. O Visconde, com o guarda-sol ao hombro, pasmou em silencio para a torre; reconheceu (apezar de liberal) o prestigio que resulta d'uma tão alta linhagem como a dos Ramires; e gabou sinceramente o laranjal. Depois, sabendo que o Pereira da Riosa arrendára a [368]quinta, invejou ao Snr. Ramires tão cuidadoso e honrado rendeiro...—Deante do portão, o char-à-bancs do Visconde esperava, atrelado de duas mulas lustrosas e nedias. Gonçalo admirou as mulas. E, abrindo a portinhola, supplicou ao Snr. Visconde que beijasse por elle a mãosinha da Snr.a D. Rosa. Commovido, o Visconde confessou uma ousadia, uma esperança—e era que S. Ex.a um dia, á sua escolha, parasse em Canta-Pedra, jantasse na quinta, para conhecer mais intimamente a menina da péla e do cravo...

—Mas com immensa honra!... E desde já me proponho a ensinar á Snr.a D. Rosa, se ella o não sabe, o jogo da péla á antiga portugueza.

O Snr. Visconde saudou, banhado de gosto e riso, com a mão sobre o coração.

Gonçalo, trepando as escadas, murmurava:—«Oh senhores, que sympathico homem! E que generoso homem, que paga rosas com votos! Ora vejam como ás vezes, por uma pequenina attenção, se ganha um amigo! Com certeza, para a semana vou a Canta-Pedra jantar!... Homem encantador!»

E foi n'um ditoso estado d'alma que accommodou na caleche a pasta de marroquim com o manuscripto, o cesto sentimental dos pêcegos da D. Anna—e accendeu um charuto, e saltou á almofada, e tomou as redeas para lançar, n'um trote alegre até Oliveira, a parelha branca do Russo.

[369] No largo d'El-Rey, antes d'apear, perguntou logo ao Joaquim da Porta noticias dos senhores. Os senhores todos muito bem, graças a Deus... O Snr. José Barrôlo partira de manhã a cavallo para a quinta do Snr. Barão das Marges, só recolhia á noite...

—E o Snr. Padre Sueiro?

—O Snr. Padre Sueiro, creio que está para casa da Snr.a D. Arminda...

—E a Snr.a D. Graça?

—A Snr.a D. Graça desceu ha um bocadinho grande para o Mirante, de chapeu... Naturalmente ia á Egreja das Monicas.

—Bem. Leva esse cesto de pêcegos e dize ao Joaquim da Copa que o ponha na mesa, assim mesmo no cesto, com as folhas... E que me subam ao quarto agoa quente.

O relogio de parede, na sala de espera, gemia preguiçosamente as cinco horas. O palacete repousava n'um claro silencio. E depois da poeira e dos solavancos da estrada, pareceu mais doce a Gonçalo a frescura do seu quarto com as quatro janellas abertas sobre o jardim regado e sobre a cerca das Monicas. Cuidadosamente, guardou logo n'uma gaveta da commoda a pasta preciosa de marroquim. Uma creada de olhos repolhudos entrára com o jarrão d'agua quente:—e o Fidalgo, como sempre, [370]chasqueou a moça sobre os lindos sargentos de Cavallaria, cujo quartel tentador dominava o lavadouro da quinta, e retinha as raparigas da casa ensaboando todo o dia com paixão. Depois ainda se demorou, mudando o fato empoeirado, assobiando vagamente, encostado á varanda sobre a callada rua das Tecedeiras. O sino das Monicas lançou um lindo repique... E Gonçalo, enfastiado da sua solidão, decidiu descer pelo terraço do jardim, e surprehender Gracinha nas suas devoções, na Egrejinha.

Em baixo, no corredor, crusou o Joaquim da Copa:

—Então o Snr. Barrôlo hoje não janta?

—O Snr. Barrôlo foi jantar com o Snr. Barão das Marges, na quinta... São os annos da menina. Naturalmente só recolhe á noite.

Gonçalo, no jardim, ainda tardou por entre os alegretes, compondo para o casaco um ramo de flôres ligeiras. Depois rodeou a estufa, sorrindo da porta com que o Barrôlo a enriquecera, uma porta envidraçada, arqueada em ferradura, com um monogramma de côres rutilantes: e metteu pela rua que conduzia ao repuxo, coberta de silencio e penumbra pela rama enlaçada dos seus altos loureiros. Adiante, circumdado de bancos de pedra, d'arvores de aroma e flôr, cantava dormentemente o fino repuxo n'um tanque redondo, de borda larga, onde [371]s'espaçavam grossos vasos de louça branca com o brazão ramalhudo dos Sás. Certamente na véspera ou de manhã se lavára o tanque, por que na agoa muito transparente, sobre as lages muito claras, nadavam com redobrada vivacidade, em lampejos rosados, os peixes que Gonçalo assustou mergulhando e agitando a bengala. E d'aquella borda do tanque já elle avistava ao fundo de outra rua, debruada de dhalias abertas, o Mirante—uma construcção do seculo XVIII, simulando um Templosinho grego, côr de rosa desbotada, com um gordo Cupido sobre a cupula, e janellinhas de rocalha entre o meio relevo das columnas canelladas por onde trepavam jasmineiros.

Gonçalo arrancou, como costumava, folhas d'um ramo de lucia-lima, para esmagar e perfumar as mãos: e continuou para o Mirante, vagarosamente, por entre as dhalias apinhadas. Na allea, novamente ensaibrada, os sapatos finos de verniz que calçára pousavam sem rumor no saibro molle. E assim, n'um silencio de sombra indolente, se acercou do Mirante—e d'uma das janellinhas que, mal cerrada, conservava corrida por dentro a persiana de taboinhas verdes. Rente d'essa janella era a escada de pedra, que, do elevado e comprido terraço sobre que se estendia o jardim, communicava com a encovada rua das Tecedeiras, quasi em frente á Capella [372]das Monicas. E Gonçalo, sem pressa, descia—quando, atravez da persiana rala, sentiu dentro do Mirante um susurro, um cochichar perturbado. Sorrindo, pensou que alguma das creadas da casa se refugiára n'esse Templosinho de Amor com um dos sargentos terriveis de Cavallaria... Mas, não! impossivel! Pois se, momentos antes, Gracinha roçára aquella janella e pisára aquella escada, no seu caminho para as Monicas! E então outra idéa o varou como uma espada—e tão dolorosa que recuou com terror da beira do Mirante d'onde ella perversamente o assaltára. Já porém uma desesperada curiosidade a agarrára, o empurrava—e collou a face á persiana com a cautella d'um espião. O Mirante recahira em silencio—Gonçalo temia que o trahissem as pancadas do seu coração... Santo Deus! De novo o murmurio recomeçára, mais apressado, mais turbado. Alguem supplicava, balbuciava:—«Não, não, que loucura!»—Alguem urgia, impaciente e ardente:—«Sim, meu amor! sim, meu amor!» E a ambos os reconheceu—tão claramente como se a persiana se erguesse e por ella entrasse toda a vasta claridade do jardim. Era Gracinha! Era o Cavalleiro!

Colhido por uma immensa vergonha, no atarantado pavor de que o surprehendessem junto do Mirante e da torpeza escondida—enfiou pela rua das [373]dhalias, encolhido, com os sapatos leves no saibro molle, costeou o repuxo por sob a ramaria dos arbustos, remergulhou na escuridão dos loureiros, deslisou surrateiramente por traz da estufa—penetrou no socego do Palacete. Mas o murmurio do Mirante ainda o envolvia, mais desfallecido, mais rendido—«Não, não, que loucura!... Sim, sim, meu amor!...»

Abalou atravez das salas desertas como uma sombra acossada; escorregou abafadamente pela escadaria de pedra, varou o portão n'uma carreira, espreitando, com medo do Joaquim da Porta. No Largo parou, deante da grade do relogio do sol. Mas o susuro do Mirante errava por todo o Largo como um vento enroscado, raspando as lages, batendo as barbas dos Santos sobre o portal da Egreja de S. Matheus, redemoinhando nos telhados musgosos da Cordoaria...—«Não, não, que loucura! Sim, sim! meu amor!» Então Gonçalo sentiu a anciedade desesperada d'escapar para longe, para immensamente longe do Largo, do Palacete, da cidade, de toda aquella vergonha que o trespassava. Mas uma carruagem?... Pensou na alquilaria do Maciel, a mais retirada, para além das ultimas casas, na estrada do Seminario. E cosido com os muros baixos d'essas ruas pobres, correu, mandou engatar uma caleche fechada.

Emquanto esperava á porta, n'um banco, passou pela estrada uma lenta carroça com moveis, panellas [374]de cosinha, um grande colxão onde se alastrava uma nodoa. Bruscamente Gonçalo recordou o divan que guarnecia o Mirante. Era enorme, de mogno, todo coberto de riscadinho, com mollas lassas que rangiam. E de repente o murmurio recomeçou, cresceu, rolando com fragor de trovão por sobre os casebres visinhos, por sobre a cerca do Seminario, por sobre Oliveira espantada:—«Não, não, que loucura! Sim, sim, meu amor!»

Com um salto, Gonçalo gritou para dentro, para a cavallariça escura:

—Então, que inferno! não acaba, essa carroagem?

—Já a largar, meu Fidalgo.

No relogio da Piedade sete horas batiam—quando elle se atirou para a caleche, e fechou as stores pêrras, e se enterrou no fundo, bem sumido, esmagado, com a sensação que o Mundo tremera, e as mais fortes almas se abatiam, e a sua Torre, velha como o Reino, rachava, mostrando dentro um montão ignorado de lixo e de saias sujas.

IX

Á porta da cosinha, saccudindo um sobrescripto já amarrotado, Gonçalo ralhava com a Rosa cosinheira:

—Oh Rosa! pois tanto lhe recommendei que não escrevesse á mana Graça?... Que teimosa! Então não arranjavamos a pequena, sem essas lamurias para Oliveira? Graças a Deus, a Torre é larga bastante para mais uma creancinha!

É que morrera a Crispola—a desgraçada viuva, visinha da Torre, que com um rancho miudo de dous pequenos, tres raparigas, definhava no catre desde a Paschoa. E agora Gonçalo, que mantivera o casebre em fartura, andava accommodando as pobres creanças—já por cuidado d'elle muito aceadamente vestidas de luto. A rapariga mais velha (tambem Crispola), sempre encafuada na cosinha da Torre, passava [376]regularmente a «ajudanta da Rosa», com soldada. Um dos rapazes, de doze annos, espigado e esperto, tambem Gonçalo o empregava na Torre como andarilho, para os recados, com fardeta de botões amarellos. O outro, molle e ranhoso, mas com o geito e o amor de carpinteirar, já Gonçalo, sob o patrocinio da tia Louredo, o collocára em Lisboa, na Officina de S. José. D'uma das outras raparigas se encarregava a mãe de Manoel Duarte, amoravel senhora que habitava uma quinta formosa junto a Treixedo, e adorava Gonçalo de quem se considerava «vassalla». Mas para a mais novinha e a mais fraquinha não se arranjava amparo solido. A Rosa lembrára então—«que certamente a Snr.a D. Maria da Graça recolheria a creaturinha...» Gonçalo rosnára com seccura:—«Oh! por uma côdea mais de pão não se necessita encommodar a cidade d'Oliveira!» Rosa, porém, enlevada na obra, desejando para pequerrucha tão franzina e loira o agasalho d'uma senhora, escrevera a Gracinha, pela esmerada lettra do Bento, uma verbosa carta com o pedido, e toda a historia lamentosa da Crispola, e louvores devotos á caridade do Snr. Doutor. E era a resposta de Gracinha, demorada mas enternecida, com a recommendação «de lhe mandarem logo a pobre creança»—que impacientava o Fidalgo.

Por que, desde a tarde abominavel do Mirante, [377]estranhamente se apoderára d'elle uma repugnancia quasi pudica em communicar com os Cunhaes! Era como se esse Mirante e a torpeza abrigada dentro das suas paredes côr de rosa empestassem o jardim, o palacete, o Largo d'El-Rei, toda a cidade d'Oliveira, e elle agora, por aceio moral, recuasse ante essa região empestada onde o seu coração e o seu orgulho suffocavam... Logo depois da sua fuga recebera do bom Barrôlo uma carta espantada:—«Que têlha foi essa? Porque não esperaste? Eu, quando voltei á noite da quinta do Marges, até fiquei com cuidado. E não imaginas como a Gracinha anda nervosa! Soubemos da partida, por acaso, por um cocheiro do Maciel. Já hoje comemos os pêcegos, mas não comprehendemos!...»—Gonçalo respondeu seccamente n'um bilhete:—«Negocios». Depois recordou que deixára na gaveta do seu quarto o manuscripto da Novella: e mandou um moço da quinta, de madrugada, com um recado quasi secreto ao Padre Sueiro, «para que entregasse a pasta ao portador, bem embrulhada, sem contar aos senhores...» Entre a Torre e os Cunhaes só desejava separação e silencio.

E nos encerrados dias que passou na Torre (sem se arriscar a Villa-Clara, no terror de que a vergonha do seu nome já andasse rosnada pelo estanco do Simões ou pelo armazem do Ramos) não cessou de vibrar n'uma colera espalhada que a todos [378]varava... Colera contra a irmã que, calcando pudor, altivez de raça, receio dos escarneos d'Oliveira, tão facil e estouvadamente como se calcam as flôres desbotadas d'um tapete, correra ao Mirante, ao macho da bigodeira, apenas elle lhe acenára com o lenço almiscarado! Colera contra o Barrôlo, o bochechudo bacôco, que empregava os seus bacôcos dias celebrando o Cavalleiro, arrastando o Cavalleiro para o Largo d'El-Rei, escolhendo na adega os vinhos mais finos para que o Cavalleiro aquecesse o sangue, ageitando as almofadas de todos os camapés para que o Cavalleiro saboreasse estiradamente o seu charuto e a graça presente de Gracinha! Emfim colera contra si, que, pela baixa cubiça de uma cadeira em S. Bento, abatera a unica muralha segura entre a irmã e o homem da marrafa lusente—que era a sua inimizade, aquella escarpada inimizade, sempre, desde Coimbra, tão rijamente reforçada e recaiada!... Ah! todos tres horrendamente culpados!

Depois uma tarde, enfastiado da solidão, ousou um passeio por Villa-Clara. E reconheceu que na Assembleia, no estanco do Simões, na loja do Ramos, os amores de Gracinha eram certamente tão ignorados como se passassem nas profundidades da Tartaria. Immediatamente a sua alma doce, agora socegada, se abandonou á doçura de tecer desculpas subtis para todos os culpados d'aquella queda [379]triste... Gracinha, coitada, sem filhos, com tão mollengo e ensosso marido, alheia a todos os interesses da intelligencia, indolente mesmo para uma costura ou bordado—cedêra, que mulher não cederia? á credula e primitiva paixão que lhe brotára na alma, n'ella se enraizára, lhe déra as suas unicas alegrias do mundo e (influencia ainda mais poderosa!) lhe arrancára as suas unicas lagrimas! O Barrôlo, coitado, era o Bacôco—e como o «pilriteiro» da cantiga, incapaz de mais nobres fructos, só produzia os «pilritos» da sua Bacoquice. E elle, coitado d'elle, pobre, ignorado, irresistivelmente se rendera á fatal Lei d'Accrescentamento, que o levára, como a todos leva na ancia de fama e fortuna, a furar precipitadamente pela porta casual que se abre, sem reparar na estrumeira que atravanca os humbraes... Ah realmente todos bem pouco culpados deante de Deus que nos creou tão variaveis, tão frageis, tão dependentes de forças por nós ainda menos governadas do que o Vento ou do que o Sol!

Não, irremissivelmente culpado,—só o outro, o malandro da grenha ondeada! Esse, em toda a sua conducta com Gracinha, desde estudante, mostrára sempre um egoismo atrevido, só punivel como puniam os antigos Ramires, com a morte depois dos tormentos, e a carcassa posta aos corvos. Em quanto lhe agradou, na ociosidade dos longos estios, um namoro [380]bocolico sob os arvoredos da Torre—namorára. Quando considerou que uma mulher e filhos lhe atravancariam a vida ligeira—trahira. Logo que a antiga bem amada pertenceu a outro homem—recomeçára o cerco languido para colher, sem os encargos da paternidade, as emoções do sentimento. E apenas esse marido lhe entreabre a sua porta—não se demora, fende brutamente sobre a preza! Ah como o avô Tructesindo trataria villão de tal villania! Certamente o assava n'uma rugidora fogueira deante das barbacans—ou, nas masmoras da Alcaçova, lhe entupia as guellas falsas com bom chumbo derretido...

Pois elle, neto de Tructesindo, nem sequer podia, quando encontrasse o Cavalleiro nas ruas d'Oliveira, carregar o chapeu sobre a testa e passar! A menor diminuição n'essa intimidade tão desastradamente reatada—seria como a revelação da torpeza ainda abafada nas paredes do Mirante! Toda Oliveira cochicharia, riria.—«Olha o Fidalgo da Torre! Mette o Cavalleiro nos Cunhaes com a irmã, e logo, passadas semanas, rompe de novo com o Cavalleiro! Houve escandalo, e gordo!»—Que delicia para as Lousadas! Não, ao contrario! agora devia ostentar pelo Cavalleiro uma fraternidade tão larga e tão ruidosa—que, pela sua largueza e o seu ruido, inteiramente tapasse e abafasse o sujo enredo que por [381]traz latejava. Fingimento torturante—e imposto pela honra do nome! O sujo enredo bem guardado entre os mais densos arvoredos do jardim, na mais cerrada penumbra do Mirante!—e por fóra, ao sol, nas praças d'Oliveira elle sempre com o braço carinhosamente enlaçado no braço do Cavalleiro!

Os dias rolavam—e no espirito de Gonçalo não se estabelecia serenidade. E sobretudo o amargurava sentir que era forçado a essa intimidade vistosa com o Cavalleiro—tanto pelo cuidado do seu nome, como pela conveniencia da sua Eleição. Toda a sua altivez por vezes se revoltava:—«Que me importa a Eleição! Que valor tem uma encardida cadeira em S. Bento?...» Mas logo a secca Realidade o emmudecia. A Eleição era a unica fenda por onde elle lograria escapar do seu buraco rural; e, se rompesse com o Cavalleiro, esse villão, vezeiro a villanias, immediatamente, com o appoio da horda intrigante de Lisboa, improvisaria outro Candidato por Villa-Clara... Desgraçadamente elle era um d'esses seres vergados que dependem. E a triste dependencia d'onde provinha? Da pobreza—d'essa escassa renda de duas quintas, abastança para um simples, mas pobreza para elle, com a sua educação, os seus gostos, os seus deveres de fidalguia, o seu espirito de sociabilidade.

E estes pensamentos lenta e capciosamente o [382]empurraram a outro pensamento—á D. Anna Lucena, aos seus duzentos contos... Até que uma manhã encarou corajosamente uma possibilidade perturbadora:—casar com a D. Anna!—Por que não? Ella claramente lhe mostrára inclinação, quasi consentimento... Por que não casaria com a D. Anna?

Sim! o pae carniceiro, o irmão assassino... Mas tambem elle, entre tantos avós até aos Suevos ferozes, descortinaria algum avô carniceiro; e a occupação dos Ramires, atravez dos seculos heroicos, consistira realmente em assassinar. De resto o carniceiro e o assassino, ambos mortos, sombras remotas, pertenciam a uma Lenda que se apagava. D. Anna, pelo casamento, subira da Populaça para a Burguesia. Elle não a encontrava no talho do pae, nem no velhacouto do irmão—mas na quinta da Feitosa, já Rica-Dona, com procurador, com capellão, com lacaios, como uma antiga Ramires. Ah! sinceramente, toda a hesitação era pueril—desde que esses duzentos contos, de dinheiro muito limpo, de bom dinheiro rural, os trazia com o seu corpo, mulher tão formosa e séria. Com esse puro ouro, e o seu nome, e o seu talento, não necessitaria para dominar na Politica a refalsada mão do Cavalleiro... E depois que vida nobre e completa! A sua velha Torre restituida ao esplendor sobrio d'outras eras; uma lavoura de luxo no historico torrão de Treixedo; as [383]viagens fecundas ás terras que educam!... E a mulher que fornecia estes regalos não lhes amargava o goso, como em tantos casamentos ricos, com a sua fealdade, os seus agudos ossos, ou a sua pelle relentada... Não! Depois do brilho social do dia não o esperava na alcova um mostrengo—mas Venus.

E assim, lentamente trabalhado por estas tentações, mandou uma tarde um bilhete á prima Maria, á Feitosa, pedindo—«para se encontrarem, sós, n'algum passeio dos arredores, por que desejava ter com ella uma conversasinha séria e intima...» Mas tres immensos dias se arrastaram—e não appareceu a almejada carta da Feitosa. Gonçalo concluiu que a prima Maria, tão esperta, farejando a natureza da conversasinha e sem uma certeza para o alegrar, retardava, se recusava. Atravessou então uma desolada semana, remoendo a melancolia d'uma vida que sentia ôca e toda feita d'incertezas. O orgulho, um pudor complicado, não lhe consentiam voltar a Oliveira, ao quarto d'onde implacavelmente avistaria, por sobre o arvoredo, a cupula do Mirante com o seu gordo Cupido:—e quasi o arrepiava a idéa de beijar a irmã na face que o outro babujára! Sobre a Eleição descera um silencio de abobada—e outra repugnancia, mais acerba, lhe vedava escrever ao Cavalleiro. João Gouveia gozava as suas férias na Costa, de sapatos brancos, apanhando conchinhas [384]na praia. E Villa-Clara não se tolerava n'esse meado ardente de Septembro—com o Titó no Alemtejo onde o levára uma doença do velho Morgado de Cidadelhe, o Manoel Duarte na quinta da mãe dirigindo as vindimas, e a Assembleia deserta e adormecida sob o innumeravel susurro das moscas...

Para se occupar e atulhar as horas, mais que por dever ou gosto d'Arte, retomou a sua Novella. Mas sem fervor, sem veia agil. Agora era a sanhuda arrancada de Tructesindo e dos seus cavalleiros, correndo sobre o Bastardo de Bayão. Lance difficultoso—reclamando fragor, um rebrilhante colorido Medieval. E elle tão molle e tão apagado!... Felizmente, no seu Poemeto, o Tio Duarte recheára esse violento trecho de bem apinceladas paisagens, d'interessantes rasgos de guerra.

Logo na Ribeira do Coice, Tructesindo encontrava cortada a machado a decrepita ponte, cujos rotos barrotes e tabões carcomidos entulhavam no fundo a corrente escassa. Na sua fuga o Bastardo acautelladamente a desmantelára para deter a cavalgada vingadora. Então a pesada hoste de Santa Ireneia avançou pela esguia ourela, ladeando os renques de choupos em demanda do vau do Espigal... Mas que tardança! Quando as derradeiras [385]mulas de carga choutaram na terra d'alémribeira já a tarde se adoçava, e nas poças d'agua, entre as poldras, o brilho esmorecia, umas ainda d'ouro pallido, outras apenas rosadas. Immediatamente Dom Garcia Viegas, o Sabedor, aconselhou que a mesnada se dividisse:—a peonagem e a carga avançando para Montemor, esgueirada e callada, para esquivar recontros; os senhores de lança e os besteiros de cavallo arrancando em dura carreira para colher o Bastardo. Todos louvaram o ardil do Sabedor: e a cavalgada, aligeirada das filas tardas de archeiros e fundibularios, largou, soltas as rédeas, atravez de terras ermas, depois por entre barrocaes, até aos Tres-Caminhos, desolada chan onde se ergue solitariamente aquelle carvalho velhissimo que outr'ora, antes d'exorcisado por S. Froalengo, abrigava no sabbado mais negro de Janeiro, ao clarão d'archotes enxofrados, a Grande Ronda de todas as bruchas de Portugal. Junto do carvalho Tructesindo sopeou a arrancada: e, alçado nos estribos, farejava as tres sendas que se trifurcam e se encovam entre asperos, lobregos cerros de bravio e de tojo. Passára ahi o Bastardo malvado?... Ah! por certo passára e toda a sua maldade—porque no respaldo d'uma fraga, junto a tres cabras magras retouçando o matto, jazia, com os braços abertos, um pobre pastorinho morto, varado por uma frecha! Para que o [386]triste cabreiro não soprasse novas da gente de Bayão—uma bruta setta lhe atravessára o peito escarnado de fome, mal coberto de trapos. Mas por qual das sendas se embrenhára o malvado? Na terra solta, raspada pelo vento suão que rolava d'entre-montes, não appareciam pegadas revoltas de tropel fugindo. E, em tal solidão, nem choça ou palhoça d'onde villão ou velha alapada espreitassem a levada do bando... Então, ao mando do Alferes Affonso Gomes, tres almogavres despediram pelos tres caminhos á descoberta—em quanto os Cavalleiros, sem desmontar, desafivelavam os morriões para limpar nas faces barbudas o suor que os alagava, ou abeiravam os ginetes d'um sumido fio d'agua que á orla da chan se arrastava entre ralo caniçal. Tructesindo não se arredou de sob a ramada do carvalho de S. Froalengo, immovel sobre o murzello immovel, todo cerrado no ferro da sua negra armadura, as mãos juntas sobre a sella e o elmo pesadamente inclinado como em magua e oração. E ao lado, com as colleiras errissadas de prégos, as sangrentas linguas penduradas, arquejavam, estirados, os seus dous mastins.

Já no emtanto a espera se alongava, inquieta, enfadonha—quando o almogavre que mettera pela senda de Nascente reappareceu n'um rolo de poeira, atirando logo o alarde de longe, com a ascuma [387]alta. A hora escassa de carreira avistára num cabeço uma hoste acampada, em arraial seguro, rodeado d'estaca e valla!...

—Que pendão?

—As treze arruellas.

—Deus louvado! gritou Tructesindo, que estremeceu como acordando. É D. Pedro de Castro, o Castellão, que entrou com os Leonezes e vem pelas senhoras Infantas!

Por esse caminho pois não se atrevera o Bastardo!... Mas já pela senda de Poente recolhia outro almogavre contando que entre-cerros, n'um pinhal, topára um bando de bufarinheiros genovezes, retardados desde alva, por que um d'elles esmorecera com mal de febres. E então?...—Então, pela borda do pinheiral apenas passára em todo o dia (no jurar dos genovezes) uma companhia de truões voltando da feira de Grajelos. Só restava pois o trilho do meio, pedregoso e esbarrancado como o leito enxuto d'uma torrente. E por elle, a um brado de Tructesindo, tropeou a cavalgada. Mas já o crepusculo tristissimo descia—e sempre o caminho se estirava, agreste, soturno, infindavel, entre os cerros de urze e rocha, sem uma cabana, um muro, uma sebe, rasto de rez ou homem. Ao longe, mais ao longe, emfim, enchergaram a campina arida, coberta de solidão e penumbra, dilatada [388]na sua mudez até a um ceu remoto, onde já se apagava uma derradeira tira de poente côr de cobre e côr de sangue. Então Tructesindo deteve a abalada, rente d'espinheiros que se torciam nas lufadas mais rijas do suão:

—Por Deus, senhores, que corremos em pressa vã e sem esperança!... Que pensaes, Garcia Viegas?

Todo o bando se apinhára: e uma fumarada subia dos ginetes arquejantes sob as coberturas de malha. O Sabedor estendeu o braço:

—Senhores! O Bastardo, antes de nós, galgou d'escapada essa campina além, e metteu a Valle-Murtinho para pernoitar na Honra de Agredel, que é bem afortalezada e parenta de Bayão...

—E nós, pois, D. Garcia?

—Nós, senhores e amigos, só nos resta tambem pernoitar. Voltemos aos Tres-Caminhos. E de lá, em boa avença, ao arraial do Snr. D. Pedro de Castro, a pedir agasalho... A par de tamanho senhor encontraremos mais fartamente que nos nossos alforges o que todos, christãos e brutos, vamos necessitando, cevada, um naco de vianda, e de vinhos tres golpes rijos...

Todos bradaram com alvoroço:—«Bem traçado! bem traçado!...»—E de novo, pelo barranco pedregoso, a cavalgada trotou pezadamente para os Tres-Caminhos—onde já dous corvos se encarniçavam sobre o corpo do pastorinho morto.

[389] Em breve, ao cabo do caminho do Nascente, no cabeço alto, alvejaram as tendas do arraial, ao clarão das fogueiras que por todo elle fumegavam. O Adail de Santa Ireneia arrancou da bosina tres sons lentos annunciando Filho-d'Algo. Logo de dentro da estacada outras businas soaram, claras e acolhedoras. Então o Adail galopou até ao vallado, a annunciar ás atalaias postadas nas barreiras, entre luzentes fogos d'almenara, a mesnada amiga dos Ramires. Tructesindo parára no corrego escuro, que o pinheiral cerrado mais escurecia movendo e

gemendo no vento. Dous cavalleiros, de sobreveste negra e capuz, logo correram pelo pendor do outeiro—bradando que o Snr. D. Pedro de Castro esperava o nobre senhor de Santa Ireneia e muito se prazia para todo seu regalo e serviço! Silenciosamente Tructesindo desmontou; e com D. Garcia Viegas, e Leonel de Çamora e Mendo de Briteiros e outros parentes de solar, todos sem lança ou broquel, descalçados os guantes, galgaram o cabeço até á estacada, cujas cancellas se escancararam, mostrando na claridade incerta dos fogareus sombrios magotes de peões—onde, por entre os bassinetes de ferro, surdiam toucas amarellas de mancebas e gorros enguisalhados de jograes. Apenas o velho assomou aos barrotes dous infanções, sacudindo a espada, bradaram:

[390] —Honra! honra! aos Ricos-Homens de Portugal!

As trompas misturavam o clangor rispido aos rufos lassos dos tambores. E por entre a turba, que calladamente recuára em alas lentas, avançou, precedido por quatro cavalleiros que erguiam archotes accesos, o velho D. Pedro de Castro, o Castellão, o homem das longas guerras e dos vastos senhorios. Um corselete d'anta com lavores de prata cinjia o seu peito já curvado, como consumido por tamanhas fadigas de pelejar e tamanhas cubiças de reinar. Sem elmo, sem armas, appoiava a mão cabelluda de rijas veias a um bastão de marfim. E os olhos encovados faiscavam, com affavel curiosidade, na requeimada magreza da face, de nariz mais recurvo que o bico d'um falcão, repuxada a um lado por um fundo gilvaz que se sumia na barba crespa, aguda e quasi branca.

Deante do senhor de Santa Ireneia alargou vagarosamente os braços. E com um grave riso que mais lhe recurvou, sobre a barba espetada, o nariz de rapina:

—Viva Deus! Grande é a noite que vos traz, primo e amigo! Que não a esperava eu de tanta honra, nem sequer de tanto gosto!...

---

[391]Ao rematar este duro Capitulo, depois de tres manhãs de trabalho, Gonçalo arrojou a penna com um suspiro de cansaço. Ah! já lhe entrava a fartura d'essa interminavel Novella, desenrolada como um novello solto—sem que elle lhe podesse encurtar os fios, tão cerradamente os emmaranhára no seu denso Poema o Tio Duarte que elle seguia gemendo! E depois nem o consolava a certeza de construir obra forte. Esses Tructesindos, esses Bastardos, esses Castros, esses Sabedores, eram realmente varões Affonsinos, de solida substancia historica?... Talvez apenas oucos titeres, mal engonçados em erradas armaduras, povoando inveridicos arraiaes e castellos, sem um gesto ou dizer que datassem das velhas edades!

E ao outro dia não reuniu em todo o seu ser coragem para retomar aquella sofrega correria dos de Santa Ireneia sobre o bando escapadiço de Bayão. De resto já remettera tres Capitulos da Novella—já calmára as ancias do Castanheiro. Mas a ociosidade mais lhe pesou n'essa semana, arrastada pelos canapés ou por entre os buxos do jardim, fumando e tristemente sentindo que a Vida lhe fugia em fumo. Para o enervar accrescia um aborrecimento de dinheiro—uma lettra de seiscentos mil réis, do derradeiro anno de Coimbra, sempre reformada, sempre [392]avolumada, e que agora o emprestador, um certo Leite, d'Oliveira, reclamava com dureza. O seu alfaiate de Lisboa tambem o importunava com uma conta pavorosa, atulhando duas laudas. Mas sobretudo o desolava a solidão da Torre. Todos os alegres amigos dispersos pela beira-mar ou nas quintas. A Eleição encalhada como uma barca no lodo. A irmã de certo com o outro no Mirante. Até a prima Maria desattendendo ingratamente o seu timido pedido d'uma «conversasinha.» E elle no seu quente casarão, sem energia, immobilisado n'uma inercia crescente, como se cordas o travassem, cada dia mais apertadas—e d'homem se volvesse em fardo.

Uma tarde no seu quarto, vagaroso e sombrio, sem mesmo parolar com o Bento, acabava de se vestir para montar a cavallo, espairecer n'um galope pelos caminhos de Valverde—quando o pequeno da Crispola (já estabelecido na Torre como pagem, de fardeta de botões amarellos) bateu esbaforidamente á porta.—Era uma senhora que parára ao portão, dentro d'uma carruagem, pedia ao Fidalgo para descer...

—Não disse o nome?

—Não, senhor. É uma senhora magra, puxada a dous cavallos, com redes...

A prima Maria! Com que alvoroço correu, agarrando no cabide do corredor um velho chapeu de [393]palha! E em baixo foi como se contemplasse a Deusa da Fortuna na sua roda ligeira.

—Oh prima Maria, que surpreza!... Que felicidade!

Debruçada da portinhola da carruagem (a caleche azul da Feitosa), D. Maria Mendonça, com um chapeu novo enramalhetado de lilazes, desculpou atrapalhadamente e rindo o seu silencio. Recebera a carta do primo muito atrasada... Sempre o fatal carteiro, tropego e bebedo... Depois uns dias muito atarefados em Oliveira com a Annica, que preparava para o inverno a casa da rua das Vellas.

—E finalmente, como devia uma visita em Villa-Clara á pobre Venancia Rios, que tem estado doente, achei mais simples e mais completo parar na Torre... E então?

Gonçalo sorria, embaraçado:

—Então, nada de grave, mas... É que desejava conversar comsigo... Por que não entra?

Abrira a portinhola. Ella preferia passear na estrada. E ambos s'encaminharam para o velho banco de pedra que os alamos abrigavam em frente ao portão da Torre. Gonçalo sacudiu com o lenço a ponta do banco.

—Pois, prima Maria, eu desejava conversar... Mas é difficil, tão difficil!... Talvez o melhor seja atacar a questão brutalmente.

[394] —Ataque.

—Então lá vae!... A prima acha que eu perco o meu tempo se me dedicar á sua amiga D. Anna?

Pousada de leve á borda do banco, enrolando attentamente a seda preta do guardasolinho, Maria Mendonça tardou, murmurou:

—Não, acho que o primo não perde o seu tempo...

—Ah! acha?

Ella considerava Gonçalo, gozando a sua perturbação e anciedade.

—Jesus, prima!... Diga alguma cousa mais!

—Mas que quer que lhe diga mais? Já lhe declarei em Oliveira. Ainda sou muito nova para andar com recadinhos de sentimento. Mas acho que a Annica é bonita, é rica, é viuva...

Gonçalo arrancou do banco, erguendo os braços, em desolação. E, como D. Maria tambem se erguera, ambos seguiram pela tira de relva que orla os alamos. Elle quasi gemia, desconsolado:

—Ora bonita, viuva, rica... Para conhecer esses grandes segredos não a incommodava eu, prima!... Que diabo! seja boa rapariga, seja franca! A prima sabe, de certo já ambas conversaram... Seja franca. Ella tem por mim alguma sympathia?

D. Maria parou, murmurou, riscando com a ponta do guardasolinho o trilho amarellado da relva:

—Pois está claro que tem...

[395] —Bravo! Então, se d'aqui a um tempo, passados estes primeiros mezes de luto, eu me declarasse, me...

Ella dardejou a Gonçalo os espertos olhos:

—Santo Deus, como o primo por ahi vae, a galope... Então é uma paixão?

Gonçalo tirou o seu velho chapeu de palha, passou lentamente os dedos pelos cabellos. E n'um immenso e triste desabafo:

—Olhe, prima! É sobretudo a necessidade de me accommodar na vida! Pois não lhe parece?

—Tanto me parece que lhe indiquei o bom poizo... E agora adeus, passa das cinco horas. Não me quero demorar por causa dos creados.

Gonçalo protestou, supplicou:

—Mais um bocadinho!... É tão cedo! Só outra cousa, com franqueza. Ella é boa rapariga?

D. Maria voltára, ao cabo do renque d'alamos, recolhendo á caleche:

—Uma pontinha de genio, para animar a existencia. Mas muito boa rapariga... E uma dona de casa admiravel! O primo não imagina como anda a Feitosa. A ordem, o acceio, a regularidade, a disciplina... Ella olha por tudo, até pela adega, até pela cocheira!

Gonçalo esfregou radiantemente as mãos:

—Pois se d'aqui a um anno se realisar o grande [396]acontecimento hei de gritar por toda a parte que foi a prima Maria que salvou a casa de Ramires!

—Por isso eu trabalho, para servir o brazão e o nome! exclamou ella, saltando ligeiramente para a caleche, como se fugisse, arremessada aquella clara confissão.

O trintanario trepára á almofada. E em quanto os cavallos folgados largavam, aos corcovos, D. Maria ainda gritou:

—Sabe quem encontrei em Villa Clara? O Titó!

—O Titó?...

—Chegou do Alemtejo, vem jantar comsigo. Eu não o trouxe na carruagem por decencia, para o não comprometter...

E a caleche rolou—entre os risos e os doces acenos com que ambos se afagavam, n'aquella nova concordancia mais calorosa d'uma conspiração sentimental.

Gonçalo largou logo alegremente para Villa-Clara, ao encontro do Titó. E já o alvoroçava a idéa de colher do Titó, intimo da Feitosa, informações sobre a D. Anna, o seu genio, os seus modos. A prima Maria, por amor dos Ramires (sobretudo, coitada, para proveito dos Mendonças!), idealisava a noiva. Mas o Titó, o homem mais veridico do Reino, amando a Verdade com a antiga devoção de Epaminondas, apresentaria D. Anna sem um enfeite nem um desenfeite. [397]E o Titó... Ah! sob o seu vozeirão troante, a sua indolencia bovina, o Titó possuia um espirito muito attento, muito penetrante.

Logo á Portella os dous amigos s'encontraram. E, apesar de separação tão curta, o abraço foi estrondoso.

—Oh sô Gonçalão!...

404

—Oh Titósinho querido! tens feito cá uma falta enorme!... E teu irmão?

O mano melhor, mas arrasado. Muito cartapacio e muito fêmea para velho de sessenta annos. E elle lá o avisára:—«Mano João, mano João! olhe que assim sempre agarrado aos papeis velhos e ás cachopas novas, o mano rebenta!»

—E por cá? Essa eleição?

—A eleição agora para outubro, nos começos d'outubro... De resto, semsaboria universal. Gouveia na Costa, Manoel Duarte na vindima... Eu seccadote, murchote, sem veia, até sem appetite.

—Olha que eu venho jantar e convidei o Videirinha.

—Bem sei, já me disse a prima Maria, que parou um bocado na Torre... Ella está na Feitosa com a D. Anna.

Durante um momento repisou sobre a intimidade da prima Maria na Feitosa, com a tentação de desabafar, logo alli na estrada, sobre o inesperado [398]romance que desabrochára. Mas não ousou! Era um angustiado acanhamento, como a vergonha de cubiçar assim todos os restos do pobre Lucena—o Circulo e a viuva.

Então, conversando do Alemtejo e do mano João (que contára muitas antigualhas massadoras sobre a genealogia dos Ramires), desceram da Portella á Torre, com tenção de estirar o passeio até aos Bravaes. Mas, na Torre, Gonçalo desejou avisar a Rosa dos dous convivas inesperados, senhores de tão poderoso garfo. Entraram pela porta do pomar onde um fio lento d'agoa s'atardava nos regueiros. Aos brados galhofeiros do Fidalgo a Rosa accudio, limpando as mãos ao avental. O que! dous convidados! Mesmo quatro, e mais valentes, que graças a Deus nosso Senhor o jantarinho sobrava! Ainda de tarde comprára a uma mulher da Costa um cesto de sardinhas, graudas e gordas que regalavam!... O Titó reclamou logo uma fritada tremenda de sardinha e ovos. E os dois amigos atravessavam o pateo—quando Gonçalo reparou no Bento, escarranchado no banco da latada, deante d'uma tigella, e areando com enthusiasmo um castão de prata lavrada, que emergia de dentro d'uma toalha enrolada como d'uma bainha.

—Que castão é esse, Bento? assim embrulhado?

O Bento lentamente saccou da toalha torcida [399]um chicote, escuro e comprido, com tres arestas afiadas como as d'um florete.

—Nem o Snr. Dr. sabia! Estava no sotão. Agora de tarde andava lá a escarafunchar por causa d'uma ninhada de gatos, e detraz d'um bahu dou com umas esporas de prateleira e com este arrôcho...

Gonçalo estudou o macisso castão de prata, sacudio a fina vara que zinia:

—Explendido chicote... Oh Titó, hein?... Afiado como um cutello. E antigo, muito antigo, com as minhas armas... De que diabo é feito? baleia?

—De cavallo-marinho... Uma arma terrivel. Mata um homem... O mano João tem um, mas com castão de metal... Mata um homem!

—Bem, rematou Gonçalo. Limpa e põe no meu quarto, Bento! Passa a ser o meu chicote de guerra!

Á porta do pomar ainda encontraram o Pereira da Riosa, de quinzena de cutim deitada aos hombros. Em breve, no dia de S. Miguel, o Pereira tomava emfim a lavra da Torre. E Gonçalo gracejou, mostrando ao Titó o lavrador famoso. Eis o homem! eis o grande homem que se preparava a tornar a Torre uma fallada maravilha de ceára, vinha e horta! O Pereira coçava a barba rala:

—E tambem a enterrar bom dinheiro! Emfim um gosto sempre valeu mais que um vintem! E o Fidalgo, como patrão, merece terra em que os olhos se esqueçam de regalados!...

[400] —Oh, Snr. Pereira! rebombou o Tító. Então não se esqueça de cuidar dos melões. É uma vergonha! Nunca na Torre se comeu um bom melão!

—Pois para o anno, assim Deus nos conserve, já V. Ex.a comerá na Torre um bom melão!

Gonçalo abraçou ainda o esperto lavrador—e apressou para a estrada, decidido a desenrolar toda a confidencia ao Tító, na solidão favoravel do arvoredo dos Bravaes. Mas, apenas recomeçaram a caminhada, o mesmo enleio o travou—quasi temendo agora as informações do Tító, homem tão severo, de Moral tão escarpada. E todo o demorado giro pelos Bravaes o findaram sem que Gonçalo desafogasse. O crepusculo descera, molle e quente, quando recolheram—conversando sobre a pesca do savel no Guadiana.

Defronte do portão da Torre Videirinha esperava, dedilhando o violão na penumbra dos alamos. Como a noite se conservava abafada, sem uma aragem, jantaram na varanda, com dous candieiros accesos. Logo ao desdobrar o guardanapo o Tító, vermelho e espraiado sobre a cadeira, declarou «que graças ao Senhor da Saude, a sede era boa!» Elle e Gonçalo praticaram as usadas façanhas de garfo e de copo. Quando o Bento servio o café uma immensa e lustrosa lua nova surgia, ao fundo da quinta escura, por traz dos outeiros de Valverde. Gonçalo, enterrado n'uma cadeira de vime, accendeu [401]o charuto com beatitude. Todos os tedios e incertezas d'essas semanas se despegavam da sua alma como cinza apagada, brevemente varrida. E foi sentindo menos a doçura da noite, que um sabor melhor á vida desanuviada, que exclamou:

—Pois, senhores, agora, está uma delicia!...

Videirinha, depois d'um curto cigarro, retomára o violão. Atravez da quinta, pedaços de muros caiados, algum trilho de rua mais descoberto, a agua do Tanque-Grande, rebrilhavam ao luar que resvalava dos cerros; e a quietação do arvoredo, da claridade, da noite, penetravam n'alma com adormecedora caricia. Titó e Gonçalo saboreavam o famoso cognac de Moscatel, preciosa antigualha da Torre, silenciosamente enlevados no Videirinha—que recuára para o fundo da varanda, se envolvera em sombra. Nunca o bom cantador ferira as cordas com inspiração mais enternecida. Até os campos, o ceu inclinado, a lua cheia sobre as collinas, escutavam os queixumes do fado da Ariosa. E no escuro, sob a varanda, o pigarro da Rosa, os passos abafados dos creados, algum sumido riso de rapariga, o bater das orelhas d'um perdigueiro—eram como a presença d'um povo suavemente attrahido pelo descante formoso.

Assim a noite se alongou, a lua subio com solitario [402]fulgor. Titó, pesado do brodio, adormecêra. E como sempre, para findar, Videirinha atacou ardentemente o Fado dos Ramires:

Quem te verá sem que estremeça,

Torre de Santa Ireneia,

Assim tão negra e callada

Por noites de lua cheia...

E lançou então uma quadra nova, que trabalhára n'essa semana com amor sobre uma erudita nota do bom Padre Sueiro. Era a gloria magnifica de Paio Ramires, Mestre do Templo—a quem o Papa Innocencio, e a Rainha Branca de Castella, e todos os Principes da Christandade supplicam que se arme, e corra em dura pressa, e liberte S. Luiz Rei de França, captivo nas terras de Egypto...

Que só em Paio Ramires

Põe agora o mundo a esperança...

Que junte os seus Cavalleiros

E que salve o Rei de França!

E por este avô e tal façanha até Gonçalo se interessou—acompanhando o canto, n'um tremulo esganiçado, de braço erguido:

Ai, que junte os seus cavalleiros

E que salve o Rei de França!...

[403] Ao rolar mais forte do côro Titó descerrou as palpebras, arrancou do canapé o corpansil immenso—e declarou que marchava para Villa Clara:

—Estou derreado! Sempre em jornada e sem dormir, desde hontem ás quatro da manhã que larguei de Cidadelhe... Caramba, dava agora, como aquelle rei grego, um crusado por um burro!

Então Gonçalo, animado pelo cognac, tambem se ergueu com uma resolução quasi alegre:

—Oh Titó, antes de sahires anda cá dentro que quero fallar comtigo a respeito d'um caso!

Agarrára um dos candieiros, penetrou na sala de jantar onde errava o cheiro de magnolias morrendo n'um vaso. E ahi, sem preparação, com os olhos bem decididos, bem cravados no Titó—que o seguira arrastadamente, ainda se espreguiçava:

—Oh Titó, ouve lá e sê franco. Tu ias muito á Feitosa... Que te parece aquella D. Anna?

411

Titó, que despertára como ao rebentar d'um morteiro, considerou Gonçalo com assombro:

—Ora essa! Mas a que proposito?...

Gonçalo atalhou, na pressa de colher rapidamente uma certeza:

—Olha! Eu para ti não tenho segredos. N'estas ultimas semanas houveram ahi umas conversas, uns encontros... Emfim, para resumir, se d'aqui a [404]tempos eu pensasse em casar com a D. Anna, creio que ella, por seu lado, não recusava. Tu ias á Feitosa. Tu sabes... Que tal rapariga é ella?

Titó crusára os braços violentamente:

—Pois tu vaes casar com a D. Anna?

—Homem, não vou casar. Não sigo esta noite para a Egreja. Por ora quero só informações... E de quem as posso ter, mais francas e mais seguras, do que de ti, que és meu amigo e que a conheces?

Tító não descrusára os braços—levantando para o Fidalgo da Torre a face honesta e sevéra:

—Pois tu pensas em casar com a D. Anna, tu, Gonçalo Mendes Ramires?...

Gonçalo atirou um gesto de impaciencia e fartura:

—Oh! se me vens com a fidalguia e com o Paio Ramires...

O Tító quasi berrou, na sua indignação:

—Qual fidalguia! É que um homem de bem, como tu, não pensa em casar com uma creatura como ella!... Fidalguia?... Sim! Mas fidalguia d'alma e de coração!

Gonçalo emmudeceu, trespassado. Depois, com uma serenidade a que se forçára, argumentou, deduzio:

—Bem! tu então sabes outras cousas... Eu por [405]mim sei que ella é bonita e rica: sei tambem que é séria, por que nunca sobre ella se rosnou nem aqui nem em Lisboa: são qualidades para se casar com uma mulher... Tu agora affianças que se não pode casar com ella. Portanto sabes outras cousas... Dize.

413

Foi então o Titó que emmudeceu, immovel deante do Fidalgo como se o laço d'uma corda o colhesse e o travasse. Por fim, soprando, com um esforço enorme:

—Tu não me chamaste para eu depôr como testemunha... Em principio, sem explicações, perguntas se podes casar com essa mulher. E eu, sem explicações, em principio, declaro que não... Que diabo queres mais?

Gonçalo exclamou, revoltado:

—Que quero? Pelo amor de Deus, Titó!... Suppõe tu que estou doidamente apaixonado pela D. Anna, ou que tenho um interesse immenso em casar com ella... Que não estou, nem tenho: mas suppõe! N'esse caso não se desvia um amigo d'um acto em que elle está tão fundamente empenhado, sem lhe apresentar uma razão, uma prova...

Assim apertado Titó baixou a cabeça, que coçou com desespero. Depois acobardadamente, para escapar, adiou a contenda:

—Olha, Gonçalo, eu estou muito estafado. Tu não [406]vaes a esta hora para a Egreja: e ella menos, que o outro marido ainda não arrefeceu na cova. Então ámanhã conversamos.

414

Atirou duas passadas enormes, empurrou a porta da varanda, berrando pelo Videirinha:

—São que horas, Videira! Toca a abalar, que não dormi desde Cidadelhe.

Videirinha, que preparava com esmero um grog frio, esvasiou atabalhoadamente o copo, recolheu o violão precioso. E Gonçalo não os deteve, esfregando silenciosamente as mãos, amuado com aquella recusa do Tító tão desamiga e teimosa. Como sombras atravessaram uma sala onde dormia, esquecida desde os Ramires do seculo XVIII, uma espineta de charão. No patamar da escada que conduzia á portinha verde, Gonçalo, para os allumiar, erguera um castiçal. Tító accendeu um cigarro á vela. A sua mão cabelluda tremia.

—Então, entendido... Appareço ámanhã, Gonçalo.

—Quando quizeres, Tító.

E no secco assentimento do Fidalgo transparecia tanto despeito—que Tító hesitou nos estreitos degraus que atulhava. Por fim desceu pesadamente.

Videirinha, já na estrada, considerava o ceu, a luminosa serenidade:

—Que linda noite, snr. Doutor!

[407] —Linda, Videirinha... E obrigado. Vossê hoje tocou divinamente!

Gonçalo entrára na sala dos retratos, pousára apenas o castiçal—quando, por baixo da varanda aberta, o vozeirão do Titó retumbou:

—Oh Gonçalo, desce cá abaixo.

O Fidalgo rolou pelos degraus com soffreguidão. Para além dos alamos, no luar da estrada, Videirinha afinava o violão. E apenas a face do Fidalgo surdio na claridade da porta o Titó, que esperava com o chapéo para a nuca, desabafou:

—Oh Gonçalo, tu ficaste amuado... É tolice! E entre nós não quero sombras. Então lá vae! Tu não podes casar com essa mulher por que ella teve um amante. Não sei se antes ou depois d'esse teve outro. Não ha creatura mais manhosa, nem mais disfarçada. Não me venhas agora com perguntas. Mas fica certo

416

que ella teve um amante. Sou eu que t'o affirmo: e tu sabes que eu nunca minto!

Bruscamente metteu á estrada, com os possantes hombros vergados. Gonçalo não se movera de sobre os degraus de pedra, deante dos mudos alamos, como elle immoveis. Uma palavra passára, irreparavel, no macio silencio da noite e da lua—e eis o alto sonho que elle construira sobre a D. Anna e a sua belleza e os seus duzentos contos despenhado no lodo! Lentamente subio, repenetrou [408]na sala. Por cima da chamma alta da vela, n'um painel fusco, uma face acordára, uma secca, amarellada face, de altivos bigodes negros, que se inclinava, attenta como reparando. E longe, Videirinha espalhava pelos campos adormecidos os ingenuos versos celebrando a gloria tamanha da Casa illustre:

Que só em Paio Ramires

Põe agora o mundo esperança...

Que junte os seus cavalleiros

E que salve o Rei de França!...

X

Até noite alta Gonçalo, passeando pelo quarto, remoeu a amarga certeza de que sempre, atravez de toda a sua vida (quasi desde o collegio de S. Fiel!), não cessára de padecer humilhações. E todas lhe resultavam de intentos muito simples, tão seguros para qualquer homem como o vôo para qualquer ave—só para elle constantemente rematados por dôr, vergonha ou perda! Á entrada da vida escolhe com enthusiasmo um confidente, um irmão, que traz para a quieta intimidade da Torre—e logo esse homem se apodéra ligeiramente do coração de Gracinha e ultrajosamente a abandona! Depois concebe o desejo tão corrente de penetrar na Vida Politica—e logo o Acaso o fórça a que se renda e se acolha á influencia d'esse mesmo homem, agora Auctoridade poderosa, por elle durante todos esses annos de despeito tão detestada e chasqueada! Depois abre ao amigo, agora restabelecido na sua convivencia, [410]a porta dos Cunhaes, confiado na seriedade, no rigido orgulho da irmã—e logo a irmã s'abandona ao antigo enganador, sem lucta, na primeira tarde em que se encontra com elle na sombra favoravel d'um caramanchão! Agora pensa em casar com uma mulher que lhe offerecia com uma grande belleza uma grande fortuna—e immediatamente um companheiro de Villa-Clara passa e segreda:—«A mulher que escolheste, Gonçalinho, é uma marafona cheia d'amantes!» De certo essa mulher não a amava com um amor nobre e forte! Mas decidira accommodar nos formosos braços d'ella, muito confortavelmente, a sua sorte insegura—e eis que logo desaba, com esmagadora pontualidade, a humilhação costumada. Realmente o Destino malhava sobre elle com rancor desmedido!

—E por quê? murmurava Gonçalo, despindo melancolicamente o casaco. Em vida tão curta, tanta decepção... Porquê? Pobre de mim!

Cahio no vasto leito como n'uma sepultura—enterrou a face no travesseiro com um suspiro, um enternecido suspiro de piedade por aquella sua sorte tão contrariada, tão sem soccorro. E recordava o presumpçoso verso do Videirinha, ainda n'essa noite proclamado ao violão:

Velha casa de Ramires

Honra e flor de Portugal!

[411] Como a flor murchára! Que mesquinha honra! E que contraste o do derradeiro Gonçalo, encolhido no seu buraco de Santa Ireneia, com esses grandes avós Ramires cantados pelo Videirinha—todos elles, se Historia e Lenda não mentiam, de vidas tão triumphaes e sonoras! Não! nem sequer d'elles herdára a qualidade por todos herdada atravez dos tempos—a valentia facil. Seu pae ainda fora o bom Ramires destemido—que na fallada desordem da romaria da Riosa avançava com um guardasol contra tres clavinas engatilhadas. Mas elle... Alli, no segredo do quarto apagado, bem o podia livremente gemer—elle nascera com a falha, a falha de peor desdouro, essa irremediavel fraqueza da carne que, irremediavelmente, deante de um perigo, uma ameaça, uma sombra, o forçava a recuar, a fugir... A fugir d'um Casco. A fugir d'um malandro de suissas louras que, n'uma estrada e depois n'uma venda o insulta sem motivo, para meramente

419

ostentar pimponice e arreganho. Ah vergonhosa carne, tão espantadiça!

E a Alma... N'essa calada treva do quarto bem o podia reconhecer tambem, gemendo. A mesma fraqueza lhe tolhia a Alma! Era essa fraqueza que o abandonava a qualquer influencia, logo por ella levado como folha secca por qualquer sopro. Por que a prima Maria uma tarde adoça os espertos olhos [412]e lhe aconselha por traz do leque que se interesse pela D. Anna—logo elle, fumegando d'esperança, ergue sobre o dinheiro e a belleza de D. Anna uma presumpçosa torre de ventura e luxo. E a Eleição? essa desgraçada Eleição? Quem o empurrára para a Eleição, e para a reconciliação indecente com o Cavalleiro, e para os desgostos d'ahi manados? O Gouveia, só com leves argucias, murmuradas por cima do cache-nez desde a loja do Ramos até á esquina do Correio! Mas que! mesmo dentro da sua Torre era governado pelo Bento, que superiormente lhe impunha gostos, dietas, passeios, e opiniões e gravatas!—Homem de tal natureza, por mais bem dotado na Intelligencia, é massa inerte a que o Mundo constantemente imprime fórmas varias e contrarias. O João Gouveia fizera d'elle um candidato servil. O Manuel Duarte poderia fazer d'elle um beberrão immundo. O Bento facilmente o levaria a atar ao pescoço, em vez d'uma gravata de seda, uma colleira de couro! Que miseria! E todavia o Homem só vale pela Vontade—só no exercicio da Vontade reside o goso da Vida. Por que se a Vontade bem exercida encontra em torno submissão—então é a delicia do dominio sereno: se encontra em torno resistencia—então é a delicia maior da lucta interessante. Só não

420

sahe goso forte e viril da inercia que se deixa arrastar mudamente, n'um silencio e macieza [413]de cera... Mas elle, elle, descendendo de tantos varões famosos pelo Querer—não conservaria, escondida algures no seu Ser, dormente e quente como uma braza sob cinza, uma parcella d'essa energia hereditaria?... Talvez! nunca porém n'esse pêco e encafuado viver de Santa Ireneia a fagulha despertaria, resaltaria em chamma intensa e util. Não! pobre d'elle! Mesmo nos movimentos da Alma onde todo o homem realisa a liberdade pura—elle soffreria sempre a oppressão da Sorte inimiga!

Com outro suspiro mais se enterrou, s'escondeu sob a roupa. Não adormecia, a noite findava—já o relogio de charão, no corredor, batera cavamente as quatro horas. E então, atravez das palpebras cerradas, no confuso cançasso de tantas tristezas revolvidas, Gonçalo percebeu, atravez da treva do quarto, destacando pallidamente da treva, faces lentas que passavam...

Eram faces muito antigas, com desusadas barbas ancestraes, com cicatrizes de ferozes ferros, umas ainda flammejando como no fragor de uma batalha, outras sorrindo magestosamente como na pompa d'uma gala—todas dilatadas pelo uso soberbo de mandar e vencer. E Gonçalo, espreitando por sobre a borda do lençol, reconhecia n'essas faces as veridicas feições de velhos Ramires, ou já assim comtempladas em denegridos retratos, ou por elle assim [414]concebidas, como concebera as de Tructesindo, em concordancia com a rijeza e explendor dos seus feitos.

Vagarosas, mais vivas, ellas cresciam d'entre a sombra que latejava espessa e como povoada. E agora os corpos emergiam tambem, robustissimos corpos cobertos de saios de malha ferrugenta, apertados por arnezes d'aço lampejante, embuçados em fuscos mantos de revoltas prégas, cingidos por faustosos gibões de brocado onde scintillavam as pedrarias de collares e cintos;—e armados todos, com as armas todas da Historia, desde e clava gôda de raiz de roble errissada de puas, até ao espadim de sarau enlaçarotado de seda e ouro.

Sem temor, erguido sobre o travesseiro, Gonçalo não duvidava da realidade maravilhosa! Sim! eram os seus avós Ramires, os seus formidaveis avós historicos, que, das suas tumbas dispersas corriam, se juntavam na velha casa de Santa Ireneia nove vezes secular—e formavam em torno do seu leito, do leito em que elle nascera, como a Assembleia magestosa da sua raça resurgida. E até mesmo reconhecia alguns dos mais esforçados, que agora, com o repassar constante do Poemeto do tio Duarte e o Videirinha gemendo fielmente o seu «fado», lhe andavam sempre na imaginação...

Aquelle além, com o brial branco a que a cruz [415]vermelha enchia o peitoral, era certamente Gutierres Ramires o d'Ultramar, como quando corria da sua tenda para a escalada de Jerusalem. No outro, tão velho e formoso, que estendia o braço, elle adivinhava Egas Ramires, negando acolhida no seu puro solar a El-Rei D. Fernando e á adultera Leonor! Esse, de crespa barba ruiva, que cantava sacudindo o pendão real de Castella, quem, senão Diogo Ramires, o Trovador, ainda na alegria da radiosa manhã d'Aljubarrota? Deante da incerta claridade do espelho tremiam as fôfas plumas escarlates do morrião de Paio Ramires, que s'armava para salvar S. Luiz Rei de França. Levemente balançado, como pelas ondas humildes d'um mar vencido, Ruy Ramires sorria ás naus inglezas que ante a prôa da sua Capitanea submissamente amainavam por Portugal. E, encostado ao poste do leito, Paulo Ramires, pagem do Guião d'El-Rey nos campos fataes de Alcacer, sem elmo, rota a couraça, inclinava para elle a sua face de donzel, com a doçura grave d'um avó enternecido...

Então, por aquella ternura attenta do mais poetico dos Ramires, Gonçalo sentio que a sua Ascendencia toda o amava—e da escuridão das tumbas dispersas accudira para o velar e soccorrer na sua fraqueza. Com um longo gemido, arrojando a roupa, desafogou, dolorosamente contou aos seus avós resurgidos a arrenegada Sorte que o combatia e que [416]sobre a sua vida, sem descanço, amontoava tristeza, vergonha e perda! E eis que subitamente um ferro faiscou na treva, com um abafado brado:—«Neto, doce neto, toma a minha lança nunca partida!...» E logo o punho d'uma clara espada lhe roçou o peito, com outra grave voz que o animava:—«Neto, doce neto, toma espada pura que lidou em Ourique!...» E depois uma acha de coriscante gume bateu no travesseiro, offertada com altiva certeza:—«Que não derribará essa acha, que derribou as portas d'Arzilla?...»

Como sombras levadas n'um vento transcendente todos os avós formidaveis perpassavam—e arrebatadamente lhe estendiam as suas armas, rijas e provadas armas, todas, atravez de toda a Historia, ennobrecidas nas arrancadas contra a Moirama, nos trabalhados cercos de Castellos e Villas, nas batalhas formosas com o Castelhano soberbo... Era, em torno do leito, um heroico reluzir e retinir de ferros. E todos soberbamente gritavam:—«Oh neto, toma as nossas armas e vence a Sorte inimiga!...» Mas Gonçalo, espalhando os olhos tristes pelas sombras ondeantes, volveu:—«Oh Avós, de que me servem as vossas armas—se me falta a vossa alma?...»

Acordou, muito cedo, com a enredada lembrança d'um pesadello em que fallára a mortos:—e, sem a preguiça, que sempre o amollecia nos colchões, enfiou um roupão, escancarou as vidraças. Que formosa [417]manhã! uma manhã dos fins de Septembro, macia, lustrosa e fina; nem uma nuvem lhe desmanchava o vasto, o immaculado azul; e o sol já pousava nos arvoredos, nos outeiros distantes, com uma doçura outomnal. Mas, apesar de lhe respirar allentamente o brilho e a pureza, Gonçalo permaneceu toldado de sombras, das sombras da véspera, retardadas no seu espirito opprimido, como nevoas em valle muito fundo. E foi ainda com um suspiro, arrastando tristonhamente as chinellas, que puxou o cordão da campainha. O Bento não tardou com a infusa da agoa quente para a barba. E acostumado ao alegre acordar do Fidalgo tanto estranhou aquelle silencioso e enrugado mover pelo quarto, que desejou saber se o Snr. Doutor passára mal a noite...

—Pessimamente!

Bento declarou logo, com vivacidade e reprovação—que certamente fizera mal ao Snr. Doutor tanto cognac de moscatel. Cognac muito adocicado, muito excitante... Bom para o Snr. D. Antonio, homemzarrão pesado. Mas o Snr. Doutor, assim nervoso, nunca devia tocar n'aquelle cognac. Ou então, meio calice escasso.

Gonçalo ergueu a cabeça, na surpreza de encontrar logo ao começo do seu dia e tão flagrante, aquelle dominio que todos sobre elle se arrogavam—e de que tanto se lastimava, atravez de toda a amarga noite!

[418] Eis ahi o Bento mandando—marcando a sua ração de cognac! E justamente o Bento insistia:

—O Snr. Doutor bebeu mais de tres calices. Assim não convém... Eu tambem tive culpa em não tirar a garrafa...

Então, perante despotismo tão declarado, o Fidalgo da Torre teve uma brusca revolta:

—Homem, não dês tantas leis. Bebo o cognac que preciso e que quero!

Ao mesmo tempo, com a ponta dos dedos, experimentava a agua na infusa:

—Esta agua está morna! exclamou logo. Já me tenho fartado de dizer! Para a barba, preciso sempre agua a ferver.

O Bento, gravemente, mergulhou tambem o dedo na agua:

—Pois esta agua está quasi a ferver... Nem para a barba se necessita agua mais quente.

Gonçalo encarou o Bento com furor. O que! mais objecções, mais leis!

—Pois vá immediatamente buscar outra agua! Quando eu peço agua quente, pretendo que venha em cachão. Irra! tanta sentença!... Eu não quero moral, quero obediencia!

O Bento considerou Gonçalo atravez d'um espanto que lhe inchára a face. Depois, lentamente, com magoada dignidade, empurrou a porta, levando [419]a infusa. E já Gonçalo se arrependia da sua violencia. Coitado, não era culpa do Bento se a vida lhe andava a elle tão estragada e sacudida! Depois, em casa tão antiga, não destoava a tradição dos antigos aios. E o

426

Bento com perfeito rigor lhes reproduzia a rabugice e a lealdade! Mas ascendencia, e livre fallar bem lhe cabiam—bem os merecia por tão longa, tão provada dedicação...

O Bento, ainda vermelho e inchado, voltava com a infusa fumegante. E Gonçalo logo docemente, para o adoçar:

—Dia muito bonito, hein, Bento?

O velho rosnou, ainda amuado:

—Muito bonito.

Gonçalo ensaboava a face, rapidamente, na impaciencia de reatar com o Bento, de lhe restabelecer a supremacia amoravel. E por fim mais doce, quasi humilde:

—Pois se achas o dia assim bonito, dou um passeio a cavallo antes d'almoço. Que te parece? Talvez me faça bem aos nervos... Com effeito, aquelle cognac não me convém... Então, Bento, faze o favor, grita ahi ao Joaquim que me tenha a egoa prompta immediatamente. Com certeza me acalma, uma galopada... E no banho agora a agua bem esperta, bem quente. Tambem me acalma a agua quente. Por isso necessito sempre agua bem quente, a ferver. [420]Mas tu, com essas tuas velhas idéas... Pois todos os medicos o declaram. Para a saude agua quente, bem quente, a sessenta graus!

E depois do rapido banho, em quanto se vestia, abriu mais familiarmente ao velho aio a intimidade das suas tristezas:

—Ah! Bento, Bento, o que eu verdadeiramente precisava para me calmar, não era um passeio, era uma jornada... Trago a alma muito carregada, homem! Depois estou farto d'esta eterna Villa-Clara, da eterna Oliveira. Muito mexerico, muita deslealdade. Precisava terra grande, distracção grande.

O Bento, já reconciliado, enternecido, lembrou que o Snr. Doutor brevemente, em Lisboa, encontraria uma linda distracção, nas Côrtes.

—Eu sei lá se vou ás Côrtes, homem! Não sei nada, tudo falha... Qual Lisboa!... O que eu necessito é uma viagem immensa, á Hungria, á Russia, a terras onde haja aventuras.

O Bento sorriu superiormente d'aquella imaginação. E apresentando ao Fidalgo o jaquetão de velvetina cinzenta:

—Com effeito, na Russia parece que não faltam aventuras. Anda tudo a chicote, diz o Seculo... Mas aventuras, Snr. Doutor, até a gente as encontra na estrada... Olhe! o paesinho de V. Ex.a, que Deus haja, foi lá em baixo deante do portão que [421]teve a bulha com o Dr. Avelino da Riosa, e que lhe atirou a chicotada, e que levou com o punhal no braço...

Gonçalo calçava as luvas d'anta, mirando o espelho:

—Pobre papá, coitado, tambem teve pouca sorte... E por chicote, ó Bento, dá cá aquelle chicote de cavallo marinho que tu hontem areaste. Parece que é uma boa arma.

Ao sahir o portão, o Fidalgo da Torre metteu a egoa, sem destino, n'um passo indolente, pela estrada costumada dos Bravaes. Mas no Casal Novo, onde dous pequenos jogavam á bola debaixo das carvalheiras, pensou em visitar o Visconde de Rio-Manso. Certamente lhe concertaria os nervos a companhia de tão sereno e generoso velho. E, se elle o convidasse a almoçar, gastaria os seus cuidados visitando essa fallada quinta da Varandinha e cortejando «o botão de Rosa».

Gonçalo recordava apenas confusamente que o terraço da Varandinha dominava uma estrada plantada de choupos, algures, entre o logar da Cerda e a espalhada aldêa de Canta-Pedra, E tomou o caminho velho que desce das carvalheiras do Casal Novo, [422]e penetra no valle, entre o cabeço d'Avellan e as ruinas do Mosteiro de Ribadaes, no solo historico onde Lopo de Bayão derrotára a mesnada de Lourenço Ramires... Ora enterrada entre vallados, ora entre toscos muros de pedra solta, a vereda seguia sem belleza, e cansativa: mas as madresilvas nas sebes, por entre as amoras maduras, rescendiam: o fresco silencio recebia mais frescura e graça dos fremitos d'aza que o roçavam; e tanto era o radiante azul nos ceus serenos que um pouco do seu rebrilho e serenidade s'instillava n'alma. Gonçalo, mais desannuviado, não se apressava: na Egreja dos Bravaes, quando elle passára ao Casal Novo, batiam apenas as nove horas: e depois de costear um lameiro d'herva magra parou a accender pachorrentamente um charuto, rente da velha ponte de pedra que galga o riacho das Donas. Quasi secca pela estiagem, a agoa escura mal corria, sob as folhas largas dos nenufares, por entre os juncaes que a atulhavam. Adiante, á orla d'um hervaçal, no abrigo d'uma moita d'alamos, relusiam as pedras d'um lavadouro. Na outra margem, dentro d'um velho bote encalhado, um rapazito, uma rapariguinha conversavam profundamente, com dous molhos d'alfazema esquecidos nos regaços. Gonçalo sorriu do idyllio—depois teve uma surpreza descobrindo, no cunhal da ponte, rudemente entalhado, o seu Brazão-d'Armas, [423]um Açor enorme, que alargava as garras ferozes. Talvez aquellas terras outr'ora pertencessem á Casa:—ou algum dos seus avós beneficos construira a ponte, sobre torrente então mais funda, para segurança dos homens e dos gados. Quem sabe se o avô

Tructesindo, em memoria piedosa de Lourenço Ramires, vencido e captivo nas margens d'aquella Ribeira!

O caminho, para além da ponte, alteava entre campos ceifados. As mêdas lourejavam, pesadas e cheias, por aquelle anno de fartura. Ao longe, dos telhados baixos d'um logarejo, vagarosos fumos subiam, logo desfeitos no radiante ceu. E lentamente, como aquelles fumos distantes, Gonçalo sentia que todas as suas melancolias lhe escapavam da alma, se perdiam tambem no azul lustroso... Uma revoada de perdizes ergueu o vôo d'entre o restolho. Gonçalo galopou sobre ellas, gritando, sacudindo o seu forte chicote de cavallo-marinho, que zenia como uma fina lamina.

Em breve o caminho torceu, costeando um souto de sobreiros, depois cavado entre silvados com largos pedregulhos aflorando na poeira;—e ao fundo o sol faiscava sobre a cal fresca d'uma parede. Era uma casa terrea, com porta baixa entre duas janellas envidraçadas, remendos novos no telhado e um quinteiro que uma escura e immensa figueira assombreava. [424]N'uma esquina pegava um muro baixo de pedra solta, continuado por uma sebe, onde adiante uma velha cancella abria para a sombra d'uma ramada. Defronte, no vasto terreiro que se alargava, jaziam cantarias, uma pilha de traves; passava uma estrada, lisa e cuidada, que pareceu a Gonçalo a de Ramilde. Para além, até a um distante pinheiral, desciam chãs e lameiros.

Sentado n'um banco, junto da porta, com uma espingarda encostada ao muro, um rapaz grosso, de barrete de lã verde, acariciava pensativamente o focinho d'um perdigueiro. Gonçalo parou:

—Tem a bondade... Sabe por acaso qual é o bom caminho para a quinta do Snr. Visconde de Rio-Manso, a Varandinha?

O rapasote ergueu a face morena, de buço leve, remechendo vagamente no carapuço.

—Para a quinta do Rio-Manso... Siga pela estrada até á pedreira, depois á esquerda a seguir, sempre rente da varzea...

Mas n'esse instante assomava á porta um latagão de suissas louras em mangas de camisa, a cinta enfaixada em seda. E Gonçalo, com um sobresalto, reconheceu logo o caçador que o injuriára na estrada de Nacejas, o assobiára na venda do Pintainho. O homem relanceou superiormente o Fidalgo. Depois, [425]com a mão encostada á humbreira, chasqueou o rapasote:

—Oh Manoel, que estás tu ahi a ensinar o caminho, homem! Este caminho por aqui não é para asnos!

Gonçalo sentiu a pallidez que o cobriu—e todo o sangue no coração, n'um tumulto confuso, que era de medo e de raiva. Um novo ultrage, do mesmo homem, sem provocação! Apertou os joelhos no sellim para galopar. E a tremer, n'um esforço que o engasgava:

—Vossê é muito atrevido! É já pela terceira vez! Eu não sou homem para levantar desordens n'uma estrada... Mas fique certo que o conheço, e que não escapa sem lição.

Immediatamente, o outro agarrou a um cajado curto e saltou á estrada, affrontando a egoa, com as suissas erguidas, um riso de immenso desafio:

—Então cá estou! Venha agora a lição... E para diante é que Vossê já não passa, seu Ramires de merd...

Uma nevoa turvou os olhos esgaseados do Fidalgo. E de repente, n'um inconsciente arranque, como levado por uma furiosa rajada de orgulho e força, que se desencadeava do fundo do seu ser, gritou, atirou a fina egoa n'um galão terrivel! E nem comprehendeu! O cajado sarilhára! A egoa empinava, [426]n'uma cabeçada furiosa! E Gonçalo entreviu a mão do homem, escura, immensa, que empolgava a camba do freio.

433

Então, erguido nos estribos, por sobre a immensa mão, despediu uma vergastada do chicote silvante de cavallo-marinho, colhendo o latagão na face, de lado, n'um golpe tão vivo da aresta aguda que a orelha pendeu, despegada, n'um borbutar de sangue. Com um berro o homem recuou, cambaleando. Gonçalo galgou sobre elle, n'outro arremesso, com outra fulgurante chicotada, que o apanhou pela bôca, lhe rasgou a bôca, decerto lhe espedaçou dentes, o atirou, urrando, para o chão. As patas da egoa machucavam as grossas coxas estendidas,—e, debruçado, Gonçalo ainda vergastou, cortou desesperadamente face, pescoço, até que o corpo jazeu molle e como morto, com jorros de sangue escuro ensopando a camisa.

Um tiro atroou o terreiro! E Gonçalo, com um salto no selim, avistou o rapasote moreno ainda com a espingarda erguida, a fumegar, mas já hesitando aterrado.

—Ah, cão!

Lançou a egoa, com o chicote alto:—o rapaz, espavorido, corria lentamente através do terreiro, para saltar o vallado, escapar para as varzeas ceifadas!

—Ah cão, ah cão! berrava Gonçalo. Estonteado, [427]o rapaz tropeçára n'uma viga solta. Mas já se endireitava, largava, quando o Fidalgo o alcançou com uma cutilada do chicote no pescoço, logo alagado de sangue. Estendendo as mãos incertas, ainda cambaleou, abateu, estalou contra a aresta d'um pilar, a cabeça mais sangue jorrou. Então Gonçalo, a arquejar, deteve a egoa. Ambos os homens jaziam immoveis! Santo Deus! Mortos? D'ambos corria o sangue sobre a terra secca. O Fidalgo da Torre sentia uma alegria brutal. Mas um grito espantado soou do lado do quinteiro.

—Ai que mataram o meu rapaz!

Era um velho que corria da cancella, n'uma carreira agachada, rente com a sebe, para a porta da casa. Tão certeiramente o Fidalgo arremessou a egoa, para o deter—que o velho esbarrou contra o peitoril que arfava coberto de suor e d'espuma. E ante o inquieto animal escarvando, e Gonçalo alçado nos estribos, com a face chammejante, o chicote a descer—o velho, n'um terror, desabou sobre os joelhos, gritou anciadamente:

—Ai, não me faça mal, meu Fidalgo, por alma de seu pae Ramires.

Gonçalo ainda o manteve assim um momento, supplicante, a tremer, sob o justiceiro faiscar dos seus olhos:—e gosava soberbamente aquellas callosas mãos que se erguiam para a sua misericordia, [428]invocavam o nome de Ramires, de novo temido, repossuido do seu prestigio heroico. Depois, recuando a egoa:

—Esse malandro do rapazola desfechou a caçadeira!... Vossê tambem não tem boa cara! Que ia vossê correndo para casa? Buscar outra espingarda?

O velho alargou desesperadamente os braços, offerecia o peito, em testemunho da sua verdade:

—Oh meu Fidalgo, não tenho em casa nem um cajado!... Assim Deus me ajude e me salve o rapaz!

Mas Gonçalo desconfiava. Quando descesse agora pela estrada de Ramilde, bem poderia o velho correr ao casebre, agarrar outra caçadeira, desfechar traiçoeiramente. E então com a presteza d'espirito que a lucta afiára concebeu contra qualquer emboscada, um ardil seguro. E até n'um relance sorrio recordando «traças de guerra», de D. Garcia Viegas, o Sabedor.

—Marche lá deante de mim, sempre a direito, pela estrada!

O velho tardou, sem se erguer, aterrado. E batia com as grossas mãos nas coxas, n'uma ancia que o engasgava:

—Oh meu Fidalgo, oh meu fidalgo! mas deixar assim o rapaz sem acordo?...

[429] —O rapaz está só atordoado, já se mecheu... E o outro malandro tambem... Marche vossê!

E ao irresistivel mando de Gonçalo, o velho, depois de sacudir demoradamente as joalheiras, começou a avançar pela estrada, vergado deante da egoa, como um captivo, com os longos braços a bambolear, rosnando, n'um rouco assombro:—Ai como ellas se armam! Ai Santo nome de Deus, que desgraça! A espaços estacava, esgaseando para Gonçalo um olhar torvo onde negrejava medo e odio... Mas logo o commando forte o empurrava: «Marche!...» E marchava. Adiante, onde se erguia um cruseiro em memoria do Abbade Paguim, assassinado, Gonçalo reconheceu um largo atalho para a estrada dos Bravaes que chamavam o Caminho da Moleira. E para ahi enfiou o velho, que no pavor d'aquella asinhaga solitaria, pensando que Gonçalo o afastava de caminhos trilhados para o matar commodamente, rompeu a gemer. «Ai que isto é o fim da minha vida! Ai Nossa Senhora, que é o fim da minha vida!» E não cessou de gemer, emmaranhando os passos tropegos, até que desembocaram na estrada alta entre taludes escarpados, revestidos de giesta brava. Então de repente, com outro terror, o homem bruscamente revirou, atirando as mãos ao barrete:

—Oh meu senhor, o Fidalgo não me leva preso?...

[430] —Marche! Corra! Que agora a egoa trota!

A egoa trotou—o velho correu, desengonçado, arquejando como um folle de forja. Uma milha galgada, Gonçalo parou, farto do captivo, da lenta marcha. De resto antes que o homem agora corresse a casa, e agarrasse uma arma, e virasse para o alcançar, se desforrar—entraria elle, n'um galope solto, o portão da Torre! Então bradou, com o sobr'olho duro:

—Alto! Agora pode voltar para traz... Mas, antes: Como se chama aquelle seu logar?

—A Grainha, meu fidalgo.

—E vossê como se chama, e o rapaz?

O velho com a boca aberta, esperou, hesitou:

—Eu sou João, o meu rapaz Manoel... Manoel Domingues, meu Fidalgo.

—Vossê naturalmente mente. E o outro malandro, de suissas louras?

D'um folego, o velho gritou:

—Esse é o Ernesto de Nacejas, o valentão de Nacejas, que chamam o Caça-abraços, e que tanto me desencaminhou o rapaz...

—Bem! Pois diga lá a esses dous marotos que me atacaram a pau e a tiro, que não ficam quites sómente com a sova, e que agora têm de se entender com a Justiça... Ella lá irá! Largue!

Do meio da estrada, Gonçalo ainda vigiou o velho [431]que abalára, forçando as passadas derreadas, limpando o suor que lhe pingava. Depois, pela conhecida estrada, galopou para a Torre.

E ia levado, galopando n'uma alegria tão fumegante, que o lançava em sonho e devaneio. Era como a sensação sublime de galopar pelas alturas, n'um corcel de lenda, crescido magnificamente, roçando as nuvens lustrosas... E por baixo, nas cidades, os homens reconheciam n'elle um verdadeiro Ramires, dos antigos na Historia, dos que derrubavam torres, dos que mudavam a configuração dos Reinos,—e erguiam esse maravilhado murmurio que é o sulco dos fortes passando! Com razão! com razão! Que ainda de manhã, ao sahir da Torre, não ousaria marchar para um rapazola decidido que brandisse um varapau... E depois, de repente, na solidão d'aquella casa terrea, quando o bruto das suissas louras lhe atira a suja injuria—eis um não sei quê que se desprende dentro do seu ser, e

439

transborda, e lhe enche cada veia de sangue ardido e lhe enrija cada nervo de força destra, e lhe espalha na pelle o desprezo e a dôr, e lhe repassa fundamente a alma de fortaleza indomavel... E agora alli voltava, como um varão novo, soberbamente virilisado, liberto emfim da sombra que tão dolorosamente assombreára a sua vida, a sombra molle e torpe do seu mêdo! Por que sentia que, agora se todos os [432]valentões de Nacejas o affrontassem n'um rijo erguer de cajados—esse não sei quê, lá dentro, no seu ser, de novo se soltaria, e o arremessaria, com cada veia inchada, cada nervo retesado, para o delicioso fragor da briga! Emfim era um homem! Quando em Villa Clara o Manuel Duarte, o Titó com o peito alto, contassem façanhas, já elle não enrolaria encolhidamente o cigarro—encolhido, mudo não sómente pela ausencia desconsoladora das valentias, mas sobretudo pela humilhante recordação das fraquezas. E galopava, galopava apertando furiosamente o cabo do chicote, como para investidas mais bellas. Para além dos Bravaes, mais galopou, ao avistar a Torre. E singularmente lhe pareceu, de repente, que a sua Torre, agora mais sua, e que uma affinidade nova fundada em gloria e força, o tornava mais senhor da sua Torre!

Como para acolher Gonçalo mais dignamente, o portão grande, sempre cerrado, offerecia uma entrada triumphal com os dous pesados batentes escancarados. Elle atirou a egoa para o meio do pateo, bradando:

—Oh Joaquim! Oh Manoel! Eh lá! um de vossês!

O Joaquim surdiu da cavallariça, de mangas arregaçadas, com uma esponja na mão.

[433] —Oh Joaquim, depressa! Apparelha o Rocilho, corre a um sitio na estrada de Ramilde, a que chamam a Grainha... Tive agora lá uma grande desordem! Creio que dei cabo de dous homens... Ficaram n'uma poça de sangue! Não digas que vaes da Torre, que te podem atacar! Mas sabe o que succedeu, se estão mortos... Depressa, depressa!

O Joaquim, estonteado, remergulhou na cavallariça escura. E de cima d'uma das varandas do corredor, partiram exclamações assombradas:

—Oh Gonçalo, o que foi?! santo Deus! o que foi?!

Era o Barrôlo. Sem desmontar, sem surpresa ante a apparição do Barrôlo, Gonçalo atirou logo para a varanda a historia da bulha, tumultuosamente. Um malandro que o insultára...

Depois outro, que desfechou a caçadeira... E ambos derribados sob as patas da egoa, n'uma poça de sangue...

O Barrôlo despegou da varanda—e n'outro relance, investia pelo pateo, com os curtos braços a boiar, enfiado. Mas então? mas então?... E Gonçalo, desmontando, tremulo agora do cançasso e da emoção, esmiuçou mais lances... Na estrada de Ramilde! Um valentão que o injuriou! A esse rasgára a bôca, decepára a orelha... Depois o outro, um rapasola, desfecha uma carabina... Elle corre, tão vivamente o colhe com uma cutilada que o estira, para cima d'uma pedra, como morto...

[434] —Uma cutilada?

—Com este chicote, Barrôlo! Arma terrivel!... Bem dizia o Titó!... Estou perdido se não levo este chicote.

Esgaseado, Barrôlo remirava o chicote. Sim, com effeito ainda manchado de sangue.—Então Gonçalo attentou no chicote, no sangue... Sangue de gente! sangue fresco, que elle arrancára!... E por entre o seu orgulho, uma piedade passou que o empallideceu:

—Que desgraça, vejam que desgraça!

Esquadrinhou vivamente o fato, as botas, no horror de nodoas de sangue, que o salpicassem. Sim, santo Deus! sangue na polaina!... E immediatamente anciou por se despir, se lavar,—galgou a escada, com o Barrôlo que enxugava o suor, balbuciava:—«Ora uma d'essas! E de repente! Assim na estrada!...» Mas no corredor, subindo n'uma carreira da cosinha, appareceu Gracinha, pallida, com a Rosa atraz, que enterrava os dedos entre o lenço e o cabello n'um pavor mudo.

—Que foi, Gonçalo? Jesus, que foi?!

Então, encontrando Gracinha junto d'elle, na Torre, n'esse momento magnifico do seu orgulho, depois de tão rijo perigo vencido, Gonçalo esqueceu o André, o Mirante, as sombrias humilhações, e no abraço em que a colheu, nos fortes beijos que atirou [435]á face querida, todo o seu amuo se fundio em ternura. Com ella ainda chegada ao coração, suspirou de leve, como uma creança cançada. Depois apertando as duas pobres mãos tremulas, com um lento, enternecido sorriso, em quanto os olhos se lhe humedeciam de confusa emoção, de confusa alegria:

—Pois foi o diabo, filha! Uma desordem horrivel, eu que sou tão pacato! imagina tu...

E pelo corredor recomeçou para Gracinha, que arfava, e para a Rosa, estarrecida, a historia do encontro, e o sujo ultrage, o tiro que falhára e os malandros lacerados a chicote, e o velho marchando como um captivo, a gemer pela estrada de Ramilde. Apertando o peito, n'um desmaio, Gracinha murmurou:

—Ai, Gonçalo! E se um dos homens estivesse morto!

O Barrôlo, mais vermelho que uma pionia, berrou logo que taes malandros mereciam ricamente a morte! E mesmo feridos, ainda necessitavam castigo tremendo d'Africa! O Gouveia! era necessario mandar a Villa-Clara, avisar o Gouveia!... Mas largas passadas ávidas abalaram o soalho—e foi o Bento, que se ergueu deante de Gonçalo, bracejando n'uma ancia:

—Então, Snr. Doutor?... Diz que uma grande desordem!...

[436] E á porta do escriptorio, onde todos pararam, novamente attentos, a historia recomeçou, especialmente para o Bento, que a bebia, n'um lento riso de gosto, crescendo, inchando, com os olhinhos humidos a reluzir, como se tambem triumphasse. Por fim, triumphou, com estrondo:

—Foi o chicote, Snr. Doutor! O que serviu ao Snr. Doutor, foi o chicote que eu lhe dei!

Era verdade. E Gonçalo, commovido, abraçou o velho aio, que n'uma excitação, gritava para a Rosa, para Gracinha, para o Barrôlo:

—O Snr. Doutor deu cabo d'elles!... Aquelle chicote mata um homem!... Os malvados estão mortos!... E foi o chicote! Foi o chicote que eu dei ao Snr. Doutor!

Mas Gonçalo reclamava agua quente para se lavar da poeira, do suor, do sangue... E o Bento correu, berrando ainda pelo corredor! depois pelas escadas da cosinha—«que fôra o chicote! o chicote, que elle déra ao Snr. Doutor!» Gonçalo entrára no quarto, acompanhado pelo Barrôlo. E pousou o chapeu sobre o marmore da commoda, com um immenso ah consolado! Era o consolo immenso de se encontrar, depois de tão violenta manhã, entre as doces cousas costumadas, pisando o seu velho tapete azul, roçando o leito de pau preto em que nascera, respirando pelas vidraças abertas, onde as ramagens familiares [437]das faias s'empurravam na aragem para o saudar. Com que gosto se acercou do espelho de columnas douradas, se mirou e se remirou, como a um Gonçalo novo e tão melhorado, que nos hombros reconhecia mais largueza, e até no bigode um arquear mais crespo.

E foi ao arredar do espelho, topando com o Barrôlo, que subitamente despertou n'uma curiosidade immensa:

445

—Mas, oh Barrôlo, como é que vos encontro esta manhã na Torre?

Resolução da vespera, ao chá. Gonçalo não apparecia, não escrevia... Gracinha a matutar, inquieta. Elle tambem espantado d'aquelle sumiço depois do cesto dos pêcegos. De modo que ao chá, pensando tambem que a parelha necessitava uma trotada, lembrára a Gracinha:—«Vamos nós amanhã á Torre? no phaeton?»

—Além disso precisava fallar comtigo, Gonçalo... Tenho andado aborrecido.

O Fidalgo juntou duas almofadas no divan, onde se enterrou:

—Como aborrecido?... Aborrecido por que?...

Barrôlo, com as mãos nos bolsos da rabona de flanella, que lhe cingia as ancas gordas, considerou as flôres do tapete, melancolicamente:

[438] —É uma grande secca! A gente não póde confiar em ninguem... Nem ter familiaridades!...

N'um lampejo Gonçalo imaginou o Cavalleiro e Gracinha mostrando estouvadamente nos Cunhaes, como outr'ora entre os arvoredos da Torre, o sentimento que os dominava. E presentiu um desabafo, alguma queixa triste do pobre Barrôlo, amargurado por suspeitas, talvez por intimidades que espreitára. Mas a emoção suprema da sua batalha, sumira para uma sombra inferior os cuidados que, ainda na vespera, o opprimiam: todas as difficuldades da vida lhe appareciam agora, de repente, n'aquelle frescor da sua coragem nova, tão faceis d'abater como os desafios dos valentões; e não se assustou com as confidencias do cunhado, bem seguro d'impôr áquella alma submissa de bacôco a confiança e a quietação. Até sorriu, com indolencia:

—Então, Barrolinho? Succedeu alguma peripecia?

—Recebi uma carta.

—Ah!

Gravemente Barrôlo desabotoou o jaquetão, puxou do bolso interior uma larga carteira, de couro verde e lustroso, com monogramma d'ouro. E foi a carteira que elle mostrou a Gonçalo, com satisfação.

—Bonita, hein? Presente do André, coitado... [439]Creio que até a mandou vir de Paris. O monogramma tem muito chic.

Gonçalo esperava, espantado. Emfim o bom Barrôlo tirou da carteira uma carta—já amarrotada, depois alisada. Era, n'um papel pautado, uma lettra miudinha que o Fidalgo apenas relanceou, declarando logo com segurança:

—É das Louzadas.

E leu, vagarosamente, serenamente, com o cotovello enterrado na almofada: «Ex.mo Snr. José Barrôlo.—V. Ex.a apesar de todos os seus amigos o alcunharem de Zé bacôco, mostrou agora muita espertesa, chamando de novo para a sua intimidade e de sua digna esposa o gentil André Cavalleiro, nosso Governador Civil. Com effeito a esposa de V. Ex.a, a linda Gracinha, que n'estes ultimos tempos andava tão murcha e até desbotada (o que a todos nos inquietava) immediatamente reflorio, e ganhou côres, desde que possue a valiosa companhia da primeira auctoridade do districto. Portou-se pois V. Ex.a como marido zeloso, e desejoso da felicidade e boa saude de sua interessante esposa. Nem parece rasgo d'aquelle que toda a Oliveira considera como o seu mais illustre pateta! Os nossos sinceros parabens!»

Gonçalo guardou muito socegadamente na algibeira [440]aquella carta que, dias antes, o lançaria em infinita amargura e furia:

—É das Louzadas... E tu déste importancia a semelhante babuseira?

O Barrôlo repontou, com as bochechas abrazadas:

—Se te parece! Sempre embirrei com bilhetinhos anonymos... E depois essa insolencia a respeito dos amigos me chamarem Bacôco... Grande infamia, hein? Tu acreditas?... Eu não acredito! mas lança sizania entre mim e os rapazes... Nem voltei ao Club... Bacôco! Porquê? Por que eu sou simples, sempre franco, disposto a arranchar... Não! se os rapazes no Club me chamam bacôco pelas costas, caramba, mostram ingratidão! Mas eu não acredito! Rebolou pelo quarto, desconsoladamente, as mãos cruzadas sobre as gordas nadegas. Depois, estacando deante do divan, d'onde Gonçalo o considerava, com piedade:

—Em quanto ao resto da carta é tão estupido, tão atrapalhado que ao principio nem comprehendi. Agora percebo... Querem dizer que a Gracinha e o Cavalleiro teem namoro... É o que me parece que querem dizer! Ora vê tu que disparate! Até a intimidade do Cavalleiro é mentira. O pobre rapaz, desde que lá jantou, só appareceu tres ou quatro vezes, á [441]noite, para a manilha, com o Mendonça... E agora abalou para Lisboa.

Então o Fidalgo pulou, de surpresa.

—O quê! o Cavalleiro foi para Lisboa?

—Pois partiu ha tres dias!

—Com demora?

—Com demora, com grande demora... Só volta no meado d'outubro para a Eleição.

—Ah!

Mas o Bento rompeu pelo quarto, com o jarro d'agua quente, duas toalhas de rendas, ainda n'uma excitação que o azafamava. Deante do espelho, lentamente Barrôlo reabotoava o jaquetão:

—Bem, até logo, Gonçalinho. Eu desço á cavallariça, visitar a parelha. Não imaginas! desde Oliveira, sem descanso, uma trotada explendida. E nem um pello suado! Tu guardas a carta?

—Guardo, para estudar a lettra.

Apenas Barrôlo cerrára a porta—o Fidalgo recomeçou com o Bento a deliciosa historia da briga, revivendo as surprezas e os rasgos, simulando os arremessos da egoa, arrebatando o chicote para representar as cutiladas silvantes, que arrancavam febra e sangue... E de repente, em ceroulas:

—Oh Bento, traze o meu chapeu... Estou desconfiado que a bala roçou pelo chapeu.

Ambos remiraram, esquadrinharam o chapeu. O [442]Bento, no seu encarecimento da façanha, achava a copa amolgada—até chamuscada.

—A bala passou de raspão, Snr. Doutor!

O Fidalgo negou, com a modestia grave d'um forte:

—Não! Nem de raspão!... Quando o malandro desfechou já o braço lhe tremia... Devemos agradecer a Deus, Bento. Mas eu realmente não corri grande perigo!

Depois de vestido, Gonçalo, passeando no quarto, releu a carta. Sim, certamente das Lousadas. Mas agora essa maledicencia, soprada com tão sordida maldade sobre as pobres bochechas do Barrôlo, não causava damno—antes servia, quasi beneficamente, como a braza d'um ferro, para sarar um damno. O pobre Barrôlo apenas se impressionára com a revelação da sua bacoquice, essa ingrata alcunha posta pelos rapazes amigos, em galhofas ingratas do Club e debaixo dos Arcos. A outra insinuação terrivel, Gracinha reverdecendo ao calor amoroso do Cavalleiro, essa mal a comprehendera, escassamente a attendera n'um desdem distrahido e candido. Mas a carta que assim silvava por sobre o bom Barrôlo como flecha errada—acertava em Gracinha, feriria Gracinha no seu orgulho, no seu impressional pudor, mostrando á pobre tonta como o seu nome e mesmo o seu coração, já arrastavam enxovalhadamente, [443]pela rasteira mexeriquice das Lousadas!... Certesa tão humilhadora não apagaria um sentimento—que se não apagava com humilhações mais intimas, tanto mais dolorosas. Mas estimularia a sua reserva e o seu desconfiado recato:—e agora que André se afastára para Lisboa, operaria n'ella, surdamente, solitariamente, sem que a presença tentadora lhe desmanchasse a influencia socegadora e salutar. Assim o torpe papel aproveitava a Gracinha como um aviso temeroso pregado na parede. E rancorosamente preparada pelas duas femeas para desencadear nos Cunhaes escandalo e dôr—talvez restabelecesse, na ameaçada casa, quietação e gravidade.—Gonçalo esfregou as mãos pensando—que em tão ditosa manhã talvez até esse mal redundasse em bem!

—Oh Bento, onde está a Snr.a D. Graça?

—A menina subiu agora ha pouco para o seu quarto, Snr. Doutor.

Era o seu quarto de solteira, claro e fresco sobre o pomar, onde ainda se conservava o seu leito de linda madeira embutida, um toucador illustre que pertencera á Rainha D. Maria Francisca de Saboya, e o sophá, as cadeiras de casimira clara em que Gracinha bordára, n'um arrastado labor d'annos, o Açor negro dos Ramires. E sempre que voltava á Torre Gracinha gostava de reviver no seu quarto, as horas de solteira, remexendo as gavetas, [444]folheando velhos romances inglezes na estantesinha envidraçada, ou simplesmente da varanda contemplando a querida quinta estendida até aos outeiros de Valverde, a verde quinta, tão misturada á sua vida que cada arvore lhe susurrava, cada recanto de verdura era como um recanto do seu pensamento.

Gonçalo subiu—bateu á porta cerrada com o antigo aviso:—«Licença para o mano!» Ella correu da varanda, onde regava nos seus antigos vasos vidrados plantas sempre renovadas e cuidadas pela Rosa com carinho. E desabafando logo do pensamento que a enchia:

—Oh Gonçalo! mas que felicidade nós virmos á Torre, justamente hoje, que te succedeu cousa tamanha!

453

—É verdade, Gracinha, grande sorte! E não me admirei nada de te vêr... Era como se ainda vivesses na Torre e te encontrasse no corredor... Quem estranhei foi o Barrôlo! E no primeiro momento depois de desmontar, pensava assim, vagamente: «mas que diabo faz aqui o Barrôlo? como diabo se acha aqui o Barrôlo?...» Curioso, hein? Foi talvez que, depois da desordem, me senti remoçado, com um sangue novo, e me julguei no tempo em que desejavamos uma guerra em Portugal, e nós cercados na Torre, sob o nosso pendão, o nosso terço atirando bombardas aos hespanhoes...

[445] Ella ria, lembrada dessas imaginações heroicas. E com o vestido entalado entre os joelhos recomeçou a lenta rega dos seus vasos—em quanto Gonçalo, encostado á varanda, considerando a Torre, retomado pela ideia d'uma concordancia mais intima, que desde essa manhã se estabelecera entre elle e aquelle heroico resto da Honra de Santa Ireneia, como se a sua força, tanto tempo quebrada, se soldasse emfim firmemente á força secular da sua raça.

—Oh Gonçalo! tu deves estar muito cançado! Depois d'essa verdadeira batalha...

—Não, cançado não... Mas com fome. Com fome, e com uma sêde explendida!

Ella pousou logo o regador, sacudindo as mãos alegremente:

—Pois o almoço não tarda!... Já andei a trabalhar na cosinha, com a Rosa, n'uma pescada á hespanhola... É uma receita nova do Barão das Marges.

—Então insonsa, como elle.

—Não! até picante: foi o Snr. Vigario Geral que lh'a ensinou.

E como, deante do toucador da Rainha Maria Francisca, ella arranjava á pressa os ganchos do cabello, para aproveitar a solidão favoravel, apressou com um esforço, a confidencia que o commovia:

—E em Oliveira? Lá por Oliveira!

[446] —Em Oliveira, nada... Muito calor!

Gonçalo, movendo os dedos lentos pela moldura do espelho, fino entrelaçamento de açucenas e louros, murmurou:

—Eu sei apenas das Lousadas, das tuas amigas Lousadas. Continuam em plena actividade...

Gracinha negou candidamente:

—As Lousadas? Não! Nem teem apparecido.

—Mas teem tecido!

E como os verdes olhos de Gracinha se alargaram, sem comprehender, Gonçalo arrancou vivamente da algibeira a carta que guardára, que agora lhe pesava, como uma chapa de ferro:

—Olha, Gracinha! Mais vale desabafarmos! Ahi tens o que ellas ha dias escreveram a teu marido...

N'um relance, Gracinha devorou as linhas terriveis. E com ondas de sangue nas faces, apertando as mãos n'uma afflicção, um desespero, em que o papel amarfanhou:

—Oh Gonçalo! pois...

Gonçalo accudio:

—Não! o Barrôlo não se importou! Até se rio! E eu tambem, quando elle me entregou esse papelucho... E a prova que ambos o consideramos uma mexeriquice insensata, é que eu t'o mostro tão francamente.

Ella esmagava a carta nas mãos juntas e tremulas, [447]pallida agora e emmudecida pelo espanto, retendo grandes lagrimas que rebrilhavam. E Gonçalo commovido, com gravidade, com ternura:

—Mas tu, Gracinha, sabes o que são terras pequenas. Sobre tudo Oliveira! Precisas muito cuidado, muita reserva... Ai de mim! De mim vem a culpa. Reatei relações que nunca se deviam reatar... Bem me tenho arrependido! E acredita! por causa d'essa situação tão falsa e tão perigosa, que eu creei, levianamente, por ambição tola, passei aqui na Torre dias amargurados... Até nem m'atrevia voltar a Oliveira. Hoje, não sei porquê, depois d'esta aventura, parece que tudo se esbateu, s'afundou para uma grande sombra... Emfim já não me arde tão em braza no coração... Por isso desabafo assim, serenamente.

Ella desatou n'um solto, doloroso choro em que a sua fraca alma se desfazia. Com redobrada ternura Gonçalo abraçou os pobres hombros vergados que os soluços espedaçavam. E foi com ella toda refugiada no seu peito, que ainda a aconselhou, docemente:

—Gracinha, o passado morreu, e todos precisamos, para honra de todos, que continue morto. Pelo menos que por fóra, em cada gesto teu, pareça bem morto! Sou eu que t'o peço, pelo nosso nome!...

D'entre os braços do irmão, ella gemeu com infinita humildade:

[448] —Mas elle até foi embora!... Nem quiz estar mais em Oliveira!

Gonçalo acariciou a acabrunhada cabeça que de novo se escondera contra o seu peito, contra elle se apertava, como procurando a fresca misericordiosa que dentro sentia brotar:

—Bem sei. E isso me mostra que tens sido forte... Mas precisas muita reserva, muita vigilancia, Gracinha!... E agora socega. Não fallemos mais, nunca mais, n'este incidente... Por que foi apenas um incidente. E que eu provoquei, ai de mim, por leviandade, por illusão. Passou, está esquecido! Socega, descança. E quando desceres traze os olhos bem seccos.

Lentamente a desprendera dos braços, onde ella se arraigava como ao abrigo mais certo e á consolação mais desejada. E sahia, engasgado pela emoção, recalcando tambem as lagrimaus... Um gemido timido, supplicante, ainda o reteve.

—Gonçalo! mas tu pensas...

Elle voltou, de novo a abraçou, a beijou na testa lentamente:

—Eu penso que tu, agora bem avisada, bem aconselhada, vaes mostrar muita dignidade, muita firmeza.

Rapidamente abalou, cerrou a porta. E na escada estreita, escassamente allumiada por uma [449]claraboia baça, limpava as palpebras, quando esbarrou com o Barrôlo, que procurava Gracinha, para apressar o almoço.

—A Gracinha já desce! atabalhoou o Fidalgo. Está a lavar as mãos! Já desce!... Mas antes do almoço vamos á cavallariça. Devemos uma visita á egoa, a essa querida egoa que me salvou!

—É verdade, caramba! concordou logo Barrôlo revirando nos degraus, com enthusiasmo. Precisamos visitar a egoa... Grande, briosa, hein! Mas aposto que ficou mais suada que as minhas... Imagina! uma trotada d'aquellas, desde Oliveira, e nem um pello molhado! Grandes egoas! Tambem, o que eu as ólho, o que as trato!

Na cavallariça, ambos affagaram a egoa. Barrôlo lembrou que se mimoseasse com uma ração larga de cenoura. Depois—para que Gracinha, com vagar se calmasse,—o Fidalgo arrastou o Barrôlo ao pomar e á horta...

—Tu não vens á Torre ha perto de seis mezes, Barrolinho! Precisas vêr, admirar progressos. Anda agora por aqui a mão forte do Pereira da Riosa...

—Imagino! grande homem, o Pereira! Mas eu tenho uma fome, Gonçalinho!

—Tambem eu!

[450] Uma hora batia quando entraram na varanda onde a mesa esperava, florida e em festa—e Gracinha, á beira do divan, percorria pensativamente a velha Gazeta do Porto. Apesar de muito banhados, os seus bellos olhos conservavam um ardor: e para o justificar, e o seu modo abatido, logo se lastimou, córando, d'uma enxaqueca. Eram as emoções, o perigo de Gonçalo...

—Tambem eu tenho dôr de cabeça! declarou o Barrôlo, rondando a mesa. Mas a minha vem da fome... Oh filhos, é que estou desde as sete da manhã com uma chavena de café e um ovo quente!

Gonçalo repicou a campainha. Mas quem rompeu pela porta envidraçada, esbaforido, escancarando a bocca n'um riso immenso, foi o Joaquim, o moço da cavallariça que voltava da Grainha.

Gonçalo atirou os braços, soffrego:

—Então?! então?!

—Pois lá estive, meu Fidalgo! exclamou o Joaquim com o peito a estalar d'importancia. E vae por lá um povoleu, todos já sabem! Uma rapariga dos Bravaes espreitou tudo, de dentro do quinteiro... Depois correu, badalou... Mas o velho, o tal Domingues que mora na casa, e o filho, abalaram ambos. E o rapaz, ao que dizem, pouco ferido. Se cahio, sem sentidos, foi com o susto. O Ernesto de [451]Nacejas, esse sim, santo nome de Deus, apanhou. Lá o levaram em braços para casa d'um compadre alli ao pé, na Arribada. Parece que fica sem orelha, e que fica sem bocca!... Pois por todos aquelles sitios era o ai-jesus das moças!... E logo lá o carregam para o Hospital de Villa Clara, que na casa do Compadre não pode sarar. Um povoleu, e todos dão a rasão ao Fidalgo. O tal Domingues era malandro. E o Ernesto, esse ninguem o podia enxergar! Mas todos lhe tinham medo... O Fidalgo fez uma limpeza!

Gonçalo resplandecia. Ah! Ainda bem! que não passára damno mais forte, que belleza perdida do D. Juan de Nacejas!

—E então o povo por lá, a fallar, a olhar para o sitio?

—Pois o povo não se arreda! E a mostrar o sangue, no chão, e as pedras por onde se atirou a egoa do Fidalgo... E agora até contam que foi uma espera, e que desfecharam tres tiros ao Fidalgo, e que depois adiante no pinhal ainda saltaram tres homens mascarados que o Fidalgo escangalhou...

—Eis a lenda que se forma! declarou Gonçalo.

O Bento apparecera com uma larga travessa fumegante. O Fidalgo affagou risonhamente o hombro do Joaquim. E em baixo a Rosa que abrisse, para o almoço da familia, duas garrafas de vinho do [452]Porto, velho. Depois com a mão nas costas da cadeira murmurou gravemente:—Pensemos um momento em Deus, que me tirou hoje d'um grande perigo!

Barrôlo pendeu a cabeça, reverente. Gracinha, atravez d'um leve suspiro, pensou uma leve oração. E desdobravam os

462

guardanapos; Gonçalo acclamava a travessa de pescada á hespanhola—quando o pequeno da Crispola empurrou ainda a porta envidraçada «com um telegramma, que viera da Villa!» Uma inquietação deteve os garfos. A manhã correra com tantas agitações e espantos! Mas já um sorriso de gosto, de triumpho, se espalhára na fina face de Gonçalo:

—Não é nada... É do Castanheiro, por causa dos capitulos do Romance que eu lhe mandei... Coitado! Bom rapaz!

E, recostado na cadeira, recitou vagarosamente o telegramma, que os seus olhos affagavam:—«Capitulos romance recebidos. Leitura feita amigos. Enthusiasmo! Verdadeira obra prima! Abraço!...»

Barrôlo, com a bocca cheia, bateu as palmas. E Gonçalo, sem reparar na travessa da pescada que Bento lhe apresentava, mas enchendo o copo de vinho verde, com uma vaga tremura, um sorriso ditoso que não se dissipava:

—Emfim, boa manhã... Grande manhã!

[453] Gonçalo, apesar das insistencias de Gracinha e do Barrôlo, não os acompanhou para Oliveira—no desejo de acabar, durante essa semana, o derradeiro Capitulo da Novella, e depois cerrar o preguiçoso giro de visitas aos influentes

Eleitoraes do Circulo. Assim rematava a Obra d'Arte e a obra de Politica,—e cumpria, Deus louvado, a tarefa d'esse verão fecundo!

Logo n'essa noite retomou o manuscripto da Novella—e na margem larga lançou a data, uma nota:—«Hoje, na freguesia da Grainha, tive uma briga terrivel com dous homens que me assaltaram a pau e tiro, e que castiguei severamente...» Depois, com facilidade atacou o lance de tanto sabor medieval, em que Tructesindo Ramires, correndo no rasto do Bastardo, penetrava, ao espalhado e fumarento clarão dos archotes, no arraial de D. Pedro de Castro.

Com grave amisade acolhia o velho homem de guerra aquelle seu primo de Portugal, que lhe trouxera a sua forte mesnada, de Santa Ireneia, quando os Castros combateram um grande poder de Mouros em Enxarez de Sandornin. Depois, na vasta tenda, reluzente d'armas, tapizada de pelles de leão e d'urso, Tructesindo contava, ainda a arfar de dôr represa, a morte de seu filho Lourenço, ferido na lide de Canta-Pedra, acabado á punhalada pelo Bastardo de [454]Bayão, deante das muralhas de Santa Ireneia, com o sol no ceu alto a olhar a traição! Indignado, o velho Castro esmurraçou a mesa, onde um rosario d'ouro se misturava a grossas peças de xadrez; jurou pela vida de Christo, que, em sessenta annos d'armas e surpresas nunca soubera de feito mais vil! E agarrando a mão do senhor de Santa Ireneia, ardentemente lhe offereceu, para a empreza da santa vingança, a sua hoste inteira—tresentas e trinta lanças, vasta e rija peonagem.

—Por Santa Maria! Formosa arrancada! bradou Mendo de Briteiros com as vermelhas barbas a flammejar de gosto.

Mas D. Garcia Viegas, o Sabedor, entendia que para colherem o Bastardo vivo, como convinha a uma vingança vagarosa e bem gosada, mais utilmente serviria uma calada e curta fila de cavalleiros, com alguns homens de pé...

—Porquê, D. Garcia?

—Porque o Bastardo, depois de se aligeirar, junto da Ribeira, da pionada e carriagem correra, com a mira em Coimbra, para se acolher á força da Hoste Real. N'essa noite, com o seu esfalfado bando de lanças, pernoitára certamente no solar de Landim. E com o luzir da alva, para encurtar, certamente retomava a galopada pelo velho caminho de Miradães, que trepa e foge atravez das lombas do Caramulo. [455]Ora elle, Garcia Viegas, conhecia para deante do Poço da Esquecida, certo passo, onde poucos cavalleiros, e alguns bésteiros, bem postados por entre o bravio, apanhariam Lopo de Bayão como lobo em fojo...

Tructesindo, incerto e pensativo, mettia os dedos lentos pelos fios da barba. O velho Castro duvidava, preferindo que se pozessse batalha ao Bastardo em campo bem liso onde se avantajassem tantas lanças já aprestadas, que depois correriam em alegre levada a assolar as terras de Bayão. Então Garcia Viegas rogou aos seus primos d'Hespanha e de Portugal que sahissem ao terreiro, deante da tenda, com fartura de tochas para bem se allumiarem. E ahi, no meio dos cavalleiros curiosos, á claridade dos lumes inclinados, D. Garcia vergou o joelho, riscou sobre a terra, com a ponta d'uma adaga, o roteiro da sua caçada para lhe comprovar a belleza... D'além castello Landim, largaria com a alva o Bastardo. Por aqui, quando a lua nascesse, abalariam elles, com vinte cavalleiros dos Ramires e dos Castros, para que lidadores d'ambas as mesnadas gosassem a lide. Além, se postariam, alapados no mattagal, besteiros e peões de frecha. Por traz, d'este lado, para entaipar o Bastardo, o senhor D. Pedro de Castro, se com tão gostosa ajuda elle honrasse o Senhor de Santa Ireneia. Adiante, acolá, para colher pela gorja [456]o villão, o Snr. D. Tructesindo que era o pae e Deus mandava fosse o vingador. E alli, na estreitura o derrubariam e o sangrariam como um porco—e como o sangue era vil, a um tiro de bésta encontrariam agua farta para lavar as mãos, a agoa do pégo das Bichas!...

—Famosa traça! murmurou Tructesindo convencido.

E D. Pedro de Castro bradou atirando um faiscante olhar aos Cavalleiros d'Hespanha:

—Vida de Christo, que se meu tio-avô Gutierres tivera por Coudel aqui o snr. D. Garcia, não lhe escapavam os de Lara quando levaram o Rei Menino, na grande carreira, para Santo

Estevam de Gurivaz!... Entendido pois, primo e amigo! E a cavallo, para a monteria, mal reponte a lua!

E recolheram as tendas—que já nas fogueiras lourejavam os cabritos da ceia, e os uchões acarretavam, d'entre os carros da sarga, os pesados odres de vinho de Tordesillas.

Com a ceia no arraial (grave e sem ruido, por que um luto velava o coração dos hospedes) Gonçalo terminou, n'essa noute, o seu capitulo IV, lançando á margem outra nota:—«Meia noite... Dia cheio. Batalhei, trabalhei.—». Depois no seu quarto, em quanto se despia, traçou todo o alvoroto da briga curta em que o Bastardo como lobo em fojo quedaria [457]captivo, á mercê vingadora dos de Santa Ireneia... Mas de manhã, antes d'almoço, ao abancar com gosto para o trabalho—recebeu dous telegrammas, que o desviaram deliciosamente da correria contra o Bastardo de Bayão.

Eram dois telegrammas d'Oliveira, um do Barão das Marges, outro do capitão Mendonça—ambos com parabens ao Fidalgo «por assim escapar de tão terrivel espera, destroçando os valentões de Nacejas.» O Barão das Marges accrescentava:—«Bravissimo! É d'heroe!»

Gonçalo, enternecido, mostrou os telegrammas ao Bento. A nova da sua façanha, pois, já se espalhára, impressionára Oliveira,

—Foi o Snr. José Barrôlo que contou! acudiu o Bento. E o Snr. Dr. verá! o Snr. Dr. verá... Até no Porto se vão assombrar!

Ao bater meio dia, rompeu pelo corredor, com estrondo, o immenso Titó, acompanhado pelo João Gouveia que chegára na vespera á tarde da Costa, soubera da aventura na Assembleia, corria á Torre, como amigo para o abraço, antes de comparecer, como Auctoridade, para o auto. Então Gonçalo, ainda nos braços do Gouveia, pediu generosamente, «que se não procedesse contra os bandidos...» O Administrador recusou, decidido e secco, proclamando o principio da Ordem, e necessidade d'um escarmento [458]rijo, para que Portugal não recuasse aos tempos barbaros do João Brandão de Midões. Elle e Titó almoçaram na torre:—e Titó, á sobremesa, lembrou galhofeiramente a conveniencia d'um brinde, e bramou elle o brinde, comparando Gonçalo ao elefante, «sempre bom, que tanto aguenta, e de repente, zás, esmaga o mundo!»

Depois João Gouveia accendendo um grande charuto reclamou a representação veridica da desordem, com os pulos, os gritos, para elle se compenetrar como auctoridade. Então atravez da varanda, reviveu a historia heroica, simulando com o chicote sobre o divan (que terminou por esgaçar) os golpes que arremessára imitando os tombos meio desmaiados do valentão de Nacejas, quando já o sangue o alagava. O Administrador e o Titó visitaram na cavallariça a egoa historica; e no pateo,

Gonçalo ainda lhes mostrou as duas polainas de couro seccando ao sol, lavadas do sangue que as salpicára.

Deante do portão João Gouveia bateu gravemente no hombro do Fidalgo:

—Gonçalo, vossê deve apparecer esta noite na Assembleia...

Appareceu—e foi acolhido como o vencedor d'uma batalha illustre. No bilhar, por proposta do velho Ribas, flammejou um grande punche—e o Commendador Barros, afogueado, teimava que no domingo [459]se celebrasse em S. Francisco um Te-Deum de graças, de que elle costearia as despezas, com orgulho, caramba! Á sahida, acompanhado pelo Titó, pelo Gouveia, pelo Manoel Duarte, por outros socios, encontraram o Videirinha—que não pertencia á Assembleia, mas rondava, esperando o Fidalgo para lhe lançar duas trovas do Fado, improvisadas n'essa tarde, em que o exaltava acima dos outros Ramires, da Historia e da Lenda!

O rancho quedou no chafariz. O violão gemeu, com amor. E o cantar do Videirinha, elevado da alma, varou a muda ramagem das olaias:

Os Ramires d'outras eras

Venciam com grandes lanças,

Este vence com um chicote,

Vêde que estranhas mudanças!

É que os Ramires famosos,

Da passada geração,

Tinham a força nas armas

E este a tem no coração!

A tão requebrado conceito—os amigos romperam em vivas a Gonçalo, á Casa de Ramires. E o Fidalgo recolhendo á Torre, commovido, pensava:

—É curioso! Esta gente toda parece gostar de mim!...

Mas que emoção quando, de manhã cedo, o Bento o acordou com um telegramma de Lisboa! [460]Era do Cavalleiro—que «soubera pelos jornaes attentado, lhe mandava enthusiastico abraço pela felicidade e pela valentia!» Gonçalo berrou, sentado na cama:

—Caramba! então os jornaes em Lisboa já fallam, Bento! o caso anda celebrado!

Certamente celebrado!—por que durante o delicioso dia, o moço do Telegrapho, esbaforido sobre a perna manca, não cessou d'empurrar o portão da Torre, com outros telegrammas, todos de Lisboa, da Condessa de Chellas; de Duarte Lourençal; dos Marquezes de Cója felicitando; da tia Louredo com «parabens ao destemido sobrinho»; da marqueza d'Esposende «esperando que o caro primo tivesse agradecido a Deus!»... E o ultimo do Castanheiro, com exclamações:—Magnifico! Digno de Tructesindo!—Gonçalo, pela livraria, erguia os braços, estonteado:

—Santo nome de Deus! mas que terão dito os jornaes?

E, por entre os Telegrammas, accudiam os cavalheiros dos arredores, os influentes,—o Dr. Alexandrino, aterrado, antevendo um regresso ao Cabralismo; o velho Pacheco Valladares de Sá, que não se espantára do seu nobre primo, por que sangue de Ramires, como sangue de Sás, sempre ferve; o padre Vicente da Finta, que com os seus parabens, offereceu um cestinho de cachos do seu famoso moscatel [461]tinto; e por fim o Visconde de Rio-Manso, que agarrado a Gonçalo, soluçou, no enternecimento quasi ufano de que a briga assim rompesse, na estrada, quando «o querido amigo, o amigo da sua Rosa» se encaminhava para a Varandinha. Gonçalo, afogueado, banhado de riso, abraçava, recontava pacientemente a façanha, acompanhava até ao portão aquelles cavalheiros, que ao montar as egoas, ao entrar nas caleches, sorriam para a velha Torre, escura e rigida, na doce claridade da tarde de Setembro, como saudando, depois do heroe, o secular fundamento do seu heroismo.

E o Fidalgo, galgando as escadas para a livraria, de novo murmurava, estonteado:

—Que terão dito os jornaes de Lisboa?

Nem dormiu, na anciedade de os devorar. Quando o Bento, em alvoroço, rompeu pelo quarto com o correio—Gonçalo saltou, arrojou o lençol, como se abafasse. E logo no Seculo, soffregamente percorrido, encontrou o telegramma d'Oliveira, contando o assalto! os tiros disparados! a immensa coragem do Fidalgo da Torre, que com um simples chicote... O Bento quasi arrebatou o Seculo das mãos tremulas do Fidalgo, para correr á cosinha, bramar á Rosa a noticia gloriosa!

De tarde, Gonçalo correu a Villa-Clara, á Assembleia, para devorar os outros jornaes de Lisboa, [462]os do Porto. Todos contavam, todos celebravam! A Gazeta do Porto, attribuindo o attentado a Politica, ultrajava furiosamente o Governo. O Liberal Portuense, porém, relacionava «com certas vinganças dos republicanos d'Oliveira, o pavoroso attentado que quasi causára a morte d'um dos maiores fidalgos de Portugal e d'Hespanha e d'um dos mais pujantes talentos da nova geração!» Os jornaes de Lisboa, glorificavam sobre tudo «a coragem explendida do Snr. Gonçalo Ramires.» E o mais ardente era a Manhã, n'um verboso artigo (de certo escripto pelo Castanheiro), recordando as heroicas tradições da Casa illustre, esboçando as bellezas do Castello de Santa Ireneia e terminando por affirmar que «agora, se esperava com redobrada anciedade a apparição da novella de Gonçalo Ramires, fundada sobre um feito de seu avô Tructesindo no seculo XII, e promettida para o primeiro numero dos Annaes de Litteratura e de Historia, a nova Revista do nosso querido amigo Lucio Castanheiro, esse benemerito restaurador da Consciencia heroica de Portugal!»—As mãos de Gonçalo, ao desdobrar os jornaes, tremiam. E o João Gouveia, tambem soffrego, devorando tambem os artigos, por sobre o hombro do Fidalgo, murmurava, impressionado:

—Vossê, Gonçalinho, vae ter uma votação tremenda!

[463] Depois n'essa noute, recolhendo á Torre, Gonçalo encontrou uma carta que o perturbou. Era de Maria de Mendonça, n'um papel perfumado, com o mesmo perfume que tão docemente espalhava D. Anna, pelo adro de Santa Maria de Craquêde:—«Só esta manhã soubemos o grande perigo que passou, e ficamos ambas muito commovidas. Mas ao mesmo tempo eu (e não só eu) muito vaidosa da magnifica coragem do primo. É d'um verdadeiro Ramires! Eu não vou ahi abraçal-o (com risco de me comprometter e fazer invejas) por que um dos meus pequenos, o Neco, anda muito constipado. Felizmente não é cousa de cuidado... Mas aqui todos, até os pequenos, anciamos por vêr o heroe, e não creio que houvesse nada d'extraordinario, nem d'um lado nem d'outro, em que o primo

por aqui apparecesse além d'amanhã (quinta feira) pelas tres horas. Davamos um passeio na quinta, e até se merendava, á boa e velha moda dos nossos avós. Está dito? Muitos comprimentos, muitos, da Annica, e o primo creia-me, etc.»—Gonçalo sorriu, pensativamente, considerando a carta, recebendo o aroma. Nunca a prima Maria lhe empurrára, tão claramente, a D. Anna para os braços... E como D. Anna se deixava empurrar, prompta, e d'olhos cerrados... Ah, se fosse somente para a alcova! Mas ai! era tambem para a Egreja. E de novo sentia aquelle vozeirão do [464]Titó, nos degraus da portinha verde com a lua cheia por cima dos olmos negros: «Essa creatura teve um amante, e tu sabes que eu nunca minto?»

Então tomou lentamente a penna, respondeu a D. Maria Mendonça:—«Querida prima—Fiquei muito enternecido com o seu cuidado, e os seus enthusiasmos. Não exaggeremos! Eu não fiz mais que correr a chicote uns valentões que me assaltaram a tiro. É façanha facil para quem tenha, como eu, um chicote excellente. Emquanto á visita á Feitosa, que me seria tão agradavel, não a posso realisar com fundo pezar meu, nem na quinta-feira, nem mesmo por todo este mez... Ando occupadissimo com o meu livro, a minha Eleição, a minha mudança para Lisboa. A era dos cuidados sérios soou severamente para mim,—cerrando a doce era dos passeios e dos sonhos. Peço que apresente á Snr.a D. Anna os meus profundos respeitos. E com muitas amisades para si, e bons desejos pelo restabelecimento d'esse querido Neco, espero me creia sempre seu dedicado e grato primo, etc.»

Fechou vagarosamente a carta. E batendo o seu sinete d'armas sobre o lacre verde, pensava:

—Assim aquelle maroto do Titó me rouba dusentos contos!...

––––––––––––––––––––––––

[465]Durante toda essa macia semana dos fins de Setembro, Gonçalo trabalhou no Capitulo final da sua Novella.

Era emfim a madrugada vingadora em que os Cavalleiros de Santa Ireneia, reforçados pelas mais nobres lanças da mesnada dos Castros, surprehendiam, no bravio desfiladeiro marcado por Garcia Viegas, o Sabedor, o bando de Bayão, na sua açodada corrida sobre Coimbra... Briga curta e falsa, sem destro e brioso terçar d'armas, mais semelhante a montaria contra um lobo do que a arremettida contra um Filho-de-Algo. E assim a desejára Tructesindo, com ruidosa approvação de D. Pedro de Castro, por que não se cuidava de combater um inimigo, mas de colher um matador.

Antes do luzir d'alva, o Bastardo abalára do castello de Landim, em dura pressa e com tão descuidada segurança, que nem almogavar nem coudel lhe atalayavam os trilhos. As cotovias cantavam quando elle, em aspero trote, penetrou por essa brecha, entalada entre escarpas de penedia e urze, que chamam a Racha do Moiro, desde que Mafoma a fendeu para que escapassem as adagas christans de El-Rei Fernando, o Magno, o Alcaide moiro de Coimbra e a monja que elle arrebatára á garupa. E apenas pela esguia greta enfiára a derradeira lança da fila—eis [466]que da outra embocadura do valle surde o cerrado troço dos cavalleiros de Santa Ireneia, que Tructesindo guia, com a viseira erguida, sem broquel, sacudindo apenas uma ascuma de monte como se folgadamente andasse em caçada. Da selva arredada que os encobria, rompem por traz as lanças dos Castros, ristadas e cerrando a brecha mais densamente que as puas d'uma levadiça. Do recosto dos cerros róla, como reprêsa solta, uma rude e escura peonagem! Colhido, perdido, o Bastardo terrivel! Ainda arranca furiosamente a espada, que redomoinhando o corôa de coriscos. Ainda com um fero grito arremette contra Tructesindo... Mas bruscamente, d'entre um escuro magote de fundeiros baleares, parte ondeando uma corda de canave, que o laça pela gargalheira, o arranca n'um brusco sacão da sela mourisca, o derriba, sobre pedregulhos em que a sua larga espada se entala e se parte rente ao punho dourado. E emquanto os cavalleiros de Bayão aguentam assombradamente o denso cerco de lanças, que os envolvera—um rôlo de peões, em dura grita, como mastins sobre um cerdo, arrastam o Bastardo para a lomba do outeiro, onde lhe arrancam broquel e adaga, lhe despedaçam o brial de lã rôxa, lhe quebram os fechos do elmo, para lhe cuspirem na face, nas barbas côr de ouro, tão bellas e de tanto orgulho!

Depois a mesma bruta matula o iça, amarrado, [467]para sobre o dorso d'uma possante mula de carga, o estende entre dous esguios caixotes de virotões, como rez apanhada ao recolher da montaria. E servos da carriagem ficam guardando o Cavalleiro soberbo, o Claro-Sol que allumiava a casa de Bayão, agora entaipado entre dois caixotes de pau, com cordas nos pés, e cordas nas mãos, e n'ellas espetado um triste ramo de cardo—emblema da sua traição.

No emtanto os seus quinze Cavalleiros juncavam o chão, esmagados sob o furioso cerco de lanças que os investira—uns hirtos, como adormecidos, dentro das negras armaduras, outros torcidos, desfeitos, com as carnes retalhadas, pendendo horrendamente entre malhas rotas dos lorigaes. Os escudeiros, colhidos, empurrados a pontoada de chuço para a boca d'uma barroca, sem resgate ou mercê, como alcateia immunda de roubadores de gado, acabaram, decepados a macheta pelos barbudos estafeiros leonezes. Todo o valle cheirava a sangue como um pateo de magarefes. Para reconhecer os companheiros do Bastardo, uma turma de cavalleiros desafivelava os gorjaes, as viseiras, arrancando furtivamente as medalhas de prata, os bentos, saquinhos de reliquias, que todos traziam como bem-tementes. N'uma face, de fina barba negra, que uma espuma sangrenta manchava, Mendo de Briteiros reconheceu seu primo Sueiro [468]de Lugilde com quem, pela fogueira de S. João, folgára tão docemente e bailára no castello de Unhello,—e vergado sobre a alta sella rezou, pela pobre alma sem confissão, uma devota Ave-Maria. Fuscas, tristonhas nuvens, abafavam a manhã d'Agosto. E afastados á entrada do valle, sob a ramagem d'um velho azinheiro, Tructesindo, D. Pedro de Castro, e Garcia Viegas, o Sabedor, decidiam que morte lenta, e bem dorida e viltosa, se daria ao Bastardo, villão de tão negra vilta.

Contando assim a sombria emboscada com o gemente esforço de quem empurra um arado por terra pedreira—gastára Gonçalo essa doce semana de Setembro. E no sabbado, cedo, na livraria, com os cabellos ainda molhados do banho de chuva, esfregava as mãos deante da banca—porque certamente com duas horas de attento trabalho, findaria antes d'almoço a sua Novella, a sua Obra! E todavia esse final, quasi o repellia, com o seu sujo horror. O tio Duarte no seu Poemeto apenas o esboçára, com esquiva indecisão, como nobre Lyrico que ante uma visão de bruta ferocidade solta um lamento, resguarda a Lyra, e desvia para sendas mais doces. E, ao tomar a penna, Gonçalo tambem, realmente lamentava que seu avô Tructesindo não matasse outr'ora o Bastardo, no fragor da briga, com uma d'essas [469] cutiladas maravilhosas, e tão doces de celebrar, que racham o cavalleiro e depois racham o ginete, e para sempre retinem na Historia.

Mas não! Sob a folhagem do azinheiro, os tres cavalleiros combinavam com lentidão uma vingança terrifica. Tructesindo desejára logo recolher a Santa Ireneia, alçar uma forca deante das barbacans, no chão em que seu filho rolára morto, e n'ella enforcar, depois de bem açoitado, como villão, o villão que o matára. O velho D. Pedro de Castro, porém, aconselhava despacho mais curto, e tambem gostoso. Para que rodear por Santa-Ireneia, desbaratar esse dia d'Agosto na arrancada que os levava a Montemór, a soccorro das Infantas de Portugal? Que se estendesse o Bastardo amarrado sobre uma trave, aos pés de D. Tructesindo, como porco pelo Natal, e que um cavallariço lhe chamuscasse as barbas, e depois outro, com facalhão de ucharia, o sangrasse no pescoço, pachorrentamente.

—Que vos parece, Snr. D. Garcia?

O Sabedor desafivelára o casco de ferro, limpava nas rugas o suor e a poeira da lide:

—Senhores e amigos! Temos melhor, e perto tambem, sem delongas de cavalgada, logo adiante destes cerros, no Pego das Bichas... E nem torcemos caminho, que de lá, por Tordezello e Santa Maria da Varge, endireitamos a Montemór, tão direitos [470]como vôa o corvo... Confiae em mim, Tructesindo! Confiae em mim, que eu arranjarei ao Bastardo tal morte e tão vil, que d'outra egual se não possa contar desde que Portugal foi condado.

—Mais vil que forca, para cavalleiro, meu velho Garcia?

—Lá vereis, senhores e amigos, lá vereis!

—Seja! Mandae dar ás bozinas.

Ao commando d'Affonso Gomes, o Alferes, as bozinas soaram. Um troço de besteiros e de estafeiros Leoneses rodearam a mula que carregava o Bastardo amarrado e entalado entre dois caixotes. E acaudilhada por D. Garcia, a curta hoste metteu para o Pego das Bichas, em desbando, com os senhores de lança espalhados, como em marcha de folgança e paz, (?) e todos n'uma rija fallada recordando, entre gabos e risos, as proezas da lide.

A duas leguas de Tordezello e do seu castello formoso, se escondia entre os cerros o Pego das Bichas. Era um lugar de eterno silencio e de eterna tristeza. Em esmerados versos lhe marcára o tio Duarte a desolada asperidão:

Nem trillo d'ave em balançado ramo!

Nem fresca flôr junto de fresco arroio!

Só rocha, mattagal, ribas soturnas,

E em meio o Pego, tenebroso e morto!...

[471] E quando os primeiros cavalleiros, galgada a lomba d'um cerro, o avistaram, na melancholia da manhã nevoenta, emmudeceram da larga fallada, repucharam os freios, assustados ante tão aspero ermo, tão propicio a Bruxas, a Avantesmas e a Almas penadas. Deante do escalavrado barranco, por onde os ginetes escorregavam, ondulava uma ribanceira, aberta com charcos lamacentos, quasi chupados pela

estiagem, luzindo pardamente, por entre grossos pedregulhos e o tojo rasteiro. Ao fundo, a meio tiro de bésta, negrejava o Pego, lagoa estreita, lisa, sem uma ruga n'agua, duramente negra, com manchas mais negras, como lamina d'estanho onde alastrasse a ferrugem do tempo e do abandono. Em torno subiam os cerros, eriçados de matto bravio e alto, sulcados por trilhos de saibro vermelho como por fios de sangue que escoresse, e rasgados no alto por penedias lustrosas, mais brancas que ossadas. Tão pesado era o silencio, tão pesada a soledade, que o velho D. Pedro de Castro, homem de tanta jornada, se espantou:

—Feia paragem! E voto a Christo, a Santa Maria, que nunca antes de nós, n'ella entrou homem remido pelo baptismo.

—Pois, Snr. D. Pedro de Castro! accudiu o Sabedor, já por aqui se moveu muita lança, e luzida, e ainda em tempos do Conde D. Sueiro, e de vosso [472]rei D. Fernando, se erguia n'aquella beira d'agua, uma castellania famosa! Vêde além!—E mostrava na ponta do pego, fronteira ao barranco, dous rijos pilares de pedra, que emergiam da agua negra, e que chuva e vento polira como marmores finos. Um passadiço de traves, sobre estacas limosas e meio apodrecidas, atava a margem ao mais grosso dos pilares. E a meio d'esse rude esteio pendia uma argola de ferro.

No emtanto já o tropel da peonagem se espalhára pela ribanceira. D. Garcia Viegas desmontou, bradando por Pero

Ermigues, o Coudel dos bésteiros de Santa Ireneia. E, ao lado do ginete de Tructesindo, risonho e gozando a surpreza, ordenou ao Coudel que seis dos seus rijos homens descessem o Bastardo da mula, o estirassem no chão, o despissem, todo nú, como sua mãe barregã o soltára á negra vida...

Tructesindo encarou o Sabedor, franzindo as sobrancelhas hirsutas:

—Por Deus, D. Garcia! que me ides simplesmente afogar o villão, e sujar essa agua innocente!...

E alguns Cavalleiros, em redor, murmuraram tambem contra morte tão quieta e sem malicia. Mas os miudos olhos de D. Garcia giravam, lampejavam de triumpho e gosto:

—Socegae, socegae! Velho estou certamente, mas ainda o senhor Deus me consente algumas traças. [473]Não! Nem enforcado, nem degolado, nem afogado... Mas chupado, senhores! Chupado em vida, e de vagar, pelas grandes sanguesugas que enchem toda essa agua negra!

D. Pedro de Castro, maravilhado, bateu o guante nas solhas do coxote:

—Vida de Christo! Que ter n'uma hoste o Snr. D. Garcia, é ter juntamente, para marchas e conselho, enrolados n'um só, Annibal e Aristoteles!

Um rumor d'admiração correu pela hoste:

—Boa traça, boa traça!

E Tructesindo, radiante, bradava:

—Andar, andar, bésteiros! E vós, senhores, recuae para a lomba do cerro, como para palanque, que vae ser grande a vista! Já seis bésteiros descarregavam da mula o Bastardo amarrado. Outros cercavam, com mólhos de cordas. E, como magarefes para esfolar uma rez, toda a rude turma se abateu sobre o malfadado, arrancando por cordas que desatavam a cervilheira, o saio, as grevas, os sapatões de ferro, depois a grossa roupa de linho encardido. Agarrado pelos compridos cabellos, filado pelos pés, onde se cravavam agudas unhas no furor de o manter, com os braços esmagados sob outros grossos braços retêsos, o possante Bastardo ainda se estorcia, urrando, cuspindo contra as faces confusas da matulagem um cuspo avermelhado, que espumava!

[474] Mas, por entre o escuro tropel que o cobria, o seu corpo, todo despido, branquejava, atado com cordas mais grossas.

483

Lentamente o seu furioso urrar esmorecia, arquejado e rouquenho. E um após outro se erguiam os bésteiros, esfalfados, bufando, limpando o suor do esforço.

No emtanto os Cavalleiros d'Hespanha, de Santa Ireneia, desmontavam cravando o couto das lanças entre o tojo e as pedras. Todos os recostos dos outeiros se cubriam da mesnada espalhada, como palanques em tarde de justa. Sobre uma rocha mais lisa, que dous magros espinheiros toldavam de folha rala, um pagem estendera pelles d'ovelha para o Snr. D. Pedro de Castro, para o senhor de Santa Ireneia. Mas só o velho Castellão se accommodou, para uma repousada delonga, desafivelando o seu corselete de ferro tauxeado d'ouro.

Tructesindo permanecera erguido, mudo, com os guantes apoiados ao punho da sua alta espada, os olhos fundos ávidamente cravados na tenebrosa lagôa que, com morte tão fera e tão suja, vingaria seu filho... E pela borda do Pego, peões, e alguns cavalleiros d'Hespanha, remexiam com virotões, com os coutos das ascumas, a agua lodosa, na curiosidade das negras bichas escondidas, que o povoavam.

Subitamente a um brado de D. Garcia, que rondava, toda a chusma de peões amontoada em torno [475]ao Bastardo se arredou:—e o forte corpo appareceu, nú e branco, sobre a terra negra, com um denso pello ruivo nos peitos, a sua virilidade afogada n'outra matta de pello ruivo, e todo ligado por cordas de canave que o inteiriçavam. N'aquella rigidez de fardo, nem as costellas arfavam—apenas os olhos refulgiam, ensanguentados, horrendamente esbugalhados pelo espanto e pelo furor. Alguns cavalleiros correram a mirar a aviltada nudez do homem famoso de Bayão. O senhor dos Paços d'Argelim mofou, com estrondo:

—Bem o sabia, por Deus! Corpo de manceba, sem costura de ferida!...

Leonel de Çamora raspou o sapato de ferro pelo hombro do malfadado:

—Vêde este Claro-Sol, tão claro, que se apaga agora, em agua tão negra!

O Bastardo cerrava duramente as palpebras,—d'onde duas grossas lagrimas escaparam, lentamente rolaram... Mas um agudo pregão resoou pela ribanceira:

—Justiça! Justiça!

Era o Adail de Santa Ireneia, que marchava, sacudia uma lança, atroava os cerros:

—Justiça! justiça que manda fazer o Senhor de Treixedo e de Santa Ireneia, n'um perro matador!... [476]Justiça n'um perro, filho de perra, que matou vilmente, e assim morra vilmente por ella!...

Trez vezes pregoou por deante da hoste apinhada nos cerros. Depois quedou, saudou humildemente Tructesindo Ramires, o velho Castro,—como a julgadores no seu Estrado de julgamento.

—Aviae, aviae! bradava o Senhor de Santa Ireneia.

Immediatamente, a um commando do Sabedor, seis bésteiros, com as pernas embrulhadas em mantas da carga, ergueram o corpo do Bastardo como se ergue um morto enrolado no seu lençol, e com elle entraram na agua, até ao mais alto pilar de granito. Outros, arrastando molhos de cordas, correram pelo limoso passadiço de traves. Com um alarido d'aguenta! endireita! alça! n'um desesperado esforço o robusto corpo branco foi mergulhado n'agua até ás virilhas, arrimado ao mais alto pilar, depois n'elle atado com um longo calabre que, passando pela argola de ferro, o suspendia, sem escorregar, tão seguro e collado como um rôlo de vela que se amarra ao mastro. Rapidamente os bésteiros fugiram d'agoa, desentrapando logo as pernas, que palpavam, raspavam no horror das bichas sugadoras. Os outros recolheram pelo passadiço, n'uma fila que se empurrava. No Pego ficava Lopo de Bayão bem arranjado [477]para a vistosa morte lenta, com a agoa que já o afogava até ás pernas, com cordas que o enroscavam até ao pescoço como a um escravo no poste; e uma espessa mecha dos cabellos louros laçada na argola de ferro, repuxando a face clara, para que todos n'ella gozassem largamente a humilhada agonia do Claro-Sol.

Então o attento da hoste, esperando espalhada pelos recostos dos cerros, mais entristeceu o enevoado silencio do ermo. A agoa jazia sem um arrepio, com as suas manchas, negras como uma lamina d'estanho enferrujado. Entre as cristas das rochas, archeiros postados pelo Sabedor, atalaiavam, para além, os descampados. Um alto vôo de gralha atrevessou grasnando. Depois um bafo lento agitou as flamulas das lanças cravadas no tojo denso.

Para despertar, aviar a lentidão das bichas, alguns peões atiravam pedras á agoa lodosa. Já alguns cavalleiros hespanhoes rosnavam impacientes com a delonga, n'aquella cova abafada. Outros, descendo agachados a borda da lagôa, para mostrar que falladas bichas nunca acudiriam, mergulhavam lentamente, n'agoa negra, as mãos descalçadas, que depois sacudiam, rindo, e mofando o Sabedor... Mas de repente um estremeção sacudiu o corpo do Bastardo; os seus rijos musculos, no furioso esforço de se desprenderem, inchavam entre as cordas, como cobras que se [478]arqueiam; dos beiços arreganhados romperam, em rugidos, em grunhidos, ultrages e ameaças contra Tructesindo covarde, e contra toda a raça de Ramires, que elle emprasava, dentro do anno, para as labaredas do Inferno! Indignado, um Cavalleiro de Santa Ireneia agarrou uma bésta de garrunche, a que retesou a corda.

Mas D. Garcia deteve o arremesso:

—Por Deus, amigo! Não roubeis ás sanguesugas nem uma pinga d'aquelle sangue fresco!... Vêde como veem! vêde como veem!

Na agoa espessa, em torno ás coxas mergulhadas do Bastardo, um fremito corria, grossas bolhas empolavam,—e d'ellas, mollemente, uma bicha surdio, depois outra e outra, lusidias e negras, que ondulavam, se collavam á branca pelle do ventre, d'onde pendiam, chupando, logo engrossadas, mais lustrosas com o lento sangue que já escorria. O Bastardo emmudecera—e os seus dentes batiam estridentemente. Enojados, até rudes peões desviaram a face cuspindo para as urzes. Outros, porém, chasqueavam, assuavam as bichas, gritando—a elle, donzellas! a elle! E o gentil Çamora de Cendufe, clamava rindo contra tão ensossa morte! Por Deus! Uma apostura de bichas, como a enfermo d'almorreimas. Nem era sentença de Rico-Homem—mas receita d'herbanista moiro!

[479] —Pois que mais quereis, meu Leonel? acudio alegremente o Sabedor, resplandecendo. Morte é esta para se contar em livros! E não tereis este inverno serão á lareira, por todos os solares de Minho a Douro, em que não volte a historia d'este Pego, e d'este feito! Olhae nosso primo Tructesindo Ramires! Formosos tratos presenceou de certo em tão longo lidar d'armas!... E como goza! tão attento! tão maravilhado!

Na encosta do outeiro, junto do seu balsão, que o Alferes cravára entre duas pedras, e como elle tão quêdo, o velho Ramires não despregava os olhos do corpo do Bastardo, com deleite bravio, n'um fulgor sombrio. Nunca elle esperára vingança tão magnifica! O homem que atára seu filho com cordas, o arrastára n'umas andas, o retalhára a punhal deante das barbacans da sua Honra—agora, vilmente nú, amarrado tambem como cerdo, pendurado d'um pilar, emergido n'uma agoa suja, e chupado por sanguesugas, deante de duas mesnadas, das melhores d'Hespanha, que miravam, que mofavam! Aquelle sangue, o sangue da raça detestada, não o bebia a terra revolta n'uma tarde de batalha, escorrendo de ferida honrada, atravez de rija armadura—mas, gota a gota, escuramente e mollemente se sumia, sorvido por nojentas bichas, que surdiam famintas do lodo e no lodo recahiam fartas, para sobre o lodo bolsar [480]o orgulhoso sangue que as enfartára. N'um charco, onde elle o mergulhára, viscosas bichas bebiam socegadamente o cavalleiro de Bayão! Onde houvera homizio de solares fundado em desforra mais dôce?

E a fera alma do velho acompanhava, com inexoravel goso, as sanguesugas subindo, espalhadamente alastrando por aquelle corpo bem amarrado, como seguro rebanho pela encosta da collina onde pasta. O ventre já desapparecia sob uma camada viscosa e negra, que latejava, relusia na humidade morna do sangue. Uma fila sugava a cinta, encovada pela ancia, d'onde sangue se esfiava, n'uma franja lenta. O denso pello ruivo do peito, como a espessura d'uma selva, detivera muitas, que ondulavam, com um rasto de lodo. Um montão ennovelado sangrava um braço. As mais fartas, já inchadas, mais relusentes, despegavam, tombavam mollemente: mas logo outras, famintas, se aferravam. Das chagas abandonadas o sangue escorria delgado, represo nas cordas, d'onde pingava como uma chuva rala. Na escura agoa boiavam gordas postemas de sangue esperdiçado. E assim sorvido, ressumando sangue, o malfadado ainda rugia, atravez ultrages immundos, ameaças de mortes, de incendios, contra a raça dos Ramires! Depois, com um arquejar em que as cordas quasi estalavam, a bocca horrendamente escancarada e avida, rompia aos roucos urros, implorando [481]agoa, agoa! No seu furor as unhas, que uma volta de amarras lhe collára contra as fortes côxas, esfarrapavam a carne, cravavam-se na fenda esfarrapada, ensopadas de sangue.

E o furioso tumulto esmorecia n'um longo gemer cançado—até que parecia adormecido nos grossos nós das cordas, as barbas relusindo sob o suor que as alagára como sob um grosso orvalho, e entre ellas a espantada lividez d'um sorriso delirado.

No emtanto já na hoste derramada pelos cerros, como por um palanque, se embotára a curiosidade bravia d'aquelle supplicio novo. E se acercava a hora da ração de meridiana. O Adail de Santa Ireneia, depois o Almocadem Hespanhol, mandaram soar os anafins. Então todo o áspero ermo se animou com uma faina d'arraial. O almazem das duas mesnadas parára por detraz dos morros, n'uma curta almargem d'herva, onde um regato claro se arrastava nos seixos, por entre as raizes de amieiros chorões.

N'uma pressa esfaimada, saltando sobre as pedras, os peões corriam para a fila dos machos de carga, recebiam dos uchões e estafeiros a fatia de carne, a grossa metade d'um pão escuro: e, espalhados pela sombra do arvoredo, comiam com silenciosa lentidão, bebendo da agoa do regato pelas concas de pau. Depois preguiçavam, estirados na relva,—ou trepavam em bando pela outra encosta dos morros, [482]através do matto, na esperança d'atravessar com um virote alguma caça erradia. Na ribanceira, deante da lagôa, os cavalleiros, sentados sobre grossas mantas, comiam tambem, em roda dos alforges abertos, cortando com os punhaes nacos de gordura nas grossas viandas de porco, empinando, em longos tragos, as bojudas cabaças de vinho.

Convidado por D. Pedro de Castro, o velho Sabedor descançava, partilhando d'uma larga escudella de barro, cheia de bolo papal, d'um bolo de mel e flôr de farinha, onde ambos enterravam lentamente os dedos, que depois limpavam ao forro dos morriões. Só o velho Tructesindo não comia, não repousava, hirto e mudo deante do seu pendão, entre os seus dous mastins, n'aquelle fero dever de acompanhar, sem que lhe escapasse um arrepio, um gemido, um fio de sangue, a agonia do Bastardo. Debalde o Castellão, estendendo para elle um pichel de prata, gabava o seu vinho de Tordesillas, fresco como nenhum d'Aquilat ou de Provins, para a sede de tão rija arrancada. O velho Rico-Homem nem attendera:—e D. Pedro de Castro, depois de atirar dous pães aos alões fieis, recomeçou discorrendo com Garcia Viegas sobre aquelle teimoso amor do

Bastardo por Violante Ramires que arrastára a tantos homizios e furores.

—Ditosos nós, Snr. D. Garcia! Nós a quem [483]a edade e o quebranto e a fartura já arredam d'essas tentações... Que a mulher, como m'ensinava certo Physico quando eu andava com os moiros, é vento que consola e cheira bem, mas tudo enrodilha e esbandalha. Vêde como os meus por ellas penaram! Só meu pae, com aquella desvairança de zelos, em que matou a cutello minha dôce madre Estevaninha. E ella tão santa, e filha do Imperador! A tudo, tudo leva, a tonta ardencia! Até a morrer, como este, sugado por bichas, deante d'uma hoste que merenda e mofa. E por Deus, quanto tarda em morrer, Snr. D. Garcia!

—Morrendo está, Snr. D. Pedro de Castro. E já com o demo ao lado para o levar!

O Bastardo morria. Entre os nós das cordas ensanguentadas todo elle era uma ascorosa aventesma escarlate e negra com as viscosas pastas de bichas que o cobriam, latejando com os lentos fios de sangue que de cada ferida escorriam, mais copiosos que os regos d'humidade por um muro denegrido.

O desesperado arquejar cessára, e a ancia contra as cordas, e todo o furor. Molle e inerte como um fardo, apenas a espaços esbogalhava horrendamente os olhos vagarosos, que revolvia em torno com enevoado pavor. Depois a face abatia, livida e flaccida, com o beiço pendurado, escancarando a bocca em cova negra, d'onde se escoava uma baba ensanguentada. [484]E das palpebras novamente cerradas, entumecidas, um muco gotejava, tambem como de lagrimas engrossadas com sangue.

A peonagem, no emtanto, voltando da ração, reatulhava a ribanceira, pasmava, com rudes chufas para o corpo pavoroso que as bichas ainda sugavam. Já os pagens recolhiam manteis e alforges. D. Pedro de Castro descera do cabeço com o Sabedor até á borda da agoa lodosa, onde quasi mergulhava os sapatos de ferro, para contemplar, mais de cerca, o agonisante de tão rara agonia! E alguns senhores, estafados com a delonga, afivelando os gibanetes, murmuravam:—«Está morto! Está acabado!»

Então Garcia Viegas gritou ao Coudel dos Bésteiros:

—Ermigues, ide vêr se ainda resta alento n'aquella postema.

O Coudel correu pelo passadiço de traves, e arrepiado de nojo palpou a livida carne, acercou da bocca, toda aberta, a lamina clara da adaga que desembainhára.

—Morto! morto!—gritou.

Estava morto. Dentro das cordas que o arroxeavam o corpo escorregava, engilhado, chupado, esvasiado. O sangue já não manava, havia coalhado em postas escuras, onde algumas bichas teimavam latejando, relusindo. E outras ainda subiam, tardias. Duas, [485]enormes, remexiam na orelha. Outra tapava um olho. O Claro-Sol não era mais que uma immundice que se decompunha. Só a madeixa dos cabellos louros, repuxada, presa na argola, relusia com um lampejo de chamma, como rastro deixado pela ardente alma que fugira.

Com a adaga ainda desembainhada, e que sacudia, o Coudel avançou para o Senhor de Santa Ireneia, bradou:

—Justiça está feita, que mandastes fazer no perro matador que morreu!

Então o velho Rico-Homem atirando o braço, o cabelludo punho, com possante ameaça, bradou, n'um rouco brado que rolou por penhascos e cerros:

—Morto está! E assim morra de morte infame quem traidoramente me affronte a mim e aos da minha raça!

Depois, cortando rigidamente pela encosta do cerro, atravez do matto, e com um largo aceno ao Alferes do Pendão:

—Affonso Gomes, mandae dar as bozinas. E a cavallo, se vos praz, Snr. D. Pedro de Castro, primo e amigo, que leal e bom me fostes!...

O Castellão ondeou risonhamente o guante:

—Por Santa Maria, primo e amigo! que gosto e honra os recebi de vós. A cavallo pois se vos praz! Que nos promette aqui o Snr. D. Garcia vêrmos ainda, com sol muito alto, os muros de Monte-mór.

[486] Já a peonagem cerrava as quadrilhas, os donzeis d'armas puxavam para a ribanceira os ginetes folgados que a vasta agua escura assustava. E, com os dous balsões tendidos, o Açor negro, as Treze Arruellas, a fila da cavalgada atirou o trote pelo barranco empinado, d'onde as pedras soltas rolavam. No alto, alguns cavalleiros ainda se torciam nas sellas para silenciosamente remirarem o homem de Bayão, que lá ficava, amarrado ao pilar, na solidão do Pego, a apodrecer. Mas quando a ala dos bésteiros e fundibularios de Santa Ireneia desfilou, uma rija grita rompeu, com chufas, sujas injurias ao «perro matador». A meio da escarpa, um bésteiro, virando, retezou furiosamente a bésta. A comprida garruncha apenas varou a agua. Outra logo zinio, e uma bala de funda, e uma

setta barbada,—que se espetou na ilharga do Bastardo, sobre um negro novello de bichas. O Coudel berrou: «cerra! anda!» A récua das azemolas de carga avançava, sob o estralar dos lategos: os moços da carriagem apanhavam grossos pedregulhos, apedrejavam o morto. Depois os servos carreteiros marcharam, nos seus curtos saios de couro crú, balançando um chuço curto:—e o capataz apanhou simplesmente esterco das bestas, que chapou na face do Bastardo sobre as finas barbas d'ouro.

XI

Quando Gonçalo, estafado e já todo o ardor bruxuleando, retocou este derradeiro traço da affronta—a sineta no corredor repicava para o almoço. Emfim! Deus louvado! eis finda essa eterna Torre de Ramires! Quatro mezes, quatro penosos mezes desde Junho, trabalhára na sombria resurreição dos seus avós barbaros. Com uma grossa e carregada lettra, traçou no fundo da tira Finis. E datou, com a hora, que era do meio-dia e quatorze minutos.

Mas agora, abandonada a banca onde tanto labutára, não sentia o contentamento esperado. Até esse supplicio do Bastardo lhe deixára uma aversão por aquelle remoto mundo Affonsino, tão bestial, tão deshumano! Se ao menos o consolasse a certeza de que reconstituira, com luminosa verdade, o ser moral d'esses avós bravios... Mas que! bem receava [488]que sob desconcertadas armaduras, de pouca exactidão archeologica, apenas s'esfumassem incertas almas de nenhuma realidade historica!... Até duvidava que sanguesugas recobrissem, trepando d'um charco, o corpo d'um homem, e o sugassem das côxas ás barbas, em quanto uma hoste mastiga a ração!... Emfim, o Castanheiro louvára os primeiros Capitulos. A Multidão ama, nas Novellas, os grandes furores, o sangue pingando: e em breve os Annaes espalhariam, por todo o Portugal, a fama d'aquella Casa illustre, que armára mesnadas, arrasára castellos, saqueára comarcas por orgulho de pendão, e affrontára arrogantemente os Reis na curia e nos campos de lide. O seu verão, pois, fôra fecundo. E para o coroar, eis agora a Eleição, que o libertava das melancolias do seu buraco rural...

Para não retardar as visitas ainda devidas aos Influentes, e tambem para espairecer, logo depois d'almoco montou a cavallo—apezar do calor, que desde a vespera, e n'aquelle meado d'outubro, esmagava a aldeia com o refulgente peso d'uma canicula d'Agosto. Na volta da estrada, dos Bravaes um homem gordo, de calça branca enxovalhada, que s'apressava, bufando, sob o seu guarda-sol de panninho vermelho, deteve o Fidalgo com uma cortezia immensa. Era o Godinho, amanuense da Administração. Levava um officio urgente ao Regedor dos [489]Bravaes, e agora corria á Torre de mandado do Snr. Administrador...

Gonçalo recuou a egoa para a sombra d'uma carvalha:

—Então que temos, amigo Godinho?

O Snr. Administrador annunciava a S. Ex.a que o maroto do Ernesto, o valentão de Nacejas, em tratamento no Hospital d'Oliveira, melhorára consideravelmente. Já lhe repegára a orelha, a bocca soldava... E, como se procedeu á querella, o patife passava da enfermaria para a cadeia...

Gonçalo protestou logo, com uma palmada no selim:

—Não senhor! Faça o obsequio de dizer ao Snr. João Gouveia que não quero que se prenda o homem! Foi atrevido, apanhou uma dóse tremenda, estamos quites.

—Mas Snr. Gonçalo Mendes...

—Pelo amor de Deus, amigo Godinho! Não quero, e não quero... Explique bem ao Snr. João Gouveia... Detesto vinganças. Não estão nos meus habitos, nem nos habitos da minha familia. Nunca houve um Ramires que se vingasse... Quero dizer, sim, houve, mas... Emfim explique bem ao Snr. João Gouveia. De resto eu logo o encontro, na Assembleia... Bem basta ao homem ficar desfeiado. Não [490]consinto que o apoquentem mais!... Detesto ferocidades.

498

—Mas...

—Esta é a minha decisão, Godinho.

—Lá darei o recado de V. Ex.a

—Obrigado. E adeus!... Que calor, hein!

—De rachar, Snr. Gonçalo Mendes, de rachar!

Gonçalo seguiu, revoltado pela ideia de que o pobre valentão dc Nacejas, ainda moído, com a orelha mal soldada, baixasse á sordida enxovia de Villa-Clara, para dormir sobre uma taboa. Pensou mesmo em galopar para Villa-Clara, reter o zelo legal do João Gouveia. Mas perto, adeante do lavadoiro, era a casa d'um Influente, o João Firmino, carpinteiro e seu compadre. E para lá trotou, apeando ao portal do quinteiro. O compadre Firmino largára cedo para a Arribada, onde trabalhava nas obras do lagar do Snr. Esteves. E foi a comadre Firmina que correu da cosinha, obesa e lusidia, com dous pequenos dependurados das saias e mais sujos que esfregões. O Fidalgo beijou ternamente as duas faces ramelosas:

—E que rico cheiro a pão fresco, oh comadre! Foi a fornada, hein? Pois então grande abraço ao Firmino. E que se não esqueça! A Eleição vem para o outro Domingo. Lá conto com o voto d'elle. E olhe que não é pelo voto, é pela amisade.

[491] A comadre arreganhava os dentes magnificos n'um regalado e gordo riso:—«Ai o Fidalgo podia ficar seguro! Que o Firmino já jurára, até ao Snr. Regedor, que para o Fidalgo era todo o sitio a votar, e quem não fosse a amor ia a pau.» O Fidalgo apertou a mão da comadre—que do degrau do quinteiro, com os dous pequenos enrodilhados nas saias, e o gordo riso mais embevecido, seguiu a poeira da egoa como o sulco d'um Rei benefico.

E depois nas outras visitas, ao Cerejeira, ao Ventura da Chiche, encontrou o mesmo fervor, os mesmos sorrisos luzindo de gosto. «O que! para o Fidalgo! Isso tudo! E nem que fosse contra o Governo!»—Na tasca do Manoel da Adega, um rancho de trabalhadores bebia, já ruidoso, com as jaquetas atiradas para cima dos bancos: o Fidalgo bebeu com elles, galhofando, gosando sinceramente a pinga verde e o barulho. O mais velho, um avejão escuro, sem dentes, e a face mais engilhada que uma ameixa secca, esmurrou com euthusiasmo o balcão:—«Isto, rapazes, é fidalgo que, quando um pobre de Christo escalavra a perna, lhe empresta a egoa, e vae elle ao lado mais d'uma legua a pé, como foi com o Sôlha! Rapazes! isto é Fidalgo para a gente ter gosto!» As saudes atroaram a venda. E quando Gonçalo montou, todos o cercavam como vassallos ardentes, que a um aceno correriam a votar,—ou a matar!

[492] Em casa do Thomaz Pedra, a avó Anna Pedra, uma velha entrevada, muito velha e tremula, rompeu a choramigar por o seu Thomaz andar para o Olival quando o Fidalgo o visitava. «Que aquillo era como visita de santo!»

—Ora essa, tia Pedra! Peccador, grande peccador!

Dobrada na cadeirinha baixa, com as farripas brancas descendo do lenço, pela face toda chupada de gelhas e pelluda, a tia Anna bateu no joelho agudo:

—Não senhor! não senhor! que quem mostrou aquella caridade pelo filho do Casco, merece estar em altar!

O Fidalgo ria, beijocava pequenadas encardidas, apertava mãos asperas e rugosas como raizes, accendia o cigarro á braza das lareiras, conversando, com intimidade, das molestias e dos derriços. Depois, no calor e pó da estrada, pensava:—«É curioso! parece haver amisade, n'esta gente!»

Ás quatro horas, derreado, decidiu cessar o giro, recolher á Torre pela estrada mais fresca da Bica Santa. E passára o logarejo do Cerdal, quando na volta aguda do Caminho, rente ao souto de azinheiros, quasi esbarrou com o Dr. Julio, tambem a cavallo, tambem no seu giro, de quinzena d'alpaca, alagado em suor, debaixo d'um guarda-sol de sêda verde. Ambos detiveram as egoas, se saudaram amavelmente.

[493] —Muito gosto em o vêr, Snr. Dr. Julio...

—Egualmente, com muita honra, Snr. Gonçalo Ramires...

—Então tambem na tarefa?...

O Dr. Julio encolheu os hombros:

—Que quer V. Ex.a? Se me metteram n'esta! E sabe V. Ex.a como isto acaba?... Acaba em eu mesmo, no outro Domingo, votar em V. Ex.a.

O Fidalgo riu. Ambos se debruçaram, para se apertarem as mãos com alegria, com estima.

—Que calor este, Snr. Dr. Julio!

—Horroroso, Snr. Gonçalo Ramires... E que massada!

Assim o Fidalgo empregou essa semana nas visitas aos Eleitores—«os grandes e os miudos.» E dois dias antes da Eleição, n'uma sexta-feira á tarde, com um tempo já macio e fresco, partiu para Oliveira—onde chegára, na vespera, o André Cavalleiro, depois da sua tão longa, tão fallada demora em Lisboa.

Nos Cunhaes, apenas saltára da caleche, logo se enfureceu ao saber, pelo bom João da Porta—«que as Snr.as Louzadas estavam em cima, de visita, com a Snr.a D. Graça...»

—Ha muito?

—Já lá estão pegadas ha meia hora boa, meu senhor.

Gonçalo enfiou surrateiramente para o seu quarto, [494]pensando:—«Que desavergonhadas! Chegou o André, veem logo cocar!» E já se lavára, mudára o fato cinzento,—quando o Barrôlo appareceu, esbaforido, desusadamente radiante, de sobrecasaca, de chapeu alto, com as bochechas accesas, alvoroçadamente radiantes:

—Eh, seu Barrôlo, que janota!

—Parece bruxedo! gritou o Barrôlo, depois d'um abraço, que repetiu, com desacostumado fervor. Estava agora mesmo para te mandar um telegramma, que viesses...

—Para quê?

O Barrôlo gaguejou, com um riso reprimido que o illuminava, o inchava:

—Para quê? P'ra nada... Quero dizer, para a Eleição! Pois a Eleição é além d'ámanhã, menino! O Cavalleiro chegou hontem. Agora volto eu do Governo Civil. Estive no Paço com o Snr. Bispo, depois passei pelo Governo Civil... Optimo, o André! Aparou o bigode, parece mais moço. E traz novidades... Traz grandes novidades!

E o Barrôlo esfregava as mãos, n'um tão faiscante alvoroço, com tanto riso escapando dos olhos e da face relusente, que o Fidalgo o encarou curioso, impressionado:

—Ouve lá, Barrolinho! Tu tens alguma cousa boa para me annunciar?

[495] Barrôlo recuou, negou com estrondo, como quem bruscamente fecha uma porta. Elle? Não! Não sabia nada! Só a Eleição! Na Murtosa votação tremenda...

—Ah! pensei, murmurou Gonçalo. E a Gracinha?

—A Gracinha tambem não!

—Tambem não quê, homem? Como está? Simplesmente como está?

—Ah! está com as Louzadas. Ha mais de meia hora, aquellas bebedas!... Naturalmente por causa do Bazar do Asylo Novo... Esta massada dos Bazares... E ouve lá, Gonçalinho! Tu ficas até Domingo?

—Não, volto ámanhã para a Torre.

—Oh!...

—Pois dia d'Eleição, homem! devo estar em casa, no meu centro, no meio das minhas freguezias...

—É pena, murmurou o Barrôlo. Logo se sabia juntamente com a Eleição... Eu dava um jantar tremendo...

—Logo se sabia, o quê?

O Barrôlo emmudeceu, com outro riso nas bochechas, que eram duas brazas gloriosas. Depois novamente gaguejou, gingando:

—Logo se sabia... Nada! O resultado, o apuramento. E grande brodio, grande foguetorio. Eu, na Murtosa, abro pipa de vinho.

[496] Então Gonçalo risonhamente prendeu o Barrôlo pelos hombros:

—Dize lá, Barrolinho. Dize lá. Tu tens uma cousa boa para contar ao teu cunhado.

O outro escapou, protestando com alarido: Que teima, que tolice. Elle não sabia nada. O André não lhe contára nada!

—Bem, concluiu o Fidalgo, certo de um amavel mysterio, que pairava. Então descemos. E se essas carraças das Louzadas ainda estiverem lá pegadas, manda dizer pelo escudeiro á sala, bem alto, á Gracinha, que cheguei, que lhe desejo fallar immediatamente no meu quarto: com esses monstros não ha considerações.

O Barrôlo balbuciou, hesitando:

—O Snr. Bispo gosta d'ellas... Muito amavel commigo, ainda ha pouco, o Snr. Bispo.

Mas, logo nas escadas, sentiram o piano, Gracinha cantarolando. Já se libertára das Louzadas. Era uma antiga canção patriotica da Vendeia, que outr'ora na Torre, ella e Gonçalo entoavam com emoção, quando os inflammava o amor fidalgo e romantico dos Bourbons e dos Stuarts:

Monsieur de Charette a dit à ceux d'Ancenes

"Mes Amis!...

Monsieur de Charette a dit...

[497] Gonçalo franziu vagarosamente o reposteiro da sala, rematando a estrophe, com o braço erguido como uma bandeira:

"Mes amis!

Le Roy va rammener les Fleurs de Lys!"

Gracinha saltou do mocho, n'uma surpresa.

—Não te esperavamos! imaginei que passavas a Eleição na Torre... E por lá?

—Na Torre, tudo bem, com a ajuda de Deus... Mas eu com trabalho immenso. Acabei o meu romance; depois visitas aos Eleitores.

Barrôlo, que não socegava pela sala, rompeu para elles, com o mesmo riso suffocado:

—Queres tu saber, Gracinha? Tem estado este homem, desde que chegou, n'uma curiosidade, a ferver. Imagina que eu tenho uma boa nova, uma grande nova para lhe contar... Eu não sei nada, a não ser a Eleição! Pois não é verdade, Gracinha?

Gonçalo, muito serio, prendeu o queixo da irmã:

—Sabes tu, dize lá.

Ella sorriu, córada... Não, não sabia nada, só a Eleição.

—Dize lá!

—Não sei... São tolices do José.

Mas então, ante aquelle sorriso fraco, rendido, que confessava—o Barrôlo não se conteve, desafogou [498]como um morteiro estoira.—Pois bem! sim! com effeito!—Grande novidade! Mas o André, que a trouxera de Lisboa, fresquinha a saltar, queria elle, só elle, causar a surpresa a Gonçalo...

—De modo que eu não posso! Jurei ao André. A Gracinha sabe, que eu ja lhe contei hontem... Mas tambem não póde, tambem jurou. Só o André. Elle vem logo tomar chá, e rebenta a bomba... Que é uma bomba! e graúda!

Gonçalo, roído de curiosidade, murmurou simplesmente, encolhendo os hombros:

—Bem, já sei, é uma herança! Tens quinze tostões d'alviçaras, Barrôlo.

Mas durante o jantar e depois na sala tomando café, emquanto Gracinha recomeçára as velhas canções patrioticas, agora as jacobitas, em louvor dos Stuarts—Gonçalo anciou pela apparição do Cavalleiro. Nem receava que a esse encontro se misturasse amargura, despeito suffocado. Todo o seu furor

509

contra o Cavalleiro, acceso na dolorosa tarde do Mirante, revolvido na Torre durante torturados dias, logo se dissipára lentamente depois da sua tocante conversa com a irmã, na manhã historica da briga da Grainha. Gracinha então, com grandes lagrimas de pureza e de verdade, jurára reserva, retrahimento. Gonçalo, abandonando Oliveira, mostrava tambem uma resistencia louvavel contra o sentimento ou [499]a vaidade que o transviára. Demais elle não podia romper novamente com o Cavalleiro, andando ainda nos mexericos e espantos d'Oliveira aquella reconciliação ruidosa que chamára o Cavalleiro á intimidade dos Cunhaes. E por fim de que valiam furores ou magoas? Nenhum rugir ou gemer seu annullariam o mal que se consummára no Mirante—se porventura se consummára. E assim toda a cólera contra o André se dissipára n'aquella sua leve e doce alma, onde os sentimentos, sobretudo os mais escuros, os mais carregados, sempre facilmente se desfaziam como nuvens em ceu de estio...

Mas quando, perto das nove horas, o Cavalleiro penetrou na sala, vagaroso e magnifico, com o bigode encurtado mas mais retorcido, uma gravata vermelha entufando estridentemente no largo peito que entufava, Gonçalo sentiu uma renovada aversão por toda aquella petulancia recheada de falsidade—e apenas poude bater mollemente, desenxabidamente, nas costas do velho amigo, que o apertava n'um abraço d'apparatosa ternura. E em quanto André, torcendo as luvas claras, languidamente enterrado na poltrona que o Barrôlo lhe achegou com carinho, contava de Lisboa e de Cascaes, tão alegre, e partidas de bridge e da Parada e d'El-Rei—Gonçalo revivia a tarde do Mirante, o seu pobre coração a bater contra a persiana mal fechada, a bruta supplica [500]murmurada atravez d'aquelles bigodes atrevidos, e emmudecera, como empedernido, esmigalhando nervosamente entre os dentes o charuto apagado. Mas Gracinha conservava uma serenidade attenta, sem nenhum dos seus chammejantes rubores, dos seus desgraçados enleios de modo e gesto, apenas levemente secca, d'uma seccura preparada e posta. Depois André alludira muito desprendidamente ao seu regresso a Lisboa, depois da Eleição, «porque o tio Reis Gomes, o José Ernesto, esses crueis amigos, lhe andavam atirando para os hombros todo o trabalho da Nova Reforma Administrativa.»

Entre elle e Gracinha, separados por um curto tapete, parecia cavada uma funda legua de fosso, onde rolára, se afundára todo aquelle romance do verão, sem que na face d'ambos restasse um afogueado vestigio do seu ardor. E Gonçalo, insensivelmente contente pela apparencia, terminou por abandonar a cadeira onde se impedernira, accendeu o charuto na vela do piano, perguntou pelos amigos de Lisboa. Todos (segundo o Cavalleiro) anciavam pela chegada de Gonçalo.

—Lá encontrei tambem o Castanheiro... Enthusiasmado com o teu Romance. Parece que nem no Herculano, nem no Rebello existe nada tão forte, como reconstrucção historica. O Castanheiro prefere mesmo o teu realismo epico ao do Flaubert, na Salammbô. [501]Emfim, enthusiasmado! E nós, está claro, ardendo por que appareça a sublime obra.

O Fidalgo córou profundamente, murmurando—«Que tolice!» Depois roçou pela poltrona em que se enterrava o André, afagou suavemente o largo hombro do André:

—Pois, tens feito cá muita falta, meu velho! Ha dias passei em Corinde, tive saudades...

Então o Barrôlo, que não socegava, vermelho, a estoirar rebolando pela sala, espiando ora o Cavalleiro, ora o Gonçalo, com um riso mudo e avido, não se conteve mais, gritou:

—Bem, basta de prologos... Vamos lá agora á grande surpresa, André! Eu tenho estado toda a tarde a rebentar... Mas emfim, jurei e calei! Agora não posso... Vamos lá. E tu, Gonçalinho, vae preparando os quinze tostões.

Gonçalo, com a curiosidade de novo refervendo, apenas sorria, desprendidamente:

—Com effeito! Parece que tens uma bella novidade.

O Cavalleiro alargou lentamente os braços, sempre enterrado na vasta poltrona, sem pressa:

—Oh! é a cousa mais simples, mais natural... A Snr.a D. Graça já sabe, não é verdade?... Não ha motivo para surpresa... Tão legitima, tão natural!

Gonçalo exclamou, já impaciente:

[502] —Mas emfim, venha lá, dize.

O Cavalleiro insistia, indolente. Todo o espanto era que só agora se pensasse em a realisar, cousa lão devida, tão adequada. Pois não lhe parecia á Snr.a D. Graça?

Gonçalo, n'uma braza, berrou:

—Mas quê? que diabo?

O Cavalleiro, que se despegára vagarosamente da poltrona, puxou os punhos, e deante de Gonçalo, no silencio attento, alteando o peito, grave, quasi official, começou:

—Meu tio Reis Gomes, e o José Ernesto, tiveram uma ideia muito natural, que communicaram a El-Rei, e que El-Rei approvou... Que approvou mesmo ao ponto de a appetecer, de se assenhorear d'ella, de desejar que fosse só sua. E hoje é só

513

d'El-Rei. El-Rei pois pensou, como nós pensamos, que um dos primeiros fidalgos de Portugal, decerto mesmo o primeiro, devia ter um titulo que consagrasse bem a antiguidade illustre da Casa, e consagrasse tambem o merito superior de quem hoje a representa... Por isso, meu querido Gonçalo, já te posso annunciar, e quasi em nome d'El-Rei, que vaes ser Marquez de Treixedo.

—Bravo! bravo! bramou o Barrôlo, com palmas delirantes. Saltem para cá os quinze tostões, Snr. Marquez de Treixedo!

[503] Uma onda de sangue cobria a fina face de Gonçalo. N'um relance sentiu que o Titulo era um dom do Cavalleiro, não ao chefe da casa de Ramires, mas ao irmão complacente de Gracinha Ramires... E sobre tudo sentia a incoherencia de que, ao chefe d'uma Casa dez vezes secular, mãe de Dynastias, edificadora do Reino, com mais de trinta dos seus varões mortos sob a armadura, se atirasse agora um ouco titulo, atravez do Diario do Governo, como a um tendeiro enriquecido que subsidiou eleições. Todavia saudou o Cavalleiro, que esperava a effusão, os abraços.—Oh! Marquez de Treixedo! certamente muito elegante, muito amavel... Depois, esfregando as mãos, com um sorriso de graça e d'espanto... Mas, meu caro André, com que auctoridade me faz El-Rei Marquez de Treixedo?

O Cavalleiro levantou vivamente a cabeça n'uma offendida surpresa:

—Com que auctoridade? Simplesmente com a auctoridade que tem sobre nós todos, como Rei de Portugal que ainda é, Deus louvado!

E Gonçalo, muito simplesmente, sem fumaça ou pompa, com o mesmo sorriso de suave gracejo:

—Perdão, Andrésinho. Ainda não havia Reis de Portugal, nem sequer Portugal, e já meus avós Ramires tinham solar em Treixedo! Eu approvo os grandes dons entre os grandes fidalgos; mas cumpre [504]aos mais antigos começarem. El-Rei tem uma quinta ao pé de Beja, creio eu, o Roncão. Pois dize tu a El-Rei, que eu tenho immenso gosto em o fazer, a elle, Marquez do Roncão.

O Barrôlo embasbacára, sem comprehender, com as bochechas descahidas e murchas. Da beira do canapé, Gracinha, toda córada, faiscava de gosto, por aquelle lindo orgulho que tão bem condizia com o seu, mais lhe fundia a alma com a alma do irmão amado. E André Cavalleiro, furioso, mas vergando os hombros com ironica submissão, apenas murmurou:—«Bem, perfeitamente!... Cada um se entende a seu modo...»

O escudeiro entrava com a bandeja do chá.

E no Domingo foi a Eleição.

Ainda com uma desconfiança, uma reserva supersticiosa, o
Fidalgo desejou atravessar esse dia muito solitariamente, quasi
escondido, e no sabbado, em quanto todos os amigos de Villa-
Clara, mesmo os d'Oliveira, o consideravam estabelecido nos
Cunhaes, e em communicação azafamada com o Governo Civil,
montou a cavallo ao escurecer, e trotou surrateiramente para
Santa Ireneia.

Mas o Barrôlo (ainda abalado com «aquelle despauterio do
Gonçalo, que era uma offensa para o [505]Cavalleiro! até para
El-Rei!») ficára com a missão de telegraphar para a Torre as
noticias successivas das assembleias, á maneira que ellas
acudissem ao Governo Civil. E, com ruidoso zelo, logo depois
da missa, estabeleceu entre os Cunhaes e o velho Convento de
S. Domingos um serviço de creados formigando sem repouso.
Gracinha, na sala de jantar, ajudada por Padre Sueiro, copiava
com amor, n'uma lettra muito redonda, os telegrammas
mandados pelo Cavalleiro, que ajuntava a lapis alguma nota
amavel—«Tudo optimamente!»—Victoria cresce.—Parabens a V.
Ex.as.

Pela estrada de Villa-Clara á Torre, incessantemente, o moço do Telegrapho se esbaforia sobre a perna manca. O Bento rompia pela livraria, berrando: «outro telegramma, Snr. Doutor». Gonçalo, nervoso, com um immenso bule de chá sobre a banca, a bandeja já alastrada de cigarros meio fumados, lia o telegramma ao Bento. O Bento, com vivas pelo corredor, corria a bramar o telegramma á Rosa.

E assim, quando cerca das oito horas, o Fidalgo consentiu em jantar—já conhecia o seu triumpho explendido. E o que o impressionava, relendo os telegrammas, era o enthusiasmo carinhoso d'aquelles influentes, povos que elle mal rogava, e que convertiam o acto da Eleição quasi n'um acto d'Amor. Toda a freguezia dos Bravaes marchára para a Egreja, [506]cerrada como uma hoste, com o José Casco na frente erguendo uma enorme bandeira, entre dous tambores que estouravam. O Visconde de Rio-Manso entrára no adro da Egreja de Ramilde na sua victoria, com a neta toda vestida de branco, seguido por uma vistosa fila de char-à-bancs, onde se apinhavam eleitores sob toldos de verdura. Na Finta todos os casaes se esvasiavam, as mulheres carregadas d'ouro, os rapazes de flôr na orelha, correndo á Eleição do Fidalgo entre o repenicar das violas, como á romaria d'um Santo. E deante da taberna do Pintainho, em face á Egreja, a gente da Velleda, da Riosa, do Cercal, erguera um arco de buxo, com distico vermelho, sobre panninho:—«Viva o nosso Ramires, flôr dos homens!»

Depois, em quanto jantava, um moço da quinta voltou de Villa-Clara, alvoroçado, contando o delirio, as philarmonicas pelas ruas, a Assembleia toda embandeirada, e na casa da Camara, sobre a porta, um transparente com o retrato de Gonçalo, que uma multidão acclamava.

Gonçalo apressou o café. Por timidez, receoso dos vivorios, não ousava correr a Villa-Clara—a espreitar. Mas accendeu o charuto, passou á varanda, para respirar a doce noite de festa, que andava tão cheia de clarões e rumores em seu louvor. E ao abrir a porta envidraçada quasi recuou, com outro [507]espanto. A Torre illuminára! Das suas fundas frestas, atravez das negras rexas de ferro, sahia um clarão; e muito alta, sobre as velhas ameias, refulgia uma serena corôa de lumes! Era uma surpresa, preparada, com delicioso mysterio, pelo Bento, pela Rosa, pelos moços da quinta,—que agora, todos, no escuro, por baixo da varanda, contemplavam a sua obra, allumiando o ceu sereno. Gonçalo percebeu os passos abafados, o pigarro da Rosa. Gritou alegremente da borda da varanda:

—Oh, Bento! Oh, Rosa!... Está ahi alguem?

Um risinho esfusiou. A jaqueta branca do Bento surdio da sombra.

—O Snr. Doutor queria alguma cousa?

—Não, homem! Queria agradecer... Foram vocês, hein? Está linda a illuminacão! Mas linda. Obrigado, Bento. Obrigado, Rosa! Obrigado, rapazes! De longe deve fazer um effeito soberbo.

Mas o Bento ainda se não contentava com aquellas lamparinas frouxas. A Torre, para sobresahir, necessitava chammas fortes de gaz. O Snr. Doutor nem imaginava a altura, depois em cima, a immensidão do eirado.

Então, de repente, Gonçalo sentiu um desejo de subir a esse immenso eirado da Torre. Não entrára na Torre desde estudante—e sempre ella lhe desagradára por dentro, tão escura, de tão duro granito, [508]com a sua nudez, silencio e frialdade de jazigo, e logo no pavimento terreo os negros alçapões chapeados de ferro que levavam ás masmorras. Mas agora as luzes nas frestas aqueciam, reviviam aquella derradeira ossada, Honra de Ordonho Mendes. E de entre as suas ameias, mais alto que da varanda, lhe parecia interessante respirar aquella rumorosa sympathia esparsa, que em torno, pelas freguezias rolava, subindo para elle, atravez da noite, como um incenso. Enfiou um paletot, desceu á cosinha. O Bento, o Joaquim da horta, divertidos, agarraram grandes lanternas. E com elles atravessou o pomar, penetrou pela atarracada poterna, de funda hombreira, começou a trepar a esguia escadaria de pedra, que tanta sola de ferro polira e poira.

Já desde seculos se perdera a memoria do logar que occupava aquella torre nas complicadas fortificações da Honra e Senhorio de Santa Ireneia. Não era de certo (segundo padre Sueiro) a nobre torre albarran, nem a de Alcaçova, onde se guardava o thesouro, o cartorio, os sacos tão preciosos das especiarias do Oriente—e talvez, obscura e sem nome, apenas defendesse algum angulo de muralha, para os lados em que o Castello enfrontava com as terras semeadas e os olmedos da Ribeira. Mas, sobrevivente ás outras mais altivas, comprehendida nas construcções do Paço formoso que se erguera [509]d'entre o sombrio Castello Affonsino, e que dominava Santa Ireneia durante a dynastia d'Aviz, ligada ainda por claras arcarias d'um terraço ao Palacio de gosto italiano, em que Vicente Ramires converteu o Paço manuelino depois da sua campanha de Castella: isolada no pomar, mas sobranceando o casarão que lentamente se edificára depois do incendio do Palacio em tempo d'El-Rei D. José, e a derradeira certamente onde retiniram armas e circularam os homens do Terço dos Ramires—ella ligava as edades e como que mantinha, nas suas pedras eternas, a unidade da longa linhagem. Por isso o povo lhe chamára vagamente a «Torre de D. Ramires». E Gonçalo, ainda sob a impressão dos avós e dos tempos que resuscitára na sua Novella, admirou com um respeito novo a sua vastidão, a sua força, os seus empinados escalões, os seus muros tão espessos, que as frestas esguias na espessura se alongavam como corredores, escassamente allumiadas pelas tigelinhas d'azeite, com que o Bento as despertára. Em cada um dos trez sobrados parou, penetrando curiosamente, quasi com uma intimidade, nas salas núas e sonoras, de vasto lagedo, de tenebrosa abobada, com os assentos de pedra, estranho buraco ao meio, redondo como o d'um poço e ainda pelas paredes riscadas de sulcos de fumos, os anneis dos tocheiros. Depois em cima, no immenso eirado que a fieira de lamparinas, [510]cingindo as ameias, enchia de claridade, Gonçalo, erguendo a gola do paletot na aragem mais fina, teve a dilatada sensação de dominar toda a Provincia, e de possuir sobre ella uma supremacia paternal, só pela soberana altura e velhice da sua torre, mais que a Provincia e que o Reino. Lentamente caminhou em roda das ameias, até ao miradouro, a que um candieiro de petroleo, sobre uma cadeira de palhinha posta em frente á fresta, estragava o entono feudal. No céo macio, mas levemente enevoado, raras estrellas luziam, sem brilho. Por baixo a quinta, toda a largueza dos campos, a espessura dos arvoredos se fundiam em escuridão. Mas na sombra e silencio, por vezes além, para o lado dos Bravaes, lampejavam foguetes remotos. Um clarão amarellado e fumarento, caminhando mais longe, entestando para a Finta, era de certo um rancho com archotes festivos. Na alta Egreja da Velleda tremeluzia uma illuminação vaga, rala. Outras luzes, incertas através do arvoredo, riscavam o velho arco do Mosteiro, em Santa Maria de Craquêde. Da terra escura subia, por vezes, um errante som de tambores. E lumes, fachos, abafados rufos, eram dez freguezias celebrando amoravelmente o Fidalgo da Torre, que lhes recebia o amor e o preito no eirado da sua torre, envolto em silencio e sombra.

O Bento descera, com o Joaquim, para reforçar [511]as lamparinas nas frestas dos muros, onde ellas esmoreciam na espessura. E Gonçalo sósinho, acabando o charuto, recomeçou a rolda, lento, em torno ás ameias, perdido n'um pensamento que já o agitára estranhamente, atravez d'aquelle sobresaltado Domingo... Era pois popular! Por todas essas aldeias, estendidas á sombra longa da Torre, o Fidalgo da Torre era pois popular! E esta certeza não o penetrava d'alegria, nem de orgulho,—antes o enchia agora, n'aquella serenidade da noite, de confusão, d'arrependimento! Ah! se adivinhasse—se elle adivinhasse!... Como caminharia, com a cabeça bem levantada, com os braços bem estendidos, sósinho, em confiança risonha para todas essas sympathias que o esperavam, tão certas, tão dadas. Mas não! Sempre se julgára cercado da indifferença d'aquellas aldeias, onde elle, apesar do antiquissimo nome, era o costumado moço, que volta de Coimbra e vive silenciosamente da sua renda, passeando na sua egoa. A essas indifferenças tão naturaes nunca elle imaginára arrancar o punhado de votos, o punhado de papelinhos que necessitava para entrar na Politica, onde elle conquistaria pela destreza o que os velhos Ramires recebiam por herança—fortuna e poder. Por isso se agarrára tão avidamente á mão do Cavalleiro, á mão do Snr. Governador Civil—para que S. Ex.a, o bom [512]amigo, o mostrasse, o impozesse como o homem necessario, o querido do Governo, o melhor entre os bons, a quem as freguezias deviam offerecer n'um Domingo o punhado de votos.

E na impaciencia d'esse favor abafára a memoria de amargos aggravos; deante d'Oliveira pasmada abraçára o homem detestado desde annos, que andava chasqueando e demolindo, por praças e jornaes: facilitára a resurreição de sentimentos que para sempre deviam jazer enterrados; e envolvera o ser que mais amava, a sua pobre e fraca irmãsinha, em confusão e miseria moral... Torpezas e damnos—e para quê? Para surripiar um punhado de votos que dez freguezias lhe trariam correndo, gratuitamente, effusivamente, entre vivas e foguetes, se elle acenasse e lh'os pedissse...

Ah! eis ahi... Fôra a desconfiança, essa encolhida desconfiança de si mesmo,—que desde o collegio, atravez da vida, lhe estragára a vida. Era a mesma desgraçada desconfiança, que ainda semanas antes, deante de uma sombra, um pau erguido, uma risada n'uma taberna, o forçava a abalar, a fugir, arripiado e praguejando contra a sua fraqueza. Por fim, um dia, n'uma volta d'estrada, avança, ergue o chicote—e descobre a sua força! E agora, penetra por entre o povo, agarrado timidamente á mão poderosa, [513]por se imaginar impopular—e descobre a sua popularidade immensa. Que vida enganada, e tanto a sujára—por não saber!

O Bento não apparecia, ainda azafamado em illuminar condignamente as rexas da Torre. Gonçalo atirou a ponta do charuto, e com as mãos nas algibeiras do paletot, parou junto do miradouro, olhou vagamente para as estrellas. A nevoa adelgaçára quasi sumida,—lumes mais vivos palpitavam no ceu mais profundo. De lumes e ceus descia essa sensação de infinidade, d'eternidade, que penetra, como uma surpresa, nas almas desacostumadas da sua contemplação. Na alma de Gonçalo passou, muito fugidiamente, o espanto d'essas eternas immensidades sob que se agita, tão vaidosa da sua agitação, a rasteira, a sombria poeira humana. Longe, algum derradeiro foguete ainda lampejava, logo apagado na escuridão serena. As luzinhas sobre a capella de Velleda, sobre o arco de Santa Maria de Craquêde, esmoreciam, já ralas. Todo o remoto rumor de musicatas se perdera, na mudez mais funda dos campos adormecidos. O dia de triumpho findava, breve como os luminares e os foguetes.—E Gonçalo, parado, rente do miradouro, considerava agora o valor d'esse triumpho por que tanto almejára, porque tanto sabujára. Deputado! Deputado por Villa-Clara, como o Sanches Lucena. E ante esse resultado, tão miudo, [514]tão trivial,—todo o seu esforço tão desesperado, tão sem escrupulos, lhe parecia ainda menos immoral que risivel. Deputado! Para quê? Para almoçar no Bragança, galgar de tipoia a ladeira de S. Bento, e dentro do sujo convento escrevinhar na carteira do Estado alguma carta ao seu alfaiate, bocejar com a inanidade ambiente dos homens e das ideias, e distrahidamente acompanhar, em silencio ou balando, o rebanho do S. Fulgencio, por ter desertado o rebanho identico do Braz Victorino. Sim, talvez um dia, com rasteiras intrigas e sabujices a um chefe e á senhora do chefe, e promessas e risos atravez de Redacções, e algum Discurso esbrazeadamente berrado—lograsse ser Ministro. E então? Seria ainda a tipoia pela calçada de S. Bento, com o correio atraz na pileca branca, e a farda mal-feita, nas tardes d'assignatura, e os recurvados sorrisos d'amanuenses pelos escuros corredores da Secretaria, e a lama escorrendo sobre elle de cada gazeta d'opposição... Ah! que pêca, desinteressante vida, em comparação d'outras cheias e soberbas vidas, que tão magnificamente palpitavam sob o tremeluzir d'essas mesmas estrellas! Em quanto elle se encolhia no seu paletot, deputado por Villa-Clara, e no triumpho d'essa miseria—Pensadores completavam a explicação do Universo;

Artistas realisavam obras de belleza eterna; Reformadores aperfeiçoavam a harmonia social; [515]Santos melhoravam santamente as almas; Physiologistas diminuiam o velho soffrer humano; Inventores alargavam a riqueza das raças; Aventureiros magnificos arrancavam mundos de sua esterilidade e mudez... Ah! esses eram os verdadeiramente homens, os que viviam deliciosas plenitudes de vida, modelando com as suas mãos incançadas fórmas sempre mais bellas ou mais justas da humanidade. Quem fôra como elles, que são os sobre-humanos! E tal acção tão suprema requeria o Genio, o dom que, como a antiga chamma, desce de Deus sobre um eleito? Não! Apenas o claro entendimento das realidades humanas—e depois o forte querer.

E o Fidalgo da Torre, immovel no eirado da Torre, entre o ceu todo estrellado, e a terra toda escura, longamente revolveu pensamentos de Vida superior—até que enlevado, e como se a energia da longa raça, que pela Torre passára, refluisse ao seu coração, imaginou a sua propria encaminhada emfim para uma acção vasta e fecunda, em que soberbamente gozasse o goso de verdadeiro viver, e em torno de si creasse vida, e accrescentasse um lustre novo ao velho lustre de seu nome, e riquezas puras o dourassem e a sua terra inteira o bem-louvasse por que elle inteiro e n'um esforço pleno bem servira a sua terra...

[516] O Bento surdiu da portinha baixa do eirado, com a lanterna:

—O Snr. Doutor ainda se demora?

—Não. A festa acabou, Bento.

Nos começos de Dezembro, com o primeiro numero dos Annaes, appareceu a Torre de D. Ramires. E todos os jornaes, mesmo os da opposição, louvaram «esse estudo magistral (como affirmou a Tarde) que, revelando um erudito e um artista, continuava, com uma arte mais moderna e colorida, a obra de Herculano e de Rebello, a reconstituição moral e social do velho Portugal heroico.» Depois das festas de Natal, que elle passou alegremente nos Cunhaes, ajudando Gracinha a cosinhar bolos de bacalhau por uma receita sublime do padre José Vicente, da Finta, os amigos d'Oliveira, os rapazes do Club e da Arcada offereceram ao Deputado por Villa-Clara, na sala da Camara, adornada de buxos e bandeiras, um banquete, a que assistia o Cavalleiro, de gran-cruz, e em que o Barão das Marges (que presidia) saudou «o prestigioso moço que, talvez em breve, nas cadeiras do Poder levantasse do marasmo este brioso paiz, com a pujança, a valentia, que são proprias da sua raça nobilissima!»

---

[517] No meado de Janeiro, por uma agreste noite de chuva, Gonçalo partiu para Lisboa; e atravez do inverno, em Lisboa, andou sempre nos Carnet-Mondain e High-Life dos jornaes, nas noticias de jantares, do raouts, de tiros aos pombos, de Caçadas d'El-Rei, tão notado nos movimentos mais simples da sua elegancia, que os Barrôlos assignaram o Diario Illustrado para saber quando elle passeava na Avenida. Em Villa-Clara, na Assembleia, o José Gouveia já encolhia os hombros, rosnando:—«Desandou em janota!»—Mas nos fins d'Abril uma noticia de repente alvoroçou Villa-Clara, espantou na quieta Oliveira os rapazes do Club e da Arcada, perturbou tão inesperadamente Gracinha, então em Amarante com o Barrôlo, que n'essa noite ambos abalaram para Lisboa—e na Torre atirou a Rosa para um banco de pedra da cosinha, lavada em lagrimas, sem comprehender, gemendo:

—Ai o meu rico menino, o meu rico menino, que o não torno mais a vêr!

Gonçalo Mendes Ramires, silenciosamente, quasi mysteriosamente, arranjára a concessão d'um vasto praso de Macheque, na Zambezia, hypothecára a sua quinta historica de Treixedo, e embarcava em começos de Junho no paquete Portugal, com o Bento, para a Africa.

XII

Quatro annos passaram ligeiros e leves sobre a velha Torre, como vôos d'ave.

N'uma doce tarde dos fins de Septembro, Gracinha, que chegára na vespera de Oliveira acompanhada pelo bom Padre Sueiro, descansava na varanda da sala de jantar, estendida sobre o canapé de palhinha, ainda com um grande avental branco, tapando o vestido até ao pescoço, um velho avental do Bento. Todo o dia, d'avental, atravez do casarão, ajudada pela Rosa e pela filha da Crispola, s'esfalfára, arrumando e limpando, com tanto gosto e fervor no trabalho, que ella mesma sacudira o pó a todos os livros da livraria, o seu socegado pó de quatro annos. O Barrôlo tambem se occupára, dando sentenças nas obras da cavallariça, que a valente egoa da briga da Grainha em breve partilharia com uma [520]egoa ingleza, de meio sangue, comprada em Londres. Tambem Padre Sueiro remexera, pelo Archivo, zelosamente, com um espanejador. E até o Pereira da Riosa, o bom rendeiro, apressava desde madrugada dois moços na final limpeza da horta, agora muito cuidada, já com meloal, já com morangal, e duas novas ruas, ambas bordadas de roseiras e recobertas de latada que a parra densa já recobria.

Com efeito a Torre, entre a alvoroçada alegria de todos, enfeitava a sua velhice—por que no Domingo, depois dos seus quatro annos d'Africa, Gonçalo regressava á Torre.

E Gracinha, estendida no canapé com o seu velho avental branco, sorrindo pensativamente para a quinta silenciosa, para o ceu todo córado sobre Valverde, recordava esses quatro annos, desde a manhã em que abraçára Gonçalo, suffocada e a tremer, no beliche do Portugal... Quatro annos! Assim passados, e nada mudára no mundo, no seu curto mundo d'entre os Cunhaes e a Torre, e a vida rolára, e tão sem historia como rola um rio lento n'uma solidão:—Gonçalo na Africa, na vaga Africa, mandando raras cartas, mas alegres, e com um enthusiasmo de fundador de Imperio; ella nos Cunhaes, e o seu Barrôlo, n'um tão quieto e costumado viver, que eram quasi d'agitação os jantares em que reuniam os Mendonças, os Marges, o coronel do 7, outros amigos, e [521]á noite na sala se abriam duas mezas de panno verde para o voltarete e para o boston.

E n'este manso correr de vida se desfizera mansamente, quasi insensivelmente, a sombria tormenta do seu coração. Nem ella agora comprehendia como um sentimento, que atravez das suas anciedades ella justificava, quasi secretamente santificava por o saber unico, e o desejar eterno, assim se sumira, insensivelmente, sem dilacerações, deixára apenas um leve arrependimento, alguma esfumada saudade, tambem estranheza e confusão, restos de tanto que ardera, formando uma cinza fina... A successão das cousas rolára, como o vento ás lufadas n'um campo, e ella rolára, levada com a inercia d'uma folha secca.

Logo depois do derradeiro Natal passado com Gonçalo, André, que ainda os acompanhára á Missa do Gallo e consoára nos Cunhaes, voltou para Lisboa, para essa «Reforma», de que se lastimava... No silencio que entre ambos então se alargou, corria já uma frialdade d'abandono... E quando André recolheu a Oliveira, ao seu Governo Civil, partia ella para Amarante, onde a santa mãe do Barrôlo adoecera, com uma vagarosa doença d'anemia e velhice, que em Maio a levou para o Senhor.

Em Junho fôra o commovido embarque de Gonçalo para a Africa,—e no tombadilho do paquete, entre o barulho e as bagagens, um encontro com André, [522]que chegara d'Oliveira, dias antes, e contou muito alegremente do casamento da Mariquinhas Marges. Todo esse verão, como o Barrôlo decidira fazer obras consideraveis no velho palacete do Largo d'El-Rei, o passaram na quinta da Murtosa, que ella escolhera por causa da linda matta, dos altos muros de convento. A essa solidão attribuiu logo o Barrôlo a sua melancolia, a sua magreza, aquelle cansado scismar a que se abandonava, pelos bancos musgosos da matta, com um romance esquecido no regaço. Para que ella se distrahisse, se fortificasse com banhos do mar, alugou em Setembro, na Costa, o vistoso chalet do commendador Barros. Ella não tomou banhos, nem apparecia na praia, á fresca hora das barracas, entre as senhoras sentadas em cadeirinhas baixas:—e só á tarde passeava pelo comprido areal rente á vaga, acompanhada por dous enormes galgos que lhe dera Manoel Duarte. Uma manhã, ao almoço, ao abrir as Novidades, Barrôlo pulou, com um berro, um espanto. Era a queda inesperada do Ministerio do S. Fulgencio! André Cavalleiro apresentava logo a sua demissão pelo telegrapho. E ainda pelas Novidades souberam na Costa que S. Ex.a partira para uma «longa e pittoresca viagem», a viagem a Constantinopla, á Asia Menor, que elle annunciára ao jantar nos Cunhaes. Ella abrira um Atlas: com o dedo lento caminhou desde Oliveira [523]até á Syria, por sobre fronteiras e montes: já André lhe parecia desvanecido, n'esses horisontes mais luminosos; fechou o Atlas, pensando simplesmente «como a gente muda!»

Em Novembro voltaram a Oliveira, n'um sabbado de chuva, e ella na carruagem sentia toda a melancolia e a frialdade do ceu penetrar no seu coração. Mas no Domingo acordou com um lindo sol nas vidraças. Para a missa das onze na Sé, ella estreou um chapéo novo; depois, no caminho para casa da tia Arminda, levantou os olhos para o casarão do Governo Civil: agora habitava lá outro Governador Civil, o Snr. Santos Maldonado, um moço louro que tocava piano.

Na outra primavera o Barrôlo, agora escravisado pela paixão d'obras, imaginou demolir o Mirante para construir outra estufa, mais vasta, com um repuxo entre palmeiras, que formaria «um jardim d'inverno catita.»

Os trabalhadores começaram por esvasiar o Mirante da velha mobilia que o guarnecia desde o tempo do tio Melchior: o immenso divan jazeu dois dias no jardim, encalhado contra uma sebe de buxo, e o Barrôlo, impaciente, com aquelle desusado traste, de molas quebradas, nem o consentiu nas arrecadações do sotão, mandou que o queimassem com outras cadeiras partidas, n'uma fogueira de festa, na noute [524]dos annos de Gracinha. E ella andou em torno da fogueira. O estofo poído flammejou, depois o mogno pesado mais lentamente, com um leve fumo, até que uma braza ficou latejando, e a braza escureceu em cinza.

Logo n'essa semana as Lousadas, mais agudas, mais escuras, invadiram uma tarde os Cunhaes—e apenas espetadas no sophá, logo lhe contaram, com um riso feroz nos olhinhos furantes, do grande escandalo, o Cavalleiro! em Lisboa! sem rebuço! com a mulher do Conde de S. Romão! um fazendeiro de Cabo Verde!

N'essa noite, ella escreveu a Gonçalo uma carta muito longa que começava:—«Por cá estamos todos bem, e n'este rame-ram costumado...» E com effeito a vida recomeçára, no seu rame-ram, simples, contínua, e sem historia, como corre um rio claro n'uma solidão.

Á porta envidraçada da varanda o filho da Crispola espreitou—o filho da Crispola, que ficára sempre na Torre, como «andarilho», mas crescera muito para fóra da sua antiga jaqueta de botões amarellos, usava agora jaquetões velhos do Snr. Doutor, e já repuxava o buço:

—É que está lá em baixo o Snr. Antonio Villalobos, com o Snr. Gouveia e outro senhor, o Videirinha, e perguntam se podem fallar á senhora...

[525] —O Snr. Villalobos! Sim! que subam, que entrem para aqui, para a varanda!

Ao atravessar a sala, onde dous esteireiros d'Oliveira pregavam uma esteira nova, o vozeirão do Titó já ribombava, notando os «preparativos da festa...» E quando entrou na varanda a sua face mais barbuda, mais requeimada, rebrilhava com a alegria d'encontrar emfim a Torre despertando d'aquella modorra, em que tudo dentro parecia tristemente apagado, até o lume das caçarolas:

—Peço desculpa da invasão, prima Graça. Mas passamos, de volta d'um passeio dos Bravaes, soubemos que a prima viera com o Barrôlo...

—Oh! gosto immenso, primo Antonio. Eu é que peço desculpa d'esta figura, assim despenteada, de grande avental... Mas todo o dia em arranjos, a preparar a casa... E o Snr. Gouveia, como tem passado? Não o vejo desde a Paschoa.

O administrador, que não mudára n'esses quatro annos, escuro, secco, como feito de madeira, sempre esticado na sobrecasaca preta, apenas com o bigode mais amarellado do cigarro, agradeceu á Snr.a D. Graça... E passára menos mal, desde a Paschoa. A não ser a desavergonhada da garganta...

—E então o nosso grande homem? quando chega? quando chega?

—No Domingo. Estamos todos em alvoroço... [526]Então não se senta, Snr. Videira? Olhe, puxe aquella cadeira de vime. A varanda por ora não está arranjada.

Videirinha, logo depois da Eleição, recebera de Gonçalo o logar promettido, facil e com vagares, para não esquecer o violão. Era amanuense na Administração do Concelho de Villa-Clara. Mas convivia ainda na intimidade do seu chefe, que o utilisava para todos os serviços, mesmo de enfermeiro, e o mandava sempre com uma auctoridade secca, mesmo ceando ambos no Gago.

Timidamente arrastou a cadeira de vime, que collocou, com respeito, atraz da cadeira do seu Chefe. E depois de tirar as luvas pretas, que agora sempre trazia para realçar a sua posição, lembrou que o comboio chegava ao apeadeiro de

Craquêde ás dez e quarenta, não trazendo atrazo. Mas talvez o Snr. Doutor apeasse em Corinde, por causa das bagagens...

—Duvido, murmurou Gracinha. Em todo o caso o José está com tenção de partir de madrugada, para o encontrar na bifurcação, em Lamello.

—Nós não! acudiu o Titó, que se sentára familiarmente no rebordo da varanda. Cá o nosso rancho vae simplesmente a Craquêde. Já é terra da familia, e sitio mais socegado para o vivorio... Mas então esse homem não se demorou em Lisboa, prima Graça?

[527] —Desde Domingo, primo Antonio. Chegou no Domingo, de Paris, pelo Sud-Express. E teve uma chegada brilhante... Oh! muito brilhante! Hontem recebi eu uma carta da Maria Mendonça, uma grande carta em que conta...

—O que? A prima Maria Mendonça está em Lisboa?

—Sim, desde os fins d'Agosto, n'uma visita a D. Anna Lucena...

Vivamente, João Gouveia puxou a cadeira, n'uma curiosidade que de certo o remoera:

—É verdade, Snr.a D. Graça!—Então parece que a D. Anna Lucena comprou uma casa em Lisboa. anda em arranjos de mobilia?... V. Ex.a ouviu, Snr.a D. Graça?

Não, Gracinha não sabia. Mas era natural, agora que tanto se demorava em Lisboa, pouco se aproveitava da Feitosa, tão linda quinta...

—Então casa! exclamou o Gouveia, com immensa convicção. Se anda em arranjos de mobilia, então casa. É natural, quer posição. Depois, já lá vão quatro annos de viuvez, e...

Gracinha sorriu. Mas o Titó, que coçava lentamente a barba, voltou á carta da prima Maria Mendonça, contando a chegada.

—Sim! acudiu Gracinha, conta, esteve na Estação, no Rocio. Parece que o Gonçalo optimo, mais [528]forte... Olhe, primo Antonio, leia a carta. Leia alto! Não tem segredos. É toda sobre o Gonçalo...

Tirára do bolso um pesado enveloppe, com sinete d'armas no lacre. Mas a prima Maria escrevia sempre depressa, n'uma lettra atabalhoada, com as linhas crusadas. Talvez o primo Antonio não comprehendesse...—E com effeito, deante das quatro folhas de papel erriçadas de negras linhas, parecendo uma sebe espinhosa, o Titó recuou, aterrado. Mas o João

Gouveia immediatamente se offereceu, com a sua pericia em decifrar officios de regedores... Não havendo segredos.

—Não, não ha segredos, afiançou Gracinha, rindo. É unicamente sobre o Gonçalo, como n'um jornal.

O administrador folheou a immensa carta, passou os dedos sobre o bigode, com certa solemnidade:

«Minha querida Graça... A costureira do Silva diz que o vestido...»

—Não! acudiu Gracinha. É na outra pagina, no alto. Volte a pagina.

Mas o Administrador gracejou, ruidosamente. Oh! está claro, carta de senhora, logo os trapos... E a Snr.a D. Graça a assegurar que era toda sobre Gonçalo. Pois já veriam se pelo meio se não fallava ainda em vestidos... Ah! estas senhoras, com os [529]trapos!...—Depois recomeçou, na outra pagina, com lentidão e gravidade:

«...Deves agora estar anciosa por saber da grande chegada do primo Gonçalo. Foi realmente brilhante, e parecia uma recepção de pessoa real. Eramos mais de trinta amigos. Está claro,

537

appareceu toda a roda da nossa parentella; e se rebentasse de repente n'essa manhã uma revolução, os Republicanos apanhavam alli junta, na estação do Rocio, toda a flôr da nobresa de Portugal, da velha, da boa. De senhoras, era a prima Chellas, a tia Louredo, as duas Esposendes (com o tio Esposende, que apesar do rheumatismo e da vindima, veiu expressamente da quinta de Torres), e eu. Homens, todos. E como estava o Conde de Arega, que é secretario d'El-Rei e o primo Olhalvo, que é o seu Mordomo-Mór, e o Ministro da Marinha e o Ministro das Obras Publicas, ambos condiscipulos e intimos de Gonçalo, as pessoas na estação deviam imaginar que chegava El-Rei. O Sud-Express trouxe quarenta minutos de demora. De modo que parecia um salão, com toda aquella gente da sociedade, muito alegre, e o primo Arega, sempre tão amavel e engraçado, e fazendo já convites para um jantar (que depois deu) ao primo Gonçalo. Lá fui a esse jantar com o meu vestido verde, novo, que ficou bem...»

Gouveia gritou triumphando:

[530] —Hein? que disse eu?! cá está vestido. Vestido verde!

—Lê para deante, homem! bramou o Titó.

E o Administrador, realmente interessado, recomeçou, com entono:

«...com o meu vestido verde novo, excepto a saia, um pouco pesadota. Creio que fui eu a primeira que avistou o primo Gonçalo, na plataforma do Sud-Express. Não imaginas como vem... optimo! Até mais bonito, e sobretudo mais homem. A Africa nem de leve lhe tostou a pelle. Sempre a mesma brancura. E d'uma elegancia, d'um apuro! Prova de como se adeanta a civilisação d'Africa! dizia o primo Arega, este é estylo novo de tangas em Macheque!... Como imaginas, muito abraço, muita beijoca. A tia Louredo choramigou. Ah, já esquecia! Estava tambem o Visconde de Rio-Manso, com a filha, a Rosinha. Muito linda ella, com um vestido do Redfern, fez sensação. Todos me perguntavam quem era, e o conde d'Arega, está claro, logo com appetite de ser apresentado. O Rio-Manso tambem choramigou ao abraçar o primo Gonçalo. E ali viemos todos, em nobre sequito, pela estação fóra, entre o pasmo dos povos. Mas immediatamente uma scena. De repente, no meio de toda aquella nata de brazões, o primo Gonçalo rompe e cahe nos braços do homemzinho de bonet agaloado que [531]recebia á porta os bilhetes. Sempre o mesmo Gonçalo! Parece que o conheceu ao chegar a Lourenço Marques, onde o homem tratava de se estabelecer como photographo. Mas já esquecia o melhor—o Bento! Não imaginas o Bento... Magnifico! Deixou crescer um bocado de suissa. É um modelo, vestido em Londres, de grande casaco de viagem de panno claro, até aos pés, luvas amarelladas, gravidade immensa. Gostou de me vêr na estação—perguntou logo, com o olho humido, pela Snr.a D. Graça, e pela Rosa. Á noite, o José e eu jantamos em familia, com o primo Gonçalo, no Bragança, para conversar da Torre e dos Cunhaes. Elle contou muitas cousas interessantes d'Africa.

Traz notas para um livro, e parece que o praso prospera. N'estes poucos annos plantou dois mil coqueiros. Tem tambem muito cacau, muita borracha. Gallinhas são aos milhares. É verdade que uma gallinha gorda em Macheque vale um pataco. Que inveja! Aqui em Lisboa custa seis tostões, só com ossos—por que tendo tambem alguma carne no peito, salta para cá dez tostões, e agradece! No praso já se construiu uma grande casa, proximo do rio, com vinte janellas e pintada de azul. E o primo Gonçalo declara que já não vende o praso nem por oitenta contos. Para felicidade completa até achou um excellente administrador. Eu todavia duvido que elle volte para a Africa. Tenho agora cá a minha linda ideia sobre o futuro do primo Gonçalo. Talvez te rias. E não adivinhas... com effeito, eu mesma só n'essa noite em que jantamos no Bragança, recebi de repente a inspiração. O Rio-Manso está tambem no Bragança. Quando desciamos para o jantar, para um gabinete, encontramos no corredor o velho com a pequena. O homem tornou logo a abraçar Gonçalo, com uma ternura de pae. E a Rosinha tão vermelha se fez, que até Gonçalo, apesar de excitado e distrahido, notou e córou de leve. Parece que já ha entre elles um conhecimento antigo, por causa d'um cesto de rosas, e que, desde annos, o Destino os anda surrateiramente chegando. Ella é realmente uma belleza. E tão sympathica, tão bem educada!... Differença d'edade, apenas onze annos; e o dote tremendo. Fallam em quinhentos contos. Ha apenas a questão de sangue e o d'ella, coitadinha... Emfim, como se diz em heraldica,—«o Rei faz a pastora Rainha.» E os Ramires, não só vem dos Reis, mas os Reis vem dos Ramires.—E agora passando a assumpto menos interessante...»

Discretamente João Gouveia dobrou a carta, que entregou a Gracinha, louvando a Snr.a D. Maria Mendonça como um «reporter» precioso. Depois, com um cumprimento:

[533] —E, minha senhora, se as previsões d'ella se realisam...

Mas não! Gracinha não acreditava! Ora! imaginações da Maria Mendonça.

—O primo Antonio bem a conhece, sabe como ella é casamenteira...

—Pois se até a mim me quiz casar, ribombou o Titó saltando do rebordo da varanda. Imagine a prima... Até a mim! Com a viuva Pinho, da loja de pannos.

—Credo!

Mas o Gouveia insistia, com superioridade, um sentimento verdadeiro da vida positiva:

—Olhe, Snr.a D. Graça, acredite V. Ex.a, sempre era melhor arranjo para o Gonçalo que a Africa... Eu não acredito n'esses prazos... Nem na Africa. Tenho horror á Africa. Só serve para nos dar desgostos. Boa para vender, minha senhora! A Africa é como essas quintarolas, meio a monte, que a gente herda d'uma tia velha, n'uma terra muito bruta, muito distante, onde não se conhece ninguem, onde não se encontra sequer um estanco; só habitada por cabreiros, e com sezões todo o anno. Boa para vender.

Gracinha enrolava lentamente nos dedos a fita do avental:

—O quê! vender o que tanto custou a ganhar, [534]com tantos trabalhos no mar, tanta perda de vida e fazenda?!

O Administrador protestou logo, com calor, já enristado para a controversia:

—Quaes trabalhos, minha senhora? Era desembarcar alli na areia, plantar umas cruzes de pau, atirar uns safanões aos pretos... Essas glorias d'Africa são balelas. Está claro, V. Ex.a falla como fidalga, neta de fidalgos. Mas eu como economista. E digo mais...

O seu dedo agudo ameaçava argumentos agudos.

Titó acudiu, salvou Gracinha:

—Oh Gouveia, nós estamos a tirar o tempo á prima Graça, que anda nos seus arranjos. Essas questões d'Africa são para depois, com o Gonçalo, á sobremeza... E então, minha querida prima, até Domingo, em Craquêde. Lá comparece o rancho todo. E quem atira os foguetes sou eu!

Mas Gouveia, cofiando o côco com a manga, ainda esperava converter a Snr.a D. Graça ás ideias sãs, sobre Politica Colonial.

—Era vender, minha senhora, era vender! Ella sorria, já consentia—tomando a mão do Videirinha, que hesitava, com os dedos espetados:

—E então, Snr. Videira, tem agora algumas quadras novas para o Fado?

[535] Córando, Videirinha balbuciou que «arranjára uma coisita, tambem n'um fado, para a volta do Snr. Doutor.» Gracinha prometteu decorar, para cantar ao piano.

—Muito agradecido a V. Ex.a... Creado de V. Ex.a...

—Então até Domingo, primo Antonio... Está uma tarde linda.

—Até Domingo, em Craquêde, prima.

Mas á porta envidraçada, João Gouveia parou mais teso, bateu na testa:

—Já me esquecia, desculpe V. Ex.a! Recebi uma carta do André Cavalleiro, da Figueira da Foz. Manda muitas saudades ao Barrôlo. E quer saber se o Barrôlo lhe poderia ceder d'aquelle vinho verde de Vidainhos. É tambem para um africanista, para o conde de S. Romão... Parece que a Snr.a condessa se péla por vinho verde!

E os tres amigos, em fila, atravessaram a sala de jantar, onde o vozeirão do Titó ainda ribombou, louvando a esteira nova de côres. No corredor, Videirinha espreitou para a Livraria, notou o molho de penas de pato espetado no velho tinteiro de latão, que esperava, rebrilhando solitariamente sobre a mesa nua sem papeis nem livros. Depois a Rosa appareceu á porta do quarto de Gonçalo, ajoujada de roupa, com um riso em cada ruga da sua face [536]redonda e côr de tijolo, que o farto lenço de cambraia, muito branco, circumdava como um nimbo. O Titó affagou carinhosamente o hombro da boa cosinheira:

—Então, tia Rosa, agora recomeçam essas grandes petisqueiras, hein?

—Louvado seja Deus, Snr. D. Antonio! Que imaginei que não tornava a vêr o meu rico senhor. Tambem já tinha decidido... Se me enterrassem o corpo aqui em Santa Ireneia, antes de eu vêr o menino, a alma com certesa ia á Africa para lhe fazer uma visita.

Os seus miudos olhos piscaram, lagrimejando de gosto—e seguiu pelo corredor, tesa e decidida, com a sua trouxa que rescendia a maçã camoeza. O Gouveia murmurára com uma careta:—«Safa!» E os tres amigos desceram ao pateo onde, por curiosidade do Tító, visitaram as obras da cavallariça.

—Veja você! exclamou elle para o Gouveia, que accendia o charuto. Você a negar!... Mobilias, obras, egoa ingleza... Tudo já dinheiro d'Africa.

O Administrador encolheu os hombros:

—Veremos depois como elle traz o figado...

Deante do portão o Tító ainda parou a colher, na roseira costumada, uma rosinha para florir o jaquetão de velludilho. E juntamente entrava o Padre Sueiro, recolhendo d'uma volta pelos Bravaes, com [537]o seu grande guarda-sol de panninho e o seu breviario. Todos acolheram com carinho o santo e douto velho, tão raro agora na Torre.

—E então no Domingo, cá temos o nosso homem, Padre Sueiro!

O capellão achatou sobre o peito a mão gorda, com reverencia, com gratidão...

—Deus ainda me quiz conceder, na minha velhice, mais esse grande favor... Pois mal o esperava. Terras tão asperas, e elle tão delicado...

E para conversar de Gonçalo, da espera em Craquêde, acompanhou aquelles senhores até á ponte da Portella. João Gouveia manquejava, aperreado por umas infames botas novas que n'essa manhã estreára. E descançaram um momento no bello banco de pedra que o pae de Gonçalo mandára collocar, quando Governador Civil d'Oliveira. Era esse o doce sitio d'onde se avista Villa-Clara, tão aceada, sempre tão branca, áquella hora toda rosada, d'esde o vasto convento de Santa Theresa até ao muro novo do cemiterio no alto, com os seus finos cyprestes.

Para além dos outeiros de Valverde, longe, sobre a Costa, o sol descia, vermelho como um metal candente que arrefece, entre nuvens vermelhas, accendendo ainda, em ouro coruscante, as janellas da Villa.

Ao fundo do valle, uma claridade nimbava as [538]altas ruinas de Santa Maria de Craquêde, entre o seu denso arvoredo. Sob o arco, o rio cheio corria sem um rumor, já dormente na sombra dos choupos finos, onde ainda passaros cantavam. E na volta da estrada, por cima dos alamos que escondiam o casarão, a velha Torre, mais velha que a Villa e que as ruinas do Mosteiro, e que todos os casaes espalhados, erguia o seu esguio miradoiro, envolto no vôo escuro dos morcegos, espreitando silenciosamente a planicie e o sol sobre o mar, como em cada tarde d'esses mil annos, desde o Conde Ordonho Mendes.

Um pequeno com uma alta aguilhada passou, recolhendo duas vaccas lentas. Do lado da Villa, o padre José Vicente da Finta trotou na sua egoa branca, saudou o Snr. Administrador, o amigo Sueiro, abençoando tambem a chegada do Fidalgo para quem já preparára uma bella cesta da sua uva moscatel. Trez caçadores, com uma matilha de coelheiras, atravessaram a estrada, descendo pelo portello á quelha que contorna o casal do Miranda.

Um silencio ainda claro, de immenso repouso, tão doce como se descesse do ceu, cobria a largueza povoada dos campos, onde não se movia uma folha, na macia transparencia do ar de Setembro. Os fumos das lareiras accesas já se escapavam, lentos e leves, d'entre a telha rala. Na loja do João ferreiro, adeante da Portella, o clarão da forja avivou, mais [539]vermelho. Um bum-bum de tambor bateu festivamente para o lado dos Bravaes, cresceu apressado, marchando:—n'algum cabeço, depois lentamente se afastou, esmoreceu, logo sumido, em arvoredos ou no valle mais fundo.

João Gouveia, que se recostára no canto do largo assento de pedra, com o seu côco sobre os joelhos, acenou para o lado dos Bravaes:

—Estou a lembrar aquella passagem do romance do Gonçalo, quando os Ramires se preparam para soccorrer as Infantas, andam a reunir a mesnada. É assim, a estas horas da tarde, com tambores: e por sitios... «Na frescura do valle...» Não! «Pelo valle de Craquêde...» Tambem não! Esperem vocês, que eu tenho boa memoria... Ah! «E por todo o fresco valle até Santa Maria de Craquêde, os atambores mouriscos abafados no arvoredo, tararam! tararam! ou mais vivos nos cerros ralatam! ralatam! convocavam á mesnada dos Ramires, na doçura da tarde...» E lindo!

Por sobre as costas do Titó que, debruçado, riscava pensativamente com o bengalão a poeira da estrada, Videirinha adeantou para o seu chefe a face estendida, com um sorriso de finura:

—Oh Snr. Administrador, olhe que talvez seja ainda mais bonito, quando os Ramires largam a perseguir o Bastardo! Cá para mim, tem mais poesia. [540]Quando o velho faz aquella jura com a espada e depois lá na Torre, muito devagar, começa a tocar a finados... É d'appetite!

Á borda do assento, encolhido contra o Titó, para que o Snr. Administrador se alastrasse confortavelmente, Padre Sueiro, com as mãos no cabo do seu guarda-sol, concordou:

—Com certesa! são lances interessantes... Com certesa! N'aquella novella ha imaginação rica, muito rica: e ha saber, ha verdade.

O Titó, que depois de Simão de Nantua, em pequeno, não abrira mais as folhas d'um livro, e não lêra a Torre de D. Ramires, murmurou, com um risco mais largo na poeira:

—Extraordinario, aquelle Gonçalo!

O Videirinha não findára o seu enlevado sorriso:

—Tem muito talento... Ah! o Snr. Doutor tem muito talento.

—Tem muita raça! exclamou o Titó, levantando a cabeça. E é o que o salva dos defeitos... Eu sou um amigo de Gonçalo, e dos firmes. Mas não o escondo, nem a elle... Sobretudo a elle. Muito leviano, muito incoherente... Mas tem a raça que o salva.

—E a bondade, Snr. Antonio Villalobos! atalhou docemente Padre Sueiro. A bondade, sobretudo como a do Snr. Gonçalo, tambem salva... Olhe, ás vezes [541]ha um homem muito serio, muito puro, muito austero, um Catão que nunca cumpriu senão o dever e a lei... E todavia ninguem gosta d'elle, nem o procura. Por que? Por que nunca deu, nunca perdoou, nunca acarinhou, nunca serviu. E ao lado outro leviano, descuidado, que tem defeitos, que tem culpas, que esqueceu mesmo o dever, que offendeu mesmo a lei... Mas quê? É amoravel, generoso, dedicado, serviçal, sempre com uma palavra doce, sempre com um rasgo carinhoso... E por isso todos o amam, e não sei mesmo, Deus me perdôe, se Deus tambem o não prefere...

A curta mão que acenára para o ceu, recahiu sobre o cabo d'osso do guarda-sol. Depois, e córado com a temeridade de pensamento tão espiritual acudiu cautelosamente:

—Que esta não é propriamente doutrina da Egreja!... Mas anda nas almas; anda já em muitas almas.

Então João Gouveia abandonou o recosto do banco de pedra e teso na estrada, com o côco á banda, reabotoando a sobrecasaca, como sempre que estabelecia um resumo:

—Pois eu tenho estudado muito o nosso amigo Gonçalo Mendes. E sabem vocês, sabe o Snr. Padre Sueiro quem elle me lembra?

—Quem?

[542] —Talvez se riam. Mas eu sustento a semelhança. Aquelle todo de Gonçalo, a franqueza, a doçura, a bondade, a immensa bondade, que notou o Snr. Padre Sueiro... Os fogachos e enthusiasmos, que acabam logo em fumo, e juntamente muita persistencia, muito aferro quando se fila á sua idéia... A generosidade, o desleixo, a constante trapalhada nos negocios, e sentimentos de muita honra, uns escrupulos, quasi pueris, não é verdade?... A imaginação que o leva sempre a exaggerar até á mentira, e ao mesmo tempo um espirito pratico, sempre attento á realidade util. A viveza, a facilidade em comprehender, em apanhar... A esperança constante n'algum milagre, no velho milagre d'Ourique, que sanará todas as difficuldades... A vaidade, o gosto de se arrebicar, de luzir, e uma simplicidade tão grande, que dá na rua o braço a um mendigo... Um fundo de melancolia, apesar de tão palrador, tão sociavel. A desconfiança terrivel de si mesmo, que o acobarda, o encolhe, até que um dia se decide, e apparece um heroe, que tudo arrasa... Até aquella antiguidade de raça, aqui pegada á sua velha Torre, ha mil annos... Até agora aquelle arranque para a Africa... Assim todo completo, com o bem, com o mal, sabem vocês quem elle me lembra?

—Quem?...

—Portugal.

Os tres amigos retomaram o caminho de Villa-Clara. No ceu branco uma estrellinha tremeluzia sobre Santa Maria de Craquêde. E Padre Sueiro, com o seu guarda-sol sob o braço, recolheu á Torre vagarosamente, no silencio e doçura da tarde, resando as suas Avè-Marias, e pedindo a paz de Deus para Gonçalo, para todos os homens, para campos e casaes adormecidos, e para a terra formosa de Portugal, tão cheia de graça amoravel, que sempre bemdita fosse entre as terras.

Made in the USA
Columbia, SC
20 October 2020